EMELIE SCHEPP
Weißer Schlaf

Emelie Schepp

Weißer Schlaf

Roman

Aus dem Schwedischen
von Annika Krummacher

blanvalet

Die schwedische Originalausgabe erschien 2015
unter dem Titel »Vita spår«
bei Wahlström & Widstrand, Stockholm.

MIX
Papier aus verantwortungsvollen Quellen
FSC® C014496

Verlagsgruppe Random House FSC® N001967

1. Auflage
Deutsche Erstveröffentlichung August 2016
bei Blanvalet, einem Unternehmen der Verlagsgruppe
Random House GmbH, Neumarkter Straße 28, 81673 München

Redaktion: Friederike Arnold
Umschlaggestaltung: www.buerosued.de
Umschlagmotiv: plainpicture/Design Pics
JB · Herstellung: kw
Satz: DTP Service Apel, Hannover
Druck und Bindung: GGP Media GmbH, Pößneck
Printed in Germany
ISBN 978-3-7341-0312-4

www.blanvalet.de

Für Mama

Schweigend saß das Mädchen mit ihren Eltern beim Frühstück und starrte in das Schälchen mit Joghurt und Erdbeerstückchen. Sie hörte, wie das Besteck gegen das Geschirr schlug.

»Iss jetzt.«

Mutter sah sie auffordernd an, aber das Mädchen rührte sich nicht.

»Hast du wieder schlecht geträumt?«

Das Mädchen schluckte, aber wagte nicht, den Blick vom Schälchen zu heben.

»Ja«, flüsterte sie kaum hörbar.

»Was hast du denn diesmal geträumt?«, fragte Mutter, während sie eine Scheibe Brot auseinanderschnitt und Marmelade darauf strich.

»Da war ein Container«, sagte sie. »Er war …«

»Nein!«, erklang die Stimme des Vaters vom anderen Ende des Tisches. Sie war hart und kalt wie Eis. Er hatte die Hand zur Faust geballt und sah das Mädchen mit einem Blick an, der genauso kalt und hart war wie seine Stimme.

»Jetzt reicht es!« Er erhob sich, zog sie vom Stuhl hoch und schob sie aus der Küche. »Wir wollen nichts mehr von deinen Fantasien hören.«

Das Madchen stolperte vorwärts und bemühte sich, auf den Treppenstufen nach oben mit ihm Schritt zu halten. Ihr Arm und ihre Füße schmerzten. Als er ihren Nacken packte, versuchte sie sich aus seinem harten Griff zu winden.

Plötzlich ließ er sie los, als hätte ihn irgendetwas gestochen, und betrachtete sie angewidert.

»Du musst immer deinen Nacken bedecken, Kind. Immer!«

Er legte die Hände auf ihre Schultern und drehte sie um, sodass sie mit dem Rücken zu ihm stand.

»Wo ist das Pflaster geblieben?«

Sie spürte, wie er ihre Haare beiseiteschob und immer heftiger daran zerrte, um ihren Nacken zu entblößen. Sie hörte seine hastigen Atemzüge, als er die Hautritzung entdeckte. Er wich zurück und starrte sie entsetzt an.

Da begriff sie.

Er hatte die Hautritzung gesehen.

Das Pflaster im Nacken war abgegangen.

1

Da! Das Auto bog um die Ecke.

Nervös lächelte Pim ihre Freundin Noi an. Sie standen in einer Gasse, die im Schatten lag und vom Licht der Straßenlaternen nicht erreicht wurde. Es stank intensiv nach Urin, und das Bellen der Straßenhunde ging im Lärm von der Autobahn unter.

Pims Stirn war schweißnass – nicht wegen der Hitze, sondern weil sie so nervös war. Ihr dunkles Haar klebte im Nacken, und der dünne Stoff des T-Shirts schlug am Rücken Falten. Sie wusste nicht, was sie erwartete, und hatte auch wenig Zeit zum Nachdenken gehabt.

Alles war so schnell gegangen. Vor nur zwei Tagen hatte sie sich entschieden. Noi hatte gelacht und gesagt, der Job sei ganz einfach und gut bezahlt. In fünf Tagen seien sie wieder zu Hause.

Pim strich sich über die Stirn, wischte sich die feuchte Hand an der Jeans ab und beobachtete das Auto, das immer näher kam. Sie lächelte wieder, als wollte sie sich überzeugen, dass alles gut gehen würde.

Denn es wäre ja nur dies eine Mal.

Und dann nie wieder.

Sie umfasste den Griff ihres Koffers und hob ihn hoch. Ihr war gesagt worden, sie solle eine Tasche für fünf Tage packen, damit die erfundene Urlaubsreise glaubwürdiger erschien.

Sie warf Noi einen Blick zu, richtete sich auf und schob ihre Schultern nach hinten.

Das Auto bremste ab und hielt vor ihnen. Eine getönte Scheibe wurde heruntergefahren und gab den Blick auf einen Mann mit kurz geschorenem Haar frei.

»Steigt ein«, sagte er knapp, ohne die Augen von der Straße zu nehmen.

Pim umrundete den Wagen. Sie hielt inne, schloss einen Moment die Augen und atmete tief durch. Dann öffnete sie die Autotür und stieg ein.

Staatsanwältin Jana Berzelius trank einen Schluck Wasser, ehe sie sich dem Papierstapel zuwandte, der vor ihr auf dem Tisch lag. Es war zehn Uhr abends. Das Pub The Bishop Arms in Norrköping war gut gefüllt.

Noch vor einer halben Stunde war sie in Gesellschaft ihres Vorgesetzten gewesen, des leitenden Staatsanwalts Torsten Granath. Nach einem langen und erfolgreichen Arbeitstag vor Gericht hatte er die gute Idee gehabt, sie zum Abendessen ins Elite Grand Hotel einzuladen.

Zwei Stunden lang hatte er ihr ununterbrochen von seinem Hund erzählt, den er aufgrund von Magenproblemen hatte einschläfern lassen. Jana interessierte sich eigentlich nicht besonders für das Tier, aber sie hatte sich dennoch die Fotos auf Torstens Handy angesehen, die den mittlerweile verstorbenen Hund als Welpen zeigten. Dabei hatte sie genickt, den Kopf schief gelegt und sich um eine gewisse Anteilnahme bemüht.

Damit die Zeit schneller verging, hatte sie die anderen Gäste beobachtet. Vom Fenstertisch, an dem sie saßen, hatte sie den Eingangsbereich perfekt im Blick. Niemand hatte das Lokal betreten oder verlassen, ohne dass sie es mitbekam. Während Torstens Vortrag hatte sie zwölf Personen gezählt: drei ausländische Geschäftsleute, zwei Frauen mittleren Alters, die sich lautstark unterhielten, eine vierköpfige Familie, zwei ältere Herren und ein Teenager mit einem auffälligen Lockenkopf.

Nach dem Abendessen waren sie ins benachbarte The Bishop Arms weitergezogen. In dem Lokal mit seinem klassischen britischen Stil fühlte sich Torsten an seine Golfreisen in die Grafschaft Kent erinnert, und er bestand darauf, stets am selben Tisch zu sitzen. Jana fühlte sich in dem Lokal eher unwohl, und erleichtert hatte sie ihrem Chef die Hand geschüttelt, als er sich auf den Nachhauseweg machte.

Dennoch war sie sitzen geblieben.

Sie steckte die Unterlagen in ihre Aktentasche, trank das restliche Wasser aus und wollte gerade aufstehen, als ein Mann das Lokal betrat. Vielleicht war es sein nervöser Gang, der ihr auffiel. Sie folgte ihm mit dem Blick, während er zur Bar eilte. Er winkte den Barkeeper zu sich und bestellte sich etwas zu trinken. Dann setzte er sich an einen Tisch und stellte eine abgenutzte Sporttasche auf seine Knie.

Sein Gesicht war halb hinter einer Mütze versteckt, aber Jana schätzte ihn auf Mitte dreißig. Er trug eine Lederjacke, dunkle Jeans und schwarze Stiefel. Angespannt sah er durchs Fenster, dann zum Eingang und erneut aus dem Fenster.

Ohne den Kopf zu drehen, hob Jana ihren Blick und schaute ebenfalls aus dem Fenster. Draußen waren die Konturen der Saltängsbrücke zu sehen. In den kahlen Bäumen der Hamngatan hing die Weihnachtsbeleuchtung und schaukelte sanft im Wind. Auf der gegenüberliegenden Seite des Flusses wünschte eine blinkende Werbung allen ein fröhliches Weihnachtsfest und ein gutes neues Jahr.

Sie schauderte beim Gedanken, dass es nur wenige Wochen bis Weihnachten waren, denn sie freute sich nicht darauf, wieder die Feiertage bei ihren Eltern zu verbringen. Zumal ihr Vater, der frühere Reichsstaatsanwalt Karl Berzelius, ihr aus unerklärlichen Gründen aus dem Weg ging, als wäre er an einem Kontakt mit seiner Tochter nicht mehr interessiert.

Sie hatten sich seit dem Frühjahr nicht mehr gesehen, und als Jana mit ihrer Mutter Margaretha über sein merkwürdiges Verhalten sprach, hatte diese keine konkrete Erklärung parat gehabt.

»Er hat sehr viel zu tun«, hatte sie nur gesagt.

Und da Jana nicht mehr Zeit als nötig auf diese Angelegenheit verschwenden wollte, hatte sie es einfach auf sich beruhen lassen. Im vergangenen halben Jahr hatte es daher keine Familienzusammenkünfte gegeben. Aber zu Weihnachten musste man sich einfach sehen, da war ein Zusammentreffen unumgänglich.

Sie seufzte schwer und richtete ihren Blick wieder auf den Mann, dem gerade ein hellgelber Drink an den Tisch gebracht wurde. Als er die Hand ausstreckte, um das Glas in Empfang zu nehmen, bemerkte sie einen großen, dunklen Leberfleck an seinem linken Handgelenk. Er hielt das Glas an seine Lippen und sah erneut aus dem Fenster.

Wahrscheinlich wartet er auf jemanden, dachte Jana und blickte auf ihre Armbanduhr. Es war Zeit, nach Hause zu gehen.

Sie erhob sich vom Tisch, knöpfte sich langsam die Winterjacke zu und wickelte sich ihren Seidenschal der Marke

Louis Vuitton um den Hals. Dann setzte sie die dunkelrote Mütze auf und griff nach ihrer Aktentasche.

Auf dem Weg nach draußen sah sie den Mann telefonieren. Er murmelte etwas Unverständliches in sein Handy und leerte sein Getränk, bevor er sich rasch erhob und an ihr vorbei zum Ausgang ging.

Sie folgte ihm durch die Tür und trat auf die Straße, wo ihr kalte Winterluft entgegenschlug. Es war sternenklar und beinahe windstill. Der Mann war schnell außer Sichtweite. Jana zog ihre gefütterten Handschuhe an und machte sich auf zu ihrer Wohnung in Knäppingsborg.

Kurz bevor sie zu Hause war, entdeckte sie wieder den Mann aus dem Pub. Er stand in einer schmalen Gasse und drückte sich an die Wand. Dieses Mal war er nicht allein.

Vor ihm stand ein anderer Mann.

Mit Kapuze und den Händen in den Taschen.

Sie blieb abrupt stehen und versuchte, sich hinter einem Hausvorsprung unsichtbar zu machen. Ihr Herz begann schneller zu schlagen, und sie redete sich ein, dass sie sich geirrt haben musste. Dass der Mann mit der Kapuze gar nicht der war, für den sie ihn gehalten hatte.

Als sie erneut sein Profil musterte, lief es ihr kalt den Rücken hinunter.

Sie wusste, wer er war.

Sie kannte seinen Namen.

Danilo!

Kriminalkommissar Henrik Levin schaltete den Fernseher aus und starrte an die Zimmerdecke. Es war kurz nach zehn und dunkel im Schlafzimmer.

Er horchte auf die Geräusche im Haus. Die Spülmaschine lief, von der Treppe war ein Knacken zu hören, und bisweilen erklang ein dumpfes Geräusch aus Felix' Zimmer. Henrik wusste, dass sein Sohn sich häufig im Schlaf bewegte. Seine Tochter Vilma hingegen schlief wie immer mucksmäuschenstill im Nachbarzimmer.

Er legte sich auf die Seite, zog sich die Decke über den Kopf und schloss die Augen, doch schon bald war ihm klar, dass ihm das Einschlafen schwerfallen würde. Seine Gedanken fuhren mal wieder Karussell.

Schon bald würde er nachts nicht mehr viel schlafen. Stattdessen standen bis frühmorgens Füttern, Beruhigen und Baby-in-den-Schlaf-Wiegen auf dem Plan. Es waren noch etwa drei Wochen bis zum errechneten Entbindungstermin.

Er zog die Bettdecke wieder beiseite und betrachtete Emma, die neben ihm mit offenem Mund auf dem Rücken lag und schlief. Ihr Bauch war groß, aber er hatte keine Ahnung, ob er größer war als bei den früheren Schwangerschaften. Das Einzige, was er wusste, war, dass er Vater werden würde – zum dritten Mal.

Er drehte sich ebenfalls auf den Rücken, legte die Hände auf die Decke und schloss die Augen. Ihm war elend zumute, und er fragte sich, ob er sich wohl anders fühlen würde, wenn er das Kind erst einmal im Arm hielt. Er hoffte es, denn bisher hatte er von der Schwangerschaft kaum etwas mitbekommen. Er hatte keine Zeit gehabt, sondern war mit den Gedanken ganz woanders gewesen. Bei der Arbeit zum Beispiel.

Die Reichskripo hatte sich gemeldet.

Man wollte über die Ermittlungen vom vergangenen Frühjahr im Mordfall Hans Juhlén reden, einem Abteilungsleiter im Amt für Migration in Norrköping. Ein alter Fall, mit dem Henrik längst abgeschlossen hatte.

Anfangs ein Mord an einem hohen Bediensteten, hatte dieses Verbrechen im Verlauf immer weitere Kreise gezogen: Illegale Flüchtlingstransporte hatten das Ermittlerteam zu einem Drogensyndikat geführt, das unter anderem Kinder zu Soldaten ausbildete, zu kaltblütigen Mördern. Der Fall hatte die Nachrichten wochenlang dominiert.

Und morgen sollte alles noch einmal neu aufgerollt werden.

Die Reichskripo würde Fragen stellen – zu den Flüchtlingskindern, die in Containern per Schiff aus Südamerika eingeschleust worden waren. Und zum Chef des ganzen Unternehmens, Gavril Bolanaki, der bei der Auflösung des Falls ums Leben gekommen war.

Dabei war der Mordfall doch längst abgeschlossen.

Henrik öffnete die Augen und starrte seufzend in die Dunkelheit. Er blickte auf den Wecker, der Viertel nach zehn anzeigte, und wusste, dass die Spülmaschine gleich mit einem Piepston das Ende des Waschgangs verkünden würde.

Nach genau drei Minuten piepste sie.

Ihr Herz pochte laut, und das Blut pulsierte schneller.

Jana Berzelius bemühte sich, so leise wie möglich zu atmen.

Danilo.

Eine Welle widersprüchlicher Gefühle überrollte sie: Überraschung, Erstaunen und Irritation.

Es hatte eine Zeit gegeben, als Danilo und sie wie Geschwister gewesen waren und den Alltag geteilt hatten. Doch das lag weit zurück, in ihrer Kindheit. Nun teilten sie nur noch dieselbe blutige Vergangenheit, sonst nichts.

Er trug eine Hautritzung im Nacken, und auch sie hatte eine, die sie ständig an ihre dunkle Kindheit erinnerte. Danilo war der Einzige, der wusste, woher Jana kam und warum sie so war, wie sie war.

Im Frühjahr hatte sie Danilo aufgesucht und ihn um Hilfe gebeten wegen der Container mit den Flüchtlingskindern vor Arkösund. Er hatte sich hilfsbereit gezeigt, war wohlwollend gewesen, aber letztlich hatte er sie verraten. Sein Versuch, sie zu töten, war misslungen, anschließend war er abgetaucht.

Seitdem hatte sie nach ihm gesucht, aber er war wie vom Erdboden verschluckt. Kein Lebenszeichen. Nichts. Ihr Frust und ihre Rachegefühle hatten sich verstärkt und waren schließlich so intensiv geworden, dass sie Tagträume hatte, in denen sie sich vorstellte, wie sie ihn am besten töten könnte.

Auf einem weißen Blatt Papier hatte sie eine Bleistiftskizze von seinem Gesicht angefertigt und zu Hause an die Pinnwand gehängt, als wollte sie sich stets an den Hass erinnern, den sie für ihn empfand. Dabei würde sie dieses Gefühl bestimmt nie vergessen.

Am Ende hatte sie ihre Suche aufgegeben und war in ihren Alltag zurückgekehrt. Sie hatte geglaubt, dass sie ihn nie finden würde.

Dass er für immer verschwunden war.

Bis jetzt.

Nun stand er etwa zwanzig Meter von ihr entfernt.

Jana unterdrückte den Impuls, sich auf ihn zu stürzen, und bemühte sich, rational zu denken.

Sie hielt den Atem an, um die Stimmen der beiden Männer zu hören, doch sie waren zu weit weg.

Danilo zündete sich eine Zigarette an.

Die abgenutzte Sporttasche lag auf dem Boden, und der Mann mit dem Leberfleck hockte sich hin. Er öffnete den Reißverschluss und zeigte den Inhalt vor. Danilo nickte und machte eine Geste, woraufhin die beiden eilig weitergingen, hinunter in den Strömpark.

Jana biss die Zähne zusammen. Was sollte sie tun? Sollte sie sich einfach umdrehen und nach Hause gehen? So tun, als ob sie ihn nicht gesehen hätte? Ihn davonkommen lassen? Ihm erlauben, dass er wieder einmal aus ihrem Leben verschwand?

Sie zählte leise bis zehn, dann trat sie aus ihrem Versteck und folgte ihm.

Kriminalobermeisterin Mia Bolander schlug die Augen auf und legte sofort die Hand auf die Stirn. Noch immer drehte sich alles.

Sie stand auf, stellte sich nackt auf den Boden und betrachtete den Mann, dessen Namen sie vergessen hatte. Er lag auf dem Bauch und hatte die Hände unters Kopfkissen gesteckt.

Er war ziemlich seltsam gewesen. Zwanzig Minuten lang war er im Zimmer auf und ab gegangen und hatte behauptet, er sei ein fieser Kerl, der sie gar nicht verdiene. Sie hatte immer wieder geantwortet, dass er sie natürlich verdiene. Am Ende hatte sie versucht, ihn zu überreden, sich zu ihr ins Bett zu legen.

Als er dann schüchtern gefragt hatte, ob er ihre Füße massieren dürfe, war sie zu erschöpft gewesen, um abzulehnen. Doch in dem Moment, als er sich ihre große Zehe in den Mund gesteckt hatte, reichte es ihr, und sie hatte gefragt, ob sie nicht auch irgendwann mal vögeln sollten. Er hatte den Wink verstanden und sich ausgezogen.

Laut gestöhnt hatte er auch, sie am Hals geleckt und Knutschflecken hinterlassen.

Dieser Idiot.

Mia kratzte sich unter der rechten Brust und sah auf den Kleiderhaufen am Boden. Rasch zog sie sich an, ohne sich darum zu kümmern, dass sie Lärm machte. Sie wollte einfach nur nach Hause.

Der Kneipenbesuch am Vorabend hatte nicht gerade lang gedauert. Im Harrys hatte eine Karaokeveranstaltung zum Thema Weihnachten stattgefunden, und in dem Lokal drängten sich die Leute in glitzernden Anzügen und Kleidern. Manche trugen Wichtelmützen und hatten sich vermutlich schon vorher auf irgendeiner Weihnachtsfeier in Norrköping volllaufen lassen.

Der Mann, dessen Name ihr nicht mehr einfiel, hatte an der Bar gestanden, mit einem Bier in der Hand. Er war Anfang, Mitte Vierzig und hatte glattes blondes Haar, das er zu einem altmodischen Mittelscheitel gekämmt hatte. In seinen Nacken hatte er sich einen bunten Totenschädel tätowieren lassen. Ansonsten war er ordentlich gekleidet gewesen, mit Schlips und einem Sakko, das ein wenig übertriebene Schulterpolster aufwies.

Mia hatte ein paar Meter entfernt gesessen. Sie spielte an ihrem Glas herum und wollte seine Aufmerksamkeit erregen. Das war ihr schließlich gelungen, aber es dauerte eine Weile, bis er herüberkam und sich erkundigte, ob er sich zu ihr setzen dürfe. Sie antwortete mit einem Lächeln und fingerte wieder an ihrem Glas herum, und am Ende gab sie ihm zu verstehen, dass sie etwas zu trinken haben wolle. Letztlich wurden es drei große Bier und zwei weihnachtliche Drinks mit Safrangeschmack, ehe sie sich ein Taxi zu seiner Wohnung teilten.

Den Safrangeschmack hatte sie noch immer im Mund. Sie ging ins Bad, und als sie den Lichtschalter betätigte, wurde sie von der plötzlichen Beleuchtung geblendet. Sie schloss die Augen, während sie Wasser trank. Dann blinzelte sie in den Spiegel, schob sich die Haare hinter die Ohren und begutachtete ihren Hals. Rechts unter dem Kinn waren zwei große rote Knutschflecken zu sehen. Sie schüttelte den Kopf, schaltete das Licht aus und verließ das Badezimmer.

Im Flur griff sie nach seinem Sakko und durchsuchte die Taschen. Die Geldbörse lag in der Innentasche und enthielt nur Karten. Kein bisschen Bargeld. Nicht einmal ein Zehnkronenstück. Sie sah sich seinen Führerschein an und stellte fest, dass er Martin Strömberg hieß.

»Nur dass du es weißt, Martin«, sagte sie und zeigte mit dem Finger zum Schlafzimmer. »Du warst wirklich schlecht im Bett.«

Dann zog sie sich Stiefel und Jacke an und verließ die Wohnung.

Jana Berzelius stand am Museum der Arbeit und hielt Ausschau. Von hier oben hatte sie eine gute Sicht und beobachtete jede Straßenecke, doch sie entdeckte weder Danilo noch den Mann mit dem Leberfleck. Keine Menschenseele war zu sehen, und Jana staunte, wie verlassen dieses Stadtviertel an einem kühlen Mittwochabend im Dezember war.

So vergingen zehn Minuten. Schließlich musste sie sich eingestehen, dass die beiden Männer weg waren.

Sie hatte ihn verloren. Wut stieg in ihr auf, denn jetzt blieb ihr nichts anderes übrig, als mit dem Gefühl nach Hause zu gehen, wieder einmal betrogen worden zu sein.

Doch was hatte sie eigentlich geglaubt? Sie hätte ihm nicht folgen, sondern ihn einfach gehen lassen sollen.

Das war die einzige Lösung: Sie musste ihn endlich gehen lassen.

Am Holmentorget ergriff sie ein seltsames Gefühl, als wäre jemand hinter ihr, aber als sie sich umdrehte, sah sie nur einen untersetzten Mann, der seinen Hund ausführte. Sie blickte zu den Wohnungen in der Kvarngatan hinauf, wo in mehreren Fenstern Adventsleuchter ein freundliches Licht verbreiteten. Der Himmel war schwarz und noch immer sternenklar.

Sie zog die Schultern hoch und fröstelte. Dann ging sie weiter über den Platz und betrat den Tunnel. Erneut überkam sie das Gefühl, verfolgt zu werden.

Abrupt drehte sie sich um, starrte in die Dunkelheit und lauschte.

Nichts.

Mit raschen Schritten ging sie über die Järnbrogatan und durch den rosa gestrichenen Torbogen, hinter dem das Stadtviertel Knäppingsborg begann.

Plötzlich hörte sie ein Geräusch hinter sich.

Da stand er.

Zehn Meter von ihr entfernt.

Mit gesenktem Kopf und angespanntem Kiefer.

Sie begegnete seinem Blick, ließ die Aktentasche fallen.

Und machte sich bereit.

2

Du musst sie einfach nur schlucken!«

Pim zuckte zusammen und erwiderte den Blick des Mannes, der sich über den Tisch lehnte. Sein Gesicht war nur zehn Zentimeter von ihrem entfernt. Er trug ein schmutzig graues Hemd mit aufgekrempelten Ärmeln.

Sie betrachtete die Kapsel in seiner Hand. Sie war größer als eine Kirschtomate und länglicher, als sie gedacht hatte. Der Inhalt war in mehrere Lagen Gummi eingewickelt.

Noi saß daneben und sah Pim bittend an. Sie nickte kaum merkbar, als wollte sie sie ermutigen: Du schaffst es!

Sie befanden sich in einem Zimmer über einer Apotheke. Die Treppe, die dorthin führte, glich am ehesten einer Leiter. Obwohl in einer Ecke ein Standventilator summte, war es hier drinnen warm und stickig.

Es war kein Problem gewesen, die Tablette zu schlucken, die die Magensäure neutralisieren sollte. Sie war sofort die Speiseröhre hinuntergeglitten. Aber die Kapsel sah so groß aus, und sie drückte mit Zeigefinger und Daumen auf der Hülle herum.

Der Mann packte ihren Arm. Die Kapsel berührte ihre Lippen, und sie bekam einen trockenen Mund.

»Mach den Mund auf!«, sagte er zwischen zusammengebissenen Zähnen.

Pim sperrte den Mund auf und legte die Kapsel auf die Zunge.

»So, und jetzt Mund zu und schlucken.«

Sie sah an die Zimmerdecke und spürte die Kapsel ganz hinten auf der Zunge, versuchte zu schlucken, aber es ging nicht, die Kapsel wollte nicht hinuntergleiten. Sie hustete sie wieder hoch und bekam sie mit den Fingern zu fassen.

Der Mann schlug die Faust auf den Tisch.

»Wo hast du denn dieses Stück Dreck aufgelesen?«, sagte er zu Noi, die ganz blass wurde. »Ich kann mir so was nicht leisten, kapiert? Zeit ist Geld.«

Noi nickte und sah Pim an, die standhaft wegschaute.

»Komm schon«, flüsterte Noi. »Du schaffst es.«

Ängstlich schüttelte Pim den Kopf.

»Du musst aber!«, sagte Noi.

Pims Unterlippe zitterte, und ihr liefen die Tränen über die Wangen. Sie wusste, dass sie Glück hatte und sich über diese Chance freuen sollte. Sonst hatte sie immer nur Pech, und als Noi ihr von dieser Möglichkeit erzählt hatte, Geld zu verdienen, und noch dazu so einfach und so schnell, hatte ihr Herz gleich schneller geschlagen.

»Okay, jetzt reicht es! Hau ab!« Der Mann packte Pim am Arm und zog sie vom Stuhl hoch. »Ich habe genug andere, die Geld verdienen wollen.«

»Nein! Warte! Ich will!«, schrie Pim und wehrte sich. »Bitte, ich will. Lass es mich noch einmal probieren. Ich kann das.«

Der Mann zog sie näher zu sich. Er betrachtete sie, ihre schmalen, rot geweinten Augen, ihre glühenden Wangen und die zusammengepressten Lippen.

»Dann zeig es mir!«, sagte er, packte ihren Unterkiefer,

zwang sie, den Mund zu öffnen, und spritzte ihr dreimal Gleitmittel in den Mund. Dann hielt er die Kapsel hoch.

»Hier«, sagte er.

Pim nahm die Kapsel und steckte sie sich in den Mund. Sie versuchte zu schlucken, half mit dem Finger nach, damit sie weiter hinten im Hals landete, doch sie musste würgen.

Ihre Panik wuchs.

Runter mit der Kapsel und Mund zu. Doch wieder überkam sie der Würgereiz.

Ihre Hände waren schweißnass. Sie kniff die Augen zusammen, öffnete den Mund, schob die Kapsel so tief in den Hals, wie sie nur konnte.

Und schluckte.

Schluckte, schluckte, schluckte.

Langsam glitt die Kapsel hinunter in Richtung Magen.

Der Mann klatschte in die Hände und lächelte.

»Genau so«, sagte er. »Nur noch neunundvierzig Stück.«

Der erste Schlag richtete sich gegen ihren Kopf, der zweite gegen den Hals.

Jana Berzelius parierte Danilos Fäuste mit den Unterarmen.

Er war außer sich und versuchte, von allen Seiten Treffer zu landen. Aber sie hielt dagegen, hob die rechte Faust, duckte sich, hob die linke, dann probierte sie einen Tritt. Zwar traf sie nicht, doch sie wiederholte die Bewegungen, diesmal schneller. Der Tritt traf Danilos Knie. Er krümmte sich vor Schmerzen, ging aber nicht zu Boden. Sie musste ihn aus dem Gleichgewicht bringen und trat noch einmal zu. Diesmal zielte sie auf seinen Kopf. Doch er bekam ihren Fuß zu fassen und drehte ihn nach links, und sie landete hart mit dem Rücken auf der kalten Erde. Mit den Händen schützte sie den Kopf, rollte zur Seite und rappelte sich auf.

Nun stand Danilo ganz ruhig vor ihr und schien abzuwarten. Er atmete schwer.

Dann nahm er Anlauf und warf sich vorwärts. Im selben Moment beugte sie den Kopf und hielt sich die Fäuste vors Gesicht, verwendete alle Kraft darauf, den Fuß zu heben.

Der Tritt traf perfekt.

Danilo brach zusammen, doch als sie das Knie auf seinen Brustkorb setzen wollte, warf er sich brüllend herum und packte sie. Er setzte sich rittlings auf sie und schlug mit voller Kraft gegen ihre Rippen. Dann ergriff er ihre Haare und zog ihren Kopf nach vorn. Sie versuchte, der Bewegung zu folgen, um die Schmerzen in der Kopfhaut zu verringern, aber Danilos Gewicht auf ihrer Brust hinderte sie daran.

»Warum verfolgst du mich?«, zischte er ihr ins Gesicht.

Sie antwortete nicht, sondern dachte fieberhaft nach. Auf gar keinen Fall durfte sie zulassen, dass er sie besiegte. Ihr war durchaus bewusst, wozu er fähig war, aber ihre Arme waren unter seinen Beinen eingeklemmt. Sie streckte die Finger auf dem Boden aus, in der Hoffnung, irgendetwas zu fassen zu bekommen, womit sie sich verteidigen könnte, aber sie spürte nichts als Eis und Schnee.

Ein unangenehmes Gefühl überkam sie. Sie hatte nicht damit gerechnet, die Schwächere zu sein. Sie hätte ihn überraschen müssen. Immerhin hatte sie am Anfang die Oberhand gehabt.

Sie ballte die Hände zu Fäusten, spannte ihre Muskeln an und sammelte Kraft. Dann rammte sie ihm das Knie in den Rücken. Danilo krümmte sich und ließ ihre Haare los. Sie stieß ihm wieder das Knie in den Rücken, immer und immer wieder. Dann wollte sie das Bein um seinen Hals schlingen, aber vergeblich. Er blieb sitzen.

Wieder griff er nach ihren Haaren.

»Das hättest du nicht tun sollen«, fauchte er, packte ihren Hinterkopf und schlug ihn auf den Boden.

Sie verspürte einen rasenden Schmerz, und ihr wurde schwarz vor Augen.

Als er abermals ihren Kopf auf die Erde schlug, merkte sie, dass ihr die Kraft ausging.

»Halt dich von mir fern, Jana«, sagte er.

Sie hörte seine Stimme wie durch Nebel, weit entfernt.

Und spürte keinen Schmerz mehr.

Eine warme Welle spülte über sie hinweg, und sie begriff, dass sie kurz davor stand, das Bewusstsein zu verlieren.

Er hob die geballte Faust und hielt sie ihr vors Gesicht, ohne zuzuschlagen. Hielt ihr einfach nur die Faust hin, als würde er zögern. Er begegnete ihrem Blick, atmete rasch und sagte irgendetwas, doch seine Worte hallten wie in einem Tunnel.

Dann hörte sie ein entferntes Rufen.

»Hallo!«

Eine andere, fremde Stimme, die sie nicht zuordnen konnte.

Sie wollte sich bewegen, aber der Druck auf der Brust machte es unmöglich. Sie bemühte sich, bei Bewusstsein zu bleiben, und blickte Danilo direkt in die dunklen Augen. Er hatte ihr Gesicht umfasst und zischte:

»Ich warne dich. Wenn du mir noch einmal folgst, werde ich beenden, was ich hier begonnen habe.«

Er hielt ihr Gesicht einen Zentimeter von seinem entfernt.

»Noch ein einziges Mal, und du wirst es für immer bereuen. Kapiert?«

Sie hörte ihn, war aber nicht dazu in der Lage zu antworten. Plötzlich spürte sie, wie der Druck auf ihrer Brust nachließ. Die Stille um sie herum verriet, dass Danilo weg war.

Sie hustete heftig, legte sich auf die Seite und schloss die Augen.

Dann hörte sie wieder die fremde Stimme.

Anneli Lindgren stellte einen Teller mit zwei Knäckebroten auf den Tisch und setzte sich neben ihren Lebensgefährten Gunnar Öhrn. Beide arbeiteten bei der Kriminalpolizei, sie als Kriminaltechnikerin, er als Kriminalhauptkommissar.

Das Wasser dampfte in den Teetassen.

»Willst du lieber Earl Grey oder den grünen Tee haben?«, fragte sie.

»Welchen nimmst du?«

»Den grünen.«

»Dann nehme ich den auch.«

»Aber du magst ihn doch gar nicht.«

»Nein, aber du sagst doch immer, dass ich ihn trinken sollte.«

Sie lächelte ihn an und öffnete die Teepackung. Aus Adams Zimmer drang Musik. Sie hörte den Sohn mitsingen.

»Er scheint sich hier wohlzufühlen«, sagte sie.

»Du denn nicht?«

»Doch.«

Sie hörte Gunnars Besorgnis aus der Frage heraus und antwortete knapp und ohne zu zögern. Das war die einzige Art, weitere Fragen zu vermeiden. Er machte sich um alles Sorgen, dachte viel zu viel nach, analysierte und grübelte über Sachen nach, die er längst hätte loslassen sollen.

»Bist du dir sicher? Fühlst du dich jetzt wohl hier?«

»Ja.«

Anneli versenkte den Teebeutel in der Tasse und ließ ihn in dem heißen Wasser ertrinken. Sie hörte die Stimme, die Musik und den Text, den Adam auswendig gelernt hatte, und beobachtete das Wasser, das immer brauner wurde. Dabei überschlug sie, wie viele Male sie und Gunnar auseinander- und wieder zusammengezogen waren. Womöglich probierten sie es jetzt schon zum zehnten Mal. Vielleicht auch zum zwölften. Sicher war nur, dass sie seit zwanzig Jahren zusammenlebten, allerdings mit Unterbrechungen.

Diesmal fühlte es sich aber anders an, redete sie sich ein. Angenehmer, entspannter. Gunnar war ein guter Mann. Er war nett und strahlte Geborgenheit aus. Wenn er nur damit aufhören könnte, Dinge ständig wiederzukäuen.

Er legte die Hand auf ihre.

»Wir könnten uns ja eine neue Wohnung suchen. Oder ein Reihenhaus? Das haben wir noch nie probiert.«

Sie zog die Hand weg, sah ihn an und verzichtete auf eine Antwort, denn ihr Blick sprach Bände.

»Okay«, sagte er. »Ich verstehe. Es geht dir gut.«

»Genau. Also hör auf herumzunerven.«

Sie nippte an der Tasse. Das Stück, das Adam sich anhörte, würde noch ungefähr anderthalb Minuten dauern. Ein Gitarrensolo und danach der Refrain, dreimal.

»Was hältst du von dem Treffen mit der Reichskripo morgen?«, fragte er.

»Was weiß ich. Sollen die doch rausfinden, was sie wollen. Wir haben einen guten Job gemacht.«

»Ich verstehe gar nicht, warum Anders Wester überhaupt herkommen muss. Ich habe ihm nichts zu sagen.«

»Wirklich? Dabei ist der Typ doch so gut aussehend!«

Sie konnte es sich nicht verkneifen, ihn ein bisschen aufzuziehen. Seine unnötige Besorgnis und seine Eifersucht luden nachgerade dazu ein. Aber sie bereute es noch im selben Moment.

Wütend starrte Gunnar sie an.

»Das war doch nur ein Witz«, lenkte sie ein.

»Findest du das wirklich?«

»Dass er gut aussieht? Ja, früher habe ich das mal gefunden«, sagte sie leichthin und bemühte sich, ungerührt zu wirken.

»Aber jetzt nicht mehr?«, hakte er nach.

»Jetzt hör schon auf.«

»Nur damit ich Bescheid weiß.«

»Hör auf, trink lieber deinen Tee.«

»Sicher?«

»Hör auf zu nerven!«

Jetzt hörte sie das Gitarrensolo, dann Adam, der den Refrain sang.

Gunnar erhob sich und kippte den Inhalt der Teetasse in die Spüle.

»Was machst du?«, fragte Anneli.

»Ich mag keinen Grüntee«, sagte er und ging ins Badezimmer.

Sie seufzte – wegen Gunnar und wegen der Musik, die sie kaum noch aushielt, aber sie hatte keine Lust, den

Abend mit einem weiteren Zusammenstoß enden zu lassen, nicht jetzt, da sie gerade erst beschlossen hatten, wieder einmal zusammenzuleben.

Sie war ohnehin schon erschöpft.

Sehr erschöpft.

»Hallo, alles okay bei Ihnen?«

Robin Stenberg hockte sich neben die Frau, die in Embryonalstellung auf dem Boden lag. Die Kette an seiner löchrigen Jeans rasselte. Er sah, dass sie eine stark blutende Kopfverletzung hatte. Gerade wollte er sie berühren, da schlug sie die Augen auf.

»Ich habe alles gesehen«, sagte er. »Ich habe ihn gesehen. Er ist in diese Richtung abgehauen.« Er zeigte mit zitternder Hand zum Fluss.

Die Frau unternahm einen Versuch, den Kopf zu schütteln.

»Hinnn…gefff…lll…nnn«, brachte sie nuschelnd hervor.

»Nein«, sagte er. »Sie sind nicht hingefallen. Sie sind überfallen worden. Wir müssen die Polizei rufen …«

Er stand auf und wühlte in seiner Tasche nach dem Handy.

»Neee …«, murmelte sie.

»Shit, Sie bluten ja total«, sagte er. »Wir müssen einen Krankenwagen rufen oder so.«

Unruhig ging er hin und her.

»Shit, shit, shit«, wiederholte er immer wieder.

Die Frau bewegte sich, hustete.

»Nicht anrufen«, flüsterte sie.

Nun hatte er das Handy gefunden und tippte den Code ein.

Die Frau hustete erneut.

»Bitte nicht anrufen«, sagte sie wieder. Diesmal deutlicher.

Doch er hörte nicht zu, sondern begann die 112 auf seinem Telefon zu wählen. Im selben Moment wurde es ihm aus der Hand geschlagen.

»Was verdammt noch mal …«

Es dauerte ein paar Sekunden, bis er begriffen hatte, was passiert war.

Sie hatte sich aufgerappelt und stand jetzt vor ihm. Sein Telefon hielt sie in der Hand. Das Blut lief ihr von der Stirn, über das linke Auge und auf die Wange.

»Ich hab gesagt, du sollst nicht anrufen.«

Einen Moment lang glaubte er, es sei ein schlechter Scherz. Aber als er den bedrohlichen Blick der Frau sah, wurde ihm klar, dass sie es ernst meinte. Sie musterte ihn eingehend, und obwohl er vollständig bekleidet war, fühlte er sich nackt.

Sie betrachtete ihn von oben bis unten – seine schwarze Mütze und die schwarz geschminkten Augen, die Schläfe, in die acht kleine Sterne tätowiert waren, und die gepiercte Unterlippe, die gefütterte Jeansjacke und die abgenutzten Springerstiefel.

»Wie heißt du?«, fragte sie.

»R…Robin Stenberg«, stammelte er.

»Gut, Robin«, sagte sie. »Nur damit du es weißt. Ich bin hingefallen und habe mir wehgetan. Sonst nichts.«

Er nickte erschrocken. »Okay.«

»Gut, dann sind wir uns ja einig. Nimm das und hau ab.«

Die Frau warf ihm sein Handy zu. Ungeschickt fing er es auf, ging ein paar Schritte rückwärts und begann dann zu laufen.

Erst als er seine Wohnungstür in der Spelmansgatan hinter sich absperrte, holte ihn die Angst ein.

Im internationalen Terminal des Flughafens Suvarnabhumi in Bangkok wimmelte es nur so von Menschen. Lange Schlangen hatten sich vor den Schaltern gebildet, und ab und zu wurden Passagiere durch die Lautsprecher gebeten, mit der Information Kontakt aufzunehmen. Jedes Mal wenn ein Koffer auf dem Gepäckband umfiel, erklang ein dumpfes Geräusch.

Laute Stimmen von großen Reisegesellschaften waren zu hören, weinende Kleinkinder und Paare, die über Reiseunterlagen diskutierten.

»Den Pass, bitte.« Die Frau hinter dem Check-in-Schalter streckte die Hand aus.

Pim hielt ihren Pass mit beiden Händen fest, um das Zittern zu überspielen. Man hatte ihr gesagt, sie solle sich nicht verkrampfen, sondern möglichst entspannt und fröhlich wirken. Doch je mehr die Schlange sich vor ihr verkürzte, umso nervöser wurde sie. Sie hatte so viel am Ticket herumgespielt, dass rechts oben eine kleine Ecke fehlte.

Ihr Magen schmerzte. Die Übelkeit kam wellenartig, und sie wünschte, sie könnte sich einen Finger in den Hals stecken. Sie hätte auch gern ausgespuckt, denn bei jedem Würgeanfall sammelte sich Speichel im Mund, aber sie wusste, dass sie es nicht durfte. Deshalb schluckte sie, immer und immer wieder.

In einer anderen Schlange zwei Schalter weiter weg stand Noi und spielte hektisch an einem Riemen ihres Rucksacks herum. Sie warfen einander keine Blicke zu, sondern ignorierten sich.

Denn in diesem Moment kannten sie einander nicht.

So lautete die Regel.

Die Frau hinter dem Schalter tippte auf ihrer Computertastatur herum. Ihre Haare waren dunkel und zu einem strengen Pferdeschwanz zusammengebunden. Auf der linken Tasche des schwarzen Blazers prangte das Logo der Fluggesellschaft. Darunter trug sie eine weiße Bluse mit rundem Kragen.

Pim legte einen Arm auf den Tresen und beugte sich leicht vor, um die Schmerzen in ihrem aufgequollenen Bauch zu lindern.

»Sie können die Tasche aufs Band stellen«, sagte die Frau und beobachtete, wie Pim ihre Tasche aufs Band hievte. Erneut schlug die Übelkeit zu wie ein Stromschlag, und sie verzog den Mund.

»Ist es das erste Mal?« Die Frau sah sie mit fragendem Blick an. »Also das erste Mal, dass Sie nach Kopenhagen fliegen?«

Pim nickte.

»Das ist aber kein Grund, nervös zu sein. Fliegen ist gar nicht gefährlich.«

Pim antwortete nicht. Denn sie wusste nicht, was sie antworten sollte. Stattdessen starrte sie auf ihre Schuhe.

»Bitte sehr.«

Pim nahm ihre Boardingkarte in Empfang und wandte sich hastig um.

Sie wollte weg von der Frau mit ihrem fragenden Blick. Im Moment konnte sie sich mit niemandem unterhalten, sie wollte es auch gar nicht.

»Hallo, warten Sie!«, rief ihr die Frau vom Schalter hinterher.

Pim drehte sich um.

»Der Pass«, sagte die Frau. »Sie haben Ihren Pass vergessen.«

Pim ging zurück und murmelte ein Dankeschön. Krampfhaft presste sie ihren Pass mit beiden Händen an die Brust und ging zur Sicherheitskontrolle.

Jana Berzelius sank allmählich zurück auf den Boden und blieb auf den Knien sitzen. Der Schmerz strahlte auf den gesamten Körper aus. Am liebsten hätte sie die Augen geschlossen. Vorsichtig legte sie die Hand auf den Hinterkopf und tastete ihn ab. Die Finger waren voller Blut. Sie wischte sie an der Jacke ab und sah sich um. Die rote Mütze lag links von ihr, direkt neben der Aktentasche. Langsam reckte sie sich, griff nach der Mütze und spürte das harte Eis an ihren Beinen. Sie konnte nicht auf dem kalten Boden sitzen bleiben.

Erst jetzt bemerkte sie den bitteren Metallgeschmack im Mund. Sie spuckte aus und sah, wie der Speichel das Eis auf dem Boden rot färbte.

Ebenso rot wie ihre Mütze.

Sie zählte bis drei und bemühte sich, wieder auf die Beine zu kommen. Ihr Kopf dröhnte vor Schmerzen, und ihr war schwindelig. Sie stützte sich mit der Hand an der Wand des Torbogens ab.

Noch hatte sie nicht genug Kraft, um weiterzugehen, und blieb stehen.

Das Blut lief ihr die Wange hinab.

3

Pim erwachte davon, dass das Flugzeug schwankte und schaukelte. Sie packte die Armlehnen und atmete rascher. Ein unangenehmes Gefühl breitete sich in ihrem Körper aus, und ihr Herz schlug schneller. Sie hielt nach Noi Ausschau, die sieben Reihen hinter ihr saß, sah sie aber nicht.

Es war ruhig im Flugzeug. Die meisten Passagiere schliefen, und das Kabinenpersonal hatte sich hinter die geschlossenen Vorhänge zurückgezogen. Die Beleuchtung an der Decke war ausgeschaltet, aber hier und da leuchtete eine Leselampe über den Sitzen. Einige lasen, andere sahen sich auf dem Bildschirm am Vordersitz einen Film an.

Das Flugzeug schaukelte wieder, diesmal stärker.

Ihre Hände waren schweißnass, und sie hielt weiterhin krampfhaft die Armlehnen umklammert, schloss die Augen und versuchte, ruhiger zu atmen.

Ihr Magen schmerzte.

Sie verspürte einen Druck und sah über ihre Rückenlehne in den hinteren Teil des Flugzeugs, wo sich die Toiletten befanden. Sie dachte kurz nach, löste dann den Gurt und erhob sich. Vorsichtig ging sie durch den Mittelgang und hielt sich mit der rechten Hand an den Sitzen fest, um nicht das Gleichgewicht zu verlieren.

Ihr Magen verkrampfte sich schon wieder, und sie spürte, wie Panik in ihr aufstieg. Das Flugzeug bewegte sich so heftig, dass sie taumelte und gegen die Sitze stieß.

Eine gedämpfte Stimme des Kabinenpersonals ermahnte sämtliche Passagiere, zu ihren Plätzen zurückzukehren und sich anzuschnallen. Pim blieb stehen, zögerte, ging dann aber weiter zu den Toiletten.

Sie musste gehen, sie konnte nicht umkehren und warten.

Nicht eine einzige Minute.

Sie stolperte vorwärts, doch gerade als sie den hinteren Teil der Kabine erreicht hatte, geriet das Flugzeug ins Schlingern. Sie verlor das Gleichgewicht, wurde zur Seite geworfen, aber es gelang ihr, sich an der Toilettentür abzustützen. Eilig ging sie hinein, schloss die Tür hinter sich und verriegelte sie.

Die Magenschmerzen waren unerträglich.

Sie öffnete den Deckel und sah in die Toilettenschüssel. Der Duft von Putzmittel und Urin schlug ihr entgegen. Auf dem Boden lagen nasse, zerrissene Papierhandtücher. Der weiße Plastikwasserhahn tropfte, und selbst hier drinnen war das Dröhnen der Motoren deutlich zu hören.

Pim zuckte zusammen, als es an der Tür klopfte.

»Hallo, Entschuldigung, aber Sie müssen an Ihren Platz zurückkehren!«, rief eine Stimme auf Englisch.

Pim wollte antworten, doch dann krümmte sie sich vor Schmerzen. Rasch zog sie ihre Hose hinunter und setzte sich auf die kalte Toilettenbrille.

»Hören Sie mich? Hallo?«, sagte die Stimme draußen.

»Okay«, sagte Pim.

Dann konnte sie nichts mehr erwidern.

Die Panik hatte sie mit eisernem Griff gepackt. Die Magenschmerzen sackten tiefer zum Zwerchfell und dann in die Gebärmutter.

Sie hielt die Luft an und saß dreißig Sekunden lang

reglos auf dem Rand der Toilette. Dann stand sie auf und blickte wieder in die Schüssel hinein.

Da sah sie die Kapsel. Sie lag ganz unten.

»Sorry, aber Sie müssen jetzt wirklich auf Ihren Platz zurück. *All passengers!*«

Jemand schlug gegen die Tür, und der Griff bewegte sich auf und ab.

»Yes! Yes!«

Pim wischte sich ab, warf das Toilettenpapier in den Papierkorb und zog die Hose hoch. Zögernd steckte sie die Hand in die Toilettenschüssel und nahm die Kapsel.

Sie würgte heftig, als sie die braune Schicht darauf sah.

Unter fließendem Wasser wusch sie die Kapselhülle und rieb sie mehrmals vorsichtig mit Seife und Wasser ab.

Sie wusste, was sie jetzt tun musste, es gab keinen anderen Ausweg.

Während es wieder an der Tür klopfte, öffnete Pim den Mund und schob die Kapsel in den Hals, legte den Kopf nach hinten und starrte panisch zur Decke.

Sie schwitzte am ganzen Körper, als die Kapsel langsam die Speiseröhre hinabglitt.

Es war früher Morgen, als Jana Berzelius in dem zwanzig Quadratmeter großen Badezimmer ihrem Spiegelbild begegnete. Sie hatte beschlossen, von zu Hause aus zu arbeiten, denn sie hatte keine Lust, in der Staatsanwaltschaft auf Kollegen oder Klienten zu treffen und womöglich Fragen oder neugierige Blicke zu riskieren. Niemand sollte sehen, dass sie nicht in Form war.

Sie ließ die Hände auf dem eckigen Waschbecken ruhen, das in die schwarze Granitarbeitsfläche eingepasst war. Zwei Stapel perfekt gefalteter Handtücher lagen in einem Regal. Die Duschkabine war aus dunkel getöntem Glas, der Duschkopf direkt an die Decke montiert. Der Boden war aus italienischem Marmor. Darüber hinaus gab es zwei Schränke und eine weiße Badewanne. Alles glänzte vor Sauberkeit.

Jana stand in Unterhemd und Slip da. Sie hatte Gänsehaut am ganzen Körper. Ihr Gesicht war geschwollen, und der Nacken schmerzte. Sie tupfte die Wunde am Hinterkopf vorsichtig ab und legte einen neuen Verband an.

Sie dachte an Danilo. Schon den ganzen Vormittag hatte sie an ihn gedacht. Er hatte sie überfallen, misshandelt und erneut versucht, sie zu töten. Sie bebte vor Wut. Wäre dieser schwarz gekleidete magere Typ nicht aufgetaucht, würde sie heute wahrscheinlich nicht hier stehen.

Danilo war hart und brutal gewesen. Er war ihr überlegen gewesen, und sie hatte sich vollkommen machtlos gefühlt.

Ein fremdes und unangenehmes Gefühl.

Sie schüttelte den Kopf und schob sich die Haare hinters Ohr.

Seine Worte hallten in ihrem Kopf wieder. *Ich warne dich. Wenn du mir noch einmal folgst, werde ich beenden, was ich hier begonnen habe.*

Sie unternahm einen Versuch, ihre schmerzenden Muskeln zu massieren, gab aber auf und ließ die Hand zum Waschbecken sinken.

Noch ein einziges Mal, und du wirst es für immer bereuen. Kapiert?

Die Botschaft war unmissverständlich. Er hatte sie gewarnt, und er hatte es ernst gemeint.

Aber wovor hatte er solche Angst, dass er sie töten wollte? Es verhielt sich doch eher so, dass *er* eine Bedrohung für sie darstellte, für ihre Karriere, für ihr Leben. Warum wollte er sie töten? Er konnte ihre Existenz vernichten, wenn er wollte – aber solange er sich in seinen Kreisen bewegte und sie sich in ihren, waren sie füreinander keine Bedrohung.

Es war falsch, ihn zu verfolgen, dachte sie. Ich muss versuchen, ihn aus meinem Leben herauszuhalten. Ihr war klar, dass sie sich an einem Scheideweg befand. Nun war es ihre Sache, die richtige Richtung zu wählen.

Es gab bei ihm nichts zu holen. Nächstes Mal würde er sie töten, das war ihr klar. Es durfte einfach kein nächstes Mal geben.

Auf gar keinen Fall.

Sie hatte sich entschieden. Sie würde ihn nie wieder in ihr Leben lassen, die Tür zu ihrer Vergangenheit schließen.

Ihre Hände, die auf dem Waschbecken ruhten, zitterten.

Die Wände kamen auf sie zu, und das Atmen fiel ihr schwer. Ihr ging auf, dass sie gerade einen der schwersten Entschlüsse ihres Lebens gefasst hatte, nämlich Danilo loszulassen, ihre Kindheit loszulassen und weiterzugehen. Dabei hatte sie ihr ganzes Leben mit der Ungewissheit verbracht, wer sie eigentlich war, und gerade die ersten Antworten auf ihre Fragen bekommen.

Sie starrte in den Spiegel. Ihre Augen waren schmal geworden.

Es gibt keinen Raum für Zweifel, dachte sie, drehte sich um und stieß einen lauten Schrei aus. Sie schlug auf die Tür ein, nahm Anlauf, trat dagegen und brüllte.

Dann setzte sie sich keuchend auf den Boden.

Sie konnte ihren Gedanken nicht entkommen. Die Erinnerungen an ihn drängten sich auf. Sein Gesicht dicht an ihrem, sein eiskalter Blick, seine harte Stimme.

Ich warne dich.

»Ich muss«, flüsterte sie. »Ich will nicht, aber ich muss.«

Langsam erhob sie sich und versuchte, sich darin zu bestärken, dass sie den richtigen Entschluss gefasst hatte. Sie ging zum Waschbecken zurück und wusch sich das Gesicht. Dann schob sie den Verband zurecht und zwang sich, ruhig zu atmen.

Von jetzt an ist alles anders, dachte sie.

Von jetzt an muss ich Danilo loslassen.

4

Gunnar Öhrn und Bezirkspolizeichefin Carin Radler standen vor dem ovalen Tisch im Konferenzraum, der im dritten Stock des Polizeireviers lag. Verstohlen sah Gunnar auf die Uhr. Im selben Moment betrat Kriminalobermeisterin Mia Bolander den Raum. Sie kam fast zehn Minuten zu spät zur Besprechung mit der Reichskriminalpolizei.

»Sorry«, sagte sie und murmelte eine Erklärung, die niemand verstand. Dann setzte sie sich an einen Tisch, ignorierte Gunnars müden Blick und sah aus dem Fenster.

Er schloss die Tür und nahm neben ihr Platz.

Am Tisch saßen außer Mia, Gunnar und Carin Radler auch Anneli Lindgren, Henrik Levin und der Kriminaltechniker Ola Söderström. Und noch jemand, wie Mia bemerkte.

So sah er also aus. Der Star der Polizeibehörde.

»Und Jana Berzelius?«, flüsterte sie Gunnar zu.

»Ja?«, erwiderte er leise.

»Ist sie gar nicht hier?«

»Nein.«

»Warum nicht? Warum müssen wir hier rumsitzen und sie nicht?«

»Weil nur wir zu dieser Besprechung eingeladen wurden.«

»Dabei müsste sie eigentlich hier sein. Leider war sie ja die ermittelnde Staatsanwältin.«

»*Leider?*« Gunnar starrte sie an. »Willst du, dass ich sie anrufe?«

»Nein.«

»Dann sei jetzt bitte ruhig.«

Carin Radler räusperte sich. »Jetzt, da alle versammelt sind, darf ich Ihnen den Leiter der Reichskriminalpolizei vorstellen, Anders Wester.« Sie zeigte auf ihn. »Er und ich haben ein internes Gespräch geführt, und ich habe Sie zu dieser Besprechung eingeladen, weil Sie wissen sollten, was er zu den Ermittlungen des vergangenen Frühjahrs zu sagen hat.«

»Sollten wir uns nicht besser auf andere Dinge konzentrieren als auf die Vergangenheit?«, meinte Gunnar.

Carin Radler ignorierte ihn.

Mia lächelte schief. Das wird eine interessante Besprechung, dachte sie, während ihre Augen zu Andres Wester wanderten. Sie betrachtete seinen Glatzkopf, seine schwarze Brille und seine blauen Augen. Die Lippen waren schmal, und sein Gesicht sah ein wenig blass aus. Seine Körperhaltung wirkte nicht gerade gesund – Wester hatte einen gebeugten Rücken, und seine Füße zeigten nach innen.

»Danke«, sagte Anders Wester. »Wie Carin Radler eben berichtet hat, haben wir im Vorfeld ein Gespräch über die Ermittlungen des vergangenen Frühjahrs geführt, und darüber möchte ich nun mit Ihnen sprechen.«

»Dann schießen Sie los«, sagte Gunnar.

»Es kommt vor, dass gewisse Bezirke auf eigene Faust nationale Mordermittlungen übernehmen, ohne sich an die Reichskriminalpolizei zu wenden. In manchen Fällen ist das Ergebnis zufriedenstellend, in anderen Fällen weniger. Wir haben Carin Radler auf die Fehler hingewiesen, die bei den Ermittlungen im vergangenen Frühjahr gemacht wurden.«

Es war still im Zimmer, und man tauschte vielsagende Blicke.

Gunnar kratzte sich am Kinn und lehnte sich über den Tisch. »Mal ganz ehrlich, Sie finden, dass wir einen schlechten Job gemacht haben, oder?«

»Herr Öhrn«, sagte Carin Radler und hob beruhigend die Hand.

»In der Tat ist Ihnen ein Fehler unterlaufen«, sagte Anders Wester.

»Ein Fehler?«, wiederholte Gunnar. »Was denn für ein Fehler?«

»Haben Sie schon mal was von Zusammenarbeit gehört? Wie Sie wissen, Herr Öhrn, ist es unser Auftrag, das organisierte Verbrechen zu bekämpfen, und um diesen Auftrag so professionell wie möglich auszuführen, müssen wir auf nationaler Ebene zusammenarbeiten. Das klingt wie eine Selbstverständlichkeit, für die meisten zumindest …«

»Hören Sie, wir haben alles getan … Es gab nichts, was wir noch hätten tun können.«

»Außer dass Sie früher Kontakt zu uns hätten aufnehmen sollen. Es empfiehlt sich nicht, Sondereinheit zu spielen. Zumindest nicht auf Bezirksebene.«

»Was hätten wir Ihrer Meinung nach denn tun sollen?«

»Sie hätten uns viel früher einschalten sollen, wie gesagt.«

»Wir haben den Fall ja an Sie übergeben.«

»Eine Übergabe, die nicht ganz nach Plan verlaufen ist.«

Gunnar lachte auf. »Und wessen Schuld war das?«

»Herr Öhrn …« Carin Radler warf ihm einen warnenden Blick zu.

Mia streckte die Beine aus.

»Korrigieren Sie mich, wenn ich mich irre«, fuhr Gunnar fort. »Wir haben eine Bande aufgedeckt, die jahrelang illegale Flüchtlingskinder für den Drogenhandel missbraucht hat. Wir haben sogar den Anführer, Gavril Bolanaki, gefasst, und alles war Friede, Freude, Eierkuchen, bis *Sie* übernommen und angefangen haben, mit Bolanaki zu verhandeln.«

»Sie wissen sehr gut, dass er über wichtige Informationen verfügte.«

»Ja, vielen Dank. Ich weiß, dass Sie ihn schützen wollten, damit er Ihnen im Austausch Informationen gibt: Namen von Zwischenhändlern, von Hehlern, von Übergabeorten. Aber er hat Ihnen ja gar nichts mehr verraten können, oder?«

»Das stimmt, aber was wollen Sie damit sagen?«

»Dass dieser Schutz vielleicht nicht so gut funktioniert hat. Geben Sie es doch zu, Sie haben nie irgendwelche Infos bekommen.«

»Der Fall ist abgeschlossen. Bolanaki hat sich das Leben genommen. Das hätten wir ohnehin nicht verhindern können.«

»Wer hat eigentlich behauptet, dass er über wichtige Informationen verfügte? Er selbst?«

»Ich bin davon überzeugt, dass Gavril Bolanaki eine wichtige Quelle für uns gewesen wäre«, sagte Anders Wester. »Aber der Fall ist wie gesagt abgeschlossen.«

»Eben. Eine elegante Art, Ermittlungen zu führen: auf eine Lösung verzichten und den Fall einfach abschließen. Man merkt, dass Sie über hohe Kompetenz in operativen Fragen verfügen.«

»Öhrn!«

Carin Radler schlug mit der flachen Hand auf den Tisch.

»Wester behauptet, wir hätten keinen guten Job gemacht«, erklärte Gunnar. »Aber ich muss ihm widersprechen. Wir haben Gavril Bolanaki gefasst, und ich würde viel eher zu behaupten wagen, dass *Sie*, Wester, Ihren Job nicht gut gemacht haben, denn schließlich wollten Sie ihn schützen.«

Anders Wester lächelte. »Das ist witzig. Offenbar haben Sie gar nicht begriffen, was ich gesagt habe, Öhrn. Es gibt kein Wir und Ihr. Die Polizei ist eine einzige Behörde, und ich hoffe, dass Sie das gelernt haben, bis die Neuorganisation zum Tragen kommt.«

»Vielen Dank. Wir wissen, dass die Reichskriminalpolizei den Namen ändern und demnächst Nationale operative Abteilung heißen wird, NOA. Aber sehr viel mehr wissen wir nicht. Wir haben keine Ahnung, wie die Organisation im Detail aussehen wird.«

»Das liegt daran, dass noch nicht alles feststeht«, fiel Wester ihm ins Wort.

Gunnar warf Carin Radler einen wütenden Blick zu, was Anders Wester mitbekam.

»Vielleicht ist es besser, wenn Carin Radler Ihnen das Ganze verdeutlicht. Sie ist nämlich sehr gut über die Umorganisation informiert.«

»Aber ich nicht?«

»Sie werden darüber informiert werden, denn im Gegensatz zu Ihnen habe ich mich entschieden, meine Informationen an Sie weiterzugeben und sie Ihnen nicht vorzuenthalten.«

»Wie erfreulich.«

Anders Wester stellte sich hinter Carin Radler und legte ihr die Hand auf die Schulter.

»Carin Radler ist die Position der Regionspolizeichefin Ost angeboten worden, und sie hat zugesagt. Im Lauf des Jahres wird sie zusammen mit den anderen sechs Regionsleitern die Detailorganisation und einen Aktionsplan für das kommende Jahr ausarbeiten. Parallel wird sie ihre Tätigkeit als Bezirkspolizeichefin ausüben, bis sie ihren neuen Posten antritt, was zum nächsten Jahreswechsel sein wird.«

Carin Radler stand auf, zupfte ihren Blazer zurecht und ergriff das Wort.

»Der enge Zeitplan ist eine Herausforderung für uns, aber ich freue mich, dass ich zur nationalen Leitungsgruppe gehören werde. Wir stehen vor einer großen Veränderung. Einundzwanzig Polizeibehörden durch eine einzige große Behörde zu ersetzen schafft man nicht im Handumdrehen. Wie Sie sicher wissen, wird schon seit 2010 daran gearbeitet, und nun steht nur noch der letzte Teil aus. Mir ist klar, dass Sie Fragen haben, und ich werde versuchen, sie so gut wie möglich zu beantworten, da mir Ihre Beteiligung ein Anliegen ist.«

Carin Radler nickte dem Team zu, das am Tisch saß. Henrik und Anneli lächelten, Ola hob den Daumen, und Gunnar klatschte vorsichtig in die Hände.

»Dann herzlichen Glückwunsch«, kam es von Mia, die mit verschränkten Armen dasaß.

Die Bezirkspolizeichefin nahm wieder Platz.

»Carin Radler hat recht«, sagte Anders Wester. »Ihre Beteiligung und Ihre Meinung sind uns wichtig.«

Gunnar seufzte laut. Zu laut.

Wester fuhr sich mit der Hand über den kahlen Kopf.

»Wissen Sie, Öhrn, ich sehe mehrere Vorteile bei der neuen Polizeibehörde. Der größte jedoch ist, dass die

Grenzen beseitigt werden. Dass es künftig viel leichter sein wird zusammenzuarbeiten. Glauben Sie nicht?«

Die Felder waren schneebedeckt, und die weiße Schicht hatte in der zunehmenden Dämmerung einen blauen Farbton angenommen. Kleine Wege schlängelten sich in den dichten Wald hinein. Die Lichter von den Höfen und Häusern brachten den Schnee zwischen den Bäumen zum Funkeln.

Pim lehnte mit dem Kopf an der vibrierenden Fensterscheibe im Wagen 5 des X2000 zwischen Kopenhagen und Stockholm. Der Zug hatte den Kopenhagener Hauptbahnhof um genau 18.36 Uhr verlassen. Nach vier Stunden sollte er in Norrköping eintreffen.

Sie spielte an ihrem Pass herum, der in ihrem Hosenbund steckte, und spürte eine quälende Unruhe im Zwerchfell. Sie drehte sich zu Noi um, die in der Reihe hinter ihr saß, mit herabhängenden Armen und weit offenem Mund. Den Blick hatte sie in weite Ferne gerichtet, irgendwo dort draußen.

»Schläfst du?«, fragte Pim.

»Nein«, antwortete Noi langsam.

»Bist du sicher, dass uns jemand abholt?«

Noi antwortete nicht. Sie schloss die Augen.

»Noi? Noi!«

Noi schlug die Augen auf und starrte weiter aus dem Fenster.

»Ich friere«, sagte sie und schloss wieder die Augen. Ihr Kopf fiel ihr auf die Brust.

»Wer wird uns abholen? Noi? Noi!«

Noi hob den Kopf und begegnete Pims Blick.

Ihre Pupillen waren so klein, dass es unheimlich aussah.

»Wie geht es dir? Was ist los?«, fragte Pim.

»Nichts … schlafen«, nuschelte Noi.

»Wer wird uns abholen? Kannst du mir nicht antworten?«

Aber Noi antwortete nicht. Sie schlief schon.

Pim kauerte sich auf dem Sitz zusammen und betrachtete die Landschaft, die draußen vor dem Fenster vorbeiglitt. Die Unruhe in ihrem Bauch wurde immer stärker.

Sie wusste sehr wohl, wann sie sich zuletzt so gefühlt hatte. Es war vor einem Monat gewesen, als sie auf dem Boden gesessen und das Gesicht ihrer toten Mutter gesehen hatte. Ihre kleine Schwester Mai hatte es zu dem Zeitpunkt noch gar nicht begriffen. Sie hatte geglaubt, ihre Mutter schliefe, denn das hatte Pim ihr gesagt.

Aber sie schlief nicht. Ihre Mutter hatte Fieber gehabt. Denguefieber. Die Augen waren gerötet, und ihr Körper wies große blaue Flecken auf. Wegen der Schmerzen in Muskeln und Gelenken hatte sie laut geschrien.

Ausnahmsweise wünschte Pim sich, dass ihr Vater da wäre. Damit sie selbst wieder ein Kind sein durfte.

Sie hatte sich gewünscht, dass ein Erwachsener käme und alles wieder in Ordnung brächte. Aber das war ein sinnloser Gedanke gewesen, eine vergebliche Hoffnung. Ihr Vater hatte sie schon vor Langem verlassen und eine neue Familie gegründet, er konnte nicht kommen.

Und als ihre Mutter sich weigerte, ins Krankenhaus zu gehen, war Pims letzte Hoffnung erloschen.

»Es ist am besten so«, sagte ihre Mutter.

»Aber du kannst doch Hilfe kriegen.«

»Hilfe kostet Geld, Pim.«

»Aber …«

»Versprich mir lieber … dass du dich um Mai kümmerst.« Ihre Mutter brachte die Sätze nur mit Mühe heraus und kratzte sich fieberhaft am Arm, woraufhin ein mit Flüssigkeit gefülltes Bläschen platzte.

»Ich kann das doch nicht allein«, hatte Pim gesagt und angefangen zu weinen. »Sie ist erst acht.«

»Du bist fünfzehn. Du schaffst das.«

Jetzt fummelte Pim an ihren Händen herum, dachte an Mai und fragte sich, was ihre kleine Schwester wohl in diesem Moment machte. Ob sie schlief, ob sie sich allein fühlte oder Angst hatte. Aber sie wäre ja nur fünf Tage weg. Schon bald war sie wieder zu Hause bei Mai.

Ihre Unterlippe zitterte, und plötzlich durchfuhr sie wieder ein stechender Magenschmerz.

Ich muss unbedingt wieder nach Hause, dachte sie.

Gunnar Öhrn saß hinter seinem Schreibtisch. Er hatte die Beine gespreizt, streckte die Arme in die Luft und gab ein Grunzen von sich, als er die Schmerzen verspürte, die sich von den Schultern bis zu der Stelle zogen, wo früher der Haaransatz gewesen war. Er fühlte sich übergewichtig und alt, aber vertrieb diese Gedanken wieder, weil er dafür keine Zeit hatte.

Stapelweise Akten lagen im Regal hinter ihm. Es wäre wohl am besten, wenn er irgendwo mittendrin anfangen, effektiv und konzentriert arbeiten und nachdenken würde, um sein Müdigkeitsgefühl loszuwerden.

Eine Mappe nach der anderen nahm er zur Hand und blätterte zerstreut ein paar Dokumente durch, als es an der Tür klopfte. Anders Wester kam mit zwei Tassen Kaffee herein.

»Inzwischen sind Sie also wach?«, fragte er.

»Wieso wach?«, erwiderte Gunnar.

»Es sah so aus, als würden Sie schlafen.«

»Ich habe ein bisschen nachgedacht. Seit wann ist das denn verboten?«

»Ein fieses Wetter heute.«

»Ich habe keine Lust auf Small Talk.«

Anders Wester stellte die Kaffeetassen auf den Tisch, setzte sich Gunnar gegenüber hin und legte die Fingerspitzen aneinander. »Wie geht es ihr?«, fragte er.

»Wem?«

»Anneli.«

»Das geht Sie gar nichts an.«

»Sie sieht müde aus.«

»Ich habe keine Lust auf Small Talk, habe ich gesagt.«

»Ich will doch nur wissen, wie es ihr geht.«

»Das geht Sie einen Scheißdreck an, hören Sie?«

»Immer mit der Ruhe«, sagte Wester grinsend. »Ich habe nur gefragt, wie es ihr geht.«

»Und ich arbeite.«

Gunnar rutschte auf seinem Bürostuhl herum und spürte, wie der Schweiß am Rücken aus den Poren trat. Er betrachtete Anders Wester, der schweigend dasaß. Noch immer hatte er die Fingerspitzen aneinandergelegt, inzwischen hatte er die Hände jedoch zum Mund geführt. Er wirkte überlegen und hatte ein schiefes Lächeln aufgesetzt.

»Kaffee?«

»Müssen wir jetzt auch noch zusammen Kaffee trinken?«

»Bitte«, sagte Wester und schob ihm die eine Tasse hin.

»Dass Sie es wagen hierherzukommen«, sagte Gunnar und betrachtete den Kaffee mit Widerwillen.

»Ich habe Ihre Sicht der Dinge sehr wohl wahrgenommen.«

»Sie haben hier nichts zu suchen.«

»Ich habe gehört, was Sie sagen.«

»Also, dass Sie die Stirn haben, unsere Ermittlungen infrage zu stellen!«

»Ich mache nur meine Arbeit.«

»Und wir machen unsere.«

»Offenbar nicht, sonst wäre ich ja nicht hier.«

»Es muss einen anderen Grund geben, dass Sie hier sind. Ich habe gute Lust, Sie zu bitten, sich zum Teufel zu scheren.«

»Ich weiß.«

»Aber dann riskiere ich vermutlich Repressalien, oder?«

»Das tun Sie vielleicht auch so schon.«

»Was meinen Sie?«

»Genau das, was ich gesagt habe.«

»Drohen Sie mir etwa?«

Anders Wester lächelte immer noch, stützte die Ellbogen auf die Knie und beugte sich vor.

»Nein, Öhrn, warum sollte ich Ihnen drohen? Ich sorge nur dafür, dass Sie hier in Norrköping einen guten Job machen.«

»Ich habe mein ganzes Leben als Polizist gearbeitet. Ich verstehe was von guter Arbeit.«

»Dann muss ich offenbar dafür sorgen, dass Sie noch besser arbeiten.«

»Sie können gern hier herumsitzen und sich über den Tisch beugen, um mir zu imponieren«, sagte Gunnar und lehnte sich auf seinem Stuhl zurück. »Und Sie können sagen, was Sie wollen. Ich werde Ihnen sowieso nicht zuhören.«

»Ich hoffe, Sie wissen, was Sie tun«, sagte Wester.

»Ich weiß genau, was ich tue.«

»Den Eindruck habe ich aber nicht. Sie scheinen nicht zu begreifen, wie wichtig es ist zu kooperieren. Und dass wir künftig kooperieren werden. Die Kriminalpolizei auf Bezirksebene und auf nationaler Ebene. Norrköping und Stockholm. Sie und ich, Öhrn.«

Er konnte sich das nicht länger anhören. Der Schweiß rann ihm über die Schläfen, aber er weigerte sich, ihn wegzuwischen, wollte sich vor Wester nicht anmerken lassen, wie empört er war.

»Mir ist klar, dass wir zusammenarbeiten werden«, sagte er spöttisch. »Sie und ich. Noch was?«

Wester erhob sich. »Nein«, sagte er und verabschiedete sich von Gunnar mit einem Handschlag, der unnötig fest und unnötig lang war.

Gunnar erwiderte den Händedruck.

Genauso unnötig fest und genauso unnötig lang.

5

Die Flocken auf dem Mantel glitzerten. Karl Berzelius entfernte den Schnee von seinen Halbschuhen, ehe er in das Taxi vor der Louis-De-Geer-Halle stieg. Er fuhr sich mit der Hand durch das graue, volle Haar und zupfte den Mantel zurecht.

Margaretha saß schon auf der Rückbank und hielt ihre Handtasche auf den Knien. Mit einem Tuch wischte sie ihre filigrane Brille ab, ehe sie sie wieder aufsetzte. Vorsichtig legte sie das Tuch wieder in ihre Handtasche und schloss sie mit einem Klicken.

»Fantastisch«, murmelte sie, während das Taxi auf der Kopfsteinpflasterstraße losfuhr.

»Was hast du gesagt?«, fragte Karl, während er aus dem Autofenster sah.

»Das Konzert war fantastisch. Das beste seit Langem. Es hat mir wirklich gefallen.«

»Ja, es ist eines der am häufigsten gespielten Klavierwerke.«

»Kein Wunder.«

»Rachmaninov, kaum zu übertreffen.«

»Ja.«

Er betrachtete die Schneewehen. Als das Auto nach rechts abbog, ließ er den Blick hinauf zu den Lichterketten wandern, die über der Straße hingen. Tausende von Lämpchen, die hin und her schaukelten.

»Am Sonntag ist der zweite Advent«, murmelte Margaretha. »Und bald ist Weihnachten ...«, sagte sie leise, aber er hörte es.

»Und, was willst du damit sagen?«

Sie antwortete nicht gleich. Doch dann kam die Frage, auf die er gewartet hatte.

»Vielleicht ist es an der Zeit, sie einzuladen?«

Er sah seine Frau an, die krampfhaft ihre Handtasche umklammerte.

»Zu Weihnachten, ja«, sagte er.

»Oder früher, vielleicht schon jetzt am Samstag, um ...«

Er hob die Hand, um zu signalisieren, dass es reichte.

»Bitte, Karl.«

»Nein.«

»Aber ich will nicht bis Weihnachten warten. Ich glaube, es wäre gut, wenn wir ...«

»Sie hat sich nicht bei uns gemeldet.«

»Aber ich habe mich bei ihr gemeldet.«

Er fixierte sie, woraufhin Margaretha ihre Handtasche noch fester umklammerte.

»Du hast also mit ihr gesprochen?«, fragte er.

»Ja, und das solltest du auch tun. Das letzte Mal liegt lange zurück, Karl.«

Er räusperte sich. »Ich will nichts mehr davon hören.«

»Also sollen wir sie einfach in Ruhe lassen?«

»Ja.«

»Aber ich will das nicht.«

»Jetzt reicht es! Wenn du dich mit ihr treffen willst, dann tu das. Lade sie ein. Tu, was du willst. Aber lass mich aus der Sache raus, ja?«

Da war sie wieder. Die Wut, die Irritation. Er war selbst erstaunt. Er hatte sie jetzt schon lange nicht mehr gespürt.

Margarethas Fingerknöchel waren weiß geworden, so fest umklammerte sie ihre Handtasche. Er hörte sie seufzen, aber kümmerte sich nicht weiter darum.

Stattdessen sah er wieder aus dem Fenster.

Auf die schaukelnden Lichter.

Jana Berzelius öffnete ihr Posteingangsfach und las sich die vier neuen E-Mails durch, die sie im Lauf des späten Nachmittags erhalten hatte. Die erste stammte von Torsten Granath, eine Einladung zur traditionellen Weihnachtsfeier der Staatsanwaltschaft im Göta Hotel in Borensberg. Die beiden nächsten E-Mails enthielten ergänzende Angaben zu einer Hauptverhandlung nächste Woche am Landgericht Norrköping, in der es um eine Kneipenschlägerei ging. An die letzte E-Mail war eine zweiseitige Datei über eine Änderung des Strafprozessrechts angehängt.

Zwanzig Minuten später fuhr sie ihren Rechner runter, ging ins Schlafzimmer, zog sich aus und legte ihre Kleidung auf einen Stuhl. Als sie die Beleuchtung in ihrem begehbaren Kleiderschrank anschaltete, um neue Unterwäsche herauszusuchen, blieb sie vor dem bodentiefen Spiegel stehen. Sie schob die langen, dunklen Haare beiseite und ließ sie über die rechte Brust fallen.

Eine Weile stand sie da und betrachtete sich. Sie musterte die Arme, die Hüften, die Schenkel. Mit der Hand strich sie sich über die Schulter und das Kreuz bis zum Hintern. Sie schauderte, als sie die blauen Flecken sah. Inzwischen waren sie dunkel geworden, bald würden sie verschwinden – ebenso wie ihre Gedanken an Danilo.

Mit Kraft zog sie eine Schublade auf, zerrte einen Seiden-BH mit passendem Slip heraus, warf das Set aufs Bett und ging ins Bad. Sie duschte rasch, zog die Unterwäsche an und hüllte sich in einen dünnen Morgenmantel.

In der Küche schenkte sie sich ein Glas Wein ein, stellte sich ans Fenster und betrachtete die dichten Wolken. Sie trank einen Schluck und hielt sich das kalte Glas an die Schläfe. Dann ging sie ins Arbeitszimmer und schloss die Tür zu ihrer kleinen Kammer auf.

Sie schaltete das Licht an, blieb auf der Schwelle stehen und sah hinein. Ihr Blick glitt über die Pinnwände, das Whiteboard, die Bilder, die Fotos und die Notizen. Ihre Kindheit. Vorsichtig strich sie sich mit den Fingern über den Nacken. Spürte die unebene Haut, spürte die drei Buchstaben, die nie verschwinden würden, die in ihrer hellen Haut verewigt waren. KER – die Göttin des Todes.

Ihr Blick blieb an der Skizze hängen, die mitten auf der Pinnwand mit Reißzwecken befestigt war. Es war die Skizze, die sie von Danilo nach ihrer Begegnung im Frühjahr gezeichnet hatte. Nach all den Jahren hatte sie ihn in seiner Wohnung in Södertälje aufgesucht.

»Beantworte lieber die Frage, was du als Staatsanwältin in meiner Wohnung machst«, hatte er gesagt. Er hatte keine Ahnung gehabt, wer sie war, als sie plötzlich in seiner Wohnung gestanden hatte.

»Ich brauche deine Hilfe.«

Er lachte.

»Aha? Interessant. Womit kann ich dir denn behilflich sein?«

»Du kannst mir dabei helfen, etwas herauszufinden.«

»Etwas? Und was soll dieses Etwas sein?«

»Meine Herkunft.«

»Deine Herkunft? Wie soll ich dir dabei helfen, wenn ich nicht mal weiß, wer du bist?«

»Aber ich weiß, wer du bist.«

»Wirklich? Wer bin ich denn?«

»Du bist Danilo.«

»Clever. Hast du das allein herausgefunden, oder hast du meinen Namen an der Wohnungstür gelesen?«

»Du bist auch noch jemand anders.«

»Du meinst, ich bin schizo, oder was?«

»Zeig mir deinen Nacken.«

Da verstummte er plötzlich.

»Dort steht dein anderer Name. Ich kenne ihn. Wenn ich richtig rate, musst du mir erzählen, wie du zu dem Namen gekommen bist. Wenn ich falsch rate, lässt du mich laufen.«

»Wir ändern die Vereinbarungen ein bisschen«, erwiderte er. »Wenn du richtig rätst, rede ich. Klaro, kein Problem. Wenn du falsch rätst oder ich keinen Namen im Nacken habe, schieße ich.«

Sie hatte geraten, und sie hatte recht gehabt.

Jana trank noch einen Schluck Wein. Dann ging sie in die Kammer, setzte sich auf den Stuhl und stellte das Glas auf dem Schreibtisch vor sich ab. Sie empfand eine gewisse Wehmut beim Gedanken an das, was sie jetzt tun musste.

Niemand wusste, dass sie einen eigenen Raum für alle unsortierten Kindheitserinnerungen hatte, und niemand sollte je davon erfahren. Sie hatte darüber kein Wort verloren. Nicht einmal ihrem Vater oder ihrer Mutter gegenüber. Die Kammer war ihre eigene Angelegenheit gewesen, und zwar nur ihre.

Im Frühjahr hatte sie mehr Antworten über ihren Hintergrund bekommen, als sie eigentlich ertragen konnte. Sie hatte den Mann getroffen, der sie zu dem gemacht hatte, was sie gewesen war: eine Kindersoldatin. Allzu gut erinnerte sie sich an seine Worte: »Aus einem unterdrückten Kind lässt sich ganz einfach eine tödliche Waffe machen. Ein Soldat ohne Selbstwertgefühl, der nichts zu verlieren hat, ist das Gefährlichste, was es gibt.«

Er ließ sich mit Papa anreden, aber sein wahrer Name war Gavril Bolanaki.

Jetzt war Gavril tot und der Auftrag abgeschlossen. Und bei Danilo – oder Hades, wie der Name in seinem Nacken lautete – war nichts mehr zu holen.

Sie erhob sich plötzlich, löste die Abbildungen der Container von den Wänden und faltete sie zusammen. Dann nahm sie das Foto vom Haus auf der Insel ab, wo sie mit Danilo und den anderen Kindern gewohnt hatte. Sie legte die Bilder von altgriechischen Göttinnen in Umschläge und die Bücher über griechische Mythologie auf einen Stapel. Danach wischte sie die Notizen vom Whiteboard, holte Kartons und reihte sie an der Wand zum Schlafzimmer auf, bevor sie alle Bilder, Bücher, Fotos und Notizen hineinsteckte. Als Letztes nahm sie die Skizze von Danilo von der Pinnwand und legte sie auf die Kartons.

In der Küche schenkte sie sich ein weiteres Glas Wein ein und leerte es im Stehen. Dann ging sie zurück ins Schlafzimmer, öffnete das Nachtschränkchen und betrachtete die schwarzen Notizbücher, die darin lagen. Einen Moment erwog sie, die Tagebücher dort liegen zu lassen, doch dann überlegte sie es sich anders und packte sie ebenfalls in die Kartons.

Nach zwei Stunden hatte sie die Kammer und ein weiteres Glas Wein geleert. Mit dem Finger auf dem Lichtschalter begutachtete sie die leeren Wände und stellte fest, dass das Zimmer ohne die Ergebnisse ihrer Ermittlungen merkwürdig nackt aussah.

Sie hatte alles weggeräumt, was irgendetwas über ihre Herkunft verriet. Es hatte keinen Sinn, diese Dinge aufzubewahren. Ihre Herkunft würde ein Geheimnis bleiben, und sie würde ihr bisheriges Leben weiterführen – genauso zugeknöpft wie die Blusen, die sie im Gerichtssaal trug.

Sie schloss die Augen und schaltete die Deckenbeleuchtung aus. Dann stand sie einfach da und lauschte dem Pochen ihres Herzens.

Ihr Leben würde von nun an eine andere Richtung nehmen und nicht mehr von den Schatten ihrer Vergangenheit gesteuert werden.

Sie spürte, wie es ihr kalt den Rücken hinunterlief.

Und fragte sich, ob sie Erleichterung verspürte.

6

Der Zugbegleiter Mats Johansson blickte aus dem Fenster. Die spätabendliche Stille hatte sich im X2000 ausgebreitet, der zwischen Kopenhagen und Stockholm verkehrte. Durch diese Stille konnte er sich entspannen.

Weil er sich so nach der Stille sehnte, verbrachten seine Frau und er den Sommer immer in einem roten Häuschen mitten in den Wäldern Smålands. Das kleine Haus hatte eine weiß gestrichene Veranda, auf der sie an lauen Sommerabenden saßen und den Anblick der majestätischen Bäume und des smaragdgrünen Rasens genossen. Jedes Mal wenn sie freihatten, buddelten sie im Garten herum, pflanzten Möhren und Tomaten, aber jetzt gab es nichts mehr zu tun, niemand arbeitete im Winter im Garten, zumindest nicht auf dieser Seite des Erdballs, dachte Mats. Nicht im kalten Schweden.

Er sah auf die Uhr, die in diesem Moment auf 22.12 Uhr sprang, und stellte fest, dass es noch zehn Minuten bis zur geplanten Ankunft in Norrköping waren. Mit ruhigen, festen Schritten ging er durch den Mittelgang. Als er die Tür zu Wagen 5 öffnete, entdeckte er vor der Toilette ein junges Mädchen. Dic Haare waren dunkel, schulterlang und glänzend.

Sie klopfte an die geschlossene Tür und rief etwas. Dann drehte sie sich zu den anderen Passagieren um, doch niemand schien ihren panischen Blick zu bemerken.

Der Zug fuhr langsamer, die Wagen schaukelten ein wenig, und es quietschte leicht auf den Gleisen.

Das Mädchen wirkte verzweifelt und rief erneut.

Schnell ging Mats zu ihr. Sobald sie ihn sah, stürzte sie zu ihm und packte seinen Arm. Sie redete in einer fremden Sprache auf ihn ein, zog ihn zur geschlossenen Toilettentür und gestikulierte wild.

Er begriff, dass etwas passiert sein musste.

Es war 22.22 Uhr, als es ihm gelang, die Tür zu öffnen.

Links von der Toilettenschüssel war ein Wickeltisch an die Wand montiert. Mats ging vorsichtig hinein und sah eine junge Frau, die auf dem Boden saß. Ihre Finger waren blutig, das Gesicht bleich und die Lippen bläulich. Weißer Schaum tropfte von ihrer Unterlippe auf ihre Brust.

Mats schlug die Hände vor den Mund und starrte erschrocken die Tote an.

Mia Bolander langte nach ihrem Handy, das auf dem Tisch lag. Sie scrollte die Statusmeldungen in Facebook durch und ärgerte sich wie immer über die vielen Leute, die Fotos von frisch gebackenem Kuchen, von Weihnachtsschmuck oder von ihren künftigen Reisezielen posteten.

Wie albern, dachte sie und ließ das Handy auf den Schoß fallen.

Sie fuhr sich durch die blonden Haare, gähnte und plumpste aufs Sofa. Dann warf sie einen Blick auf den 50-Zoll-Fernseher, den sie im Frühjahr per Ratenkauf erstanden hatte. Zwar war es ein echtes Schnäppchen gewesen, aber mit den Raten war sie trotzdem im Rückstand. Zwei Monate vielleicht, aber sie würde zahlen, sobald sie ihr nächstes Gehalt bekam. Ein bisschen ärgerlich war es ja schon, so viel Geld für einen Fernseher zahlen zu müssen, der ein knappes Jahr alt war. Sie hätte lieber Geld in ein neues Gerät investiert. Erst kürzlich hatte sie ein extrem cooles Teil mit gewölbtem Bildschirm gesehen. Wäre sie im Frühjahr ein bisschen weniger hektisch gewesen, hätte sie sich jetzt so einen kaufen können.

Mia spielte an einer blonden Haarsträhne herum. Sie war müde und unzufrieden mit dem Tag. Und mit dem Leben.

In zwei Monaten würde sie ihren einunddreißigsten Geburtstag feiern, und sie hatte neue Falten an der Stirn und um die Augen entdeckt. Die Haut oberhalb der Brüste war erschlafft und erinnerte an einen Fächer, wenn sie einen engen Sport-BH trug.

Sie versuchte sich selbst davon zu überzeugen, dass sie noch immer gut aussah, aber es gelang ihr nicht. Obwohl sie regelmäßig ins Fitnessstudio ging und dreimal pro Woche Krafttraining machte, fühlte sie sich nicht attraktiv. Sie schlief zu wenig, aß unregelmäßig und trank ziemlich viel Alkohol.

Das waren genau die Fehler, die man in dieser Hinsicht machen konnte.

Außerdem verschwendete sie Geld für überflüssige Dinge und war ständig pleite. Sie wohnte in einer winzigen Wohnung und hatte Sex mit Typen, die alles andere als normal wirkten. Der letzte Mann hatte einen liebevollen und zärtlichen Eindruck gemacht, doch sobald sie bei ihm zu Hause gewesen waren, hatte er ein total krankhaftes Interesse an ihren Füßen gezeigt. Ein Fußfetischist.

Einen ziemlich uncoolen Namen hatte er auch noch.

Martin.

Er hatte sie zwar befriedigt, aber sie würde nie wieder mit ihm ins Bett gehen. Nicht mit jemandem, der einem die Zehen ablutschen wollte.

Da verlief die Grenze.

In ihrem bisherigen Leben hatte sie auf dem Gebiet Sex so ziemlich alles ausprobiert. Sie hatte mit vierzehn ihre Unschuld verloren und ihre Teenagerzeit damit verbracht, mit sexhungrigen Klassenkameraden und älteren Gymnasiasten herumzuexperimentieren. Bei der Schulabschlussfeier in der Neunten war es mit einem Lehrer ziemlich zur Sache gegangen. Ein anderes Mal hatte sie mit zwei Jungs gleichzeitig auf einer Toilette Sex gehabt, und auf einer Party hatte sie es drei Hardrockern mit dem Mund besorgt. Mit zwanzig hatte sie Bondage ausprobiert – zusammen mit einem tätowierten Mann aus Falun. Sie hatte sich als Stewardess verkleidet, als Krankenschwester und als unschuldiges Mädchen mit Korsett. Sie hatte Männer ausgepeitscht und sich auspeitschen lassen. Hatte Sex in geheimen Klubs und auf öffentlichen Plätzen gehabt. Ihr Sexleben war abwechslungsreich, doch es erforderte ständig neue Männer.

Deshalb hatte sie kein Interesse an einer langfristigen Beziehung, und sie hatte nie verstanden, wie man es jahrelang mit ein und demselben Menschen aushalten konnte. In der Kantine des Polizeireviers hatte sie gehört, wie Kolleginnen ihre Männer als wunderbar, einsichtig, interessant, großzügig, warmherzig und romantisch beschrieben, um am nächsten Tag über ihre Unarten herzuziehen: Bartstoppeln im Waschbecken und schmutzige Unterhosen, die tagelang im Schlafzimmer liegen blieben. Dabei behaupteten sie, den Mann ihres Lebens getroffen zu haben, mit dem sie alt werden und Kinder haben wollten. Mia hatte nie so empfunden. Sie wollte nicht einen Mann haben.

Sie wollte mehrere.

Nun sah sie aus dem Fenster in die Dunkelheit hinaus, strich sich übers Gesicht und erwog, sich die Zähne zu putzen. Doch sie war zu faul und legte stattdessen die Füße auf den Tisch.

Ihre Gedanken wanderten zu der Besprechung mit der Reichskripo am Vormittag, die zwei Stunden gedauert hatte. In der letzten halben Stunde hatte sie hin und her überlegt, ob sie etwas tun oder sagen sollte. Anders Wester war ein unsympathischer Kerl. Er hatte ihre Arbeit kritisiert und war Gunnar hart angegangen. Sie hatte ihren Chef noch nie so irritiert und so unter Druck erlebt.

Aber er war der Einzige aus dem Team gewesen, der sich während der Besprechung geäußert und seine Mitarbeiter verteidigt hatte. Vielleicht hätte sie etwas sagen sollen. Sich einbringen. Aber alle anderen hatten auch geschwiegen.

Carin Radler hätte vielleicht eingreifen und das Gespräch in eine andere Richtung lenken können, aber sie hatte sich bestimmt nicht getraut. Nicht jetzt, wo sie gerade einen neuen Posten bekommen hatte – bei der neuen Polizeibehörde. Angeblich würde sich mit der Neuorganisation alles zum Besseren wenden. Alle sollten beteiligt werden und würden glücklich bis an ihr Lebensende sein. So ein Schwachsinn!

Sie legte sich aufs Sofa, verschränkte die Arme hinter dem Kopf und lag eine ganze Weile so da, ehe sie nach ihrem Handy griff.

Sie wusste, dass sie es nicht tun sollte, dass sie es bereuen würde. Dennoch suchte sie die Nummer von Martin Strömberg heraus.

Doch gerade als sie wählen wollte, klingelte das Telefon.

Sie sah aufs Display. Henrik Levin.

»Ja?«, meldete sie sich.

»Du musst zum Hauptbahnhof kommen. Und zwar sofort!«

Der X2000 in Richtung Stockholm mit der Abfahrtszeit 22.24 Uhr stand auf Gleis 1 des Hauptbahnhofs Norrköping. Es hatte eine Stunde gedauert, bis alle Fahrgäste evakuiert und per Schienenersatzverkehr nach Nyköping gebracht worden waren, wo ein Regionalzug zur Weiterfahrt für sie bereitstand.

Alle Bahnsteige waren abgesperrt worden. Der Parkplatz und das Bahnhofsgebäude ebenfalls.

Henrik Levin stand am Absperrband und beobachtete Mia Bolander, die ihren weinroten Fiat Punto auf der Kreuzung von Norra Promenaden und Vattugränden parkte. Er winkte ihr zu, als sie aus dem Wagen stieg. Wegen der Kälte zog sie die weiße Mütze weit über die Ohren und schloss ihre Jacke bis zum Hals.

»Jetzt sag schon, was ist passiert?«, fragte sie und duckte sich unter das Absperrband.

»Eine junge Frau ist tot auf einer Zugtoilette aufgefunden worden. Sie hieß Siriporn Chaiyen und war Thailänderin. Wir haben ihre Tasche mit dem Pass und anderen Habseligkeiten gefunden.«

»Wie alt?«

»Achtzehn.«

Mia hob die Augenbrauen.

»Los«, sagte Henrik und führte sie zum Zug.

In der Toilette des Wagens 5 hockte Anneli Lindgren mit einer Pinzette in der Hand. Der kleine Raum war von hellen Lampen erleuchtet.

Henrik und Mia stellten sich in die Türöffnung und musterten die Tote. Sie wirkte sehr jung und hatte in der Tat ein asiatisches Aussehen.

»War es Selbstmord?«, fragte Mia.

Anneli sah auf. »Na ja«, sagte sie und erhob sich. »Auf den ersten Blick könnte es auch ein epileptischer Anfall sein. Sie sieht aus, als wäre sie erstickt. Aber wie sie genau gestorben ist, kann ich nicht beantworten.«

»Und was machen wir jetzt?«

»Wir können Selbstmord ausschließen«, erklärte Henrik. »Und ein epileptischer Anfall war es wohl auch nicht.«

»Wer hat sie gefunden?«

»Ein Zugbegleiter, Mats Johansson«, sagte Henrik. »Er steht leider noch unter Schock, aber wir haben kurz mit ihm sprechen können, ehe er zum Vrinnevi-Krankenhaus gebracht wurde. Er hat gesagt, dass eine verrückte Frau auf ihn zugestürzt ist und ihn gezwungen hat, die Toilettentür zu öffnen. Und jetzt wirst du mich fragen, wer diese Frau ist.«

»Ja, und? Ist diese Frage etwa verboten?«

»Nein, aber ich habe keine Antwort darauf.«

»Und warum nicht?«

»Sie ist aus dem Zug verschwunden.«

»Und wo steckt sie jetzt?«

»Das weiß niemand.«

7

Im Flur der Rechtsmedizin in Linköping roch es stark nach Desinfektionsmitteln. Der Rechtsmediziner Björn Ahlmann sah auf, als Henrik Levin und Mia Bolander den Obduktionssaal betraten. Er stand an einem Obduktionstisch und sah sie mit ernstem Blick an. Seine Augen leuchteten silbrig blau. Die Neonröhren warfen ihr unbarmherziges Licht auf die gefliesten Wände, die Doppelwaschbecken und die Ablaufrinnen.

Henrik stellte sich ein Stück entfernt hin und betrachtete die Frau, die auf dem Obduktionstisch lag. Sie wirkte so klein und verletzlich. Das Brustbein und die Rippen zeichneten sich deutlich unter ihrer glatten Haut ab. Ihre Haut war blass, und die schwarzen, langen Haare lagen über ihren Schultern. Es hatte den Anschein, als blickte sie mit einer Mischung aus Erstaunen und Trauer ins Zimmer.

Doch den kleinen, schmalen Augen fehlte der Glanz.

»Ich habe die Notiz in der Zeitung gesehen. Die war so klein, dass man meinen könnte, der Tod würde niemanden mehr interessieren«, sagte Ahlmann und seufzte.

»Alle haben wohl genug mit ihren eigenen Sorgen zu tun«, bemerkte Henrik.

»Woran ist sie gestorben?«, fragte Mia. »Wissen wir das inzwischen?«

»Sie hätten nicht extra herkommen müssen, wenn Sie nur darauf eine Antwort gewollt hätten.«

Björn Ahlmann schob den Obduktionsbericht zu Henrik hinüber, der ihn routiniert durchlas.

»Wie Sie sehen«, sagte Ahlmann, »gibt es keine Überraschungen. Die Todesursache ist Asphyxie, vollständige Blockierung der Sauerstoffzufuhr zum Gehirn.«

»Sie ist also erstickt?«, fragte Henrik.

»Ja, infolge einer Überdosis Heroin«, erklärte Ahlmann. »Sie hatte fünfzig Kapseln davon im Magen.«

»Fünfzig?« Mia stieß einen Pfiff aus.

»Ja, Sie haben richtig gehört. Fünfzig.«

»Und die Kapseln?«, wollte Henrik wissen.

»Die sind analysiert worden«, meinte Ahlmann. Er schob seine Brille zurecht und deutete auf den Obduktionsbericht. »Die Ergebnisse stehen da drin.«

Henrik betrachtete den leblosen Körper.

Die Nägel der Finger und Zehen waren in einem rosa Farbton lackiert. Er holte tief Luft, und ihn ergriff – wie immer, wenn die Opfer noch so jung waren – ein Gefühl von Schwermut.

»Gibt es keine anderen Ergebnisse?«

»Nein, ansonsten haben wir nichts Auffälliges gefunden. Außer dass die Tote erst fünfzehn war.«

»Fünfzehn? In ihrem Pass steht aber was von achtzehn Jahren.«

»Ich sage nur das, was ich weiß«, erwiderte Ahlmann und warf ihm einen ernsten Blick zu. Seine Brille funkelte, als er sich wieder der Leiche zuwandte.

»Scheiße«, sagte Mia. »Irgendjemand missbraucht junge Frauen für den Drogenschmuggel. Nicht zu fassen.«

»Sie war keine junge Frau«, sagte Henrik. »Sie war ein Kind.«

Es fiel ihr schwer, die Beine beim Laufen zu strecken. Dennoch erhöhte sie das Tempo. Das letzte Stück lief sie schnell und leicht, verlangsamte dann ihre Schritte, blieb stehen und atmete einen Moment tief durch.

In der Wohnung machte sie hundert Sit-ups. Der Schweiß löste in ihrem Nacken Juckreiz aus. Jana Berzelius schob die Haare zur Seite und fuhr mit den Fingern über die eingeritzten Buchstaben.

Nach einer raschen Dusche legte sie ein diskretes Makeup auf, aber besserte an gewissen Stellen nach, wo die Haut noch immer gerötet war. Sie begutachtete sich selbst, als wollte sie herausfinden, ob man die blauen Flecken unter der Schminke noch erahnen konnte. Widerwillig legte sie noch ein bisschen Rouge auf und befand, dass es reichte.

Mit der Aktentasche in der einen Hand und dem Mantel in der anderen ging sie hinunter in den Keller. Die hohen Absätze klackerten, als sie mit raschen Schritten in der Tiefgarage zu ihrem Auto ging. Sie schloss ihren schwarzen BMW X6 schon aus zehn Metern Entfernung auf und legte die Aktentasche auf den schwarzen, lederbezogenen Beifahrersitz.

Sie fühlte sich bereit für die Arbeit und musterte erneut ihr Gesicht im Spiegel, wiederholte im Stillen, dass niemand etwas unter der Schminke erahnen würde.

Doch eine Unruhe blieb. Und sie zögerte einen Moment, ehe sie das Auto startete und aus der Garage fuhr.

Anneli Lindgren saß auf der Bettkante. Ihre Haare waren offen und noch nicht gebürstet. Sie öffnete die Schublade des Nachtschränkchens und suchte ein Paar herzförmige Diamantohrringe heraus. Behutsam befestigte sie sie in den Ohren. Dann stand sie auf, blieb im Nachthemd stehen und blickte aus dem Fenster. Der Wind rüttelte an dem frostigen Laub der Bäume. Ein Hase lief plötzlich davon, und sie folgte ihm mit dem Blick, bis er im Nachbargarten verschwand.

Sie drehte den einen Ohrring und erinnerte sich daran, als sie sie bekommen hatte. Es lag lange zurück, damals war alles anders und freier gewesen. Sie wusste noch immer, wie sie ihn in seiner Wohnung mit leuchtend roten Wangen angesehen hatte. Er hatte eine Kommodenschublade aufgezogen, eine Plastiktüte und ein weiches Seil herausgenommen und ihre Arme nach oben gedrückt. Sie lag im Bett, presste die Beine zusammen und wand sich, als er ihr den Slip herunterzog. Er kniete über ihr und beobachtete lächelnd ihre Befreiungsversuche, während er ihren Oberschenkel streichelte und seine Hand bis zu ihren Leisten wanderte. Und er lächelte noch breiter, als sie aufhörte zu protestieren, die Beine spreizte und zuließ, dass er in sie eindrang.

Die kleine Schachtel hatte er im Sakko gehabt. Er legte sie auf ihren nackten Bauch und sagte etwas, was nach Liebe klang. Dabei war sie gar nicht auf Liebe aus gewesen, sondern hatte nur ihre Lust stillen wollen. Ausnahmsweise wollte sie sich dem Gefühl des Begehrens hingeben, das sie für ihn empfand.

Für Anders.

»Die Besprechung beginnt in zehn Minuten.«

Die Schlafzimmertür quietschte, als Gunnar mit einem Handtuch um die Hüften hereinkam.

»Ja …«, sagte sie abwesend.

Er legte die Hand auf ihre Schulter, und sie spürte die Wärme von seiner feuchten Haut. Vorsichtig streichelte er sie im Nacken, unter dem Haar, und strich ihr über die rechte Schulter. Sie spürte, wie der Träger des Nachthemds verrutschte. Als er schließlich ihre Brüste zu liebkosen begann, schob sie vorsichtig seine Hand beiseite.

»Woran denkst du?«, fragte er.

»An dich und an uns«, antwortete sie und trat vom Fenster weg. »Wir müssen uns beeilen, damit wir nicht zu spät zur Besprechung kommen.«

Sie öffnete den begehbaren Kleiderschrank und nahm wahllos einen Pullover heraus. Sie wollte nur schnell das Schlafzimmer verlassen, wollte nicht, dass er die Röte in ihrem Gesicht sah.

Die Schamesröte.

Jana Berzelius betrat den Konferenzraum im dritten Stock des Polizeireviers in Norrköping. Sie setzte sich an den ovalen Tisch und beobachtete verstohlen die Teammitglieder, die bereits Platz genommen hatten. Anneli Lindgren notierte sich wichtige Details in ihrem Schreibblock, Mia Bolander kritzelte Blumen auf den Rand ihres Papiers. Ola Söderström klappte sein Notebook auf, und Gunnar Öhrn hatte seine gefalteten Hände vor sich auf die Tischplatte gelegt.

»Aha, Sie sind also jetzt schon hier?«, sagte Mia Bolander, ohne ihren Blick zu heben.

»Ja«, sagte Jana mit erhobenem Kopf. Ihr Blazer war schwarz, der Rock knielang und die Haare glatt gebürstet.

»Aber warten Staatsanwälte nicht normalerweise, bis wir von der Kripo die grobe Arbeit gemacht haben? Oder zumindest, bis wir einen Verdächtigen haben?«

»Nicht alle«, erwiderte Jana Berzelius.

Henrik Levin warf Mia einen genervten Blick zu, als wollte er ihr sagen, dass sie doch bitte dieses unsinnige

Gerede bleiben lassen sollte. Sie wusste sehr wohl, dass die Ermittlungen immer von einem Staatsanwalt geleitet werden mussten, wenn das Opfer unter achtzehn Jahren war.

»Und nicht alle kommen zur ersten Besprechung«, fuhr Mia fort.

»Nein«, sagte Jana. »Aber das bedeutet eben Hingabe an die Arbeit.«

»Danke, ich weiß, was das bedeutet«, entgegnete Mia wütend.

»Na, dann«, sagte Henrik. Er legte den Obduktionsbericht mit einem Knall auf den Tisch und begann Björn Ahlmanns vorläufige gerichtsmedizinische Untersuchung der Toten in der Zugtoilette wiederzugeben.

»Sie hatte fünfzig Kapseln geschluckt, die Heroin und Kokain enthielten«, fasste Gunnar zusammen, als Henrik fertig war, und stand auf. »Offenbar haben wir es mit einem Fall von Drogenschmuggel zu tun. Ola?«

»Yes«, übernahm der Kollege. »Die Frau war eine sogenannte Bodypackerin, also eine Person, die illegal Drogen in ihrem Körper schmuggelt. Man nennt sie auch Mules, Maultiere …«

»Maultiere?«, wiederholte Mia. »Schlucker würde besser passen, finde ich.«

»Stimmt«, meinte Ola. »So werden diese Drogenkuriere auch genannt. Aber obwohl der Körperschmuggel ein wohlbekanntes Problem darstellt, werden nur wenige Bodypacker erwischt. Jedes Jahr reisen sechzig bis siebzig Millionen Menschen in Schweden ein.«

»Es ist also wie die berühmte Nadel im Heuhaufen«, bemerkte Henrik.

»Ja, es ist viel wahrscheinlicher durchzukommen, als

erwischt zu werden. Der Zoll arbeitet im Großen und Ganzen nur mit erkenntnisgestützten Ermittlungsmethoden. Natürlich bemüht man sich, Muster in der Vorgehensweise zu entdecken, aber diese Bodypacker tauchen überall auf, wechseln oft ihre Identität und kommen aus aller Herren Länder.«

»In diesem Fall aus Thailand«, ergänzte Henrik.

»Aber sie kann doch genauso gut aus Japan kommen. Oder aus China. Oder Malaysia oder so. Die sehen doch alle gleich aus, diese Leute«, sagte Mia und rieb sich die Nase.

Gunnar räusperte sich. »Der Pass ist in Thailand ausgestellt. Also gehen wir davon aus, dass sie Thailänderin ist. Mach weiter, Ola.«

»Viele von diesen sogenannten Schluckern kommen mit Billigfliegern aus Spanien. Es handelt sich oft um gefährdete Personen, die im Gebiet rund um Malaga rekrutiert werden. Aber viele kommen auch aus Westafrika, Asien, Osteuropa, Nahost und Südamerika. Die Niederlande sind ein häufiges Transitland für Drogen. Der Flughafen Schiphol in Amsterdam hat so große Probleme, dass die Grenzpolizei manchmal die Schmuggler gar nicht mehr festnimmt, sondern mit dem nächsten Flieger zurückschickt. Es ist nämlich ganz schön umständlich, im Fall von Bodypacking die Beweismittel sicherzustellen.«

Ola stützte die verschränkten Arme auf den Tisch und fuhr fort: »Nach der Festnahme müssen jede Menge Entscheidungen gefällt werden, ob die Schlucker in einem Krankenhaus geröntgt werden sollen zum Beispiel. Dann müssen weitere Beschlüsse gefasst werden, nämlich dass die Verdächtigen unter ständiger Aufsicht bleiben müssen, bis sie ihre Notdurft verrichtet haben. Die Bodypacker müssen eine Toilette besuchen, in der man nicht spülen kann, und dann müssen die Angestellten des Gefängnisses in der Toilettenschüssel herumwühlen, um die Kapseln zu beschlagnahmen.«

»Lecker«, kommentierte Mia.

»Früher durfte man Brechmittel einsetzen. Man ließ den Bodypacker eine ordentliche Dosis schlucken, und eins, zwei, drei war das Beweismittel da. Das war effektiv, aber der schwedische Reichsstaatsanwalt verbot das irgendwann in den Neunzigern, weil diese Methode als menschenunwürdig empfunden wurde«, erklärte Ola.

Jana Berzelius richtete sich auf. »Soweit ich weiß, dauert es fünf Tage, bis die Kapseln das Verdauungssystem durchlaufen haben.«

»Stimmt«, sagte Ola. »Aber es gibt große Unterschiede. Manchmal vergehen nur zwei Tage, aber es kann auch zwei Wochen dauern. In der Regel werden Abführmittel verwendet oder ein Einlauf gemacht, aber nicht überall hat man Zugang zu solchen Hilfsmitteln, und es hat Fälle gegeben, in denen Drogenschmuggler an Schäden infolge von Verstopfung gestorben sind. Die häufigste Todesursache ist jedoch der Austritt von Giftstoffen aus undichten Kapseln wie bei unserem Opfer.«

Ola drückte auf den Tasten seines Notebooks herum.

»Aber die Schlucker, oder besser gesagt deren Auftraggeber, verbessern ständig die Verpackungsmethoden. Abgeschnittene Gummihandschuhe oder Kondome gehören inzwischen eher der Vergangenheit an Heutzutage werden die Kapseln maschinell hergestellt, die Hülle besteht aus mehreren Schichten und wird am Ende mit Bienenwachs versiegelt. In der Regel haben die Schmuggler fünfzig bis siebzig Kapseln im Magen. Jede davon enthält zehn

Gramm Rauschmittel. Die Kapseln werden dann in sogenannte Bällchen von jeweils 0,2 bis 0,3 Gramm aufgeteilt. Ein Bällchen Heroin kann auf der Straße für hundertfünfzig Kronen den Besitzer wechseln – das ist nur noch ein Drittel verglichen mit dem Preis vor einigen Jahren.«

»Routinierte Bodypacker können über siebzig Kapseln schlucken, oder?«, fragte Gunnar.

»Ja, es gibt sogar Drogenkuriere, die über hundert Kapseln schlucken. Voriges Jahr wurde in Kastrup ein Osteuropäer geschnappt, der 1,2 Kilo Heroin und Kokain im Körper hatte. Dafür kriegst du auf der Straße mehrere Millionen Kronen.«

»Dänemark ist auch ein Transitland«, ergänzte Gunnar. »Viele Schmuggler fliegen nach Kastrup und nehmen den Zug über die Öresundbrücke nach Schweden. Ich wage zu behaupten, dass das in diesem Fall so war.«

»Das glaube ich auch«, sagte Ola. »Vermutlich ist die Thailänderin nicht allein nach Schweden gekommen. Es ist üblich, dass die Auftraggeber gleich mehrere Bodypacker losschicken, weil sie damit rechnen, dass einige vom Zoll geschnappt werden. Wenn beispielsweise zwanzig ausgesandt werden, kommen vielleicht achtzehn durch, und damit ist der Gewinn schon mal sicher.«

»Also fünfzig Prozent«, bemerkte Mia.

»Nicht wirklich. Achtzehn von zwanzig sind nicht die Hälfte. Das sind neunzig Prozent«, erklärte Jana Berzelius und fixierte Mia, ohne eine Miene zu verziehen.

Mia Bolander biss die Zähne zusammen. »Ich hab von den beiden Mädels gesprochen! In diesem Fall wurden zwei losgeschickt, und die eine ist gestorben, also ist nur eine durchgekommen. Die Hälfte. Fünfzig Prozent.«

»Es können ja noch mehr Schlucker im Zug gewesen sein«, wandte Henrik ein und faltete die Hände im Schoß.

Mia seufzte.

»Aber wir konzentrieren uns bei der Suche auf die verschwundene Freundin. Und wir setzen voraus, dass auch sie eine Drogenschmugglerin ist«, sagte Gunnar. »Sonst wäre sie wohl nicht abgehauen.«

Jana Berzelius nickte Henrik Levin zu.

»Gibt es irgendwelche Zeugen?«, erkundigte sie sich.

»Ja«, antwortete er. »Mehrere von den Fahrgästen haben ausgesagt.«

»Und was ist mit dem Zugbegleiter? Wo befindet der sich?«

Henrik öffnete den Mund, um zu antworten, aber Mia kam ihm zuvor. »Der steht unter Schock.«

»Ich habe nicht nach seinem Zustand gefragt, sondern nach seinem Aufenthaltsort«, sagte Jana Berzelius, ohne Mia eines Blickes zu würdigen.

»Er befindet sich im Vrinnevi-Krankenhaus«, sagte Mia knapp.

»Haben Sie schon mit ihm gesprochen?«

»Nur ganz kurz. Ich werde ihn nach unserer Besprechung befragen«, sagte Henrik.

»Wenn du Glück hast«, sagte Mia. »Offenbar ist er noch in Behandlung. Vielleicht muss er eine Therapie machen, und die Ermittlungen verzögern sich noch weiter.«

Gunnar überhörte ihren Einwurf und ging zum Whiteboard.

»Nach Aussage des Zugbegleiters hat die andere Frau den Zug sofort verlassen, und das bestätigt auch die Aufzeichnung der Überwachungskamera, die Ola sich angesehen hat.«

»Genau«, fuhr Ola fort. »Im Lauf des Vormittags habe ich mir den Film von der Überwachungskamera im Hauptbahnhof angeschaut. Um exakt 22.23 Uhr verlässt eine junge Frau im Laufschritt den Zug. Ihr Aussehen ist ebenfalls asiatisch, und ich vermute, es ist das Mädchen, nach dem wir suchen. Im Film sieht man deutlich, wie sie vom Bahnsteig 1 direkt zum Parkplatz läuft und dann in der Dunkelheit verschwindet.«

»Wir haben also ein klares Foto von ihr?«, hakte Jana Berzelius nach.

»Leider nicht ganz so klar, wie ich es mir gewünscht hätte, aber ich glaube, es hilft schon mal weiter.« Ola lehnte sich über den Tisch. »Man kann sehen, dass sie panisch ist. Sie läuft sehr schnell. Aber es ist bemerkenswert, dass sie stehen bleibt, im Dunkeln Ausschau hält, zögert und dann noch schneller davonrennt.«

»Als würde sie nach jemandem suchen?«, fragte Henrik.

»Als würde sie nach jemandem suchen, ganz genau«, antwortete Ola. »Und zugleich sieht man Autorücklichter, als würde ein Auto direkt vor ihr bremsen.«

»Also kann sie in ein Auto eingestiegen sein«, sagte Henrik.

»Ja, möglicherweise hat jemand am Bahnhof auf sie und ihre Freundin gewartet. Und natürlich fragen wir uns, wer dieser Jemand ist.«

»Die Drogen sollten also hierher nach Norrköping transportiert werden?«, fragte Jana Berzelius.

»Davon können wir ausgehen«, erwiderte Henrik. »Wir haben ja schon seit einiger Zeit den Verdacht, dass in dieser Gegend irgendwas in Richtung Drogenhandel im Busch ist. Nicht zuletzt seit dem Verschwinden von Gavril Bolanaki.«

»Sie meinen, der Drogenhandel hat zugenommen?«

»Genau.«

»Nun«, sagte Gunnar. »Wie wir alle wissen, stellen diese Frauen nur kleine Spielfiguren in einem sehr viel größeren Spiel dar. Wir müssen die flüchtige Frau finden, denn sie könnte unsere Verbindung zu diesen kriminellen Machenschaften sein. Wenn wir sie finden, ist die Wahrscheinlichkeit groß, dass wir auch ihren Auftraggeber kriegen.«

8

Pim wurde durch das Geräusch von Wellen geweckt. Ihr Kopf schmerzte, und sie blinzelte mehrere Male, um klar zu sehen. Sie setzte sich auf der dünnen Matratze auf und stellte fest, dass jemand eine Decke über sie gebreitet hatte. Neben ihr stand ein Eimer ohne Henkel.

Wie lange hatte sie geschlafen?

Sie versuchte, die Lippen zu bewegen, doch es ging nicht. Ein Klebestreifen verschloss ihren Mund. Sie wollte ihn wegreißen, aber ihre Hände waren mit festen Riemen hinter dem Rücken gefesselt. Sie zog und zerrte, bis sie ganz außer Atem war und die Luft stoßweise durch die Nase einzog. Sie hatte das Gefühl, als müsse sie ersticken.

Dieses Gefühl hatte sie schon früher gehabt. Beim Spielen hatte ihre kleine Schwester Mai sich häufig auf sie gesetzt, ihre Hände festgehalten und gerufen: »Los, befrei dich, Pim! Befrei dich, wenn du kannst!«

Dann hatte sie mit aller Kraft versucht, sich aus ihrem Griff zu befreien. Mai hatte gelacht, bis sie kaum noch Luft bekam. Es war ja nur ein Spiel gewesen. Aber jetzt war es anders.

Das war alles andere als ein Spiel.

Der kleine Raum hatte einen Holzfußboden und eine Holzdecke, aber kein Fenster. Es war kalt und feucht.

Pim dachte an Noi und begann zu weinen. Sie hätte bei

ihr bleiben und sie nicht allein im Zug zurücklassen sollen.

Mühsam kniete sie sich hin und blieb so sitzen. Ihre Augen schweiften umher, suchten nach einem Ausgang.

Wo befand sie sich?

Sie wusste es nicht.

Und niemand sonst wusste, dass sie mit gefesselten Händen und zugeklebtem Mund in einem fremden Land war.

Mit zitternden Beinen erhob sie sich, stolperte zur Wand, lehnte sich mit dem Rücken dagegen und begann, mit den Fingern nach etwas Scharfem zu suchen.

Schließlich entdeckte sie eine unebene Stelle an den Holzbrettern und rieb die Riemen daran. Sie bewegte sich auf und ab und hin und her und gab alles, um ihre Fesseln zu durchtrennen.

Jana Berzelius steckte ihren Schreibblock in ihre Aktentasche und verließ den Konferenzraum.

Draußen sah sie den Schnee in schweren Flocken vom Himmel fallen. Sie legte die Hand auf das glänzende Geländer und ging langsam vom dritten Stock hinunter in die Tiefgarage. Im Treppenhaus roch es nach Staub und Kernseife. Sie lauschte dem Widerhall von ihren Absätzen und dachte an den neuen Fall. Sie war zu dem zurückgekehrt, was ihrem Leben Sinn verlieh, was ihr etwas bedeutete: Arbeit, Pünktlichkeit, Leistung. Nun fühlte sie sich wieder energiegeladen und stark. Sie wollte sich auf das konzentrieren, was vor ihr lag, auf die Zukunft.

Im selben Moment klingelte ihr Handy. Sie blieb stehen, zog das Gerät aus der Tasche, doch als sie sah, dass es ihr Kollege Per Åström war, stellte sie das Handy auf lautlos und steckte es wieder zurück.

Sie erreichte den ersten Stock und wollte gerade weiter nach unten gehen, als sie plötzlich innehielt.

Durch die Glastür, die vom Treppenhaus in den Eingangsbereich des Gebäudes führte, sah sie ein bekanntes Gesicht. Auf einem Stuhl im Empfang saß der magere, schwarz gekleidete Typ, den sie kürzlich am Torbogen getroffen hatte, durch den man das Stadtviertel Knäppingsborg betrat.

Robin Stenberg.

Was machte er hier?

Er hatte die Ellbogen auf die Knie gestützt. Das eine Bein bewegte sich nervös auf und ab.

Sie machte einen Schritt vorwärts, wollte hingehen, mit ihm reden, aber ein starker Impuls überzeugte sie, lieber das Polizeirevier zu verlassen. Robin erhob sich vom Stuhl und hatte sich bald aus ihrem Blickfeld entfernt.

Sie ging die Treppe weiter hinunter, ohne sich bewusst zu sein, dass ihre Schritte schneller wurden, während sie in Gedanken wieder in Knäppingsborg war, erneut Robin Stenbergs Körper betrachtete, seinen panischen Blick, die tätowierten Sterne an der Schläfe, und ihn hektisch sagen hörte, er müsse dringend Hilfe holen.

Er hatte ihre gewaltsame Auseinandersetzung mit Danilo beobachtet, und ihr wurde mulmig.

Was wollte er im Polizeirevier?

Als sie die Tür zur Tiefgarage aufschob, fuhr ein Polizeiauto mit Blaulicht und Sirenen aus einer Parklücke und wurde wenig später vom dichten Schneefall verschluckt.

Henrik Levin drückte auf den grauen Türöffner, woraufhin sich die Glastür zur psychiatrischen Abteilung des Vrinnevi-Krankenhauses öffnete.

Sie hatten gehofft, schon bald eine Aussage zu bekommen, die ihnen bei der Suche nach der verschwundenen Frau helfen würde, und er setzte seine größte Hoffnung auf den Zugbegleiter Mats Johansson.

Henrik schüttelte dem zuständigen Arzt die Hand und wechselte ein paar Worte mit ihm, bevor ihm der Weg zum Zimmer des Patienten gezeigt wurde.

Eine Frau saß auf der Bettkante. Sie sah Henrik Levin mit ihren braunen Augen an und fuhr sich durch die Locken, bevor sie aufstand und sich leise als Marianne Johansson vorstellte.

»Ich bin die Frau von Mats«, fügte sie hinzu. Sie nahm Henriks Jacke in Empfang und hängte sie vorsichtig an einen Garderobenhaken hinter der Tür. So behutsam wie möglich schob sie ihren Stuhl näher ans Bett, setzte sich und nahm die linke Hand ihres Mannes.

»Mats«, flüsterte sie. »Du hast Besuch.«

Henrik stellte sich auf die andere Seite des Bettes und betrachtete das kantige Gesicht des Mannes, den breiten Schnurrbart, das dünne Haar und die blasse Haut. Die Augen bewegten sich unter den geschlossenen Lidern.

»Er träumt viel«, erklärte Marianne Johansson und lächelte entschuldigend. »Es ist natürlich furchtbar, wenn man so etwas miterleben muss. Und das auch noch in seinem Zug … Manchmal murmelt er irgendwas vor sich hin.«

»Was sagt er denn?«, fragte Henrik.

»Ehrlich gesagt ist es meistens ein ziemlicher Unsinn.« Marianne Johansson lachte auf.

»Das habe ich aber gehört«, sagte Mats Johansson und öffnete die Augen. Er stützte sich mühsam auf dem Ellbogen ab und betrachtete seinen Besucher.

»Hallo«, sagte Henrik und streckte ihm die Hand hin. »Ich heiße Henrik Levin und bin Kriminalkommissar. Leider muss ich Ihnen ein paar Fragen stellen.«

»Das ist kein Problem«, sagte Mats Johansson und drückte schwach seine Hand.

»Wenn ich es richtig verstanden habe, waren Sie es, der die Frau auf der Zugtoilette gefunden hat.«

Johansson nickte. »Ja, ich habe sie gefunden. Sie lag da drinnen … auf dem Boden.«

»Können Sie mehr darüber erzählen?«

Johansson biss sich auf die Lippe.

Henrik strich sich übers Kinn und holte das herangezoomte Standbild der Überwachungskamera aus der Tasche. »Ich werde Ihnen jetzt ein Foto zeigen und möchte Sie bitten, es sich genau anzusehen.«

Johansson richtete sich auf und betrachtete das Foto eine ganze Weile. Die schwarzen Haare, die schmalen Augen, die helle Haut.

»Erinnern Sie sich an diese Frau?«, fragte Henrik. »Es ist nicht die Frau, die Sie auf der Toilette gefunden haben.«

Johansson nickte. »Das ist das Mädchen, das vor der Toilette stand und einfach abgehauen ist, als ich die Tür geöffnet habe. Ich konnte sie nicht aufhalten. Ich wollte, aber konnte nicht. Ich musste ja bei dem Mädchen auf der Toilette bleiben. Noi hieß sie.«

»Noi? Sie meinen Siriporn? Die Tote?«

»Nein.« Mats Johansson sah verwirrt aus. »Ich meine Noi.«

Henrik warf Marianne Johansson einen raschen Blick zu.

»Denk noch mal genau nach, Mats«, sagte sie.

»Hieß sie Noi?«, fragte Henrik nach.

»Ich weiß es nicht«, sagte Johansson. »Aber die andere, die dann verschwunden ist, hat die ganze Zeit ›Noi!‹ gerufen. Als ich gekommen bin, stand sie an der Toilettentür und hat wie wild geklopft und ›Noi! Noi!‹ geschrien. Ich habe gedacht, das wäre der Name des Mädchens gewesen. Und als ich die Tür geöffnet habe, ist sie weggelaufen. Ich habe ihr hinterhergerufen, dass sie stehen bleiben soll, aber sie ist davongerannt.«

Henrik dachte nach. »Wo waren die beiden Frauen denn während der Fahrt?«, fragte er.

Johansson rieb sich die Augen. Er wirkte erschöpft, als würden ihn das Nachdenken und die Erinnerung überfordern, und atmete tief durch, ehe er antwortete.

»Beide haben in Wagen 5 gesessen, aber nicht nebeneinander, sondern hintereinander«, sagte er. »Es gab genug Plätze, der Zug war nicht voll besetzt.«

»Wie haben sie sich verhalten?«

Mats Johansson legte die Stirn in Falten, als hätte er die Frage nicht verstanden.

»Haben sie unruhig gewirkt?«, präzisierte Henrik seine Frage. »Nervös, verärgert, wütend?«

»Nein, sie haben die meiste Zeit geschlafen.«

»Und wo sind sie eingestiegen?«

Johansson legte den Kopf aufs Kissen und sah an die Zimmerdecke. »Sie sind gleich in Kopenhagen eingestiegen.«

»Und wohin wollten sie?«

»Nach Norrköping. Deshalb hat sie ja auch so geschrien, dass ich die Tür öffnen sollte. Die beiden wollten in Norrköping aussteigen.«

Er legte eine Pause ein und schloss die Augen. Seine Frau strich ihm über die Wange, aber er wandte sich ab.

»Ich werde Sie in Ruhe lassen«, sagte Henrik. »Danke, dass ich herkommen durfte.«

Marianne Johansson sah ihn an und nickte zur Antwort. Sie hielt die Linke ihres Mannes mit beiden Händen umfasst.

»Anders Wester ist also noch immer in der Stadt?« Gunnar Öhrn verschränkte die Arme vor der Brust und starrte Carin Radler an, die auf dem Besucherstuhl in seinem Büro saß.

»Ja, und nächstes Mal, wenn Sie eine Besprechung planen, sollten Sie ihn vorher benachrichtigen.« Sie schlug die Beine übereinander und wackelte mit dem Fuß, sie trug hochhackige Schuhe.

»Oder er wird dafür sorgen, dass er ohnehin vor Ort ist«, bemerkte Gunnar.

»Was er sicher tun wird, sobald er sein Hotelzimmer bezogen hat.«

»Das heißt, er wird hierbleiben?«

»In Anbetracht der Tatsache, dass wir seit Kurzem einen Fall von Drogenschmuggel am Hals haben, ja.«

»Er lässt also nicht locker?«

»Anders Wester ist ein guter Polizist. Er hat jahrelang dafür gekämpft, den Drogenhandel in den Griff zu bekommen. Ihm ist es zu verdanken, dass wir mehrere Schlüsselfiguren festnehmen konnten, die die Drogenmärkte in Schweden steuern. Im Frühjahr wurde unter der Leitung von Anders Wester eine Großrazzia gegen eine Drogenbande in Göteborg und Umland durchgeführt, und jetzt bekommen die Inhaftierten lange Gefängnisstrafen.«

»Stimmt, ich habe gehört, dass Wester ein bisschen in die Kameras der Journalisten grinsen durfte.«

Carin Radler erhob die Stimme. »Sein Krieg gegen den Drogenhandel hat Ergebnisse gezeitigt, Öhrn!«

»Und jetzt will er unsere Arbeit übernehmen?«

»Nein, aber wir sollten uns seine umfassenden Kompetenzen in der Drogenthematik natürlich zunutze machen.«

Gunnar grinste. »Also sollten wir beste Freunde werden?«

»Sie wissen, dass er stark in die Vorbereitung der neuen Polizeibehörde involviert ist, genau wie ich.«

»Ihre neue Rolle habe ich verstanden, aber seine?«

»Er wird als neuer Reichspolizeichef gehandelt, und ich gehe davon aus, dass Sie sich dessen sehr wohl bewusst sind.«

»Er ist also auf noch mehr Macht aus.« Gunnar rieb sich die Augen.

Carin Radler wechselte die Beinstellung und antwortete ruhig: »Ich weiß, dass Sie ihn nicht mögen, aber er ist wirklich ein guter Chef. Genau wie Sie.«

»Hören Sie auf mit den Schmeicheleien. Sie wissen ebenso gut wie ich, dass ich vielleicht nicht bleiben darf.«

Carin Radler seufzte. »Das Problem der Neuorganisation wird sein, dass wir vor völlig andere, womöglich ungeahnte Herausforderungen gestellt werden. Das wird vielen vieles abverlangen.«

»Und wer darf bleiben?«

»Diese Frage kann ich zum jetzigen Zeitpunkt nicht beantworten.«

»Sie wissen es also nicht?«

»Ich verstehe, dass Sie sich Sorgen machen.«

»Ich mache mir kein bisschen Sorgen. Aber meine Mitarbeiter sind beunruhigt. Ich weiß nicht, was ich ihnen sagen soll.«

»Sagen Sie ihnen, dass unser momentaner Fokus auf dem Fall mit dem Drogenhandel liegt, den wir lösen müssen.«

»Zusammen mit Anders Wester«, bemerkte Gunnar.

»Ja, genau, zusammen mit Anders Wester«, erwiderte Carin Radler.

Mia Bolander betrat die Kantine, nahm sich eine Birne aus dem Obstkorb, steckte sich zwei weitere in die Tasche und wusste schon im nächsten Moment, dass es zu viele waren. Doch sie konnte sie nicht zurücklegen, nicht jetzt, da sie sich gerade umgedreht hatte und ihr Blick auf Henrik Levin und Ola Söderström gefallen war. Sie rieb die Birne an ihrer Strickjacke ab und nahm gegenüber von ihnen Platz.

Henrik nahm den blauen Deckel von der Plastikbox, die er sich mitgebracht hatte. Der heiße Dampf des roten Currys stieg ihm ins Gesicht.

»Das sieht ja nicht gerade üppig aus«, meinte Mia.

»Es ist eben nicht so viel übrig geblieben vom Abendessen gestern.«

»Hat Emma alles aufgegessen, oder was?«

»Na ja, sie ist schwanger.«

»Wann ist es denn so weit?«

»Am 31. Dezember.«

»Na, dann wird sie aber noch ein bisschen länger zusammenkneifen müssen. Ist ja kein Spaß, am letzten Tag des Jahres Geburtstag zu haben, wenn man noch in die Schule geht oder Führerschein machen oder in die Kneipe will.«

»Nein, das …«

»Da muss man nämlich immer seine Kumpel bitten, Alk für einen zu kaufen.«

»Ja, schon«, meinte Henrik seufzend. »Aber die Hauptsache ist doch, dass das Kind gesund ist.«

»Das sagen sie alle. Hauptsache, das Baby ist gesund und hat zehn Zehen und zehn Finger und lächelt niedlich und entwickelt sich ein kleines bisschen besser als die anderen. Stell dir vor, man kriegt ein hässliches Baby? Ich meine, total hässlich, nicht nur normal hässlich.«

»Wie jetzt? Du meinst, wenn *ich* ein hässliches Baby kriege?«

»Ich habe nicht von dir gesprochen.«

»Aber ich werde demnächst ein Baby kriegen, oder?«

»Versteh es, wie du willst«, entgegnete Mia und musterte die Birne.

»Aber sind nicht alle Babys niedlich?«, meinte Henrik.

»Das finden die Eltern. Aber hast du schon mal jemanden sagen hören: Boah, ist dein Baby hässlich?«

»Nein, und zwar deshalb, weil es keine hässlichen Babys gibt.«

»Nein, das liegt nur daran, dass niemand sich traut, so etwas zu sagen. Aber alle denken es.«

»Es denken doch wohl nicht alle, dass Babys hässlich sind?«, protestierte Henrik.

»Hast du das denn noch nie gedacht?«, fragte Mia.

»Nein, niemals.«

»Siehst du, weil du nämlich selbst Papa bist. Wenn du das nicht wärst, würdest du das auch denken. Nicht wahr, Ola?«

Ola hob die Hände. »*No comment.*« Er wollte auf gar keinen Fall in Mias Diskussion hineingezogen werden.

»Du Feigling. Also bist du meiner Meinung«, sagte Mia.

»Ich kapiere nicht mal, wovon ihr eigentlich redet«, erwiderte Ola.

Sie schwiegen einen Moment, und Ola sagte schließlich: »Hatte dieser Zugbegleiter eigentlich noch irgendwelche hilfreichen Hinweise für uns?«

Henrik schaffte es nicht zu antworten, denn Gunnar Öhrn betrat die Kantine und kam an ihren Tisch.

»Mia!«, sagte er streng.

»Ja?« Sie drehte sich zu ihrem Chef um.

»Ich muss mit dir reden.«

»Ist das ein Befehl, oder was?«

»Ja, es ist wichtig. In fünf Minuten in meinem Büro.«

Mia seufzte und biss von ihrer Birne ab.

Gunnar saß in seinem Büro und begriff, dass er sofort Anders Wester darüber informieren musste, dass ein neuer Zeuge am Bahnhof aufgetaucht war. Aber es widerstrebte ihm.

Er drückte auf seinem Handy herum und suchte Westers Nummer heraus. Es störte ihn, ständig die Reichskripo auf den Fersen zu haben. So als wäre ihr kleines Ermittlungsteam plötzlich eine Förderklasse unter der Leitung von Anders Wester geworden.

Jetzt hör aber mal auf, was bist du kindisch!, hätte Anneli gesagt, wenn sie Gedanken lesen könnte.

Er drückte die ersten Ziffern, doch als er am Ende der Nummer angekommen war, überlegte er es sich anders. Er hatte nicht die geringste Lust, mit Anders Wester zu sprechen. Am liebsten hätte er überhaupt nichts mit ihm zu tun gehabt.

Im selben Moment klopfte es an der Tür, und Mia steckte den Kopf herein. »Du wolltest was von mir?«

Gunnar strich sich mehrmals mit der Hand übers Gesicht.

»Setz dich«, sagte er und zeigte auf den Stuhl vor sich.

»Was willst du denn?«, fragte sie und ließ sich in den Stuhl fallen.

»Ich will nur, dass du einen Zeugen befragst, der gestern auf dem Parkplatz war, als der Zug mit der toten Frau in den Bahnhof eingefahren ist. Er behauptet, einen Mann gesehen zu haben. Überprüf bitte seine Aussage. Der Zeuge heißt Stefan Ohlin.«

»Ja, ja, ja.«

Gunnar holte tief Luft. »Da ist noch was.«

»Was denn jetzt noch?«

»Deine Haltung ist ein bisschen … wie soll ich sagen … *too much*.«

»Willst du mich rauskicken, oder was?« Mia verschränkte die Arme vor der Brust.

»Nein, ich will dich nicht rauskicken. Aber du raubst dem Team die Energie mit deiner Haltung, und ich will, dass du dich zusammenreißt.«

»Okay. Ich soll also die Fresse halten?«

»Schon wieder.«

»Was denn? Ich sag doch nur, was ich denke.«

»Dann solltest du vielleicht damit aufhören. Halt dich mit deinen Ansichten zurück, und konzentriere dich lieber darauf, gute Arbeit zu machen!«

Mia antwortete nicht, sondern verzog nur den Mund.

»Es sieht nämlich so aus«, fuhr Gunnar fort, »dass wir unter besonderer Beobachtung der Reichskripo stehen, und ich will, dass du mir dabei hilfst, ihre Erwartungen zu erfüllen. Es soll hier überhaupt keine Beschwerde mehr geben.«

»Klar.« Mia nickte langsam.

»Gut, dann fängst du damit an, diesen Stefan Ohlin zu befragen. Hier ist seine Telefonnummer. Er ist Lehrer an der Vittraschule und wollte gern, dass wir hinfahren.«

»Henrik und ich fahren …«

»Das kannst du auch allein.«

»Okay, ich fahre gleich hin.« Mia erhob sich und ging zur Tür.

»Und, Mia …« Gunnar betrachtete sie mit gerunzelter Stirn.

»Ja?«

»Zeig mir, was du kannst.«

»Das werde ich«, sagte Mia mit einem breiten Lächeln.

Sie sieht fröhlich aus, dachte Gunnar. Viel zu fröhlich.

Da begriff er es.

Sie hatte ihn zur Hölle geschickt.

In Gedanken.

Jana Berzelius wirkte keineswegs hektisch, als sie die Staatsanwaltschaft betrat, die in der Olai Kyrkogata 50 lag, im Zentrum von Norrköping. Dabei hatte sie es unglaublich eilig. Sie wusste nicht, wie sie damit umgehen sollte, dass sie diesen Jungen auf dem Polizeirevier gesehen hatte. Hatte er nicht begriffen, dass sie es ernst meinte? Das Letzte, was sie wollte, war, dass sich die Polizei in diese Angelegenheit einmischte.

Sie legte ihre Aktentasche auf den Boden und stellte sich hinter ihren Schreibtisch. Sie wollte nicht sitzen, sondern lieber stehen und die unangenehmen Gedanken an Robin Stenberg loswerden und an das, was er wohl bei der Polizei gewollt hatte.

Es war ruhig in der Abteilung. Hinter den Glaswänden

war nichts zu hören außer den Schritten eines Kollegen und dem elektrischen Surren eines Druckers, der lauter Kopien ausspuckte, ein Gerichtsurteil oder irgendein anderes Dokument, das Hunderte von Seiten lang war.

An der einen Wand ihres Büros hing ein Foto. Es zeigte eine Familie, die auf der Treppe zu einem großen gelben Sommerhaus stand. Jana begegnete dem Blick des Mädchens und sah sich selbst als Neunjährige. Sie erinnerte sich, dass der Himmel an diesem Tag blau und die Luft warm und trocken gewesen war. Der Sonnenschein machte die Schönheit des Hauses besonders augenfällig. Ihre Mutter sagte immer, dass man sich keine reizvollere Lage vorstellen könne. Sie waren von Norrköping bis Arkösund gefahren, waren zu den Klippen hinunterspaziert und hatten aufs Meer hinausgesehen.

Dann sollten sie fotografiert werden, alle drei. Zusammen. Reglos hatte sie in ihrem weißen Kleid auf der Steintreppe vor dem Haus gestanden, neben ihren Eltern. Mutter hatte still gehalten, aber Vater war ungeduldig von einem Fuß auf den anderen getreten, und wie immer hatte seine Stimme hart geklungen.

»So beeilen Sie sich doch!«

»Nur eine letzte Einstellung.«

Der Fotograf hatte ihnen mit einer Handbewegung signalisiert, dass sie sich näher zusammenstellen sollten.

»Und dann lächeln wir alle miteinander! Eins, zwei drei!«

Klick.

»Ich will, dass alle gleichzeitig lächeln. Noch einmal. Eins, zwei, drei!«

Klick.

»Sind Sie jetzt zufrieden?«, fragte Karl Berzelius.

»Nein, noch eines. Jetzt lächeln wir. Los jetzt, Kleine, du auch, lächle, so schön du kannst.«

Aber sie lächelte nicht.

»Wir probieren es noch einmal!«

»Moment mal«, sagte Vater und drehte sich zu ihr um. »Warum lächelst du nicht?«

Sie antwortete nicht.

»Wenn du lächelst«, sagte er, »werde ich dir ein Spielzeug kaufen. Wie wäre das?«

Sie sah verunsichert zu Boden. Seine Stimme war plötzlich weich, sein Gesicht so freundlich.

»Was sagst du dazu?«

»Was denn für ein Spielzeug?«, fragte sie.

»Was immer du willst.«

»Ganz sicher?«

»Wenn du lächelst.«

Ein seltsames Gefühl überkam sie. Würde sie mit einem Lächeln das kriegen, wonach sie sich am allermeisten sehnte? Eine Puppe, die sie nachts im Arm halten konnte, damit sie sich nicht so allein fühlen musste?

Eine Puppe – im Austausch gegen ein Lächeln.

»Okay!«, rief der Fotograf. »Und jetzt! Eins, zwei, drei!«

Sie lächelte.

Klick.

»So, das war's.«

Auf dem Heimweg hatte sie erwartungsvoll im Auto gesessen. Als sie in der Innenstadt angekommen waren, konnte sie sich nicht mehr bremsen.

»Gehen wir jetzt ins Spielzeuggeschäft?«, fragte sie.

Aber Vater starrte die ganze Zeit geradeaus. »Nein«, sagte er.

»Aber wir wollten doch die Puppe kaufen …«

»Ich habe keine Zeit.«

»Du hast es mir aber versprochen«, sagte sie leise.

»Ich habe gar nichts versprochen.«

Sie versuchte, seinen Blick aufzufangen, aber er wich ihr aus. Da begriff sie.

Seine Stimme war so weich gewesen.

Ein Zittern hatte ihren Körper erfasst. Ganz leicht, aber sie hatte befürchtet, dass Vater es merken würde. Dass er sehen würde, dass sie gelernt hatte zu bemerken, wenn etwas nicht stimmte.

Wenn etwas ganz und gar nicht stimmte.

Jana ließ ihren Blick zum Fenster schweifen. Ihre Hände hatten sich verkrampft. Damals, als Neunjährige im Auto auf dem Heimweg vom Sommerhaus, hatte sie gelernt, sich auf niemanden zu verlassen. Wenn sie etwas wollte, musste sie selbst dafür sorgen. Es gab sonst niemanden, der für sie handelte. Nichts konnte man dem Zufall überlassen.

Um das nagende Gefühl der Unruhe loszuwerden, musste sie Robin Stenberg aufsuchen. Und zwar noch heute Abend.

9

Mia Bolander parkte das Auto vor der Vittraschule und betrat den Schulhof. Sie wurde von fröhlichen Rufen empfangen, Kinder liefen herum, Schnee wirbelte durch die Luft.

Drei kleine Mädchen, die ihre Mützen in die Stirn gezogen hatten, kamen auf sie zu. Ihre Wangen waren rot vor Kälte, und allen dreien lief die Nase.

»Wer bist du?«, fragten sie im Chor.

»Ich heiße Mia.«

»Was machst du hier?«

»Ich treffe mich mit jemandem.«

»Mit wem denn?«

»Mit einem Mann, der hier an der Schule arbeitet.«

»Wie heißt er?«

»Das darf ich nicht sagen.«

»Und warum nicht?«

»Weil es geheim ist.«

»Warum ist es geheim?«

»Darum. Und jetzt muss ich wissen, wo das Klassenzimmer der Dritten ist.«

»Die gelbe Gruppe ist da drüben.«

Eines der Mädchen zeigte mit dem Fäustling auf eine Eingangstür.

Mia nahm sofort den Geruch der feuchten Jacken wahr, die an den Garderobenhaken hingen. Der Fußboden war nass von geschmolzenem Schnee. Ein handgeschriebenes Schild informierte darüber, dass alle sich die Schuhe ausziehen sollten. Mia ignorierte es, ging weiter, bog nach rechts ab und nahm die Treppe in den zweiten Stock. Sie kam durch einen Aufenthaltsraum, sah sich um und fand das Klassenzimmer ganz hinten im Gang.

Im Zimmer waren keine Kinder, sondern nur ein Mann, einige Jahre älter als sie, der am Whiteboard stand und gerade die Hausaufgabe für heute aufzuschreiben schien. Sie klopfte an den Türrahmen und trat ein. Ihr Blick fiel auf die Schwedenkarte, den Kalender und das bunte Alphabet an den Wänden.

»Mia Bolander von der Kripo.«

»Ausgezeichnet. Gut, dass Sie gerade jetzt kommen«, sagte der Mann und stellte sich als Stefan Ohlin vor. »Sie hatten noch Fragen an mich?«

»Ja, zu Ihrer Zeugenaussage.«

»Kommen Sie herein, setzen Sie sich.«

Er rückte einen Stuhl von einem runden Tisch weg und sammelte die Zeichnungen ein, die dort lagen.

»Gruppenarbeit«, erklärte er. »Die gelbe Gruppe beschäftigt sich gerade mit der Bronzezeit.«

Mia nickte und betrachtete sein rötliches Haar und seinen Bart, die Sommersprossen im Gesicht und auf den Händen.

»Wie lange haben wir Zeit?«, fragte sie.

»Höchstens fünfzehn Minuten. Gerade ist Pause.«

»Das habe ich gemerkt. Ist ja der Bär los da unten auf dem Hof.«

Eine kurze Stille trat ein.

»Also«, sagten beide gleichzeitig.

»Entschuldigung, beginnen Sie«, sagte Stefan Ohlin.

»Okay. Sie waren gestern Abend am Hauptbahnhof?«

»Ja, ich habe auf meine Frau gewartet, die kurz vor elf mit dem Regionalzug aus Linköping ankommen sollte. Sie unterrichtet dort an der Universität.«

»Aber Sie waren schon früher dort?«

»Ja, ich hatte einen Freund besucht, der vor Kurzem ein Kind bekommen hat, und ich habe deren Haus gegen zehn verlassen. Da wir außerhalb der Stadt wohnen, in Krokek, hätte es sich nicht gelohnt, zwischendurch nach Hause zu fahren. Es dauert immerhin zwanzig, fünfundzwanzig Minuten hin und zurück, deshalb bin ich schon mal zum Bahnhof gefahren und habe auf meine Frau gewartet.«

»Wie viel Uhr war es da?«

»Tja, wie spät mag es gewesen sein? Viertel nach zehn vielleicht, höchstens zwanzig nach.«

Mia zog einen kleinen Notizblock hervor, suchte nach einer leeren Seite, fand aber keine. Alle Seiten waren vollgekritzelt. Deshalb machte sie sich auf der braunen Pappe ganz hinten Notizen.

»Wo hatten Sie Ihr Auto geparkt?«

»Kurz vor dem Taxibereich.«

»Und als Sie gewartet haben, was haben Sie beobachtet?«

»Genau das war es ja. Ich habe ein Auto gesehen, das direkt hinter mir geparkt hat. Ein Mann saß darin.«

»Können Sie ihn beschreiben?«

»Ich habe nur einen kurzen Blick auf ihn erhaschen können.«

»Was war es denn für ein Auto?«

»Keine Ahnung.«

»Das wissen Sie nicht mehr?«

Stefan Ohlin grübelte und hatte das Kinn auf die Hand gestützt.

»Nein, Autos waren noch nie mein Ding. Aber ich vermute, es war ein Volvo, und zwar ein älteres Modell. Oder ein Fiat.«

Mia schrieb mit. »Farbe?«

»Dunkel, vielleicht blau.«

»Kombi?«

»Nein.«

»Autokennzeichen?«

»Also, das mit dem Gedächtnis wird immer schlechter mit den Jahren. Früher war ich mal ziemlich gut darin, aber … Vielleicht ein G am Anfang und dann ein U. Oder umgekehrt?«

»Und die Ziffern?«

»Eine Eins am Anfang, aber dann … Nein, ich weiß es nicht mehr genau. Ich glaube, es waren eine Vier und eine Sieben.«

»Also 147?«

»Nein, wenn, dann eher 174.«

»Gut«, sagte Mia. »Dann fehlen nur noch die Buchstaben. Erzählen Sie vom Autofahrer.«

»Nun, ich bin kurz zum Zeitungsladen gegangen. Ich hatte plötzlich Lust auf was Süßes bekommen, wissen Sie, ich bin beinahe abhängig von Daim, aber egal. Als ich den Laden betrat, bin ich dem Mann aus dem Auto hinter mir begegnet. Er stand in der Türöffnung mit einem Feuerzeug in der Hand, als würde er zögern …«

»Er ist gar nicht reingegangen?«

»Nein, zumindest habe ich ihn nicht reingehen sehen. Aber ich bin versehentlich mit ihm zusammengestoßen, sodass ihm das Feuerzeug heruntergefallen ist.«

Stefan Ohlin sah verstohlen auf die Wanduhr.

»Die Kinder kommen gleich wieder rein.«

»Dann beschreiben Sie bitte den Mann.«

»Na ja, er wäre mir wohl nicht aufgefallen, wenn er nicht so nervös gewirkt hätte, als hätte er nicht gesehen werden wollen. Jedenfalls war er dunkel gekleidet, hatte die Jacke bis obenhin geschlossen und trug eine Mütze.«

»Hatte er einen Schnauzer? Einen Vollbart? Dunkles oder helles Haar?«

»Er hatte dunkles Haar, das an den Seiten herausschaute. Ich fand, er sah ausländisch aus.«

»Was meinen Sie damit?«

»Ich weiß nicht so genau. Vielleicht wegen der Haare. Und der Augen.«

»Die wie aussahen?«

»Auch dunkel.«

»Ein dunkelhaariger Mann, eventuell mit Migrationshintergrund. Wie alt?«

»Puh, schwer zu sagen. Etwa dreißig?«

»Irgendwelche anderen Merkmale?«

»Nein … außer dass er so nervös gewirkt hat … Ich hoffe, ich habe Ihnen trotzdem weiterhelfen können.«

Mia schlug den Notizblock zu. »Ihre Beobachtungen sind wichtig für uns«, versicherte sie und erhob sich vom Stuhl.

»Moment, warten Sie!«

Stefan Ohlin hielt die Hand hoch und lächelte.

»GUV«, sagte er. »Jetzt erinnere ich mich wieder an das Autokennzeichen. GUV 174.«

»Wir haben die Beschreibung eines Mannes, der das Mädchen abgeholt haben könnte«, sagte Mia in den Hörer.

Henrik Levin saß in seinem Büro mit dem Telefon am

Ohr. Er hatte den Blick auf seine Pinnwand geheftet und hörte zu, während seine Kollegin von ihrem Treffen mit dem Lehrer in der Vittraschule berichtete.

»Du meinst also, dass wir nach einem Mann mit dunkler Kleidung und dunklem Haar suchen, der irgendwie ausländisch aussieht«, sagte Henrik. »Auch wenn das jetzt ein bisschen blöd klingt, aber diese Beschreibung trifft auf viele Leute zu.«

»Ich weiß«, sagte Mia. »Ich werde mal mit den Leuten vom Zeitungsladen reden, ob sie eine Überwachungskamera haben. Der Mann hat eine Weile dort an der Tür gestanden. Vielleicht können wir dadurch eine bessere Beschreibung bekommen.«

»Das wäre ja nicht verkehrt.«

»Der Lehrer hat insgesamt ziemlich unsicher gewirkt, aber könntest du Ola trotzdem bitten, nach einem Wagen mit dem Kennzeichen GUV 174 oder so ähnlich zu suchen? Es ist wohl ein dunkler Volvo oder ein Fiat.«

Henrik verspürte den Anflug einer Hoffnung und richtete sich auf.

»Bis später«, sagte Mia und beendete das Telefonat ganz normal. Ohne einen Fluch, ohne eine zynische Bemerkung oder einen Seufzer. Einfach nur »Tschüss!« Henrik war beinahe schockiert. Was war nur mit ihr passiert?

»Kommst du weiter?«

Ein lächelnder Ola Söderström lehnte plötzlich am Türrahmen. Unter der geringelten Mütze ragten seine Ohren heraus. Er trug immer eine Mütze. Drinnen und draußen. Völlig unabhängig von der Jahreszeit.

»Gut, dass du gerade kommst. Ich hab ein paar neue Aufgaben für dich. Als Erstes möchte ich dich bitten, nach einem Auto mit dem Kennzeichen GUV 174 zu suchen.«

»Yes«, antwortete Ola.

»Außerdem habe ich das Gefühl, dass die Tote im Zug … Oder anders gesagt, ich glaube, dass ihr Pass gefälscht sein könnte. Björn Ahlmann hat sie auf fünfzehn geschätzt, laut Pass war sie achtzehn. Und der Zugbegleiter dachte, sie hieße Noi, nicht Siriporn.«

»Aber Noi ist nur ein Kosename. Das ist in Thailand üblich, weil die Vornamen oft sehr lang sind.«

»Woher weißt du das?«

»Mein Cousin ist mit einer Thailänderin verheiratet. Die beiden haben sich in Phuket kennengelernt. Liebe auf den ersten Blick. Es hat einfach klick gemacht.« Ola schnalzte mit den Fingern. »Auch wenn der Pass gefälscht ist, kann er uns nützen. Ich habe eine Anfrage an alle relevanten Fluggesellschaften gerichtet. Bisher habe ich zwar noch keine Antwort, aber ich hoffe mal, dass ihr Name auf irgendeiner Passagierliste steht. Es wäre gut, wenn man wüsste, woher sie gekommen sind.«

»Beide Namen müssten auf der Liste stehen.«

»Vorausgesetzt, sie sind mit demselben Flugzeug gekommen. Das muss nicht der Fall gewesen sein. Vielleicht hilft es ja, dass sie ein asiatisches Aussehen hatte«, meinte Ola. »Im Zug sind die beiden wahrscheinlich noch mehr Leuten aufgefallen.«

»Stimmt«, sagte Henrik. »Falls du kein passendes Auto zu dem angegebenen Kennzeichen findest, haben wir außerdem eine, wenn auch nicht sonderlich aussagekräftige, Beschreibung des Mannes, der den Wagen gefahren hat. Vielleicht bekommst du was raus. Die Kapseln im Magen des Mädchens sollten ja an jemanden geliefert werden.«

»Ich weiß, wo ich suchen muss«, entgegnete Ola.

»Dann leg los.«

Beim leisen Ton der Türklingel schreckte Jana Berzelius auf und erhob sich sofort von der Chaiselongue. Es war spät am Nachmittag, und misstrauisch ging sie in den Flur. Sie erwartete keinen Besuch. Sie erwartete nie Besuch.

Lautlos schlich sie zur Tür und lugte durch den Spion. Sie biss die Zähne zusammen, als sie das Gesicht ihres Kollegen Per Åström sah.

Er klingelte ein weiteres Mal und klopfte vorsichtshalber auch noch. Zögernd sperrte sie die Schlösser auf, ohne jedoch die Sicherheitskette zu öffnen.

»Was tust du hier?«, fragte sie.

»Du gehst ja nie ran, wenn ich anrufe.«

»Ich habe zu tun.«

»Was ist denn los? Warum meidest du mich?« Per machte eine ratlose Handbewegung. »Hör mal, es ist schon acht Monate her, dass wir uns zuletzt gesehen haben.«

»Wir sehen uns doch mehrmals in der Woche bei der Arbeit.«

»Du weißt ganz genau, was ich meine. Ich will dich jedenfalls sehen. So, und jetzt habe ich das gesagt, was ich sagen wollte.«

»Gut«, sagte Jana, machte die Tür zu, lehnte den Kopf dagegen und schloss die Augen.

Er klingelte wieder. Und gleich noch einmal. Als stünde ein ungeduldiges Kind vor der Tür und wolle sofort herein.

Sie zögerte, aber öffnete schließlich.

Ihre Blicke kreuzten sich, und er sah sie aus seinen verschiedenfarbigen Augen an. Das eine war blau, das andere bräunlich.

»Noch was«, sagte er. »Wollen wir heute Abend was essen gehen?«

»Nein.«

»Schön! Gehen wir ins Durkslaget? Wie immer?«

»Nein.«

»Um acht?«

»Nein.«

»Perfekt, soll ich dich abholen?«

»Nein. Ich habe Lust auf was Neues.«

Erstaunt fuhr Per sich durchs blonde Haar. »Bist du krank?«, fragte er.

»Nur offen für Veränderungen. Wir treffen uns um halb neun im Restaurant Ardor.«

Dann schloss sie die Tür mit einem Knall.

»Ich habe kein Auto mit dem Kennzeichen GUV 174 gefunden«, sagte Ola, als er Henrik Levin im Gang begegnete.

»Genau das habe ich befürchtet«, sagte Henrik mit besorgter Miene. »Mia hat gesagt, dass der Typ ein bisschen unsicher gewirkt hat. Oder das Nummernschild war gefälscht.«

»Kann sein«, meinte Ola. »Schade, das war ja wohl unsere heißeste Spur im Moment, oder?«

»Ja, und aus der Drogenszene haben wir auch keine weiteren Infos«, sagte Henrik. »Unsere Informanten halten dicht. Entweder wissen sie nichts, oder sie trauen sich nicht zu reden.«

»Wie immer«, bemerkte Ola.

»Ja, aber ich finde es trotzdem komisch. Ein junges Mädchen stirbt, das den Magen voller Drogenkapseln hat. Da müsste doch irgendjemand was gesehen oder gehört haben. Es ist ungewöhnlich, dass jemand seine Spuren so gut verwischt. Wir haben es jedenfalls nicht mit Anfängern zu tun. Die scheinen die Einfuhr und Verteilung der Drogen voll im Griff zu haben. Da müsste doch jemand reden wollen.«

»Sie *hatten* das voll im Griff, meinst du. Offenbar ist mit dem Mädchen im Zug ja irgendwas schiefgelaufen.«

»Stimmt, aber die kalkulieren ja, wie alle Branchen, mit einem gewissen Schwund.«

Ola hielt Henrik einige Mappen hin. »Ich habe ein paar Recherchen angestellt und mir alle Akten von Männern mit einer Verbindung zum Drogenhandel ausgedruckt. Ich dachte, die müssten ja was wissen. Zwei der Akten sind dick wie eine Bibel.«

»Prima«, sagte Henrik und nahm die Mappen in Empfang. »Wenn wir keine Info aus der Drogenszene kriegen, müssen wir eben selbst wühlen.«

Die Haut war am einen Handgelenk aufgeschürft, aber Pim kämpfte dennoch weiter, damit die Riemen sich endlich lösten. Trotz der Kälte im Raum hatte sie einen verschwitzten Rücken.

Auf einmal waren vor der Tür Schritte zu hören.

Sie hastete zurück in die Ecke, stieß versehentlich den Eimer um, stellte ihn wieder hin und kauerte sich zusammen. Sie keuchte leise, saß da und lauschte.

Die Tür glitt auf, und ein Mann kam herein. Er trug dunkle Kleidung, und seine Augen waren kohlrabenschwarz. Pim betrachtete den Teller, den er auf den Boden stellte und zu ihr herüberschob.

Er baute sich vor ihr auf, musterte sie einen Moment und riss ihr dann mit einem einzigen Ruck den Klebestreifen vom Mund. Es tat fürchterlich weh, und sie hätte am liebsten aufgeschrien, doch sie hatte zu viel Angst. Deshalb sagte sie auch nichts, als er gewaltsam die Riemen um ihre Handgelenke löste, sondern rieb sich nur vorsichtig die brennende Stelle am Handgelenk.

Sie hörte ihn etwas sagen, ehe die Tür geschlossen wurde, doch sie verstand ihn nicht. Langsam hob sie den Teller hoch und betrachtete die belegten Brote und die Plastikhandschuhe. Erst da fielen ihr die Kapseln in ihrem Magen wieder ein.

Sie nahm sich ein Brot und zwang sich, davon abzubeißen. Dann befühlte sie die dünnen Handschuhe, warf einen Blick auf den Eimer und begriff, was sie zu tun hatte.

Henrik Levin verließ den Parkplatz des Einkaufszentrums Ektorp. Neben ihm saß Mia Bolander in einer viel zu großen Daunenjacke.

»Er hat ja gar nichts rausgelassen«, brummte sie und wedelte Henrik mit einer von Ola Söderströms Mappen vor der Nase herum. Dann warf sie sie auf den Rücksitz. Die übrigen Mappen balancierte sie auf den Knien.

»Ich krieg es einfach nicht zusammen«, sagte sie. »Da hat der Typ schon ein paar Hundert Einbrüche gemacht und ist tausendmal wegen illegalen Drogenbesitzes geschnappt worden – und jetzt ist er wegen Bandscheibenvorfall krankgeschrieben. Dabei ist er nicht mal dreißig! Fünf Kinder hat er auch noch. Nicht zu fassen. Total unglaublich.«

»Na ja …«, erwiderte Henrik seufzend.

»Wenn die im Zeitungsladen die Überwachungskamera ein bisschen schlauer angebracht hätten, dann müssten wir nicht rumfahren und mit diesen ganzen Kriminellen quatschen«, fuhr Mia fort.

Müde kroch der Nachmittagsverkehr auf der Kungsgatan entlang. Ein Bus blieb vor ihnen stehen und ließ einen einsamen Passagier aussteigen, der sofort die beiden Fahrspuren überquerte, ohne nach links oder rechts zu schauen. Henrik erwog zu hupen, aber ließ es doch bleiben.

»Wer ist der Nächste?«, fragte er stattdessen.

Mia blätterte in der nächsten Akte und betrachtete das Foto.

»Stojan Jancic«, las sie vor. »Geboren in Serbien. Verurteilt unter anderem wegen schwerer Drogenkriminalität, nachdem man ihn dabei erwischt hat, wie er eine Mischung aus Ecstasy und Ketamin verkauft hat. Drei Jahre Gefängnis.«

Sie gab die Adresse in das Navi ein.

Zwölf Minuten später waren sie da. Henrik machte eine Kehrtwendung und fuhr auf einen Besucherparkplatz.

Eine Straßenlaterne ging an und erhellte den Kiesplatz, als sie aus dem Auto stiegen.

Stojan öffnete nach dem zweiten Klingeln. Seine Haare standen in alle Richtungen ab, die Jeans war verwaschen, und das T-Shirt hatte große Löcher am Halsausschnitt.

»Kommen Sie rein«, sagte er, nachdem Henrik ihr Anliegen vorgetragen hatte. Mia schwieg, während sie die Wohnung betraten, und setzte sich mit den Händen in den Hosentaschen an den Küchentisch.

Henrik lehnte sich an die Arbeitsfläche und zog einen Block aus der Tasche. Er blinzelte zum verschmierten Fenster hinüber, das auf den Parkplatz hinausging.

»Ihre Tätowierung … Bedeutet die was?«, fragte er.

»Nein oder doch oder … ach, ich weiß nicht«, sagte Stojan.

Er hatte Mia gegenüber Platz genommen und berührte den Nacken, das große Kreuz und die schwarzen Buchstaben darüber, die das Wort *Respect* bildeten.

»Ich meine, ist das eine Art Identität?«

»Also, es ist kein Bandentattoo, falls Sie das meinen.«

»Wir wissen, dass Sie mal einer Gang angehört haben.«

»Aber das Tattoo hat damit nichts zu tun.«

»M-16? So hieß doch Ihre Gang? Enge Verbindungen zu Black Cobra, oder?«, fragte Mia.

Stojan antwortete nicht, sondern sah ebenfalls aus dem Fenster.

»Sie sind schon früh in der Scheiße gelandet?«, fuhr Mia fort.

Er sah sie an. »Ja. Ich war elf. Seid ihr hergekommen, um mit mir darüber zu reden?«

»Nein, wir wollten uns über Ihre Katze unterhalten«, erwiderte Mia müde.

»Ich habe keine Katze.«

»Eben.«

Stojan sah erstaunt aus. »Warum wollt ihr euch über Katzen unterhalten? Ich hasse Katzen.«

»Scheiß auf die Katzen. Los, erzählen Sie.«

»Ah, jetzt hab ich's kapiert. Das war ein Witz, oder? Ihr habt gewusst, dass ich gar keine Katze habe.«

»Also echt. Jetzt legen Sie endlich los, Sie Schlaumeier, wir haben nicht den ganzen Nachmittag Zeit.«

Mia zeigte auf ihr nacktes Handgelenk, um zu verdeutlichen, dass die Zeit auf einer imaginären Uhr weiterlief.

»Immer mit der Ruhe, ja?«, entgegnete Stojan und lehnte sich zurück. Er zuckte mit den Schultern. »Okay, ja, ich habe früh angefangen. Hab genauso viel gesoffen wie mein Alter.«

»War er Alkoholiker?«

»Ein verdammter Idiot war er. Ich war ihm scheißegal. Dann ist es eben so gekommen, wie es gekommen ist. In der Schule hab ich nicht richtig reingepasst, die fanden mich wohl zu nervig, zu laut, zu frech. Und da war es besser, sich irgendwelchen Gangs anzuschließen. Besser die Aufmerksamkeit von denen als gar keine.«

»Und die Drogen?«

»Was ist damit?«

»Sie haben wegen illegalen Drogenbesitzes gesessen.«

»Na ja, ich hab ein bisschen gedealt, da steh ich auch zu. Das ist alles total schnell gegangen irgendwie. Hab einen neuen Stoff ausprobiert und hatte neue Kumpel. Ich hab mir jede Nacht eine andere Stelle zum Schlafen gesucht. Irgendwelche Orte, wo die Leute gespritzt, gevögelt, geschlafen, gegessen und geschissen haben. Es war mir total egal, wo ich gelandet bin, bei einem Kumpel oder in einem Park, in einem Treppenhaus oder in einem Müllraum – Hauptsache, ich hatte genug Stoff.«

»Und jetzt? Sind Sie clean?«

»Ich hab mit der ganzen Drogenscheiße abgeschlossen. Mein Entschluss wurde von einigen respektiert, andere haben mir viel Glück gewünscht, ein paar haben einfach die Klappe gehalten. Aber alle haben mich seitdem in Ruhe gelassen. Keiner hat versucht, mich zur Rückkehr zu überreden. Ganz so, als hätten sie alle kapiert, dass ich mich entschieden habe. Ich will so nicht mehr weitermachen, ich hab was anderes mit dem Leben vor.«

»Was denn zum Beispiel?«

»Studieren. Wirtschaft vielleicht.«

»Wie lange sind Sie denn schon clean?«

»Seit drei Jahren.«

»Und wie versorgen Sie sich jetzt?«

»Mein Cousin hat einen Kiosk, wo ich aushelfen kann. So krieg ich die Tage rum. Ist hart, aber es funktioniert.«

Stojan schob die Hände zwischen die Knie.

»Wisst ihr, es ist total krank …«, fuhr er dann fort. »Auch wenn es schlimm ist, drogenabhängig zu sein, krieg ich trotzdem manchmal totale Gelüste und sehne mich zurück in die Zeit, als ich noch in der Stadt rumgezogen bin. Wenn ich mir Filme oder irgendwelche Fernsehsendungen mit Junkies anschau, krieg ich total Lust, mir einen Schuss zu setzen. Versteht ihr?«

»Ja, das verstehen wir«, sagte Mia und seufzte.

»Ich nehme an, dass sich der Markt verändert hat, seit Sie clean sind«, bemerkte Henrik.

»Der verändert sich die ganze Zeit. Neue Netzwerke tauchen auf, die stark und schnell sind.« Stojan betrachtete seine Hände. »Jetzt redet endlich.«

»Was sollen wir denn sagen?«

»Warum ihr hier seid. Ihr wollt was von mir, oder? Bullen wollen doch immer was haben.«

»Wir haben gehört, dass irgendwas im Busch ist«, sagte Henrik. »Können Sie das bestätigen?«

»Irgendwas ist im Busch?«, wiederholte Stojan grinsend. »Da müssen Sie schon ein bisschen genauer werden.«

Henrik warf Mia einen Blick zu. »Wir wissen, dass gerade einiges im Gange ist. Der Markt ist unruhig.«

»Es ist immer irgendwas im Gange«, entgegnete Stojan. »Aber behaupten Sie nicht, dass ich was wüsste, denn ich weiß nichts.«

»Aber Sie wissen, was passiert, wenn Sie uns nichts sagen?«

»Ihr könnt mich nicht zwingen, was zu sagen.«

»Aber ich kann Sie zwingen, mit aufs Revier zu kommen.«

Stojan schwieg eine Weile und sagte dann: »Gut, ich

werde Ihnen die Arbeit ersparen, mich zum Revier zu schleppen. So viel kann ich sagen, dass es Gerüchte über jemanden gibt, der unter dem Namen *der Alte* gehandelt wird. Ein Mann, der alles lenkt und organisiert, von dem keiner weiß, wer er ist, und dem noch niemand begegnet ist. Wie ein Schatten.«

»Und woher wissen Sie von dem Alten?«

»Ich hab doch gesagt, es gibt Gerüchte.«

»Was haben Sie noch gehört?«

»Ich weiß genauso wenig wie alle anderen, das heißt gar nichts. Und von mir habt ihr auch nichts gehört. Verstanden? Ich bin doch kein Verräter.«

Doch, genau das bist du, dachte Henrik.

10

Jana Berzelius hüllte ihren Körper in ein Handtuch, betrat ihren begehbaren Kleiderschrank und wählte die passende Kleidung für den Abend aus. Sie warf einen Blick in den Spiegel und stellte fest, dass die blauen Flecken noch immer zu erkennen waren. Rasch zog sie sich an. Die Bluse knöpfte sie vorsichtig zu. Dazu eine enge Hose und einen kurzen Blazer.

Im Badezimmer reinigte sie ihr Gesicht, trug eine Feuchtigkeitscreme und ein diskretes Make-up auf. Als der Lippenstift ihren Mund berührte, befiel sie plötzlich eine Unruhe beim Gedanken an das bevorstehende Abendessen mit Per. Ihn unter vier Augen zu treffen war beruhigend und beängstigend zugleich. Beruhigend, weil sie ihn kannte. Aber auch beängstigend, weil es Dinge gab, die er nicht wusste. Die er auch nicht zu wissen brauchte. Dennoch würde es sich seltsam anfühlen, sie ihm vorzuenthalten.

Sie dachte an ihr letztes gemeinsames Abendessen.

Es war im April gewesen, vor über einem halben Jahr. Sie erinnerte sich an sein offenes Gesicht und seine nervigen Fragen, wie es ihr gehe. Sie hatte das Gefühl gehabt, er wolle ihr unter die Haut kriechen. Damit war sie nicht klargekommen, hatte sich unter Druck gesetzt gefühlt und am Ende einfach ohne eine weitere Erklärung das Lokal verlassen. Er schien das respektiert zu haben, war ihr nicht gefolgt, hatte ihr nicht hinterhertelefoniert, sondern sie in

Ruhe gelassen. Und sie hatte nichts erklären müssen. Sie war ihm auch keine Erklärung schuldig. Sie war ihm überhaupt nichts schuldig.

Nun sah sie auf die Uhr. Noch eine Stunde bis zu ihrer Verabredung, also noch genügend Zeit, um Robin Stenberg zu besuchen.

Sie griff nach ihrem Handy und suchte rasch seine Adresse heraus. Dann öffnete sie ihre Handtasche. Ganz unten lag das Messer. Sie musste es nicht ertasten, wollte sich nur vergewissern, dass es dort lag.

Dreißig Sekunden später verließ sie die Wohnung, startete ihren BMW und fuhr aus der Garage. Ihr Atem beschleunigte sich, als sie sich ihrem Ziel näherte.

Sie parkte, nahm das Messer aus der Handtasche und steckte es hinten in den Hosenbund, bevor sie ausstieg und die Spelmansgatan bei Rot überquerte.

Der Gurt hatte sich in der Autotür verhakt, und Mia Bolander öffnete die Tür noch einmal und schnallte sich an.

»Wen befragen wir jetzt?«, fragte Henrik, drehte die Heizung höher und hielt seine kalten Hände in den warmen Luftstrom.

Mia nahm die beiden Mappen, die hinter der Windschutzscheibe lagen, öffnete die obere und betrachtete das Foto.

»Scheiße, das ist ja …«, murmelte sie.

»Was? Wer?«

»Niemand.«

»Kennst du ihn?«

Offenbar nicht, dachte sie und überflog den Inhalt der Mappe. Sie spürte, wie ihr die Röte ins Gesicht stieg, und hoffte inständig, dass Henrik nichts merkte. Wie die anderen Männer hatte auch er sich des illegalen Drogenbesitzes und der Hehlerei schuldig gemacht. Er war mit einundzwanzig geschnappt worden und hatte zwei Jahre im Gefängnis verbracht. Sie konnte einfach nicht glauben, dass Zehenlutscher-Martin ein Junkie war. Ein verdammter, abgefuckter Junkie.

»Jetzt fahr schon«, sagte sie irritiert und tat so, als würde sie den Weg nicht kennen, und gab das Ziel in das Navi ein. Es war ein sinnloses Spiel, sie hatte sich ja schon verraten, dennoch entschied sie, es weiterzuspielen.

Henrik stieg als Erster aus dem Auto. Sie blieb noch ein wenig im Wagen sitzen, begutachtete ihr Gesicht im Spiegel, öffnete die Haare und fuhr mit der Hand hindurch. Dann atmete sie tief durch und machte sich bereit.

Martin Strömberg öffnete sofort.

Mia stand hinter Henrik und signalisierte ihm mit einer Geste, dass er sich nichts anmerken lassen und den Mund halten solle. Dennoch nickte er ihr zu.

»Wir sind hier, um ein paar Fragen zu stellen«, sagte Henrik.

»So spät abends? Worum geht es denn?«

»Lassen Sie uns bitte rein«, sagte Mia mit einem vielsagenden Blick.

»Na klar, nur hereinspaziert. Wir setzen uns in die Küche, oder?«

»Wohnzimmer wäre besser«, sagte sie und ging schnell weiter. Rasch ließ sie den Blick durch das Zimmer schweifen und vergewisserte sich, dass sie nichts vergessen hatte.

Sie setzte sich aufs Sofa und schob ein Kissen weg, das hinter ihrem Rücken lag. Martin nahm neben ihr Platz, und zwar so nahe, dass Mia gleich zehn Zentimeter zur Seite rückte.

»Wir wollen uns mit Ihnen über den Rauschgiftmarkt unterhalten«, sagte Henrik, der auf der Schwelle zum Wohnzimmer stehen geblieben war. »Wir wissen, dass Sie Kokain konsumiert haben.«

»Das kann ich nicht leugnen.«

»Nehmen Sie immer noch Drogen?«

Martin zögerte einen Moment. »Na ja, kommt schon mal vor. Aber Alkohol ist ja auch eine Droge. Sogar Kaffee wurde für eine Droge gehalten, als er nach Schweden kam.«

Henrik seufzte und holte seinen Notizblock aus der Jackentasche. »Also gut«, sagte er. »Gestern ist ein Mädchen in einem Zug tot aufgefunden worden. In ihrem Magen hatte sie eine große Menge Kapseln, die Heroin und Kokain enthielten.«

»Scheiße«, sagte Martin und strich sich über das fettige Haar. »Aber was hat das mit mir zu tun?«

»Wir hoffen, von Ihren fundierten Kenntnissen des Drogenmarktes hier in der Stadt profitieren zu können«, sagte Henrik. »Ganz konkret wollen wir wissen, welche Kanäle es aktuell gibt.«

»Aber das ändert sich doch die ganze Zeit.«

»Genau. Wir haben erfahren, dass es Gerüchte über einen neuen Mann gibt, der den Drogenhandel in Norrköping fest im Griff hat.«

»Und sein Name lautet …?« Martin sah zu Henrik auf.

»Ehrlich gesagt hatten wir auf eine entsprechende Information von Ihnen gehofft.«

»Ich habe keine Ahnung, wen Sie meinen.«

»Sagt Ihnen der Alte etwas?«

»Der Alte? So wird er genannt?«

»Anscheinend.«

»Den Namen kenne ich nicht.«

»Sind Sie sicher?«, fragte Mia und blickte Martin müde an.

»Ja.«

»Ganz sicher?«

»Okay, okay, kann sein, dass ich mal irgendwas gehört habe.«

Mia fixierte ihn. »In welchem Zusammenhang denn?«

»Weiß nicht mehr.«

»Sie müssen es uns sagen, wenn Sie etwas wissen«, entgegnete Henrik.

Martin Strömberg versuchte, Mias Aufmerksamkeit auf sich zu lenken. Henrik sah sein Lächeln und die roten Flecken am Hals seiner Kollegin und seufzte erneut.

»Soweit ich weiß, waren Sie in Ihrem bisherigen Leben auch nicht gerade zuverlässig«, sagte er.

»Stimmt«, sagte Martin. »Ich habe ein paar Abkürzungen ausprobiert, aber sie haben sich leider als Sackgassen erwiesen.«

»Und jetzt?«

»Wie gesagt, manchmal landet man wieder bei den Drogen, aber jetzt habe ich eine neue Droge entdeckt, die beste von allen.«

»Ach ja?«

»Die Liebe.«

Mia spürte Martins warmen Atem. Ihr wurde schlecht.

»Wie schön«, bemerkte Henrik.

»Die Liebe ist etwas Wunderschönes. Das Schönste, was uns Menschen vergönnt ist.«

Mia wollte nichts mehr davon hören.

»Okay«, sagte Henrik und schien sich zu fragen, ob dieser Mann sich über ihn lustig machte. »Wir wollen Sie nicht weiter aufhalten. Wenn Sie etwas von diesem ominösen Alten hören oder irgendwas Auffälliges sehen, melden Sie sich bei uns, ja?«

»Natürlich tue ich das. Nicht zuletzt deinetwegen, Mia.«

Auf dem Rückweg zum Auto schwieg Mia. Sie konnte nicht klar denken, sondern stapfte genervt durch den Schnee. Sie ärgerte sich über den kalten Abend, über ihre zerschlissenen Stiefel und die zu engen Jeans. Sie ärgerte sich über das, was sie an sich selbst störend fand, was hässlich war und zu viel.

Im Auto schnallte sie sich an und verschränkte die Arme vor der Brust. Sie warf Henrik einen verstohlenen Blick zu.

»Martin und ich … wir …«, setzte sie an.

»Du musst dich nicht rechtfertigen«, sagte er.

»Gut. Denn ich werde mich sowieso nicht mehr mit ihm treffen. Nie wieder.«

Die Gäste am großen Esstisch schienen sich gegenseitig an Lautstärke übertönen zu wollen. Karl Berzelius erhob sein Glas, aber niemand hörte, was er sagte.

»Auf den wunderbaren Abend!«, wiederholte er und probierte den Wein. Er versuchte, die beiden jungen Servicekräfte auf sich aufmerksam zu machen, damit sie eine weitere Flasche Clos Saint Jean Deus Ex Machina öffneten, aber sie bemerkten sein Fingerschnalzen gar nicht und verließen mit den Servierplatten den Raum.

Karl wandte sich an Margaretha, die sich in einem Gespräch mit ihrem Tischkavalier befand. Sie hatte das Besteck auf dem Teller abgelegt und den Rehrücken kaum angerührt. Er wollte ihre Aufmerksamkeit erregen, damit sie das Servicepersonal zurückrief, aber das Gespräch schien ihre komplette Aufmerksamkeit zu fordern.

»Ich darf dir gratulieren …« Die Stimme kam von der anderen Seite des Tisches.

Karl hob den Blick und sah Herman Kanterberg, der ihm zuprostete. Er drehte sein Weinglas in den Händen und atmete tief durch.

»Du musst doch stolz sein, oder?«, fuhr Herman fort.

»Was meinst du?«

»Na, die Erfolge deiner Tochter natürlich.«

Karl nahm die Leinenserviette und wischte sich den Mund ab.

»Hat sie dieselben Ambitionen wie du damals?«

»Ich kann nicht für sie sprechen.«

»Wenn sie in diesem Tempo weitermacht, könnte sie durchaus Reichsstaatsanwältin werden.« Herman wandte sich an die anderen Gäste, hielt sein Weinglas hoch und nickte. »Auf die harte Arbeit, meine Freunde! Das ist der einzige Weg zum Erfolg. Es gibt keine Abkürzungen.«

»Treffend ausgedrückt!«, rief jemand.

»Prost!«, rief ein anderer.

Die Gläser klirrten, als sich die Leute über den Tisch hinweg zuprosteten. Karl jedoch erhob sein Glas nicht, sondern starrte auf seinen Teller und das Silberbesteck, das das Licht reflektierte.

»Stimmst du mir etwa nicht zu, Karl?«, fragte Herman.

Karl antwortete nicht, faltete die Serviette zusammen und erhob sich langsam vom Tisch. Er spürte, dass er betrunken war, als er durch den Flur und an den Zimmern vorbeiging. Aus dem Esszimmer war gedämpftes Gelächter zu hören. Er betrat die Küche, wo ihm der Duft von Rotweinsauce entgegenschlug.

Die beiden jungen Mädchen standen an der Küchenarbeitsfläche und stellten die Dessertteller in drei parallele Reihen. Es gelang ihm nicht, sich zu zügeln.

»Sehen Sie zu, dass Sie mehr Wein servieren, und zwar sofort!«, herrschte er sie an, worauf die Mädchen eilfertig verschwanden.

Karl Berzelius war fest entschlossen, bei der nächsten Abendeinladung das Personal auszutauschen. Im Lauf der Jahre hatte er sich einen großen und bemerkenswerten Bekanntenkreis zugelegt, der gute Servicekräfte erwartete und nicht irgendwelche kleinen Stümperinnen.

Mit zitternden Händen hängte er seine Anzugjacke über eine Stuhllehne. Sein weißes Hemd war am Rücken schweißnass. Er fuhr sich mit der Hand durch das üppige graue Haar und hörte das Klirren der Gläser im Esszimmer.

Er wusste, dass er zurückgehen sollte, doch er ergriff eine Weinflasche, öffnete sie und trank drei große Schlucke direkt aus der Flasche. Sofort wurde ihm übel. Er lehnte sich über das Spülbecken und übergab sich.

»Karl?«

Margarethas Stimme war aus weiter Ferne zu hören, drang durch die Wände.

Er hörte eine Tür zuschlagen und dann rasche Schritte. Ihre Stimme wurde deutlicher, als sie näher kam.

»Karl?«

Die Küchentür öffnete sich.

»Karl? Was machst du hier? Komm zurück, die Gäste fragen schon nach dir.«

»Ich komme«, sagte er, ohne sich umzudrehen, ohne ihrem fragenden Blick zu begegnen.

»Beeil dich.«

»Ich habe doch gesagt, dass ich komme!«

Es glückte ihm nicht, seine Irritation zu verbergen. Außerdem fühlte es sich gut an, die Wut zuzulassen. Die Wut war eigentlich nicht gegen Margaretha gerichtet, sondern gegen Jana.

Er sah auf seine Hände und erinnerte sich an das erste Mal, als sie auf der Wange des Mädchens gelandet waren. Sie war damals neun Jahre alt gewesen. Die Swedbergs hatten zum Abendessen geladen, und es war schon spät gewesen. Jana war zögernd die Treppe des Hauses in Lindö heruntergekommen.

Er und Margaretha warteten schon. Sie im Kleid, er im Smoking. Seinen Mantel hatte er zusammengelegt und sich über den Arm gelegt. Er hatte sich frisch rasiert und sein Haar zurückgekämmt.

»Beeil dich jetzt«, sagte er. Als er ihre Haare aus dem Nacken schob, bemerkte er, dass das Pflaster fehlte, und sein Blick fiel auf die drei deformierten Buchstaben.

»Hast du das Pflaster weggemacht? Habe ich dir nicht gesagt, dass du die Stelle immer bedecken musst? Dass du immer ein Pflaster tragen musst?«

Sie antwortete nicht, sondern sah ihm nur unverwandt in die Augen.

»Ich werde noch verrückt! Was ist denn daran so schwer zu begreifen? Die Narben soll niemand sehen. Niemand! Sie sind hässlich. Ekelhaft!«

Immer noch sah sie ihn eindringlich an.

»Und hör auf, mich so anzustarren. Hör auf, sage ich!«

Aber sie starrte ihn weiter an.

»Hörst du nicht, was ich sage?«

Er bekam ein rotes Gesicht.

»Jetzt reicht es!«, schrie er schließlich, packte ihren Arm und schleifte sie die Treppe hinauf in ihr Zimmer.

»Du sollst lernen zu tun, was ich dir sage. Verstanden?«

Noch immer verzog sie keine Miene.

Da schlug er zu und traf sie auf die Wange.

Mit voller Kraft.

Aber sie hatte ihn nur aus ihren dunklen Augen angesehen. Er schlug noch einmal zu. Und noch mal.

»Was ist mit dir los? Warum weinst du nicht?«

Ein weiterer Schlag. Noch härter.

»Jetzt heul doch, verdammt!«

Aber Jana weinte nicht.

Stattdessen hatte er es getan.

Karl wurde aus seinen Gedanken gerissen, als die Tür zuknallte und Margarethas Schritte draußen im Flur verklangen.

Er war wieder allein in der Küche, blieb einige Sekunden stehen, spülte das Becken aus. Wischte sich mehrmals über den Mund, nahm einen Schluck Wein und tupfte sich die Lippen ab.

Dann griff er nach seiner Anzugjacke und kehrte mit einem beherrschten Lächeln zur Abendgesellschaft zurück.

Boah, waren die laut! Verdammte Scheißnachbarn!

Robin Stenberg ließ den Film weiterlaufen, während er sich aus dem Sofa erhob und die Colaflasche aus dem Kühlschrank holte. Es war nur noch eine Handbreit übrig, aus der die Kohlensäure längst entwichen war.

Die Nachbarn unter ihm machten wieder einmal Lärm. Es war jedes Wochenende dasselbe. Geschrei, Heulen, das Bellen eines Köters. Manchmal dauerte es eine Stunde, manchmal die ganze Nacht.

Er hielt die mit Klebestreifen geflickte Fernbedienung in der Hand und drehte die Lautstärke höher, setzte die Flasche an und trank. Mitten im Schluck hielt er inne. Da war noch ein anderes Geräusch. Er behielt die Cola im Mund, lauschte und schluckte. Dann schaltete er den Fernseher auf stumm, stellte die Flasche auf den Fußboden, lauschte erneut und stand auf.

»Shit, Shit, Shit«, murmelte er.

Er spitzte die Ohren, betrat den Flur und zuckte zusammen. Der Briefschlitz stand offen. Er schloss ihn mit dem Fuß und starrte die Tür an. Er bekam ein mulmiges Gefühl. Als er die Hand nach dem Türgriff ausstreckte, bemerkte er zu seiner großen Verwunderung, dass die Tür nicht abgeschlossen war.

»*What the fuck* …«, brummte er.

Dabei hatte er sie doch zugesperrt und kontrolliert, dass sie abgeschlossen war, mehrmals sogar.

Er schob die Tür auf, erst vorsichtig, dann sperrangelweit. Das Treppenhaus lag im Dunkeln. Draußen waren die Stimmen der Nachbarn viel deutlicher zu hören. Boshafte Worte hallten von den kahlen, kalten Wänden wider.

Rasch schloss er die Tür wieder und sperrte ab. Er blickte verstohlen nach rechts in die Küche, registrierte nichts Auffälliges, empfand aber trotzdem ein starkes Unbehagen. Warum war die Tür nicht abgeschlossen gewesen?

Er knabberte an seinem Piercing und zog es nervös im Gaumen vor und zurück. Dann warf er einen Blick ins Bad, aber auch dort war niemand. Er starrte auf den Fernseher, der noch immer auf lautlos geschaltet war. Das flimmernde Licht verschwand und kehrte ebenso rasch wieder zurück. Und noch einmal. Diesmal schneller. Unrhythmisch, aber passend zur Actionszene auf der Mattscheibe.

Die Wohnung fühlte sich plötzlich anders an. Als hätte die Luft eine andere Dichte. Als ob sich noch jemand darin befände. Er sah hinter der Tür und im Kleiderschrank nach – nichts. Dennoch wurde er das unangenehme Gefühl nicht los, beobachtet zu werden.

»Es muss Tausende von Männern geben, auf die Stefan Ohlins Beschreibung zutrifft«, sagte Mia Bolander. »Sieht so aus, als wäre unser Mann keiner von den Typen in diesen Mappen. Leider.«

»Genau das habe ich doch eben gesagt«, erwiderte Henrik Levin.

»Und ich habe es nur noch mal festgestellt«, sagte sie und wärmte ihre Hände am Kaffeebecher. Vor ihr lag ein Schinken-Käse-Baguette.

»Okay«, sagte sie nach einer Weile. »Die Beschreibung, die uns dieser Lehrer gegeben hat, ist total unbrauchbar.«

Es war spätabends, und im Café Fräcka Fröken waren kaum noch Gäste. Mia und Henrik gönnten sich eine Pause nach den vielen Befragungen. Sie hatten sich ans Fenster gesetzt, das zum Skvallertorget hinausging, wo sich normalerweise Radler, Autofahrer und Fußgänger in einer Art organisiertem Chaos ohne Verkehrsschilder oder Ampeln drängten. Nun hatte die Kälte die Leute vertrieben, und die Bürgersteige waren leer bis auf vereinzelte Gestalten in dicker Kleidung, die sich vermutlich in wärmere Gegenden sehnten.

»Und es gibt auch nichts Neues über das Mädchen, das aus dem Zug verschwunden ist?«, fuhr Mia fort.

»Nein. Wir können nur hoffen, dass sie sich in diesem Moment in einem schützenden Gebäude befindet«, sagte Henrik. »Draußen hat sie nicht die geringste Chance. Bei den jetzigen Temperaturen erfriert man in wenigen Stunden, wenn man so gekleidet ist wie sie.«

»Aber sie wurde offenbar abgeholt«, sagte Mia. »Irgendjemand hält sie irgendwo versteckt, sorgt dafür, dass sie die Kapseln liefert, und wird sie dann laufen lassen. Wenn wir Glück haben, finden wir sie auf einem Flughafen. Oder am Hauptbahnhof.«

»Wenn sie nicht schon längst wieder außer Landes ist«, bemerkte Henrik und unterdrückte ein Gähnen.

Mia nickte und nahm zwei Bissen von ihrem Vollkornbaguette. Ein Sonnenblumenkern löste sich und fiel auf ihren Teller.

»Und dieser Alte?«, sagte Mia kauend. »Den alle kennen, den aber niemand tatsächlich gesehen hat? Allein schon der Name. Der Alte – da hört man ja förmlich die Sehnsucht nach dem Vater raus, der diesen Junkies in ihrer Jugend gefehlt hat. Ganz ehrlich, ich glaube ja nicht, dass dieser Mann überhaupt existiert.«

»Natürlich existiert er«, wandte Henrik ein. »Irgendwas ist im Busch, irgendjemand hat den Drogenmarkt übernommen …«

»Du nimmst denen das also ab, das mit dem Alten?« Sie biss noch ein Stück von ihrem Baguette ab.

»Ja.«

»Warum denn?«

»Wie gesagt, im Moment passiert viel.«

Mia runzelte die Stirn, trank einen Schluck Kaffee und zog ihr Handy aus der Tasche. Sie hatte eine SMS bekommen, und Henrik sah, dass sie beim Lesen lächelte.

Während sie eine Antwort schrieb, ließ er den Blick durchs Café schweifen. Eine Frau in dunkelblauem Rock und Strickjacke saß zusammengesunken da und hatte ihr

Gesicht in den Händen vergraben. Ein Mann setzte sich neben sie, legte ihr den Arm um die Schulter und schien ihr beruhigend zuzureden. Ein älterer Mann in beigem Mantel stand mit starrem Gesicht da und telefonierte.

»Ich glaube, Bolanaki wurde aus dem Weg geräumt«, sagte Henrik leise.

»Glaubst du?«, sagte Mia und steckte ihr Handy zurück in die Tasche.

»Ja, ich glaube, er wurde zum Schweigen gebracht. Du weißt doch, was Verräter in diesen Kreisen zählen.«

»Nichts.«

»Genau. Und es ist gut möglich, dass in der Drogenszene gerade ein Machtwechsel ansteht. Oder besser gesagt: Kaum war Gavril Bolanaki verschwunden, hat jemand anders seine Position übernommen.«

»Der Alte?«

Henrik nickte und leerte seine Tasse.

»Der Fall Gavril Bolanaki ist immerhin abgeschlossen«, sagte Mia, nahm den Sonnenblumenkern vom Teller und steckte ihn sich in den Mund.

»Was eigentlich seltsam ist«, sagte Henrik und stellte seine Tasse ab.

»Warum denn?«

»Nichts. Vergiss es.«

»Sag schon. Du glaubst, dass alles miteinander zusammenhängt, oder?«

»Vielleicht, ja.«

»Jetzt sprich mal Klartext. Wir sind immerhin Kollegen.«

»Das tue ich ja. Ich glaube, dass Bolanaki von jemandem zum Schweigen gebracht wurde. Wir wissen noch immer nicht, von wem. Ich hasse es, wenn ich etwas nicht weiß.

Ich will eine Antwort, aber die werden wir vielleicht nie bekommen.«

»Zumindest nicht im Moment, offenbar wird ja der Deckel draufgehalten.«

»Genau, weil nämlich jemand den Deckel draufgelegt hat«, sagte Henrik nachdenklich.

Mia schob den Teller von sich, nahm ihre Jacke und stand auf. »Es ist spät«, sagte sie. »Für heute lassen wir es auf sich beruhen, oder?«

»Klingt nach einer guten Idee«, sagte Henrik und gähnte.

»Habe ich was zwischen den Zähnen?«, fragte Mia und lächelte breit.

»Nein.«

»Gut. Dann sehen wir uns morgen. Ach ja, und danke für das Baguette.«

»Bitte, gerne«, sagte Henrik. »Soll ich dich nicht eben nach Hause bringen?«

»Ich will nicht nach Hause«, sagte sie und winkte ihm über die Schulter zu, bevor sie das Café verließ.

Was tat sie hier eigentlich? Sie hätte gar nicht hierhergehen sollen. Es wäre besser, umzukehren und Robin Stenberg in Ruhe zu lassen. Der Aggression und ihren unruhigen Instinkten nicht so viel Macht einzuräumen.

Das Treppenhaus lag im Dunkeln, was Jana Berzelius nur entgegenkam. Reglos stand sie vor Robin Stenbergs Wohnung. Sie schluckte, schloss kurz die Augen und ging die Stufen wieder hinunter.

Die kühle Nachtluft wirkte erfrischend, als sie auf die Straße trat. Der Schnee knirschte leise unter ihren Füßen. Ein paar Sekunden lang stand sie einfach nur ruhig da und beobachtete die Gegend. Atmete tief durch und spürte, wie sich ihr Körper entspannte.

Der Schnee auf dem Bürgersteig war so festgetreten, dass man ihre Spuren nicht rückverfolgen konnte. Niemand würde erfahren, dass sie hier gewesen war.

Sie blieb fünfzehn Sekunden stehen und lauschte der Stille des kalten Winterabends. Dann machte sie sich im Schutz der Dunkelheit auf den Weg zu ihrem Auto. Immer wieder schaute sie sich aufmerksam um.

Es war schon beinahe halb neun, und sie beschleunigte ihre Schritte auf dem letzten Stück.

Per Åström sah auf die Uhr. Zum zweiten Mal. Es war drei Minuten vor halb neun.

Er nickte einem Bekannten zu, der an ihm vorbeikam und dann im The Lamp Hotel und dem zugehörigen Restaurant Ardor verschwand. Fröstelnd trat er von einem Fuß auf den anderen. Unter seiner grünen Jacke trug er außer dem Hemd nur einen locker gebundenen Schlips, dazu eine schwarze Anzughose und geputzte Schuhe. Der rote Teppich, auf dem er stand, war nass vom Schnee. Die Flammen der Gartenkerzen vor dem Eingang tanzten im Wind.

Er sah wieder auf die Uhr. Jetzt war es genau halb neun. Im selben Moment hörte er das Geräusch von Absätzen. Jana Berzelius kam mit erhobenem Kopf auf ihn zu.

»Ich habe schon gedacht, du würdest nicht kommen«, sagte er.

»Da hast du falsch gedacht«, sagte sie.

Per lächelte und verbeugte sich tief. »Nach dir.«

Sie betraten das voll besetzte Lokal. Der reservierte Tisch stand unter der gigantischen Lampe aus Silber, die dem Hotel seinen Namen gegeben hatte. Jana legte die Stoffserviette auf die Knie, ließ sich von der Kellnerin die Speisekarte reichen und nahm die wenigen Gerichte in Augenschein, die zur Auswahl standen.

Per bestellte eine Flasche Rotwein.

»Ich würde einen weißen bevorzugen«, sagte Jana.

»Aber ich wollte Fleisch essen.«

»Ich auch.«

»Okay, dann nehmen wir stattdessen eine Flasche Weißwein«, sagte Per zur Kellnerin, legte die Karte zur Seite und sah Jana an.

»Was ist los?«, fragte sie, ohne aufzublicken.

»Es ist schön, dich wiederzusehen.«

»Jetzt werde bitte nicht sentimental.«

»Ich kann für nichts garantieren. Vielleicht mache ich eine richtig große Sache daraus?«

Jana hob die Augenbraue, ohne ihn anzusehen.

Er lächelte spöttisch, warf einen raschen Blick auf die Karte und hatte sich gleich entschieden. Wenig später kam die Kellnerin zurück, schenkte ihnen Wein ein und stand mit den Händen auf dem Rücken abwartend da.

»Ich nehme ein Entrecote«, sagte Per.

»Ich auch«, erklärte Jana.

»Eine gute Wahl«, bemerkte die Kellnerin und nahm die Speisekarten in Empfang. »Wie hätten Sie das Fleisch denn gern?«

»Medium rare«, antwortete Per. »Und du, Jana?«

»Dasselbe für mich«, entschied sie.

»Ich dachte, du magst es lieber richtig blutig?«

»Heute nicht.«

11

Polizeiassistent Gabriel Mellqvist zog die Handbremse an, öffnete die Autotür und stieg aus. Um 8.34 Uhr hatte sich eine Sussie Anander in der Notrufzentrale gemeldet. Sie war völlig hysterisch gewesen und hatte den Mitarbeiter der Rettungsleitstelle angeschrien.

Als Gabriel das Haus betrat, stand sie schweigend im Treppenhaus. Er nickte ihr kurz zu, blieb aber nicht stehen, sondern überließ sie der Obhut seiner Kollegin Hanna Hultman und ging eilig weiter nach oben. Dabei nahm er immer zwei Stufen auf einmal. Ein Geruch nach Zigarettenrauch und Müll hing im Treppenhaus, aus der Erdgeschosswohnung waren laute Stimmen zu hören. Er verzichtete darauf, sich an dem losen Treppengeländer festzuhalten, und lief weiter in den vierten Stock.

Es war nicht das erste Mal, dass Gabriel in eine Wohnung ging, in der er auf Verletzte oder Tote stieß. Nicht selten kamen Anrufe von Eltern, die befürchteten, dass ihren Söhnen oder Töchtern etwas Schlimmes widerfahren war, dass sie irgendwo bewusstlos lagen und nicht um Hilfe rufen konnten. Manchmal war es nur Fehlalarm, und die fragliche Person war bewusst untergetaucht, nicht ans Telefon gegangen und hatte so den Angehörigen unnötig Sorge bereitet. Aber Gabriel hatte auch schon junge Mädchen gesehen, die sich so schlimm geschnitten hatten, dass sie verblutet waren, er hatte Frauen gefunden, die durch häusliche Gewalt gestorben waren, und Männer, die sich das Leben genommen hatten.

Von unten hörte Gabriel ein Schluchzen und Hannas beruhigende Stimme. Er lauschte einen Augenblick, bevor er Schutzhandschuhe überzog und die Türklinke nach unten drückte. Die Tür glitt leise auf.

Er blieb auf der Fußmatte im Flur stehen und wartete einige Sekunden. Drinnen war alles still. Die erregten Stimmen von unten waren nicht mehr zu hören.

Drei Paar Schuhe, eine gefütterte Jeansjacke und eine Gitarrenhülle. Er schloss die Tür hinter sich, wischte sich die Schuhe an der Fußmatte ab und betrat die Wohnung.

Die Jalousien waren heruntergelassen, die Luft war stickig. Sein Blick fiel als Erstes auf einen ausgeschalteten Fernseher. Dann entdeckte Gabriel einen jungen Mann mit acht schwarzen Sternen an der Schläfe.

Man hätte glauben können, dass er schlief.

Wäre da nicht die durchgeschnittene Kehle gewesen.

Pim schob den Teller beiseite und bewegte sich in Richtung Tür, doch die Riemen hielten sie zurück, bevor sie sie erreicht hatte. Mit zitternden Fingern tastete sie nach Hohlräumen in der Wand, nach größeren Spalten, lockeren Brettern, wollte irgendeinen Weg nach draußen finden.

Sie suchte an der dunklen Treppe, die zum oberen Stockwerk führte, löste Splitter vom Holzfußboden, fühlte am Türrahmen.

Sie musste sich beeilen. Letztes Mal, als sie Essen bekam, hatte sie knapp fünf Minuten Zeit gehabt, um das trockene Brot zu essen, bevor er zurückgekehrt war.

Mit beiden Handflächen suchte sie den Fußboden ab.

Als sie beim Eimer ankam, blieb sie sitzen. Sie starrte die Kapseln an, die darin lagen, und das Eklige.

Dann suchte sie weiter auf dem Fußboden, soweit die Riemen es ihr erlaubten. Schließlich entdeckte sie eine Art Luke. Sie versuchte, sie zu öffnen, aber ihre Finger rutschten immer wieder ab.

Da hörte sie das Geräusch des Autos und entschlossene Schritte vor der Tür. Sie kroch zurück in die Ecke, kauerte sich zusammen und machte sich so klein wie möglich. Ihr Körper zitterte.

Im nächsten Moment flog die Tür auf, und der schreckliche Mann kam herein. Er ging geradewegs auf sie zu und packte sie am Arm.

»Hast du was gegessen?«, fragte er auf Englisch und musterte ihren Teller.

Sie begann nach ihm zu treten und zu schreien. Sie brüllte ihn an, dass er ihr wehtue und dass er sie loslassen, dass er sie in Ruhe lassen solle. Aber er hörte nicht zu, sondern schleppte sie zum Eimer und zählte laut. Der Griff um ihren Arm wurde härter, und sie wusste auch, warum.

Es waren nur dreiundzwanzig Kapseln im Eimer.

»*Please*«, sagte sie. »Lass mich gehen.«

»Gehen?«, wiederholte er grinsend. »Wo willst du hingehen? Du gehst nirgendwohin.«

»Ich will nach Hause …«

Er lachte ihr laut ins Gesicht. »Nach Hause?«

»Bitte, bitte, lass mich laufen.«

»Weißt du was? Du wirst nicht nach Hause fahren. Du bist hier bei mir gefangen, bis du alles geliefert hast.«

»Aber ich muss nach Hause, ich habe eine kleine Schwester, die …«

»Tut mir leid«, sagte er. »Ich meine, tut mir leid, dass ich dich enttäuschen muss.«

Sie bemerkte, dass die Tür offen war. Sah die kalte, gefrorene Erde dort draußen und begann, um sich zu schlagen. Sie riss an den Haaren des Mannes und versuchte, ihn im Gesicht zu kratzen, was wegen der Riemen nicht einfach war.

Sie warf sich mit dem ganzen Körper zurück und zerrte, um ihren Arm aus seinem Griff zu befreien. Sie schrie, so laut sie konnte. Trat ihn immer wieder. Da ließ er sie los. Sie witterte ihre Chance und begann zu laufen. Doch in ihrem Eifer vergaß sie die Riemen. Mit einem gewaltigen Ruck fiel sie hin und verstummte.

»Du gehst nirgendwohin«, sagte er.

Dann hob er den leeren Teller vom Boden auf und murmelte irgendetwas Unverständliches, als er zur Tür ging.

Sie sah, wie die Tür geschlossen wurde. Der einzige Weg nach draußen.

Henrik Levin beendete das Gespräch mit einem Seufzer. Noch ein Mord. Auf einmal hatte er das Gefühl, beobachtet zu werden. Er blickte hoch. Vilma stand neben seinem Bett und sah traurig aus. Ihr Haar war zerzaust und ihre Wangen gerötet.

»Papa«, flüsterte sie. »Ich glaube, ich hab Fieber.«

»Komm«, sagte er und ließ sie unter seine Decke krabbeln. Sie schmiegte sich an ihn, und er spürte ihre warme Haut an seiner. Er legte die Hand auf ihre Stirn.

»Es fühlt sich aber nicht so an, als hättest du Fieber.«

»Kannst du nicht das Temomemeter holen?«

Er lächelte, stand vorsichtig auf und holte das elektronische Fieberthermometer aus dem Badezimmerschrank.

Vilma saß aufrecht im Bett, als er zurückkam, und stupste Emma an.

»Nein, nein, nein«, flüsterte er. »Lass Mama schlafen.«

»Ich bin wach«, murmelte Emma mit dem Gesicht im Kissen.

»So, und jetzt schauen wir mal.« Henrik steckte das Thermometer in Vilmas Ohr, wartete das Piepsen ab und las die Anzeige ab. »Kein Fieber«, sagte er. »Was für ein Glück.«

»Finde ich nicht.«

»Hättest du gern Fieber?«

»Ja.«

»Warum denn das?«

»Weil du dann zu Hause bei mir bleiben könntest.«

Er umarmte sie und gab ihr einen Kuss auf die Stirn.

»Mama ist doch bei dir«, sagte er.

Emma hatte sich im Bett umgedreht und betrachtete ihn mit verschlafenen Augen. »Wann musst du los?«, fragte sie.

Er sah auf die Uhr. Es war schon acht. »Ungefähr jetzt.«

»Wann kommst du nach Hause?«

»Weiß nicht. Es gibt wirklich viel zu tun im Moment.«

»Viel zu tun im Moment? Gestern Abend am Telefon hast du gesagt, dass du nur noch zwei Stunden arbeiten würdest, aber es sind ja offenbar ein paar mehr geworden.«

»Es hat länger gedauert, als ich gedacht hatte. Tut mir leid … ich …«

Henrik fuhr sich mit der Hand über das Gesicht. Ihm war klar, dass er gerade etwas tat, was er eigentlich nicht tun sollte. Er sollte sich nicht für seine Arbeit entschuldigen. Stattdessen hätte er erzählen müssen, dass ein junger Mann tot in seiner Wohnung aufgefunden worden war und dass er seinetwegen arbeiten musste. Aber das konnte er nicht sagen, zumindest nicht, solange Vilma im Zimmer stand.

»Ich muss auch heute mehr Zeit in die Arbeit stecken als sonst.«

»Du brauchst immer mehr Zeit. Aber denkst du auch mal an uns? Wir brauchen auch mehr Zeit.«

»Wozu?«

»Wir wollen mehr Zeit mit dir verbringen!«

Er seufzte schwer. Ihm war klar, dass das ein Kompliment war. Vielleicht bedrückte es ihn gerade deshalb so sehr. Er kam sich vor wie ein Verräter.

»Aber es ist gerade eine harte Phase.«

»Was heißt Phase?«

Vilma blinzelte mit beiden Augen.

»Geh und spiel eine Weile in deinem Zimmer«, sagte Henrik und hob sie auf den Fußboden.

»Kann nicht heute jemand anders deine Arbeit übernehmen?«, fragte Emma, als Vilma das Zimmer verlassen hatte. »Das kann doch wohl nicht angehen, dass du immer so weitermachst.«

»Wie denn?«

»Dass du jedes Wochenende arbeitest.«

»Das tue ich doch gar nicht. Hast du das zu Vilma gesagt?«

»Dass du viel arbeitest? Nein, sie ist groß genug, um das selbst zu verstehen.«

»Und du musst doch begreifen, dass ich meine Arbeit nicht einfach an jeden x-Beliebigen weitergeben kann?«

Emma legte den Arm über den Kopf und schloss die Augen.

»Und ich habe gedacht, wir kaufen heute einen Kinderwagen«, sagte sie.

»Was ist denn an dem alten nicht in Ordnung?«

»Er ist fünf Jahre alt.«

»Aber er funktioniert.«

»Na ja, nicht wirklich. Ich habe einen weißen ausgesucht. Bei Babyprofi.«

»Wann warst du da?«

»Letztes Wochenende.«

»Ohne mich?«

»Da hast du gearbeitet.«

Henrik stand auf und zog sich schweigend an. Eine Weile blieb er stehen und schaute auf Emmas Rücken, den sie ihm zugewandt hatte. Er wollte gerade sagen, dass er sie liebte, als das Telefon schon wieder klingelte.

Jana Berzelius saß in der Küche, betrachtete die Schüssel mit Sauermilch und den geschnittenen Melonen- und Ananasstücken. Sie hatte keinen Hunger, schob das Schälchen beiseite und ließ den Blick zu den Morgennachrichten auf ihrem MacBook wandern.

Es war still in der Wohnung, aber in der Ferne hörte sie Sirenen. Durch die großen Fenster sah sie, dass in den Wohnungen rundherum das Licht angeschaltet war. Die Straße dort unten war hell erleuchtet wie ein Weihnachtsbaum.

Als sie vom Abendessen mit Per zurückgekommen war, hatte sie nicht schlafen können. Ihre Gedanken waren in ihrem Kopf gekreist und hatten sie wach gehalten.

Sie fragte sich, ob sie irgendwann einmal, ob sie überhaupt jemals jemandem erzählen konnte, wer sie eigentlich war.

Es hatte während des Essens einen Moment gegeben, in

dem sie es Per hätte erzählen können, aber der Augenblick war schnell verstrichen, und sie hatte sich beherrscht. Sie konnte sich nicht vorstellen, wie er reagieren würde, wenn er wüsste, dass sie wenige Minuten vor ihrem Treffen zu einem jungen Mann unterwegs gewesen war, um …

Um was zu tun?

Sie seufzte und dachte, dass es so nicht weitergehen konnte. Vor nur wenigen Tagen hatte sie doch beschlossen, zur Normalität zurückzukehren und die Vergangenheit ruhen zu lassen. Sie durfte sich nicht von ihren Aggressionen und Instinkten lenken lassen. Nicht noch einmal.

Jetzt reichte es.

Sie stand auf und ging ins Schlafzimmer, betrachtete die Kartons an der Wand mit den Aufzeichnungen, Bildern und Büchern. Sie wollte damit nichts mehr zu tun haben. Aber sie konnte sich auch nicht vorstellen, die Sachen einfach wegzuwerfen. Zu Hause wollte sie sie jedenfalls nicht aufbewahren. Sie mussten weg, raus aus der Wohnung. Jetzt. Sofort.

Sie kehrte zurück in die Küche, leerte die Schüssel mit der Sauermilch ins Spülbecken und beschloss, nach einem geeigneten Ort zu suchen, wo sie die Sachen aufbewahren konnte. Sie zog das MacBook zu sich und rief die Suchmaschine auf.

In der Spelmansgatan 62 wimmelte es schon von Menschen. Die Umgebung rund um die Wohnung war abgesperrt, und die Polizei durchsuchte die Nachbargebäude.

Henrik Levin hockte sich hin und betrachtete Robin Stenberg, der tot an der Wand lag. Anneli Lindgren stellte die Lampe ein, packte den Arm des Mannes und musterte ihn.

»Voll entwickelte Totenstarre«, sagte sie.

»Also ist er schon lange tot?«, fragte Henrik.

»Ich tippe auf zehn bis zwölf Stunden, vielleicht auch etwas weniger.«

Henrik beobachtete das systematische Vorgehen seiner Kollegin. Er hatte schon immer gerne zugesehen, wenn Anneli fotografierte, Spuren sicherte und sorgfältig Protokoll führte.

Dann stand er auf und sah sich um. Er stellte fest, dass es keinerlei Anzeichen für einen Einbruch gab. Es schien sich auch kein Kampf im Zimmer abgespielt zu haben.

»Findest du was?«, fragte er.

Anneli schüttelte den Kopf. In diesem Moment tauchte Mia an der Tür auf.

»Und was denkst du über diese Sache?«, fragte sie Henrik.

»Dass der Täter sein Opfer gekannt hat.«

»Warum glaubst du das?«

»Die Brieftasche ist noch da, ebenso das Handy. Abgesehen vom Schnitt am Hals gibt es nichts, was darauf hinweisen würde, dass es sich um einen Tatort handelt. Es ist seltsam klinisch. Es ist kein gewöhnlicher Mord. Ich …«

Er hielt inne, als er auf dem Boden einen Nummernzettel liegen sah, der so gefaltet war, dass man die ersten Buchstaben sehen konnte. Er zog sich die Handschuhe an, bückte sich und hob ihn auf.

»Gib ihn mir«, sagte Anneli Lindgren und hielt ihm ein Plastiktütchen hin.

Henrik legte den Zettel in die Tüte und sah sich um. Ihn befiel die unangenehme Ahnung, dass sie in der Wohnung nichts von Bedeutung finden würden. Keine Fingerabdrücke, kein DNA-Material. Es würde auch keine brauchbaren

Zeugenaussagen von Nachbarn geben oder irgendwelche geheimnisvollen Telefonate.

»Möglicherweise ist es eine Art Rache«, sagte Henrik. »Wer ist der Junge? Jemand, den wir kennen?«

»Nicht direkt«, sagte Mia. »Aber er ist nicht ganz clean, um es so zu formulieren.«

»Was hat er denn ausgefressen?«

»Drogenbesitz.«

Henrik seufzte. »Für den Eigenbedarf oder für den Verkauf?«

»Das kann ich im Moment nicht sagen«, erwiderte Mia. »Aber es ist echt nervig, dass wir diesen Fall ausgerechnet jetzt am Hals haben. Wir beide hatten doch heute ein bisschen was anderes zu tun.«

Henrik antwortete nicht, sondern schaute sich um, wo Robin Stenberg Drogen versteckt haben könnte.

Zwei Stunden später gab er auf und beschloss, aufs Revier zu fahren. Dort schenkte er sich einen Kaffee ein. Gerade als er den Becher an die Lippen setzte, bekam er es von der Kriminaltechnik bestätigt.

Keine Drogen.

Keinerlei Spuren.

Ganz offensichtlich hatten sie es mit Profis zu tun. Die Frage lautete nur: Warum waren sie zu Robin Stenberg in die Wohnung gekommen?

12

Jana Berzelius nahm den bronzefarbenen Schlüssel in Empfang, unterschrieb den Mietvertrag und zahlte die Miete für ein Jahr im Voraus in bar. Der Eigentümer Stig Ottling, ein älterer Mann, freute sich über das gute Geschäft und wünschte ihr viel Glück.

»Das Gebäude ist wie gesagt ein bisschen heruntergekommen, aber der Speicher oben ist vollkommen in Ordnung. Na ja, ich bin schon ein halbes Jahr nicht mehr dort gewesen, aber als Lagerraum sollte er taugen. Das Haus soll renoviert werden, aber das wird noch einige Jahre dauern«, entschuldigte er sich und erzählte in aller Ausführlichkeit davon, dass das Gebiet, in dem das Haus lag, aufgewertet werden sollte, um mehr Unternehmen anzulocken und attraktive Orte für Touristen zu schaffen. Man würde Restaurants eröffnen, neue Gewerbeflächen zur Verfügung stellen und helle Büros bauen.

»Bis dahin können Sie über den Raum verfügen, wie Sie wollen. Es gibt kaum noch andere Mieter, nur einen Proberaum und einen alten Billardklub. Haben Sie eigentlich schon den Schlüssel bekommen?«

Jana nickte, dankte und verabschiedete sich. Dann verließ sie die Wohnung von Stig Ottling und fuhr mit ihrem Karton direkt in die Garvaregatan 6 im alten Industriegebiet.

Der Lagerraum war erstaunlich klein, sah aber genauso aus wie auf dem Foto in der Anzeige. Eine Werkbank aus Holz und Schränke mit Vorhängeschlössern. Hellgelbe Betonwände. Die Luft war feucht, und es roch muffig.

Sie stellte den Karton, den sie mitgebracht hatte, auf den Boden, überlegte es sich dann anders und hob ihn stattdessen auf die Werkbank. Als sie einen dünnen Faden am Hals spürte, griff sie danach und hatte Reste von Spinnweben an der Hand. Sie atmete tief durch und versuchte, sich zu überzeugen, dass der kleine Raum ausreichte. Es gab keinen anderen Lagerraum zu mieten, nicht in der Nähe ihrer Wohnung und nicht so kurzfristig.

Sie holte die verbliebenen Kartons aus ihrem Auto, stellte sie in einer Reihe auf die Werkbank und nahm sich vor, Kunststoffkisten zu kaufen, da die Kartons von der Feuchtigkeit aufweichen würden.

Plötzlich hörte sie etwas.

Ein Geräusch, wie ein Klopfen.

Sie erstarrte, hielt die Luft an und lauschte.

Da war es schon wieder. Jemand klopfte.

Es war Samstagvormittag, und das Gebäude wirkte verlassen. Keine Bands, die probten, kein Vereinsleben. Keine Bewohner, dazu war das Haus in einem viel zu schlechten Zustand. Aber irgendjemand klopfte.

Sie ging zur Tür und horchte. Ein weiteres Klopfen. Sie wartete einige Sekunden, bevor sie mit raschen und lautlosen Schritten den Speicher verließ. Auf dem Treppenabsatz blieb sie stehen, um das Klopfen zu orten.

Doch auf dem Stockwerk waren keine weiteren Türen.

Sie ging eine Treppenstufe hinunter, dann noch eine.

Das Klopfen wurde immer schwächer. Sie kehrte zum

Speicher zurück und stellte sich an die Wand gegenüber der Tür, legte das Ohr an den kühlen Beton und lauschte.

Klopf. Klopf. Klopf.

Es kam aus den Leitungen.

Jemand oder etwas klopfte gegen ein Wasserrohr.

Jana ging die Treppe hinunter und trat auf die Straße. Sie lugte in die Fenster des dunklen Gebäudes, aber auch dort war nichts zu erkennen. Sie hielt die Luft an, horchte und hatte das Gefühl, als halte das Haus auch den Atem an.

Vielleicht hatte sie sich das Geräusch auch nur eingebildet?

Im selben Moment kam eine SMS von Per mit der Frage, ob sie sich zum Kaffee treffen sollten. Sie antwortete sofort, denn sie war wirklich hungrig.

Mit entschlossenen Schritten ging sie davon und bemerkte nicht den Schatten hinter dem Fenster.

Er hörte sie in der Küche wirtschaften. So ging das schon seit dem frühen Morgen. Der Duft hatte sich im ganzen Haus ausgebreitet, bis in die hintersten Ecken, war in der Kleidung hängen geblieben, in den Gardinen. Der Duft von Frischgebackenem. Der Geruch von Angst.

Karl Berzelius schloss die Tür zu seinem Arbeitszimmer, doch ihm fehlte die Ruhe, um sich hinzusetzen. Das Einzige, woran er dachte, war, dass sie heute kommen würde, und es fühlte sich nicht gut an.

Er bemühte sich, seinen Blick auf eines der Gemälde an der Wand zu fokussieren. Aber es kam ihm so vor, als wäre die Farbe herausgesaugt worden, als bestünde es nur noch aus schwarzen Reitern in einer grauen Landschaft.

Das Bild daneben war genauso farblos. Drei Gesichter, in

Öl verewigt. Wann es wohl gemalt worden war? Er kramte in seinen Erinnerungen.

Den hellen und den dunklen.

Den bewusst verdrängten und den vom Alkohol zerstörten.

Auf einmal sah er winzig kleine Farbtupfer, rote, grüne, braune, die umherwirbelten. Herbstlaub, das im Wind tanzte, vor einem klaren, blauen Himmel. Und er erinnerte sich an den Tag, als sie durch Stockholm geschlendert waren. Sie hatten im Grand Hotel gegessen, waren den Strandvägen entlangspaziert, hatten sich in Läden Einrichtung und Geschirr angesehen.

Und eine Kette.

Sie lag gut sichtbar im Schaufenster, in einer roten Schachtel.

Er ging in den Laden und kaufte sie und ließ ihrer beider Initialen eingravieren, *Für JB von KB*. Er hatte ihr das Schmuckstück um den Hals gelegt und eine Entschuldigung gemurmelt, die man keineswegs als Liebeserklärung auffassen musste. Oder er hatte gar nichts gesagt. Er wusste es nicht mehr. Margaretha hatte gelacht, über die Geste, über den Anlass und darüber, dass er endlich so etwas wie Gefühle zeigte. Es kam ihm so vor, als würden alle seine Gefühle sich in der glitzernden, teuren Kette verbergen, die sie um den Hals trug.

Jana.

Aber sie lächelte nicht. Sie lächelte damals nicht, sie lächelte nie.

Ganz so, als fehle ihr die Fähigkeit dazu.

Er betrachtete wieder das Gemälde. Den schmalen Strich in ihrem Gesicht. Ein Lächeln, das alles und nichts sagte. Ein eingeübtes Lächeln, das auf ihren Lippen erstarrt war. Er dachte zurück, aber konnte sich nicht an einen einzigen Moment erinnern, in dem sie spontan gelächelt hätte, mit funkelnden Augen und Lachgrübchen.

Trauer überfiel ihn, wie eine Kralle, die seine Kehle packte, und er schluckte mehrmals.

Da hörte er es an der Tür klopfen. Margaretha kam mit zwei Tassen herein.

»Ich will keinen Glögg«, sagte er.

»Ich weiß, deshalb habe ich dir einen Kaffee gekocht.«

Sie lächelte, und die Farbe kehrte ins Zimmer zurück. Er mochte ihr Lächeln, ja, er wünschte, sie könnte die ganze Zeit lächeln. Und er wünschte, er könnte ihr das sagen.

»Du siehst blass aus. Ist alles in Ordnung?«, fragte sie.

Er schluckte wieder. Die Kralle war noch immer da, umklammerte seine Kehle noch fester.

Er nahm den Kaffee in Empfang und nippte an dem heißen Getränk. Schweigend stand er da und betrachtete sie.

»Ich habe Safrankuchen gebacken«, sagte sie.

Karl sah nach draußen auf die verschneiten Bäume.

»Sie kommt um vier Uhr.«

»Ich weiß.«

»Wirst du anwesend sein?«

»Nein.«

»Warum nicht?«

»Ich habe eine Besprechung.«

»Ausgerechnet dann?«

»Ja.«

Margaretha sah ihn resigniert an. »Was hat sie dir eigentlich angetan?«

Er antwortete nicht und bekam eine Falte zwischen den breiten grauen Augenbrauen.

»Was auch immer es sein mag«, sagte sie, »es gibt immer die Möglichkeit, einen Schlussstrich zu ziehen.«

Nein, die gibt es nicht, dachte er und wandte sich ab, als eine Träne seine Wange hinunterlief.

»Was ist das denn?«

Per Åström rümpfte die Nase, als Jana Berzelius das Tablett vor ihm auf den Tisch stellte. Neben einem Glas Mineralwasser und zwei Salaten mit Hähnchenbrust stand ein Plastikbecher, der eine grüne Pampe enthielt. Sie hatten den letzten freien Tisch im Restaurant Asken ergattert. Vor ihnen stand eine brennende Blockkerze mit drei Dochten. Die Luft war warm und drückend.

»Gemüsesmoothie«, erklärte sie.

»Sieht aus wie Galle«, bemerkte er.

»Willst du mal probieren?«

»Und womöglich auch noch gesund werden? Nein danke.«

Per nahm das Mineralwasser und den einen Salat, während Jana aus dem Fenster sah und die Leute auf dem Hof beobachtete. Manche trugen mehrere Plastiktüten und erweckten den Eindruck, als hätte das Weihnachtsgeschäft schon begonnen.

»Der Sommer ist besser, oder?«, sagte Per.

»Vielleicht«, entgegnete sie und stocherte in ihrem Salat herum.

»Man kann im Sommer doch viel mehr unternehmen.«

»Zum Beispiel?«

»Hallo, man kann in der Sonne liegen, Picknick machen, Boot fahren, baden …«

»Baden?«

»Ja, weißt du, das ist eines dieser Dinge, die man tut, um sich abzukühlen.«

»Oder um sauber zu werden.«

»Du bist unmöglich«, sagte Per und seufzte. »Haben deine Eltern nicht ein Sommerhaus an der Küste?«

»Doch.«

»Badest du da denn nie?«

»Nein.«

»Und was machst du dann?«

»Ich genieße die Ruhe.«

»An der Küste ist es im Sommer doch nicht ruhig! Ich denke nur an aufheulende Motorboote, schreiende Möwen und besoffene Touristen.«

»Aber nicht im Winter.«

Jana führte den Strohhalm an die Lippen, trank von ihrem Smoothie und betrachtete Per, der mit gerunzelter Stirn dasaß.

»Was ist?«, fragte sie.

»Ich erwäge ernsthaft, dich zu verklagen.«

»Weshalb denn?«

»Mangel an triftigen Verhinderungsgründen. Du hast keinen Grund dafür angegeben, warum du den Abendessen und anderen freundschaftlichen Zusammenkünften in den letzten Monaten ferngeblieben bist.«

»Aber das schließt keineswegs aus, dass es triftige Gründe gibt«, sagte sie. »Und wenn ich mich nicht irre, ist die Konsequenz von triftigen Verhinderungsgründen, dass der Prozess beendet oder die Gerichtsverhandlung vertagt wird. Und ich bin der Ansicht, Herr Richter, dass gestern die Gelegenheit bestand, die Verhandlungen wieder aufzunehmen. Das Abendessen konnte somit durchgeführt werden. Und dass ich mich entschieden habe, mich auch heute mit dir zu treffen, sollte doch ausreichen. Zufrieden?«

»Ja. Ich kann mir zwar nicht eine gewisse Neugier verkneifen, was deine triftigen Verhinderungsgründe betrifft, aber darüber können wir ein andermal reden. Leider habe ich es ein bisschen eilig. Ich habe es gerade eben rechtzeitig hierhergeschafft.«

»Aber du hast mich doch angerufen?«

»Egal.«

»Du meinst, ich sollte dir dankbar sein?«

»So ähnlich, ja.«

»Und du wolltest mich trotz deines zeitlichen Engpasses sehen?«

»Ich bin eben ein unverbesserlicher Zeitoptimist.«

»Ist das ansteckend?«

»Zeitweise vielleicht.«

Jana legte den Kopf schief. »Wo musst du denn so eilig hin?«

»Arbeit«, sagte Per. »Ich habe einen neuen Fall reinbekommen. Die Polizei tippt auf Mord. Das Opfer ist ein junger Mann in Navestad.«

»In Navestad?«

»Ja, wieso? Robin Stenberg, der Junge war erst zwanzig.«

»Was?«, rief Jana. Sie hustete und verschüttete ein bisschen Smoothie auf dem Tisch. »Entschuldigung«, sagte sie und wischte sich den Mund mit der Serviette ab. »Ich habe mich verschluckt.«

»Weißt du irgendwas über den Fall?«, fragte Per und musterte sie aufmerksam.

»Nein, gar nichts, ich habe nur … Mord, sagst du?«

Sie griff nach einer weiteren Serviette, wischte den Tisch ab und spürte, wie sich ihr Puls beschleunigte.

Per lehnte sich vor, beobachtete Jana, wie sie die letzten Flecken entfernte, und dämpfte die Stimme.

»Ja, er wurde in seiner Wohnung aufgefunden, von seiner Mutter. Mit durchgeschnittener Kehle. Krass, oder?«

Jana nickte langsam. Aus weiter Ferne nahm sie Pers Stimme wahr und das Stimmengewirr im Restaurant, in ihrem Inneren hingegen herrschte bleierne Stille.

Als zwei Gäste an ihrem Tisch vorbeigingen, flackerte die Kerze.

»Hallo?«, sagte Per. »Hörst du mir zu?«

Jana befeuchtete die Lippen und räusperte sich.

»Hat die Polizei schon einen Verdächtigen?«, brachte sie hervor.

Per sah auf seine Armbanduhr. »Das erfahre ich in zehn Minuten. Es tut mir leid, ich muss jetzt wirklich los. Wir hören voneinander, okay? Und diesmal wird es nicht monatelang dauern.«

Jana nickte.

»Du«, sagte er und zeigte auf ihre Brust. »Du hast da noch was.«

Jana sah an sich herunter und entdeckte einen grünen Fleck auf ihrer Bluse. Sie rieb mit der Serviette daran herum, aber der hartnäckige Fleck ließ sich nicht entfernen.

13

Gunnar Öhrn klopfte mit dem Zeigefinger auf die Tischplatte und sah in die Runde im Konferenzraum. Henrik, Mia, Ola und Anneli hatten alle den Blick auf ihn und das Whiteboard gerichtet, auf dem er drei Punkte notiert hatte.

»Es hat den Anschein, als …«, begann Gunnar, wurde aber von Per Åström unterbrochen, der leise hereinkam, mit den Lippen ein »Sorry« formte und sich an den Tisch setzte.

Gunnar begann noch einmal von vorn.

»Es hat den Anschein, als hätte sich eine uns unbekannte Person Zutritt zur Wohnung von Robin Stenberg verschafft und ihn umgebracht. Es gibt keine Zeugen. Nach den Verletzungen zu urteilen hat der Täter ein Messer verwendet. Bisher wurde keine Mordwaffe gefunden, weder in der Wohnung noch in der näheren Umgebung. Die technische Untersuchung dauert noch an.«

Er blätterte in den Berichten, die vor ihm auf dem Tisch lagen.

»Robin Stenberg wurde heute früh tot in seiner Wohnung aufgefunden. Der Anruf in der Rettungsleitstelle erfolgte um 8.34 Uhr. Polizeiassistent Gabriel Mellqvist war um 8.55 Uhr vor Ort. Derzeit haben wir noch keine heiße Spur«, erklärte Gunnar und sah die anderen über seine Brille hinweg an.

»Gar keine?«, hakte Per Åström nach.

»Nein«, sagte Anneli. »Die Wohnung war zwar nicht geputzt, aber es gibt zum jetzigen Zeitpunkt keine zuverlässigen Spuren einer weiteren Person. Der Täter ist offenbar sehr professionell vorgegangen.«

»Der Täter verlässt also die Wohnung und verschwindet, ohne dass jemand etwas gesehen oder gehört hat«, fuhr Gunnar fort. »Es gibt eine Kellertür, die als Fluchtweg gedient haben könnte, aber das setzt voraus, dass der Täter über einen Schlüssel verfügte.«

»Gibt es denn irgendwelche Hinweise darauf, dass er diese Tür benutzt haben könnte?«, fragte Henrik.

»Nein, aber die technische Untersuchung dauert ja noch an.«

»Und was wissen wir über Robin Stenberg?«, fragte Per Åström.

»Er hat nach seinem Abi ein paar Kurse an der Volkshochschule hier in Norrköping belegt«, sagte Henrik.

»Ist er der Polizei bekannt?«, erkundigte sich Per.

»Ja«, sagte Henrik. »Drogenbesitz.«

»Und er hat in Navestad gewohnt«, ergänzte Mia. »Dort haben wir ja schon den einen oder anderen Kriminalfall aufgeklärt. Die haben echt ein eigenes Rechtssystem.«

»Wer sind *die*?«, hakte Henrik nach.

»Die Banden halt. Erpressung und Drohungen gehören zum Alltag. Und du hast ja selbst gesagt, dass Robin den Täter vermutlich gekannt hat.«

»Ich denke, davon können wir ausgehen«, erwiderte Henrik. »Jedenfalls ist der Schnitt am Hals des Opfers unglaublich gekonnt ausgeführt worden und deutet darauf hin, dass der Täter es gewohnt ist, mit einem Messer umzugehen. Der Mord scheint geplant gewesen zu sein, es gibt auch keine weiteren Messerstiche am Körper des Toten. Das Ziel war es, schnell und effektiv zu töten.«

Alle saßen eine Weile schweigend da.

»Berufsverbrecher also«, sagte Gunnar schließlich. »Und Robin Stenberg hat keiner Bande angehört?«

»Bisher haben wir keinerlei Hinweise darauf gefunden«, sagte Ola. »Wir wissen aber, dass er gerne auf gesellschaftskritischen Seiten rumgesurft hat. Vielleicht ein Linksaktivist.«

»Oder linksradikal?«, schlug Per Åström vor.

»Ich weiß es nicht«, sagte Ola. »Ich werde aber weiterrecherchieren, wir haben ja seinen Computer beschlagnahmt.«

»Dann machst du bitte nach der Besprechung damit weiter«, sagte Gunnar.

»Yes«, erwiderte Ola.

»Wissen wir, ob er auch in letzter Zeit Drogen genommen hat?«, fragte Per Åström.

»Leider nicht«, sagte Henrik. »Aber das werden wir herausfinden. Gut möglich, dass er noch immer rauschgiftabhängig war. Dann könnte der Mord eine Art Abrechnung gewesen sein … innerhalb der Unterwelt, meine ich.«

»Vielleicht hatte er Schulden«, meinte Mia, »und konnte sein Drogenproblem nicht finanzieren.«

»Henrik und Mia«, sagte Gunnar, »ihr ermittelt bitte weiter in der städtischen Drogenszene. Vielleicht könnt ihr noch mal mit den Leuten reden, die ihr schon aufgesucht habt, und euch die kriminellen Netzwerke näher anschauen.«

»Soweit ich es verstanden habe«, sagte Henrik, »hat Gavril Bolanaki einen großen Teil des Marktes beherrscht. Ansonsten dominieren hier offenbar die Motorradgangs.«

»Das stimmt«, erwiderte Gunnar. »Die Motorradgangs haben zielstrebig eine Schreckensherrschaft etabliert, um den Rauschgiftmarkt zu kontrollieren und Unternehmer zu erpressen, beispielsweise in der Gastronomie. Es gibt inzwischen jede Menge solcher Gangs.«

Er zählte sie rasch auf: Red & White Crew, Black Cobra, M-16, Gipsy Bloods, Asir, die Bergabande, Berga Boys, Outlaws und Bandidos.

»Diese Gangs attackieren sich in erster Linie gegenseitig, da sie um denselben Markt kämpfen. Wir haben mehrere Beispiele dafür. Im März 2011 wurde ein Mann in seiner Wohnung in der Bråbogatan erstochen. Später am selben Abend wurde einem Mann im Stadtzentrum ins Bein geschossen. Vier Männer wurden festgenommen, die aber aus Mangel an Beweisen wieder freigelassen werden mussten. Einer von ihnen war der Chef von Black Cobra. Im Juni desselben Jahres gab es einen Schusswechsel vor dem Lokal Deli: Anhänger von Black Cobra waren mit den Outlaws aneinandergeraten. Das Landgericht hat alle Angeklagten freigesprochen, aber vor dem Oberlandesgericht wurde ein Mann mit Verbindungen zu Black Cobra zu fünf Jahren Haft wegen versuchten Totschlags verurteilt.«

Gunnar hielt den Zeigefinger in die Luft.

»Aber«, fuhr er fort, »das Problem ist, dass ständig neue Konstellationen entstehen, die auf Bandenzugehörigkeiten, ethnischen Hintergründen oder Familienverbindungen basieren. Und es gibt, wie gesagt, Anzeichen dafür, dass ein neuer Akteur seinen Wirkungsbereich ausdehnt, denn es herrscht momentan eine gewisse Unruhe in der Szene.«

»Ich glaube, wir hätten einen guten Überblick kriegen können, wenn Gavril Bolanaki noch am Leben wäre«, warf Henrik ein.

»Bolanaki?«, hakte Per Åström nach.

»Das war ein Fall von Jana Berzelius«, erklärte Henrik. »Bolanaki war der Kopf eines für uns bisher unbekannten Drogensyndikats …«

»… das Kindersoldaten eingesetzt hat. Jetzt erinnere ich mich«, sagte Per Åström. »Er wurde ermordet, oder?«

»Wir wissen noch immer nicht, was da eigentlich vorgefallen ist«, sagte Henrik. »Die Reichskripo behauptet, dass er sich das Leben genommen habe. Fest steht nur, dass er tot ist.«

»Und was ist mit dem Markt geschehen, nachdem er weg war?«, fragte Per Åström.

»Und warum wird nicht mehr unternommen, um diese Entwicklung zu stoppen? Warum kommen nicht mehr von den Leuten vor Gericht?«, mischte sich Mia ein.

»Die Antwort kennst du doch selbst«, antwortete Gunnar. »Keiner will etwas preisgeben. Eine Krähe hackt der anderen kein Auge aus. Wenn man nachfragt, weiß niemand was.«

»Genau wie mit dem Alten«, bemerkte Henrik.

»Richtig«, sagte Gunnar. »Du hast ihn schon einmal erwähnt. Was wissen wir über ihn?«

»Das habe ich doch schon gesagt«, erwiderte Henrik.

»Du hast nichts gesagt«, entgegnete Gunnar.

»Eben«, entgegnete Henrik. »Weil es kaum etwas zu sagen gibt. Alle halten still – und warum wohl?«

»Weil sie Angst haben«, sagte Mia.

»Genau«, erwiderte Henrik.

»Okay.« Gunnar ergriff wieder das Wort. »Aber konzentrieren wir uns jetzt auf Robin Stenberg. Wie finden wir den Täter? Mit wem sollten wir sprechen?«

»Mia und ich werden mit der Befragung von Robins

Mutter beginnen, Sussie Anander. Sie war heute früh nicht dazu in der Lage, Fragen zu beantworten.«

»Und ich kümmere mich um Robins Rechner«, erklärte Ola.

»Und Sie halten mich auf dem Laufenden, ja?«, sagte Per Åström.

Henrik und Ola nickten.

»Gut«, fasste Gunnar zusammen. »Wir sollten sehr effektiv vorgehen, wir müssen so viel wie möglich über Robin herausfinden. Vermutlich ist es so, wie du schon gesagt hast, Henrik, dass sein Mörder aus dem Umfeld stammt. Überprüft alle seine Freunde, Feinde, seine Eltern, seine Freundinnen, Verwandte, einfach alle. Ich will, dass diese Geschichte auf dem Stapel der schnell gelösten Fälle landet.«

»Verzeihung, aber haben Sie noch einen Wunsch?«

Die junge Kellnerin betrachtete Jana Berzelius mit großen blauen Augen. Die Staatsanwältin fixierte einen Punkt weit draußen vor dem Fenster. Den Salat hatte sie kaum angerührt. Auch der Teller und das Mineralwasser von Per standen noch da, obwohl es schon über eine Stunde her war, dass er das Lokal verlassen hatte.

Aus den Augenwinkeln bemerkte Jana die Kellnerin.

»Sonst könnten Sie vielleicht Ihren Platz für jemand anderen freigeben?«, schlug die Kellnerin vor.

»Ich gehe jetzt«, sagte Jana und erhob sich.

Die Kellnerin räumte sofort das Geschirr ab. Jana knöpfte ihren Mantel zu, zog die Handschuhe über und wickelte sich ihren schwarzen Seidenschal zweimal um den Hals. Dann trat sie hinaus in die Kälte und blickte zum Himmel.

Der Schnee wirbelte vor den Schaufenstern und über die Fußwege. Die Straßenlaternen verströmten ihr frostiges Licht. Viele Menschen waren unterwegs. Drei Frauen standen herum und unterhielten sich, lachten laut und öffneten ihre Tüten, verglichen ihre neuesten Einkäufe.

Janas lange, dunkle Haare flatterten im Wind und wehten ihr ins Gesicht.

Sie hatte ihre Hände zu Fäusten geballt.

Robin Stenberg war tot!

Ermordet!

Warum?

Es konnte kein Zufall sein, dass Robin umgebracht worden war, nachdem er sie und Danilo zusammen gesehen hatte. Aber warum? Wer außer ihr konnte sich von Robin bedroht fühlen?

Danilo?

Immer wieder kreisten ihre Gedanken darum, dass sie sich am Vorabend am Tatort aufgehalten hatte. Mit heftig klopfendem Herzen machte sie sich schließlich auf den Weg.

Henrik Levin krempelte seine Hemdsärmel hoch, ehe er sich neben Mia Bolander in die Küche eines Mietshauses im Stadtteil Ljura setzte. Er betrachtete Sussie Anander, die sich mit einer Zigarette in der Hand an den Herd lehnte. Sie sah aus wie eine Frau, mit der es abwärtsging. Aber vielleicht war das auch nur ihre Art der Trauer.

Jetzt würde er mit der schwierigen Frage konfrontiert werden, die allen Eltern eigentlich erspart bleiben sollte: Warum hat mir jemand mein Kind genommen?

Nach den üblichen Formalitäten erklärte er Sussie Anander, dass sie hofften, sie könne ihnen helfen, ein wenig

Licht in die fürchterlichen Ereignisse zu bringen. Aber Robins Mutter schwieg. Ein Stuhl knarrte, die Dunstabzugshaube über dem Herd rauschte leise, und ein Seufzer erklang – sonst war nichts zu hören.

Langsam blies sie den Rauch aus, wischte sich die Nase ab und drückte die Zigarette in einem Glas aus.

»Hatte er Strümpfe an?«, fragte sie leise.

Sie hatte ein spitzes Kinn. Die Augenbrauen waren geschminkt, und sie trug schwarze Jeans und ein braunes T-Shirt. Die Finger der linken Hand schmückten Silberringe.

»Warum fragen Sie?«, sagte Henrik.

»Wissen Sie, der Fußboden in seiner Wohnung war so kalt. Ich habe ihm gesagt, er muss immer Socken tragen. Und jetzt kann ich mich nicht mehr erinnern: Hatte er welche an?«

Obwohl Sussie Anander mit ruhiger Stimme sprach, zitterte sie. Sie schraubte einen goldfarbenen Deckel auf das Glas mit dem Zigarettenstummel.

»Ja«, antwortete Henrik.

»Gut.«

Sie blieb am Herd stehen und hielt das Glas fest, als wollte sie es nie wieder loslassen.

»Können Sie uns nicht ein bisschen von Robin erzählen?«

Detailliert berichtete sie von seiner Kindheit, seinen Eigenschaften und seinen durchschnittlichen Schulnoten. Als sie von seinem Auszug von zu Hause erzählte, verstummte sie.

»Er ist früh bei Ihnen ausgezogen?«, wiederholte Henrik.

»Ja, vor vier Jahren«, sagte Sussie Anander. »Er war erst

sechzehn, aber er brauchte einen Umgebungswechsel, einen Neuanfang.«

»Einen Neuanfang – warum?«

»Vielleicht weil er sich von mir lösen musste. Sein Leben neu anpacken, was weiß ich.« Sie seufzte tief. »Vorher war er tagelang weg. Er hat immer gemacht, was er wollte.«

»Und wo war er dann?«

»Überall, hat er behauptet.«

»Hat er Geschwister?«, wollte Henrik wissen.

»Nein«, sagte Sussie Anander mit betrübtem Blick und stellte das Glas mit dem Schraubverschluss hin. »Er war Einzelkind. Und er war gern allein, ganz allein mit seinen Gedanken und so. Er hat nicht so gern geredet.«

Sie zuckte mit den Schultern, holte tief Luft.

»Ich wusste nicht, was ich tun sollte. Ich habe mal bei einem Psychologen angerufen, aber Robin wollte nicht hingehen. Er war zu dem Zeitpunkt zwar noch nicht volljährig, aber ich konnte trotzdem nichts tun. Rebellion in der Pubertät ist ganz normal, hat man mir gesagt. Ich hab mich so hilflos gefühlt. Am Anfang habe ich noch nach ihm gesucht. Oft habe ich ihn im Proberaum gefunden, aber er wollte nie mit nach Hause kommen. Er hat gesagt, es würde ihm besser gehen ohne mich. Also habe ich aufgehört, nach ihm zu suchen. Ich habe ihn in Ruhe gelassen. Schließlich ist er ausgezogen.«

»Er hat Gitarre gespielt?«, fragte Henrik.

»Ja, woher wissen Sie das?«, sagte Sussie Anander.

»Ich habe die Gitarrenhülle in seiner Wohnung gesehen.«

»Er hat gern gespielt, schon seit Jahren. Er war echt gut.« Sie wischte sich noch eine Träne ab und hinterließ verschmierte Wimperntusche auf ihrer Wange.

»Hat er in einer Band gespielt?«, erkundigte sich Mia.

»Nein, aber er hat gern im Proberaum rumgehangen, mit anderen Leuten, die Musik gemacht haben.«

»Wo liegt denn dieser Proberaum?«

Sussie Anander dachte eine Weile nach. Mit zitternden Händen zog sie eine weitere Zigarette aus der Schachtel.

»Im Lauf der Jahre waren es verschiedene Räume. Unter anderem im alten Industriegebiet, in verschiedenen Klubs und so. In der letzten Zeit war er öfter im Kulturhuset.«

Henrik nickte Mia zu, um ihr zu signalisieren, dass sie nach der Befragung zum Kulturhuset fahren sollten.

»Wie sah denn sein Bekanntenkreis aus, hatte er Freunde oder auch Feinde?«, fragte Henrik.

Sussie Anander hatte sich die Zigarette zwischen die Lippen gesteckt, aber das Feuerzeug funktionierte nicht. Sie warf es auf die Spüle und holte aus einem Schrank ein neues.

»Soweit ich weiß, hatte er weder Freunde noch Feinde. Er hatte nur seine Gitarre. Und seinen Rechner natürlich«, sagte Sussie Anander und blies den Rauch an die Decke. »Er hat ständig vor dem Ding gesessen und auf den Bildschirm geglotzt.«

Abermals liefen ihr Tränen über die Wangen.

»Tut mir leid«, sagte sie.

»Sie müssen sich doch nicht entschuldigen«, sagte Henrik und betrachtete ihr erschöpftes Gesicht mit den weißlichen, trockenen Lippen.

»Wann haben Sie Robin zuletzt gesehen?«, fragte Mia und wedelte mit der Hand vor ihrem Gesicht herum, als wollte sie demonstrieren, dass sie nicht gern in der verrauchten Küche saß.

»Vor einer Woche«, sagte Sussie Anander.

»Wie hat er auf Sie gewirkt?«

»Wie immer.« Sie schüttelte den Kopf, schluckte. »Samstags komme ich immer mit etwas Essen vorbei: Brot, Butter und andere milchfreie Produkte. Er war so ein … wie heißt das noch? Ein Vegi.«

»Veganer?«

»Nein, Vegetarier«, antwortete Sussie Anander. »Schon seit er dreizehn war. Das kommt häufig vor, habe ich gehört. Eine Art zu rebellieren, aber es war nichts im Vergleich dazu, wie er auf den Tod von Jesper reagiert hat, also von seinem Vater. Überall Krebs, im Magen, in der Lunge. Er hatte zehn Tumore im Kopf, verstehen Sie? Man konnte nichts tun. Nur zuschauen.«

Henrik empfand starkes Mitgefühl mit der Frau, die ihren Sohn und ihren Mann verloren hatte.

»Und wie hat Robin reagiert?«, fragte er mit ruhiger Stimme.

Sussie Anander aschte in das Glas ab.

»Robin hat nie viel gesprochen, wie gesagt, aber als Jesper gestorben war, konnte man gar nicht mehr mit ihm reden. Aber ich wollte reden, also gab es eine Menge Stress. Und als ich die Plastiktüte gefunden habe, da hat es gereicht. Ich konnte nicht mehr.«

»Was für eine Tüte? Mit Rauschgift? Hat er Drogen konsumiert?«

»Ja, erst Alkohol und Tabak. Dann Hasch. Ich habe keine Ahnung, wie er an das ganze Zeug rangekommen ist, aber erst als ich das Heroin entdeckt habe, ist mir klar geworden, dass es ernst war. Ich meine, Heroin ist ja was für Junkies. Nicht für Leute wie meinen Robin. Ich wollte, dass der Spuk ein Ende hat, sofort.«

»Also haben Sie ihn angezeigt.«

»Ja, ich weiß, dass es ein Fehler war, aber …«

»Das war doch kein Fehler«, sagte Mia. »Das war ganz schön mutig von Ihnen, finde ich.«

»Sie haben ihn vor einem Jahr bei der Polizei angezeigt«, fuhr Henrik fort. »Wissen Sie, ob er danach noch Drogen genommen hat?«

»Nein, aber davon gehe ich aus. Ich pack es nicht, jetzt daran zu denken, ich …«

Sussie Anander verstummte, ihre Augen standen wieder voller Tränen.

»Als Sie heute früh mit dem Essen zu Robin gekommen sind«, sagte Henrik. »Ist Ihnen da irgendwas Ungewöhnliches aufgefallen?«

»Nein, er hat einfach dagelegen, er …« Sie schüttelte den Kopf, schluchzte auf und presste die Hand an die Stirn.

»Sie tragen einen anderen Nachnamen als Robin«, sagte Mia, als sich Sussie Anander beruhigt hatte.

»Ja, ich habe einen neuen Kerl kennengelernt, Peter«, sagte sie. »Na ja, wir haben uns schon vor Jespers Tod kennengelernt. Robin hat sich nicht gerade darüber gefreut. Aber was soll man tun, verdammt noch mal. Ich konnte doch nicht einfach nur dasitzen und vor mich hin vegetieren und darauf warten, dass Jesper stirbt. Ich musste doch ein bisschen an mich selbst denken.«

»Wann ist er gestorben?«, erkundigte sich Mia.

»Vor einem halben Jahr. Peter und ich haben kurz danach geheiratet. Jesper hat gesagt, er will, dass ich glücklich bin, also …«

»Hat sich Peter gut mit Robin verstanden?«, fragte Henrik.

»Die haben sich nicht so oft gesehen«, antwortete Sussie

Anander, drückte die Zigarette aus und schlang die Arme um den Körper. »Ehrlich gesagt glaube ich nicht, dass Männer wirklich mein Ding sind«, fügte sie hinzu.

»Warum nicht?«

»Peter ist nicht mehr aktuell, wenn Sie verstehen, was ich meine. Er mag keine Konflikte, also ist er abgehauen, der Idiot. Wir werden uns scheiden lassen.« Ihre Augen füllten sich mit Tränen. »Aber es ist gut so, es ist total okay«, sagte sie zu sich selbst.

»Ich habe Ihnen zugehört«, sagte Henrik. »Sie haben in kurzer Zeit sehr viel durchmachen müssen …«

»Stimmt …«

»Und ich glaube, dass Sie Hilfe brauchen. Soll ich jemanden organisieren, mit dem Sie reden können?«

Sie seufzte. »Nein, aber ich habe mir gedacht, ich rufe meine Mutter an.«

»Dann rufen Sie sie jetzt an, dann sorgen wir dafür, dass jemand bei Ihnen bleibt, bis sie da ist.«

Sussie Anander nickte und ging in den Flur. Henrik hörte sie telefonieren.

»Licht in die Ereignisse bringen«, sagte Mia und lachte.

»Wie?«

»Du hast vorhin zu Sussie Anander gesagt, dass du hoffst, sie kann uns helfen, ein wenig Licht in die fürchterlichen Ereignisse zu bringen.«

»Ja und? Das sagt man doch so?«

»Nein, Henrik, das sagt man nicht.«

»Doch, das sagt man.«

»Vielleicht hat man das in den Fünfzigerjahren gesagt, aber nicht heutzutage. Wirklich nicht. *Trust me.*«

Henrik hatte keine Lust, an das zu denken, was er während des Gesprächs gesagt hatte. Vielmehr dachte er an das, was *nicht* gesagt worden war. Er dachte an Sussie Anander, der er die schwierige Frage nicht gestellt hatte. Auch wenn es nicht in Ordnung war, so war er dennoch froh, ja, beinahe dankbar, dass ihm die ebenso schwierige Antwort erspart geblieben war: Ich weiß es nicht.

Gunnar Öhrn stand am Fenster und sah auf die Straße hinaus. Sein ganzes Erwachsenenleben hatte er als Polizist gearbeitet. Als ihm vor zwanzig Jahren eine Leitungsposition angeboten worden war, konnte er einfach nicht ablehnen. Er hatte seine Ordner in größere und breitere Regale gestellt. Er hatte einen bequemeren Stuhl bekommen und war in ein größeres Zimmer umgezogen. Und erst nachdem er sich in all dem Neuen und Großen zurechtgefunden hatte, war ihm aufgegangen, dass er, ohne es zu wissen, die ganze Zeit davon geträumt hatte, Chef zu werden.

Aber was sollte er tun, jetzt, da die Neuorganisation bevorstand? Hatte er vielleicht einen anderen Traum? Oder sehnte sich ganz woandershin?

Er seufzte unwillkürlich. Sein Blick wanderte zu den Büros und Wohnungen im Haus gegenüber und blieb einen Augenblick in einem Schlafzimmer hängen. Wieder seufzte er. Vielleicht erwartete er etwas, das gar nicht eintreffen würde. Vielleicht war er naiv gewesen, als er gehofft hatte, anstelle von Carin Radler den Posten des Regionspolizeichefs Ost zu bekommen.

Er drehte sich zu seinem Schreibtisch um, setzte sich und starrte in sein Wasserglas. Draußen im Flur waren Schritte und Stimmen zu hören, und Anneli kam ins Zimmer.

»Mittagszeit«, sagte sie.

»Ja«, erwiderte Gunnar kaum hörbar.

»Wollen wir was essen?«, fragte sie. »Ich bin hungrig.«

Er schwieg. Anneli schob die Tür hinter sich zu und trat ein paar Schritte näher.

»Du grübelst über irgendwas nach. Was ist denn los?«

»Nichts.«

»Doch, ich kenne dich.«

»Nein.«

»Ich sehe doch, dass irgendwas los ist, und ich kann dir nicht jedes Mal alles aus der Nase ziehen. Erzähl es mir einfach!«

Gunnar hob sein Glas, kniff ein Auge zu und betrachtete das Wasser.

»Ich will nicht, dass er hier ist«, sagte er.

»Er ist Leiter der Reichskriminalpolizei und hat einen Auftrag zu erledigen.«

»Das ist es doch gar nicht.«

Anneli seufzte und verschränkte die Arme vor der Brust. »Ich habe ja schon geahnt, dass du über etwas Schwachsinniges rumgrübelst.«

Sie senkte die Stimme, damit die Kollegen draußen sie nicht hörten. »Es ist doch schon so lange her, das weißt du ganz genau.«

»Aber ich muss trotzdem ständig daran denken«, sagte er und stellte das Glas wieder hin.

»Wir beide waren zu dem Zeitpunkt doch gar kein Paar.«

»Das tut nichts zur Sache.«

»Natürlich tut das was zur Sache!«

»Nein. Ich kann den Kerl einfach nicht ausstehen.«

»Also, jetzt reiß dich mal ...«

»Ich halte den Gedanken nicht aus, dass er ...«

»Dass er was?«

»Nichts.«

»Dann lass den Gedanken einfach los!«

Er fing ihren Blick auf und begriff, dass sie wütend war. Plötzlich befiel ihn die Angst, nicht zu genügen. Dass er ihr so, wie er war, nicht ausreichte.

»Tut mir leid«, sagte er und streckte die Hand aus. »Es ist nur so anstrengend, ihn die ganze Zeit auf den Fersen zu haben. Wollen wir uns eine Pizza zum Mittagessen teilen?«

Anneli schüttelte ratlos den Kopf.

»Klar, können wir machen«, sagte sie irritiert.

Er lächelte. Noch immer hielt er die Hand ausgestreckt, in der Erwartung, gleich ihre schmalen Finger zu spüren.

Doch er wartete vergeblich.

Schon im Eingangsbereich des Kulturhuset war laute Musik zu hören. Henrik Levin klopfte an die Tür, hinter der der große Jugendklub lag, mit Konzertbühne, einer Galerie und einem Café, aber schon bald war ihm klar, dass es keinen Zweck hatte, weil sie niemand bemerkte.

Deshalb öffnete er die Tür und trat mit Mia Bolander ein. Das Kulturhuset in Norrköping war eine kreative Begegnungsstätte für Jugendliche. Die Räume waren mit Möbeln aus verschiedenen Jahrzehnten eingerichtet. Eine moosgrüne Sitzgruppe aus den Sechzigern, Holzstühle aus den Siebzigern und eine knallgelbe Wand, die das Flair der Achtziger ausstrahlte. Auf der Konzertbühne probte eine Band, die aus vier jungen Frauen bestand. Bis zum Refrain war Henrik der Meinung, sie würden ein selbst komponiertes Lied spielen. Erst da ging ihm auf, dass es der Song *Tainted Love* von Soft Cell sein sollte.

Henrik und Mia entfernten sich ein wenig von der lauten Musik. An einem Tisch saß ein Mann mit Vollbart und Dreadlocks, um die er ein schwarzes Tuch gewickelt hatte. Er trug zwei ärmellose Oberteile übereinander und Holzketten um den Hals. Seine Hände hatte er um eine Kaffeetasse gelegt.

»Wir sind von der Polizei«, sagte Henrik, »und würden gern mit Ihnen über Robin Stenberg reden.«

»Über wen?«

»Robin Stenberg!«

Der Mann schüttelte den Kopf. »Probieren Sie es doch bei den Leuten vom Café.«

An einem runden Tisch saßen vier Leute und unterhielten sich leise, als Henrik und Mia das Café Manala betraten. Eine junge Frau stand hinter dem Tresen und legte frisch gebackene Kekse von einem Backblech auf einen großen Teller. Sie hatte helle Haare, trug einen großzügig ausgeschnittenen Pullover und hatte sich eine Sonne auf den Hals tätowieren lassen.

»Ich heiße Lisa«, sagte sie, nachdem Henrik sich vorgestellt hatte. »Wollen Sie einen Kardamomkeks? Ganz ohne Eier oder Milch, also rein vegan?«

Henrik und Mia lehnten ab.

»Wir sind hier, um mit Ihnen über Robin Stenberg zu reden«, sagte Henrik und war dankbar, dass er diesmal nicht zu schreien brauchte. »Kennen Sie ihn?«

»Was heißt schon kennen. Er ist öfter hier, fast jeden Sonntag«, sagte sie und schichtete weiter die Kekse übereinander.

»Ist er hergekommen, um zu proben?«, erkundigte sich Mia.

»Nein, aber er hängt gern hier rum«, sagte Lisa.

»Hat das einen besonderen Grund?«, fragte Henrik.

»Sonntags öffnen wir den Proberaum für alle, wir nennen das Band Camp«, antwortete Lisa. »Alle, die wollen, können kommen.«

»Wissen Sie, mit wem Robin hier rumgehangen hat?«

Plötzlich wurde ihr Blick misstrauisch. »Hat er was angestellt?«

»Vermutlich nicht«, sagte Henrik. »Aber wir versuchen herauszufinden, mit wem er sich getroffen hat.«

»Ich habe keine Ahnung. Sind immer ziemlich viele Leute hier. Alle hängen mit allen rum. Irgendwie so. Sorry.« Sie zuckte mit den Schultern und lächelte entschuldigend.

»Sie können uns also keine Namen nennen?«

»Ich nicht, aber die können Sie bestimmt von Josefin kriegen. Die organisiert diese Band-Camp-Sache. Rufen Sie sie doch einfach mal an.«

Ihre Arme hatten sich verkrampft.

Pim spürte, dass die Haut aufriss und warmes Blut vom kleinen Finger auf den Boden tropfte.

Es tat weh. Fürchterlich weh. Vermutlich hatte sie sich die Hände aufgescheuert, Schürfwunden, die immer größer geworden waren, als sie die Riemen gegen die scharfkantige Stelle an der Wand gerieben hatte.

Vor lauter Schmerzen hatte sie ein Stoßgebet gen Himmel geschickt, dass die Riemen doch reißen mochten und sie endlich von hier wegkäme. Aber niemand hatte ihre Bitte erhört.

Ihre Bewegungen wurden immer schwächer. Irgendwann konnte sie nicht mehr. Sie schloss die Augen.

Spürte, wie die Hände ein letztes Mal zuckten.

Und wie die Riemen plötzlich nachgaben.

14

Es war vier Uhr nachmittags, und die dunklen Wolken lagen wie eine dicke Schicht über Lindö. Die Scheibenwischer kämpften gegen den Schneeregen auf der Windschutzscheibe.

Jana Berzelius starrte auf die schwarze matschige Straße. Zu Hause bei ihren Eltern parkte sie ihr Auto auf der breiten Garagenauffahrt. Dann klingelte sie an der Haustür und trat einen Schritt zurück. Von drinnen hörte sie langsame Schritte, dann öffnete sich die Tür.

»Hallo, Mutter«, sagte sie.

Ihre Mutter trug eine Schürze. In der Hand hielt sie ein kariertes Küchenhandtuch, das sie so fest zusammenknüllte, dass sich unter der blassen Haut die Adern und Sehnen abzeichneten. Mit ihren lebhaften blauen Augen blickte sie ihre Tochter erfreut an.

»Jana«, sagte sie, und hinter dem dünnen Brillengestell waren ihre Lachfältchen zu sehen. »Ich bin so froh, dass du kommen konntest.«

Sie lächelte glücklich und nahm Jana in den Arm.

»Komm herein«, sagte sie. »Ich muss nur eben nach dem Glögg sehen.« Sie verschwand in der Küche.

Jana hängte ihren Mantel auf und stellte ihre Schuhe ins Schuhregal. Safranduft stieg ihr in die Nase. Sie drehte erst eine kurze Runde durch den Flur und schaute ins Elternschlafzimmer, ohne es zu betreten. Sie ließ lediglich den

Blick über die weißen Wände, das Doppelbett, die Tagesdecke und die Kissen schweifen.

Der Kleiderschrank stand offen. Auf der Stange hingen jede Menge Anzüge und Hemden und Hosen, sorgfältig nach Farbe und Jahreszeit sortiert. Jedes Kleidungsstück war sauber und perfekt gebügelt. Jeder Kleiderbügel hing exakt zwei Zentimeter vom nächsten entfernt.

Es war merkwürdig, wieder hier zu sein.

Plötzlich wurden ihr die Geräusche des Hauses bewusst. Das exakte Ticken der Uhren, das Knacken, Brummen und Rauschen. Ein Poltern aus der Küche.

Langsam ging sie in den Flur zurück, die Treppe hinauf und in ihr altes Mädchenzimmer. Es schien sich nichts verändert zu haben, seit sie ausgezogen war. Als hätte die Zeit stillgestanden.

Sie ging weiter zum Arbeitszimmer ihres Vaters, öffnete die Tür und atmete auf, als sie sah, dass er nicht da war. Sie betrat das Zimmer und betrachtete die Aktenordner, Schränke und Schubladen. Die Berichte, Wertpapiere, Kontoauszüge und Protokolle auf dem Schreibtisch.

Sie öffnete einen Schrank und nahm einen weißen Ordner heraus. Er stand immer ganz links, das wusste sie, denn sie hatte ihn schon oft herausgenommen. Aber nur, wenn ihr Vater nicht zu Hause war.

Sie öffnete den Ordner und betrachtete das Dokument. Ihre Adoptionsbescheinigung. Das Papier war ein wenig vergilbt. Kein Wunder, es war ja schon über zwanzig Jahre her, dass sie eine Berzelius geworden war.

Sie erinnerte sich an den Tag, als sie im Gang des Jugendamtes gesessen hatte. Sie hatte auf ihre Hände gestarrt, die in ihrem Schoß ruhten. Ab und zu hob sie die Hand, um sich am Nacken zu kratzen, wo das große Pflaster klebte.

»Hör auf damit«, sagte die Sozialarbeiterin Beatrice Malm, als sie aus ihrem Büro kam.

»Aber es juckt doch«, antwortete sie.

»Dann juckt es eben. Reiß dich zusammen. Bis sie kommen.«

Beatrice Malm warf einen Blick auf die Wanduhr.

»Es wird alles gut werden«, sagte sie, als wollte sie sie beruhigen. Doch ihr Tonfall führte dazu, dass Janas Herz noch schneller klopfte.

Dann kamen sie, der Mann zuerst, die Frau drei Schritte hinter ihm. Er mit zusammengepressten Lippen, sie mit einem breiten Lächeln.

»Das sind Karl und Margaretha Berzelius«, sagte Beatrice Malm und sah Jana an.

Sie glitt vom Stuhl, ohne ihre zukünftigen Eltern anzuschauen, und murmelte nur: »Hallo.«

»Und die Papiere?«, fragte Karl Berzelius.

»Alles in bester Ordnung. Auf Ihre Anordnung hin unterliegen sie der Geheimhaltung.«

»Na dann.« Karl ging schnurstracks zum Fahrstuhl.

»Komm, meine Kleine«, sagte Margaretha und streckte die Hand aus. Jana hatte sich erst nicht getraut, sondern lange gezögert, ehe sie die Hand ihrer künftigen Mutter ergriffen hatte, die sich kühl und schlaff anfühlte.

Sie waren durch den Flur gegangen und hatten den Fahrstuhl betreten. Jana hatte die Hand zum Kopf geführt, aber innegehalten, als sie durch die offenen Lifttüren den Blick der Sozialarbeiterin auffing.

»Sorgen Sie gut für sie!«

Das war das Letzte, was Jana hörte, ehe die Türen sich schlossen.

Erst da hob sie die Hand. Und kratzte.

Das ewige Kratzen ist ihm gleich aufgefallen, und er hat sich sehr darüber geärgert, dachte Jana, als sie den Ordner schloss und wieder in den Schrank stellte.

Links vom Schreibtisch entdeckte sie eine rote Schachtel. Sie öffnete den Deckel, betrachtete die Kette, die darin lag und erinnerte sich, dass sie sie einmal geschenkt bekommen hatte. Das war viele Jahre her. *Für JB von KB*. Lange betrachtete sie die Kette und streckte die Hand aus, um sie zu berühren. Erst zögerte sie, dann nahm sie das Schmuckstück heraus und ließ es hin und her pendeln. Schließlich legte sie die Kette an und spürte das kalte Metall auf ihrer warmen Haut.

Auf einmal hörte sie ihre Mutter aus dem Untergeschoss rufen. »Jana, wo bist du?«

Erst wollte sie die Kette abnehmen, doch dann überlegte sie es sich anders, ging aus dem Zimmer und ließ die rote Schachtel geöffnet und leer auf dem Schreibtisch zurück.

»Ist sie nicht rangegangen?«

Mia Bolander saß auf dem Beifahrersitz neben Henrik. Unter ihrer Mütze schauten die blonden Haarsträhnen hervor. Die Wangen waren gerötet, und sie hatte die Hände zwischen die Knie geschoben.

»Nein«, sagte Henrik, der schon zweimal auf der Mailbox von Josefin Ek gelandet war.

»Dann probier es noch mal.«

»Später«, sagte er. »Vermutlich hat sie mit dem Band Camp morgen alle Hände voll zu tun. Lass uns lieber zum Revier fahren.«

Er bog ein wenig zu schnell vom Parkplatz des Kulturhuset auf die Straße. Das Auto landete fast auf der Gegenfahrbahn, und er bremste ab. An einer roten Ampel blieben sie stehen. Er seufzte laut.

»Wie geht es dir eigentlich?«, fragte Mia.

»Gut.«

»Und Emma?«

Er dachte an seine Frau. Im Grunde dachte er die ganze Zeit an sie, versuchte es aber zu verdrängen, weil es ihm nur ein schlechtes Gewissen verursachte.

»Auch gut«, sagte er routinemäßig. »Und bei dir alles in Ordnung?« Er fixierte die Ampel und hoffte, sie würde gleich auf Grün umschalten.

»Ich habe gerade die Qual der Wahl …«, fing sie an.

»Inwiefern?«

»Wie ich mich entscheiden soll. In Sachen Martin, meine ich.«

Henrik verdrehte innerlich die Augen. Er hatte kein großes Interesse an ihrem Liebesleben.

»Aber ihr habt euch doch erst ein Mal getroffen?«, fragte er.

»Nein, zwei Mal. Ich habe auch letzte Nacht bei ihm geschlafen.«

»Aber Mia, du wolltest doch nicht …«

»Wenn das jetzt eine Moralpredigt werden soll, kannst du gleich den Mund halten.«

Sie beobachtete die Autos auf der Gegenfahrbahn.

»Du bist also der Ansicht, dass … dass das eine ernste Sache ist zwischen euch?«, fragte er.

»Ich nicht, aber *er* scheint das zu finden.«

»Hat er denn schon die drei kleinen Wörter gesagt?«, erkundigte sich Henrik grinsend.

»Was meinst du?«

»Dass er dich liebt?«

»Nicht direkt, er zeigt es eher durch sein Verhalten.«

»Hast *du* es denn gesagt?«

»Dass ich ihn liebe? Auf gar keinen Fall! Ich bin nicht der Typ, der so was zuerst ausspricht.«

»Und was sagt dein Gefühl?«

»Na ja, man muss eben das Risiko eingehen und dann Gas geben.«

»So kann man das doch nicht sehen.«

»Wie soll man das denn sonst sehen?«

»Na ja, Martin Strömberg ist nicht gerade der Traumschwiegersohn … Wir haben ihn doch gerade befragt.«

»Aber du hast eines vergessen, Henrik, nämlich dass ich vielleicht gar keinen Traumschwiegersohn will.«

»Sondern einen Kriminellen?«

Genervt sah Mia ihn von der Seite an.

»Du bist so ein Langweiler, Henrik. Gut, dann werde ich es bleiben lassen mit Martin.«

»Das solltest du, Mia. Es gibt andere Gelegenheiten, bessere.«

»Vielleicht«, murmelte sie, als die Ampel auf Grün umschaltete.

Auf den letzten Kilometern bis zur Küste erfüllte ihn eine Art innerer Frieden, und er verlangsamte das Tempo. Es gab keinen Grund zur Eile. Das Maultier konnte ein paar zusätzliche Minuten gebrauchen, um den letzten Rest der Lieferung aus sich herauszupressen.

Gemächlich fuhr er an den schneebedeckten Feldern und den kahlen Bäumen vorbei. Am Lenkrad spürte er die Vibration, wenn die Reifen auf die vereisten Straßenränder trafen.

Er legte den Kopf in den Nacken und lächelte.

Bald ist es Zeit, sie zu beseitigen, dachte er. Sie musste Platz für andere machen.

Fünfhundert Meter vor der Küste schaltete er die Scheinwerfer aus. Er wollte nicht riskieren, dass jemand ihn bemerkte. Es reichte schon, wenn einer neugierig wurde – und schon müssten sie ihre Aktivitäten woandershin verlagern.

Das Problem war nur, dass der Mond viel zu hell schien. Das störte ihn. Los, versteck dich hinter den Wolken, verdammt noch mal, dachte er beim Anblick des großen, eigensinnigen Himmelskörpers, der blendend weiß über den Baumwipfeln stand.

Schließlich stieg er aus dem Wagen. Er blieb stehen, achtete auf Geräusche und hielt Ausschau, ob sich irgendwo etwas bewegte, bevor er auf das Haus zuging. Mit großen Schritten stapfte er durch den Schnee, der ihm bis zu den Knöcheln reichte, wobei er sich die ganze Zeit im Schatten der Bäume, außerhalb der Reichweite des Mondscheins, hielt.

Gleich ist es so weit, dachte er, als er plötzlich die Fußabdrücke vor dem Haus bemerkte.

Sie stammten nicht von ihm.

Der Wind hatte aufgefrischt, und es fiel immer mehr Schnee. Henrik Levin wollte nach Hause fahren. Mit den Kindern auf den Spielplatz gehen und Schlitten fahren. Beim Anblick der unberührten weißen Schneedecke auf dem Hügel hinter dem Haus würden sie in Jubel ausbrechen. Er selbst würde sich auf den Snowracer setzen und den Fahrtwind spüren, die Kälte im Gesicht.

Trotzdem stand er nicht auf. Man könnte meinen, er suchte nach einem guten Grund, um sitzen zu bleiben.

Er dachte an die thailändischen Mädchen. Ob sie jemals mehr über die beiden erfahren würden? Zwei weitere Personen in der Statistik über Drogenkriminalität. Zwei weitere ungelöste Fälle.

Seine Gedanken schweiften zu Robin Stenberg. Aus einem Ablagefach holte er die Fotos und die Liste, die Anneli nach der Untersuchung von Stenbergs Wohnung erstellt hatte. Darauf war detailliert alles von der Bettwäsche bis zum Kühlschrankinhalt verzeichnet. Es musste doch irgendwo einen Hinweis auf ein Tatmotiv geben!

Ein leichtes Klopfen war zu hören, und er wandte den Blick zur Tür. Mia kam herein. Sie legte den Kopf schief.

»Du siehst nachdenklich aus«, sagte sie.

»Ich denke an Robin. Komisch, dass der Täter keine einzige Spur hinterlassen hat. Wenn es ein geplanter Mord war, dann gibt es auch ein klares Motiv. Und wenn es ein klares Motiv gibt, dann müssten wir es doch finden. Ich verstehe nicht ...«

»Ganz deiner Meinung«, sagte Mia. »Aber es hat sicher mit seinen Drogenproblemen zu tun.«

»Ja ...«

Einen Moment war es still im Zimmer.

»Und dann ist da noch das thailändische Mädchen«, fuhr Henrik fort.

»Die an der Überdosis gestorben ist?«

»Ja, die auch, aber ich meinte eher ihre Freundin, die aus dem Zug abgehauen ist. Wir hätten sie kriegen müssen. Ich glaube, dass es jetzt zu spät ist. Sie hat vermutlich schon ihre Päckchen abgegeben und ist nach Thailand zurückgefahren ...«

»Noch nicht«, sagte Mia. »Ich glaube, sie sitzt auf irgendeinem Topf hier in Norrköping und kackt.«

»Ich hoffe, du hast recht, und wir kriegen sie bald zu fassen. Ich glaube nämlich, da ist was im Busch.«

»Wie, im Busch?«

»Ich denke, dass dies nur der Anfang ist … dass mehr und mehr Bodypacker kommen werden. Es finden große Veränderungen auf dem Drogenmarkt statt. Unsere Informanten sind offenbar nicht ganz auf dem neuesten Stand. Vielleicht wächst uns die ganze Geschichte ja über den Kopf.«

»Wir haben doch die Reichskripo im Haus.«

»Das schon. Aber trotzdem … Ich habe ein bisschen Angst …«

»Angst?«, fragte Mia. »Wovor hast du denn Angst?«

»Dass noch mehr passieren wird.«

Pim lief, so schnell sie konnte. Sie rannte in den Wald hinein, in die Dunkelheit, wo die Bäume am dichtesten standen.

Der Schnee bedeckte die Pfade und Steine und hatte alle Konturen verwischt. Bei jedem ihrer Schritte hinterließ sie tiefe, verräterische Spuren. Sie sprang über einen Zweig, rutschte aus und stolperte. Sofort stand sie wieder auf und lauschte. Ihr schwerer Atem zerriss die Stille und bildete kleine Wolken in der Luft. Sie versuchte, leiser zu atmen, und hörte das Blut in den Ohren und im Kopf rauschen.

Abrupt schaute sie sich um, ob jemand hinter ihr war. Doch die Finsternis verfälschte die Umrisse. Und ihre Panik, als sie das Auto des Mannes gehört hatte, verzerrte ihre Wahrnehmung.

Plötzlich sah sie rechts von sich einen Lichtschein. Er blitzte auf und verschwand so schnell, wie er aufgetaucht war. Nach einer Weile kehrte das Licht zurück. Sie blinzelte in die Dunkelheit, wollte herausfinden, woher es stammte. Es blinkte zwischen den Baumstämmen und verschwand wieder, kehrte zurück, blinkte und verschwand. Genauso rhythmisch wie ein langsam schlagendes Herz. Wie ein Herz, das zum allerletzten Mal schlug.

Da hörte sie einen Zweig knacken. Schritte im Schnee, die sich näherten.

Sie machte auf dem Absatz kehrt und rannte davon.

Rannte um ihr Leben.

»Möchtest du noch etwas?«

Margaretha Berzelius hielt die Kanne mit dem Glögg hoch. Auf dem Tisch standen Schälchen und kleine Teller mit Rosinen, Mandeln, Pfefferkuchen und Blauschimmelkäse. In der Mitte, auf einer silbernen Platte, lag ein Safrankuchen mit weißer Glasur und goldenen Zuckerperlen. Jana betrachtete den sorgfältig gedeckten Tisch, hielt den Becher hoch, und ihre Mutter schenkte ihr ein. Sie trank einen Schluck.

»Ist er nicht schon lauwarm?«

»Nein, gar nicht.«

Ihre Mutter nahm gegenüber Platz und nippte ebenfalls am Glögg. »Du lügst«, bemerkte sie lächelnd.

»Damit du ihn nicht noch einmal aufwärmen musst.«

Margaretha schnitt den Safrankuchen auf, legte erst Jana und dann sich ein Stück auf den Teller. Doch sie aß nicht, sondern betrachtete Jana.

»Geht es dir wirklich gut?«, fragte sie. »Du siehst so abgekämpft aus.«

»Keine Sorge, mir geht es gut.«

Jana war es unangenehm, über ihr Privatleben zu reden. Sie hatte das Gefühl, als würden ihre Wörter von ihren

Gedanken blockiert. Es war einfacher, sich hinter der neutralen Fachsprache der berufstätigen Frau zu verstecken. Sich an das Kurze, Exakte, Unpersönliche zu halten. Sich auf die Arbeit zu konzentrieren.

»Du warst schon lange nicht mehr hier«, bemerkte ihre Mutter.

»Ja.«

»Warum meldest du dich so selten?«

»Ich habe keine Zeit gehabt.«

»Ich wünschte mir, du hättest dich gemeldet.«

»Warum hast du mir das nicht schon früher gesagt?«

»Du weißt, warum.«

Jana wich ihrem Blick aus und sah aus dem Fenster.

»Du hättest ohnehin nicht zugehört«, fuhr ihre Mutter fort.

Jana antwortete nicht. Sie fixierte einen Punkt draußen im Garten und glaubte, eine Bewegung wahrzunehmen. In der kompakten Dunkelheit des Winternachmittags waren die Konturen schwer zu erkennen.

»Wo ist Vater?«, fragte sie, den Blick noch immer nach draußen gerichtet.

»Er musste zu einer Besprechung.«

Jana nickte. Ihre Mutter hätte sich den Ausdruck »musste« sparen können. Es gab nichts, was ihr Vater tun *musste*. Er selbst entschied über sein Leben und hatte beschlossen, dass er an einer Besprechung teilnehmen musste. Er hatte beschlossen, sie nicht zu sehen.

»Wie läuft es mit deiner Arbeit?«, erkundigte sich ihre Mutter.

»Gut«, sagte Jana und fing den Blick ihrer Mutter auf.

Margaretha griff nach dem Silberlöffel und aß ein Stück vom Kuchen.

»Ich habe gehört, dass du mit dem Fall der toten Frau im Zug betraut bist.«

»Von wem hast du das gehört?«

»Jana, du weißt doch, dass er sich schon immer für das interessiert hat, was du tust.«

»Sie ist an einer Überdosis gestorben.«

»Ja, das weiß ich, und ihre Freundin ist weg.«

»Verschwunden, ja.«

»Ihr findet sie nicht?«

»Wir wissen nicht, wo wir suchen sollen.«

»Das alles ist so krank«, flüsterte ihre Mutter.

Sie schwiegen. Jana sah wieder aus dem Fenster, jetzt war draußen alles ruhig. Sie dachte an das verschwundene Mädchen im Zug. Vermutlich war sie, wie ihre tote Freundin, von einer Rauschgiftbande missbraucht worden und hatte Drogenkapseln schlucken müssen. Genau wie sie selbst einmal als Kindersoldatin missbraucht worden war. Man hatte sie zur Teilnahme am selben Spiel um Drogen gezwungen, die die thailändischen Mädchen ins Land geschmuggelt hatten.

Je intensiver sie daran dachte, desto mehr juckte es in ihrem Nacken. Sie wollte sich gerade kratzen, als eine Frage in ihrem Kopf auftauchte. Es war eine der vielen Fragen, die sie ihrer Mutter nie gestellt hatte.

»Warum habt ihr mich eigentlich adoptiert?«

Ihre Mutter hörte schlagartig auf zu kauen, sah sie an, seufzte und legte behutsam den Löffel auf ihren Teller.

»Weil wir so gern ein Kind haben wollten«, sagte sie und lächelte.

»Aber warum unterliegt die Adoption der Geheimhaltung?«

»Woher weißt du das?«

Jana glaubte, die Haustür zu hören, die geöffnet und wieder geschlossen wurde.

»Ich muss los«, sagte sie rasch und erhob sich.

»Jana?«

Sie antwortete nicht und ging in den Flur. Ihre Mutter folgte ihr, und sie spürte ihren Blick im Rücken, während sie im Schuhregal nach ihren Schuhen suchte.

»Kannst du nicht noch ein bisschen bleiben? Bitte.«

Jana betrachtete die glänzenden, perfekt geputzten Schuhe und entdeckte nasse Flecken auf dem Flurteppich. Ihr Vater war nach Hause gekommen. Doch er war nicht allein. Dort stand noch ein Paar grober Stiefel mit Stahlkappe.

»Tschüss, Mutter«, sagte sie.

»Kommst du zu Weihnachten? Mir zuliebe?«

Jana hatte die Hand schon auf die Türklinke gelegt und hielt kurz inne. »Okay«, sagte sie. »Aber nur dir zuliebe.«

Dann setzte sie ihr eingeübtes Lächeln auf und verließ das Haus.

Henrik Levin hatte die Hände in die Hosentaschen geschoben, als er auf das Reihenhaus zuging. In allen Fenstern brannten die elektrischen Adventsleuchter. Es war ein finsterer und kalter Abend, und der Schnee knirschte unter seinen Füßen.

Er schloss die Haustür auf und zog sich die Schuhe aus. Emmas Schuhe und die der Kinder standen nicht im Regal. Die Jacken waren auch weg.

Sein Blick fiel auf den weißen Kinderwagen, der im Flur stand. Er packte ihn und rollte ihn vor und zurück. Zwar konnte er kein Preisschild entdecken, aber der Wagen sah auf jeden Fall ziemlich teuer aus.

In der Küche schaltete er die Deckenlampe an und las den Zettel auf dem Tisch. »Wir sind bei Mama.«

Zerstreut blätterte er den Stapel mit Werbung durch, öffnete den Kühlschrank und holte Käse, Butter und Schinken heraus.

Während er sich zwei Scheiben Brot toastete, stellte er sich ans Fenster und blickte in den dunklen Garten hinaus. Er betrachtete die Lichterketten an den Ästen des Apfelbaums, die sich im Wind bewegten, sah, wie sich die Küche in den schwarzen Scheiben spiegelte, und dachte erneut an Robin Stenberg.

Irgendetwas ließ ihn nicht zur Ruhe kommen.

Als er das belegte Brot zum Mund führte, ging ihm auf, was es war.

Es musste nichts bedeuten, aber er stellte sein Essen sofort in den Kühlschrank zurück, wischte die Spüle sorgfältig ab, zog sich die Jacke über und verließ das Haus.

Er verfing sich an einem herausstehenden Ast, der in der Mitte zerbrach. Unverdrossen lief er weiter, wobei er die ganze Zeit den Blick auf die tiefen Spuren im Schnee gerichtet hatte.

Es war zu einfach.

Sie würde keine Chance haben.

Nachdem er einen großen Stein umrundet hatte, blieb er stehen. Schloss die Augen und lauschte. Er hörte das Rauschen des Baches, dann konzentrierte er sich wieder und nahm weitere Geräusche wahr. Schnee, der knirschte. Jemand rannte, verzweifelte Schritte.

Sie war nicht mehr weit.

Lächelnd öffnete er die Augen.

Und lief weiter.

Die Tür des Polizeireviers glitt mit einem Quietschen auf. Im Treppenhaus war alles ruhig. Henrik stieg eilig die Treppen hoch, öffnete die Tür zu seinem Büro und schaltete die Deckenlampe an. Dann suchte er nach dem Bericht der Kriminaltechnik über Robin Stenbergs Wohnung, fand ihn aber nicht.

Als auf einmal sein Handy klingelte, schoss das Adrenalin durch seine Adern.

»Ja?«, meldete er sich.

»Wo steckst du?«, fragte Emma leise.

»Ich komme bald.«

»Wann ist bald?«

»Bald eben.«

»In einer halben Stunde?«

»Ich hoffe, ja.«

»Bist du bei der Arbeit?«

»Ja, ich schaue gerade etwas nach.«

Henrik hörte die Kinder im Hintergrund, Felix und Vilma. Sie riefen nach Emma und fragten, ob sie einen Film sehen dürften.

»Okay«, sagte sie und schwieg. Die Stimmen der Kinder waren wieder zu hören. Sie wollten den Film sehen, jetzt sofort.

»Ich sehe, dass du zu Hause gewesen bist«, sagte sie.

»Ich war ganz kurz da und bin dann wieder gegangen.«

Emma schwieg. Da fiel es ihm wieder ein.

»Der weiße Kinderwagen ist hübsch.«

»Danke.«

»Ich muss jetzt auflegen.«

»Okay. Dann sehen wir uns *bald.*«

»Ja«, sagte er und fügte hinzu: »Ich liebe dich«, aber da hatte sie schon aufgelegt.

Henrik steckte das Handy wieder ein und suchte weiter. Er schaltete die Schreibtischlampe ein.

Schließlich entdeckte er zwischen den ganzen Unterlagen Annelis Liste. Er las sich alles noch einmal ganz genau durch und fand am Ende das, wonach er gesucht hatte: das Verzeichnis der Lebensmittel in Robin Stenbergs Kühlschrank.

Es ist genau so, wie ich es in Erinnerung hatte, dachte er.

Sussie Anander hatte erzählt, dass ihr Sohn Vegetarier sei. Warum hatte dann eine Packung Schinken im Kühlschrank gelegen?

Er hörte, wie die Tür zur Toilette geschlossen und zugesperrt wurde. Karl Berzelius ging durch den Flur und lauschte auf seine eigenen Schritte. Er fühlte sich nicht abwesend, aber auch nicht richtig anwesend, als er sein Arbeitszimmer betrat, um das heimliche Treffen vorzubereiten, das gleich hier stattfinden würde. Es war ein Gespräch mit einem guten Freund, unter vier Augen, und alles, was gesagt wurde, würde im Zimmer bleiben. Wie immer.

Die Ader in seiner rechten Schläfe fing an zu pochen, als er die kleine rote Schachtel auf dem Schreibtisch liegen sah. Er versuchte, sich zu beruhigen, versuchte zu atmen. Er wusste, dass seine Tochter eben zu Besuch gewesen war. Nein, nicht seine Tochter, *Jana*.

Und sie war offenbar in seinem Arbeitszimmer gewesen.

Der Gedanke irritierte ihn.

Was hatte sie getan? Was hatte sie gesehen? Was hatte sie hier zu suchen gehabt?

Verwirrt sah er in die Regale mit den Papieren, Aktenordnern und Mappen. Eine diffuse Angst befiel ihn, und er verspürte einen Druck auf der Brust.

Was hatte sie hier getan?

Erneut betrachtete er die rote Schachtel. Sie war offen, und sie war leer.

Als die Toilettentür sich wieder öffnete und auf dem Flur Schritte zu hören waren, packte er die Schachtel und warf sie in den Papierkorb. Dann setzte er sich hinter den Schreibtisch und bereitete sich innerlich auf das bevorstehende Gespräch vor.

15

Der Bach war mehrere Meter breit. Das Rauschen übertönte alle anderen Geräusche, und sie konnte keine brechenden Zweige mehr hören. Panisch drehte Pim sich um.

Sie betrachtete den dunklen, wirbelnden Bach.

Zögerte.

Doch dann stieg sie ins Wasser.

Es war ihre einzige Chance, keine Spuren zu hinterlassen.

Das Wasser reichte ihr bis zu den Knien und war so kalt, dass ihr der Schmerz durch und durch ging. Dennoch hastete sie flussaufwärts und hob die Beine möglichst hoch, als wollte sie der Eiseskälte unter ihr entkommen. Aber es platschte und spritzte, und ihre Kleider wurden klatschnass bis zum Bauch. Sie schob Äste beiseite, die ins Wasser hingen, kam aber nicht mehr so schnell voran.

Irgendwann spürte sie ihre Füße nicht mehr. Beim nächsten Schritt stolperte sie und fiel bäuchlings in den Bach. Sie tauchte unter, und das Wasser war so kalt, dass sie meinte, ihr Herz müsse stehen bleiben.

Da hörte sie es, einen brechenden Ast.

Sie starrte in die Dunkelheit, lauschte. Die Finger starben ab, während sie zum Ufer des Bachs krabbelte. Dort entdeckte sie einen Steinhaufen. Mit klappernden Zähnen verkroch sie sich dahinter.

Wieder brach ein Zweig. Diesmal ganz in der Nähe. Er war ihr auf den Fersen, und vermutlich hatte er ihr Planschen gehört.

Sie presste den Rücken an die Steine, zog die Knie bis zum Kinn hoch und umfasste ihre Beine.

Die Tränen kamen, aber sie zwang sie zurück.

Wieder die Mailbox. Diesmal war es Mias aufgedrehte Stimme, die ihn ermahnte, eine Nachricht zu hinterlassen.

Ola hingegen war schon beim ersten Klingeln an sein Bürotelefon gegangen. Henrik Levin hörte eilige Schritte draußen auf dem Flur. Hatte ihn Henriks Anruf wirklich so in Aufregung versetzt?

»*Hit me*«, sagte Ola. Er setzte sich und klappte sein Notebook auf.

Henrik zeigte auf den Tisch, wo der aufgeschlagene Bericht lag. »Wie gesagt, Robin war Vegetarier, und trotzdem lag in seinem Kühlschrank eine Packung Schinken. Vielleicht nicht gerade der Megascoop, ich weiß …«

»Na ja, wir sind sonst ja schon etwas mehr Dramatik gewöhnt …«

»Aber er war schon seit Jahren Vegetarier, und wenn er nicht ganz plötzlich zum Fleischesser mutiert ist, glaube ich, dass jemand bei ihm wohnte. Wir wissen relativ wenig über seinen Bekanntenkreis, aber du hast ja inzwischen seinen Computer durchforstet, oder?«

»Allerdings, und ich habe alles dokumentiert. Er war in mehreren sozialen Netzwerken und Foren angemeldet. Die meisten Zugänge sind passwortgeschützt, aber bei Twitter hat er die Mailadresse Eternal_sunshine@gmail.com angegeben. Und er war im Netz ziemlich konsequent.«

»Was meinst du damit?«

»Er hat die Mailadresse auffällig oft als Benutzernamen verwendet, er mochte wohl Eternal_sunshine.«

»Gut, dann such nach allen, die mit Eternal_sunshine gechattet haben.«

»Das habe ich längst getan, ich bin alle relevanten Namen durchgegangen, aber die Sache ist die, dass es unglaublich viele sind: Ilovebeethoven, soonerorlater, cyberfrosch, Käsecracker, moltas666, Phantomschlumpf, um nur einige Nicknames zu nennen.«

»Kannst du denn nicht die normalen Namen hinter diesen Nicknames herausfinden?«

»Klar könnte ich das, aber das würde eine Weile dauern. Und es steht ja gar nicht fest, dass jemand von denen Robin überhaupt kennt … Könnte sein, dass es ziemlich sinnlose Arbeit wäre.«

Henrik seufzte. In diesem Moment klingelte sein Handy.

»Mia?«, fragte er.

»Äh … nein, hier ist Josefin Ek. Sie haben es bei mir probiert. Es tut mir leid, dass ich mich noch nicht früher gemeldet habe, aber ich habe ein Weihnachtskonzert organisiert und erst jetzt gesehen, dass Sie angerufen haben.«

»Aha«, sagte Henrik. »Ich wollte Sie sprechen, weil Sie im Kulturhuset arbeiten.«

»Stimmt.«

»Und Sie sind für das sonntägliche Band Camp zuständig.«

»Ja, wieso?«

»Kennen Sie Robin Stenberg?«

»Ja, ich kenne ihn. Oder besser gesagt, ja, ich habe ihn

gekannt. Ich habe schon gehört, was passiert ist. Es ist schrecklich …« Josefin Ek verstummte.

»Soweit ich weiß, war er häufiger im Kulturhuset?«

»Ja, er war oft hier«, antwortete sie.

»Auch sonntags?«

»Vor allem sonntags. Das Projekt Band Camp ist eigentlich ein offener Proberaum für Frauen.«

»Nur für Frauen?«

»Ja.«

»Und was hat Robin Stenberg dort gemacht?«

»Er ist mitgekommen, wenn Ida gespielt hat.«

Henrik runzelte die Stirn. »Wer ist Ida?«

»Seine Freundin.«

»Freundin?« Henrik stand auf und fuhr sich durchs Haar. »Wissen Sie ihren Nachnamen?«

»Irgendwas mit E, Ekberg, Ekstedt, Ekström …«

Henrik starrte vor sich hin, stand auf, ging ein paar Schritte durchs Büro, blieb stehen und wandte sich an Ola, der den Bildschirm seines Notebooks zu ihm hingedreht hatte. Ein junges, blondes Mädchen, die Haare zu einem Pferdeschwanz hochgesteckt, lächelte ihn an.

»Eklund«, sagte Ola. »Sie heißt Ida Eklund.«

Die Fußspuren endeten am Ufer des Baches.

Er sah in beide Richtungen, um herauszufinden, ob sie flussaufwärts oder flussabwärts gelaufen war, und entschied sich, nicht dem Lauf des Wassers zu folgen. Er ging am Bach entlang, legte die Hände wie ein Megafon an den Mund und rief mehrmals laut ihren Namen.

Der Mond stand beinahe senkrecht über ihm, doch jetzt verfluchte er ihn nicht mehr. Ganz im Gegenteil – er war dankbar für das helle Licht, das die Baumkronen durchdrang und den Schnee erleuchtete, sodass alles um ihn herum hellgrau wurde. Dennoch konnte er sie nirgends entdecken.

Er rief erneut.

Mit einem Mal bemerkte er etwas Großes. Es war ein Reh, das auffuhr und in der Dunkelheit des Waldes verschwand. Er blickte dem davonjagenden Tier hinterher und horchte auf seine Schritte, die immer schwächer wurden. Schließlich hörte er nur noch das Rauschen des Baches, ansonsten war es still um ihn herum.

Ärgerlich brüllte er: »Komm jetzt raus, du verdammte Hure!«

Er musterte seine zitternden Hände und ballte sie zu Fäusten. Sie kann nicht weit gekommen sein, dachte er. Sie muss ganz in der Nähe sein. Er lächelte, als er daran dachte, wie dünn ihre Kleidung war. Sie wird mich darum bitten, zurückkehren zu dürfen, dachte er und ging weiter am Bach entlang.

Jana Berzelius lag in der Badewanne und betrachtete abwesend den Schaum. Sie hatte die Kette nicht abgelegt, bevor sie ins heiße Wasser gestiegen war. Nun fingerte sie daran herum und dachte daran, dass ihre Mutter bestätigt hatte, dass die Adoption der Geheimhaltung unterlag. Warum nur hatten ihre Eltern sich für diesen Schritt entschieden?

Das Wasser war zu heiß.

Sie ergriff das Glas, das auf dem Boden stand, und trank den kalten Weißwein in winzig kleinen Schlucken.

Ihre Gedanken wanderten zu ihrem Vater. Er setzte seine Prioritäten selbst, und die Arbeit stand immer an erster Stelle. In all den Jahren hatte er dafür gesorgt, sich mit den richtigen Menschen zu umgeben, weshalb er über einen riesigen Bekanntenkreis verfügte. Manchmal lud er zu großen Festen im Haus in Lindö, manchmal zu Abendessen in kleinerem Kreis. Und sehr häufig hatte er Besprechungen.

Deshalb war sie über das Paar Schuhe im Hausflur nicht erstaunt gewesen. Das, was sie verblüfft hatte, war, dass sie Stahlkappen gehabt hatten.

In seinen Kreisen gab es sicherlich nur wenige Menschen, die Schuhe mit Stahlkappen trugen.

Sie fragte sich, wer ihn besucht hatte. Offenbar hatte er es nicht für nötig befunden, ihn ihr vorzustellen.

Kleine Schweißperlen hatten sich auf ihrer Stirn gebildet.

Während das Wasser ablief, blieb sie in der Wanne sitzen und beobachtete, wie der Wasserpegel sank. Der Seifenschaum haftete auf ihrer Haut. Sie leerte ihr Weinglas und umfasste die Knie.

Ihre eben noch so warme Haut kühlte sich ab, doch die Kälte hatte etwas Befreiendes.

Henrik Levin musterte das Foto, auf dem ein blondes Mädchen mit Sommersprossen zu sehen war. Sie blinzelte in die Sonne und hatte sich eine große Sonnenbrille ins Haar geschoben.

»Hast du sie gefunden?«

»Das war keine Kunst«, erklärte Ola. »Es gibt ziemlich viele Chats, in denen Robin mit einer gewissen idaaa_star gechattet hat. Bei Miss U hat sie ein Foto von sich eingestellt. Wie du weißt, treiben sich die Kids gern in sozialen Medien herum wie Twitter, Instagram, Snapchat und Kik.«

»Nicht auf Facebook?«

»Nein, Facebook wird vor allem von Leuten zwischen dreißig und vierzig genutzt, also solchen wie dir. Du bist doch sicher auch bei Facebook, oder?«

»Nein«, sagte Henrik.

»Wie?« Ola sah erstaunt aus. »Das ist ein Witz, oder?«

»Nein, ich gehöre zu den Facebook-Verweigerern.«

»Wie viele seid ihr eigentlich?«

»Mehr, als du denkst.«

»Mag sein, aber ich glaube, ihr seid vom Aussterben bedroht.«

»Da bin ich mir gar nicht so sicher. Vielleicht wird ja bald das ganze Netz geschlossen.«

Ola lachte schallend. »Okay, wie dem auch sei. Ich habe nach allen Idas in den sozialen Foren gesucht, wo man die *modernen* Menschen trifft. Und ich habe eine Ida Eklund gefunden, die das Foto aus dem Chat als Profilbild bei Instagram eingestellt hat.«

»Hast du auch eine Adresse?«

»Emil Hedelius gata 260.«

»Danke«, sagte Henrik. »Ich frage mich gerade, ob sie überhaupt weiß, was passiert ist. Und warum sie sich dann noch nicht bei uns gemeldet hat.«

»Kennt Robin Stenbergs Mutter sie gar nicht?«

»Jedenfalls hat sie Ida nicht erwähnt.«

»Und was ist dein Plan?«

Henrik sah auf die Uhr. Gleich sechs. »Ich muss diese Ida erreichen. Hast du vielleicht auch ihre Telefonnummer?«

»Warte mal kurz«, sagte Ola und tippte auf der Tastatur seines Notebooks herum. »Soweit ich sehen kann, ist sie mit einer Handynummer registriert.«

»Gib mir die Nummer«, sagte Henrik und tippte in sein Handy die Ziffern, die Ola ihm vorlas.

»Nur die Mailbox«, sagte er. »Ich fahre zu ihr nach Hause und nehme Mia gleich mit.«

Henrik sah wieder auf die Uhr. Mia müsste längst hier sein, dachte er und wählte ihre Nummer. Er hatte es mehrmals vergeblich bei ihr probiert. Zu seinem Erstaunen ging sie sofort ran.

»Zeit zu arbeiten«, sagte er mit fröhlicher Stimme.

»Warum?«, murmelte sie.

»Wir reden mit Robin Stenbergs Freundin.«

»Er hatte doch gar keine Freundin, dachte ich?«

»Wir werden uns auf jeden Fall mit einer Frau unterhalten, die Ida heißt, und wir fahren gleich los.«

»Aber … ich muss mich noch umziehen.«

»Na gut. Ich kann dich abholen.«

»Ich bin aber nicht zu Hause.«

»Wie jetzt? Nicht zu Hause? Und wo steckst du denn?«

Ihr Magen zog sich schmerzhaft zusammen, als sie das Gebrüll hörte. Es war ganz nah. *Er* war ganz nah.

Ihr Körper zitterte unkontrolliert. Pim konnte ihre Füße nicht mehr spüren. Auch die Finger nicht. Sie wiegte sich vor und zurück, um wieder warm zu werden.

Als sie Schritte hörte, kauerte sie sich noch mehr zusammen, machte sich hinter den Steinen so klein sie konnte.

Die Schritte kamen immer näher, doch dann entfernten sie sich plötzlich, und sie hörte sie nicht mehr.

Wartete er ab? Lauerte er ihr auf?

Mucksmäuschenstill saß sie da und wagte kaum zu atmen.

Sie wartete fünf Minuten, bevor sie sich aufrichtete. Mit

wackligen Beinen stand sie da. Im Schutz der Bäume ging sie weiter, vorsichtig machte sie einen Schritt nach dem anderen und achtete die ganze Zeit auf Geräusche, auf brechende Zweige.

Als sie sich ein Stück von den Steinen entfernt hatte, begann sie zu rennen. Ihre Füße trommelten auf den schneebedeckten Boden. Die Kälte spürte sie nicht mehr. Sie lief immer weiter und dachte, dass dieser Wald doch irgendwann aufhören musste. Irgendwann musste sie irgendwo ankommen, wo es nicht weiß und kalt war.

Wo kein Schnee war.

Mia Bolander warf ihre Daunenjacke auf die Rückbank und setzte sich mit einem Seufzer ins Auto. Sie starrte auf den Schneepflug, der vor ihnen fuhr.

Henrik suchte ihren Blick.

»Was ist?«, fragte sie.

»Ich dachte, ihr wolltet euch nicht mehr treffen?«

»Ja, und?«

»Na ja, ich ...«

»Man kann es sich doch wohl anders überlegen, oder?«

»Natürlich.«

»Na also.«

Schweigend fuhren sie durch Norrköping. Es schneite. Als sie zum Kreisverkehr am Klockaretorpet kamen, umklammerte Henrik das Lenkrad mit beiden Händen, damit das Auto nicht ins Schlingern kam.

Ein Holzwichtel lächelte sie freundlich an, als sie am Reihenhaus in der Emil Hedelius gata 260 klingelten. Ein langhaariger Mann in Jeans öffnete. Henrik stellte sich und Mia vor und schüttelte ihm die Hand.

»Magnus Eklund«, erwiderte der Mann.

»Wir sind auf der Suche nach Ida.«

»Was hat sie denn angestellt?«

»Wir wollen nur mit ihr reden. Wohnt sie hier?«

»Ja.«

»Wer ist das?«, rief eine Stimme aus dem oberen Stockwerk.

»Ist sie zu Hause?«, erkundigte sich Henrik.

»Magnus? Wer ist das?«

Schritte waren auf der Treppe zu hören, und eine Frau kam herunter. Sie trug eine knöchellange Strickjacke, ihre Augen waren rot, die Wangen eingesunken.

»Ich bin Henrik Levin von der Kripo«, erklärte Henrik. »Und das ist meine Kollegin Mia Bolander.«

»Petra Eklund«, stellte sich die Frau vor.

Henrik versuchte, ihrem Blick auszuweichen, doch vergeblich. Er konnte die Panik in ihren Augen nicht ignorieren. Mit ihren blassen Händen wickelte Petra Eklund die Jacke enger um sich, als wäre ihr kalt.

»Wir würden uns gern mit Ida unterhalten. Sie können völlig beruhigt sein, sie steht nicht wegen irgendwas unter Verdacht, wir wollen nur mit ihr reden.«

»Sie ist nicht zu Hause«, sagte ihre Mutter.

»Wissen Sie, wo sie sich befindet?«

»Sie ist bei einem … einem Freund.«

Jetzt hörte Henrik auch Angst aus ihrer Stimme heraus.

»Darf ich fragen …«, sagte er und fing Mias Blick auf. Sie hatte denselben Gedanken, dieselbe Frage auf den Lippen.

»Wie heißt ihr Freund?«, fragte Mia.

»Also … na ja …«, setzte Magnus Eklund an und lachte unsicher. »Wir wissen es nicht genau.«

»Sie wissen es nicht?«

Idas Vater holte tief Luft. »Also, die Sache ist noch so frisch. Wir wissen nur, dass er sich … Wie war noch sein Nickname, Petra?«

»Eternal_sunshine …«

Henrik schluckte.

»Dürfen wir reinkommen?«

Als Jana sich aufs Sofa setzte, tropfte noch immer Badewasser aus ihren Haaren. Mit dem MacBook auf dem Schoß recherchierte sie die nächsten beiden Stunden im Internet. Eigentlich war sie sich nicht im Klaren darüber, was sie suchte. Eine Reihe von Fragen ging ihr durch den Kopf.

Erstens wollte sie wissen, warum ihre Adoption der Geheimhaltung unterlag. Eigentlich galt in Schweden der Grundsatz, dass sämtliche Dokumente und Akten der öffentlichen Verwaltung für die Allgemeinheit einsehbar sein mussten. Das Öffentlichkeitsprinzip war ein zentrales Element der schwedischen Demokratie. Einige personenbezogene Daten wurden jedoch vertraulich behandelt, zum Beispiel sensible Daten über persönliche Verhältnisse eines Bürgers. Bei der Sozialverwaltung unterlagen daher persönliche Informationen über einzelne Bürger der Schweigepflicht. Die Geheimhaltung einer Adoption war also keineswegs etwas Ungewöhnliches, stellte Jana fest und nahm ihren Laptop von den Knien, um ihn ein wenig abkühlen zu lassen.

Nach einer Weile schaltete sie ihn wieder an. Die zweite Frage, die sie beschäftigte, war, warum für ihren Vater die Arbeit stets an erster Stelle stand. Bei der Suche nach Informationen entdeckte sie unter anderem Zeitungsnotizen aus dem Jahr 1991 über einen Sechsunddreißigjährigen, der unter dem dringenden Verdacht der Wirtschaftskriminalität stand. Als die Polizei das Reihenhaus des Mannes durchsuchte, um die Buchführung zu prüfen, stieß man auf gut hundert Kilogramm Rauschgift, gut versteckt in einem Zwischenraum unter der Treppe. Gegen den Sechsunddreißigjährigen und einen weiteren Mann wurde Anklage wegen schwerer Drogendelikte erhoben. Nach Aussage des ermittelnden Staatsanwalts Karl Berzelius gab es klare Verbindungen zwischen den beiden Männern, die »mehrjährige Haftstrafen aufgrund von Besitz und Inverkehrbringen von Drogen zu erwarten« hätten.

Karl Berzelius hatte eine steile Karriere als Staatsanwalt hingelegt. Die Erhebung einer Tageszeitung ergab, dass es zu Beginn der Neunzigerjahre bei fast allen Strafverfahren, in denen er die Anklage vertrat, zur Verurteilung kam. In einem Artikel über die Verbesserung der Rechtspflege wurde er in seinem Amt als Reichsstaatsanwalt porträtiert. Die Debatte hatte der Schwedische Anwaltverein angestoßen, weil vor Gericht der Ton zwischen Staatsanwälten und Strafverteidigern zunehmend rauer geworden war. Das galt vor allem für Verfahren, die in den Medien besondere Aufmerksamkeit erfuhren, beispielsweise den sogenannten *Spielprozess*: Ein Netzwerk in Norrköping hatte sich unter anderem dem illegalen Glücksspiel verschrieben und sich bei der Eintreibung von Schulden gewalttätiger und erpresserischer Methoden bedient. Einer der Angeklagten hatte mehrfach behauptet, dass Polizei und Staatsanwaltschaft nur darauf aus gewesen seien, ihn irgendwie hinter Gitter zu bringen. Die Ermittlungen seien manipuliert worden, man habe wichtige Beweise unterschlagen und bestimmte Spuren nicht verfolgt, die in eine andere Richtung gedeutet hätten. Im Urteil des Oberlandesgerichts stand, dass es keinerlei Belege für solche Behauptungen gebe und dass die »beteiligten Behörden ihre Aufgaben ordnungsgemäß wahrgenommen« hätten.

Jana legte ihren Laptop beiseite. Ihr kam der Gedanke, dass die Karriere ihres Vaters nicht nur steil verlaufen war. Sondern auch sehr erfolgreich. Auffallend erfolgreich.

Nachdem er über eine Stunde am Bach auf und ab gegangen war ohne ein Lebenszeichen von ihr, gab er auf und kehrte frustriert zum Haus zurück.

Das Maultier war in den Wald gelaufen und entkommen. Eine rasende Wut überkam ihn, und er schleuderte die Riemen an die Wand.

Niemand durfte jemals entkommen. Das war die oberste Regel.

Er dachte fieberhaft nach, nahm sein Handy, aber hielt im letzten Moment inne. Es war kein guter Zeitpunkt, um anzurufen, es gab ja nichts zu sagen. Er hatte diese Woche bereits eine komplette Lieferung verloren.

Und jetzt war außerdem das Maultier abgehauen, mit zwei Kapseln im Magen. Die Lieferung war nicht gesichert. Was sollte er tun? Anrufen und mitteilen, dass er wieder einmal versagt hatte?

Er würde nicht anrufen.

So einfach war das.

Letztlich musste er selbst die Zeche zahlen. Außer ihm wusste niemand ganz genau, wie viele Kapseln sie im Magen hatte. Er konnte lügen und sagen, dass sie ohnehin nur achtundvierzig Kapseln geschluckt habe, oder gar behaupten, sie sei schon beseitigt worden, erledigt und tot.

Denn der Wald war groß.

Und es war verdammt kalt dort draußen.

Die Küche war neu: Arbeitsplatten aus Eiche, weiße Schranktüren, Kühlschrank und Gefrierschrank aus Edelstahl, zwei Herde. Im Kronleuchter an der Decke steckten zehn zur Hälfte niedergebrannte Kerzen in großen Haltern.

»Ida geht noch immer nicht ran«, sagte Magnus Eklund und legte sein Handy auf die Tischplatte. »Nur die Mailbox springt an.« Er begegnete Henriks Blick und schluckte.

»Kommt es öfter vor, dass sie einfach nicht rangeht?«, erkundigte sich Henrik.

»Manchmal. Wenn wir uns streiten, geht sie nicht ran.«

»Haben Sie oft Streit?«

»Nicht mehr als üblich bei pubertierenden Jugendlichen.«

»Aber warum wollen Sie mit ihr reden?«, fragte Petra Eklund. »Was hat sie getan?«

»Sie hat gar nichts getan«, erwiderte Henrik ruhig.

»Hat dieser Junge was angestellt?«

»Der junge Mann, der sich Eternal_sunshine nennt, heißt im wirklichen Leben Robin Stenberg«, erklärte Henrik und holte tief Luft. »Er ist heute früh tot in seiner Wohnung aufgefunden worden.«

»Tot?« Erschrocken schlug Petra Eklund die Hand vor den Mund.

»Es tut mir leid, aber ich darf Ihnen keine weiteren Auskünfte dazu erteilen«, sagte Henrik.

»Und Ida?«, fragte Petra Eklund beunruhigt. »Ist Ida etwas zugestoßen?«

»Wir …«, setzte Mia an.

»Geht es ihr gut?«, unterbrach die Mutter sie. »Es geht ihr doch gut, oder?«

»Wir haben keinen Grund, etwas anderes anzunehmen«, sagte Henrik. »Aber wir müssen sie natürlich sprechen.«

»Warum wissen Sie nicht, wie ihr Freund heißt?«, fragte Mia.

»Wie gesagt, die Sache ist ganz frisch«, antwortete Magnus Eklund und seufzte. »Ida hat den Jungen ja erst vor Kurzem in einem Chatroom kennengelernt. Wir haben gestern mit ihr darüber diskutiert, denn wir hielten es für keine gute Idee, dass sie bei jemandem übernachtet, den wir noch nie gesehen haben. Sie ist erst sechzehn. Wir finden, man sollte sich zumindest mal Hallo gesagt haben.«

»Sie haben sich also darüber gestritten?«, sagte Mia.

»Ich habe nur meine Meinung gesagt«, erwiderte Petra Eklund. »Und als sie gestern nicht nach Hause gekommen ist, haben wir versucht, sie auf dem Handy zu erreichen, aber sie geht nicht ran.«

»Und woher wissen Sie, dass er sich Eternal_sunshine nennt?«

»Ich habe es gestern auf ihrem Handy gesehen«, gab Idas Mutter zu. »Ich wollte ein paar frisch gewaschene Sachen in ihren Kleiderschrank hängen, und gerade als ich in ihrem Zimmer war, habe ich ihr Handy piepsen hören, und da habe ich … einfach nachgeguckt. Es heißt ja immer, dass man den Überblick behalten soll bei seinen Kindern, im Fernsehen sagen die das auch … und da stand eben Eternal_sunshine … und ich musste sie natürlich fragen. Ich meine, wer speichert seinen Freund unter Eternal_sunshine ab? Ich habe natürlich gedacht, das ist eine Firma oder eine Sekte oder so …«

»Und Sie sagen, es ist ganz frisch?«, fragte Henrik. »Soweit wir wissen, haben sich die beiden schon seit Längerem getroffen, unter anderem im Kulturhuset …«

Es wurde still am Tisch. Magnus Eklund räusperte sich.

»Mag sein, dass sie sich ohne unser Wissen getroffen haben, wir können sie ja nicht überwachen. Für uns ist es aber erst jetzt zum Problem geworden, als sie bei ihm übernachten wollte.«

»Wir hatten Sorge, dass jemand sie reingelegt haben könnte«, sagte Petra Eklund. »Es sind ja so viele komische Leute im Internet unterwegs …«

»Aber mal angenommen, sie ist gestern nicht zu Robin Stenberg gegangen«, sagte Henrik. »Wohin würde sie dann gehen, was meinen Sie? Haben Sie irgendeine Vermutung, wo sie sein könnte?«

»Nein«, flüsterte Magnus Eklund mit leerem Blick.

»Wo ist meine Ida?«, fragte Petra mit erhobener Stimme.

»Wir werden sofort mit der Suche beginnen«, beruhigte sie Henrik. »Aber ich bitte Sie, noch mal genau zu überlegen, wo sie sein könnte. Kann sie zu einer Freundin gegangen sein, oder gibt es einen Ort, den sie besonders mag?«

Magnus Eklund wandte das Gesicht ab, als seine Frau vor sich hin flüsterte: »Ida, meine kleine Ida …«

»Wir werden alles tun, um …«, setzte Henrik an.

»Bitte«, unterbrach sie ihn. »Sagen Sie mir, dass es ihr gut geht.«

Henriks Kiefer verkrampfte sich.

»Es geht ihr gut, bitte sagen Sie es mir, es muss ihr gut gehen.«

»Wir werden sie finden«, sagte Henrik und warf Mia einen Blick zu, als brauche er Hilfe.

»Sagen Sie mir, dass es ihr gut geht, bitte!«, wiederholte Petra Eklund.

»Ich weiß, dass wir sie finden werden«, sagte Henrik.

»Bitte!«

Henrik wich Petra Eklunds verzweifeltem Blick aus und sah hilflos zu Boden. Schließlich kamen die Worte ganz unwillkürlich, er konnte nichts dagegen machen.

»Es geht ihr gut.«

16

Ein Schneepflug fuhr rasch durch die glitzernde Winterlandschaft. In der Fahrerkabine saß Christian Bergvall. Weißer Schnee wirbelte hinter ihm auf, färbte sich im Schein der rotierenden Warnlichter orange und verschwand seitlich in der Dunkelheit. Wenn der Schild auf den harten Asphalt traf, schlug es Funken.

Dann und wann leuchtete es im Wald auf, wenn die Schweinwerfer des Schneepflugs von den Augen der Wildtiere reflektiert wurden. Christian fragte sich, ob es Rehe waren oder Elche. Wildschweine ganz sicher nicht, weil die keine reflektierenden Augen hatten und im Dunkeln nur schwer zu entdecken waren. Allerdings wuchs der Wildschweinbestand von Jahr zu Jahr, und ihre Verbreitung war ebenso wenig aufzuhalten wie die Unfälle.

Als Christian zum ersten Mal mit einem Wildschwein zusammengestoßen war, hatte er in seinem Passat gesessen. Er hatte damals zwei ernsthafte Fehler begangen. Zum einen war er viel zu schnell gefahren, wodurch der Aufprall unnötig hart gewesen war. Zum anderen hatte er sein Auto ein Stück hinter der Unfallstelle geparkt, um nachzusehen, wie es dem Tier ergangen war. Das Wildschwein hatte auf dem Boden gelegen, doch es war nicht bewusstlos gewesen, sondern war aufgestanden und hatte ihn angegriffen. Ein Keiler hat zwei große Hauer, spitz wie Messer. Seine Beine hatten insgesamt siebenunddreißig Schnitte aufgewiesen.

Als Christian nun auf der Landstraße 209 in Richtung Brytsbo unterwegs war, fuhr er ziemlich schnell. Es dröhnte in der Fahrerkabine, während der Schnee vom Boden gekratzt und zur Seite geschoben wurde. Er spürte die Müdigkeit kommen und fing an zu summen, um sich die beiden restlichen Stunden der Spätschicht wach zu halten.

Plötzlich sah er einen Schatten und bremste ab.

Ein Mensch ging auf der Straße.

Christian fuhr rechts heran, hielt den Pflug an und stieg aus der Fahrerkabine.

Sie musste es ihm sagen.

Oder vielleicht war es besser, einfach zu gehen und nie wieder zurückzukommen, nie mehr seine Anrufe auf dem Handy anzunehmen. Vielleicht war es trotz allem besser, nach Hause zu fahren – in die Einsamkeit.

Mia Bolander hatte die Einsamkeit nie besonders gemocht. Sie zog die Gesellschaft anderer Menschen vor – bei der Arbeit, in der Freizeit, im Bett. Aber an Martin Strömberg festzuhalten, nur um nicht allein sein zu müssen, war keine gute Idee. Wirklich nicht. Lieber suchte sie sich einen anderen Typen. Sie war nun mal nicht für ein Verhältnis geschaffen, das länger als eine Nacht währte.

Doch in diesem Moment packte sie es einfach nicht, darüber nachzudenken, was sie ihm sagen sollte und wie sie es sagen sollte, um ihn loszuwerden, um Schluss zu machen.

Sie waren nackt und lagen dicht nebeneinander in seinem hundertvierzig Zentimeter breiten Bett. Sie mit dem Kopf auf seinem Brustkorb.

»Du bist so still, Mia«, sagte er. »Du wirkst fast geheimnisvoll. Bist du von der Geheimpolizei?«

Er grinste, als hätte er diesen Witz eben erfunden.

»Du hast so witzig ausgesehen, als du mit deinem Kollegen hergekommen bist und bei mir angeklopft hast.« Jetzt lachte er laut, unnatürlich laut.

»Ich weiß, das hast du schon gesagt«, bemerkte Mia.

»Man hätte das echt filmen müssen …«

Auf einmal schien er begriffen zu haben, in welcher Stimmung sie sich befand. »Sag mal, Mia, bist du sauer? Das ist aber nicht der richtige Zeitpunkt, um beleidigt zu sein. Bald ist Weihnachten, und wenn man brav ist, gibt es auch Weihnachtsgeschenke. Was wünschst du dir eigentlich?«

Sie hob den Kopf von seiner Brust und sah ihn an, um festzustellen, ob er es ernst gemeint hatte oder nicht.

»Nichts«, sagte sie dann.

»Nichts?«

»Nichts!«

Sie legte den Kopf wieder ab, betrachtete seine zu großen Brustwarzen und die Haare, die sie umgaben. Dann ließ sie den Blick durchs Zimmer schweifen: zum beinahe leeren Bücherregal, zu den Staubspuren an den Stellen, wo die CDs gestanden hatten. Nun lagen sie auf dem Boden. Die ganze Nacht und den ganzen Morgen hatte er sie abgespielt, auf einer altertümlichen Stereoanlage, die in einer Ecke des Schlafzimmers stand, mit zwei riesigen Lautsprechern, die an Türme erinnerten. Sie hätte niemals geglaubt, dass sie eine Nacht mit Ace-of-Base-Songs überleben würde, andererseits hätte sie auch nie gedacht, dass sie sich mit einem Mann verabreden würde, der gern an ihren Zehen lutschte.

Sie würde Schluss machen, definitiv.

»Wünschst du dir vielleicht einen Pullover?«, fuhr er fort. »Oder Ohrringe?«

»Ich mag keine Ohrringe«, sagte sie und setzte sich hin.
»Dann sag, was du magst.«
»Jedenfalls keine Ohrringe.«
»Nicht?«
»Nein.«
»Aber irgendwas musst du dir doch wünschen.«
»Nein.«

Sie betrachtete ihn mit wachsendem Ärger. Die Sache zwischen ihnen war doch nichts Ernstes. Sie bereute, dass sie überhaupt bei diesem dauerquasselnden Idioten vorbeigekommen war, und wünschte sich, dass sie mehr Selbsterkenntnis besessen hätte. Denn sie fühlte sich mit ihm nicht wohl. Er war nichts für sie – nicht zu diesem Zeitpunkt und nicht in dem Leben, das sie führen wollte.

Er hatte wieder losgestöhnt, unglaublich laut, und obwohl sie während des Aktes gegähnt hatte, war er nicht abzuhalten gewesen, hatte einfach weitergemacht, auf ihr, in ihr, und sie hatte Lust gehabt, sich die Finger in die Ohren zu stecken, um ihn und seine verdammten, nervigen Geräusche nicht hören zu müssen. Am liebsten hätte sie ihn angeschrien, dass er endlich aufhören solle, dass es immer noch besser sei zu schlafen, als Zeit mit dem zu verschwenden, was sie für eine Gemeinsamkeit gehalten, was sich aber als Nichts entpuppt hatte.

»Ich habe schon etwas für dich gekauft«, sagte er.
»Wie?«
»Ich habe schon etwas für dich gekauft, habe ich gesagt.«
»Was denn?«
»Das wirst du dann sehen.«
»Komm schon, was hast du gekauft?«, fragte sie.
»Was Schönes.«

»Und zwar?«

»Das kann ich dir nicht verraten, dann ist es doch keine Überraschung mehr.«

»Ich mag keine Überraschungen.«

»Aber ich mag dich.«

»Du kannst mir doch wenigstens einen Hinweis geben?«

»Nein«, sagte er und stand auf.

Er ging zur Toilette und verriegelte die Tür von innen.

Sie erhob sich ebenfalls, zog den Pullover an, fasste ihre Haare zu einem Pferdeschwanz zusammen und zog das Rollo hoch. Obwohl es Morgen war, wurde sie von Dunkelheit empfangen.

Als sie die Jeans unter dem Bett hervorzog, entdeckte sie eine Tüte, in der eine Schachtel lag. Es war eine große schwarze Schachtel mit einem Markennamen, der für exklusive Uhren stand.

Sie horchte. Alles war ruhig, er hatte noch nicht gespült oder Wasser ins Waschbecken laufen lassen. Mit einem Ruck öffnete sie den Deckel.

Beim Anblick des Inhalts schnappte sie nach Luft. Die Uhr war klein und sah ziemlich schick aus. Sie befühlte sie, hätte sie sich am liebsten einfach umgebunden, hätte ausprobiert, wie es sich anfühlte, eine so exklusive Uhr am Handgelenk zu tragen.

Jetzt spülte er. Rasch schob sie die Schachtel und die Tüte zurück unters Bett, zog sich die Jeans an und ging in den Flur. Mit verschränkten Armen lehnte er am Türrahmen. Splitterfasernackt stand er da, mit seinem ganzen Gehänge zwischen den Beinen.

Schlimmer kann es nicht mehr werden, dachte sie. Ihr wurde klar, dass sie endlich losmusste.

»Und du bist schon unterwegs zum nächsten Auftrag, Fräulein Polizistin?«

»Man soll doch aufhören, wenn es am meisten Spaß macht.«

Er lachte und blinzelte, als versuchte er, mit ihr zu flirten.

Sie zog ihre Jacke an und öffnete die Wohnungstür. »Du bist verrückt. Weißt du das?«, sagte sie und lächelte gezwungen. Dann schloss sie die Tür hinter sich und eilte die Treppen hinunter. Beim Überqueren der Straße atmete sie mehrmals tief durch, schob die Hände in die Jackentaschen und fluchte vor sich hin. Sie ärgerte sich, weil sie eigentlich hatte Schluss machen wollen, es aber nicht fertiggebracht hatte. Nicht heute und nicht jetzt.

Sondern erst nach Weihnachten.

Oder besser gesagt, sobald sie die Uhr bekommen hatte.

Ihre Hände zitterten, sie schauderte.

Hatte sie geträumt? Immerhin war es nicht der übliche Traum gewesen. Nichts mit Gewalt und spritzendem Blut. Nicht das Gesicht mit der Narbe und die Stimme, die sie anschrie. Keine Hände, die sie festhielten, sie schlugen, damit sie lernte, den Schmerz auszuhalten, und nicht aufgab, zum tödlichen Werkzeug wurde, als das man sie vorgesehen hatte.

Zu dem Gavril Bolanaki sie gemacht hatte.

Und das sie letztlich geworden war.

Jana Berzelius schlug die Augen auf und sah sich im Schlafzimmer um, nahm die Stille wahr und atmete tief durch.

Sie musste geträumt haben, weil jemand ihren Namen

gesagt hatte. Oder war es nur ein Geräusch in der Wohnung gewesen? Sie streckte die Finger aus und suchte die Handflächen nach Abdrücken ihrer Nägel ab, aber da waren keine. Also war es nicht der übliche Traum gewesen.

Sie stützte sich auf den Ellbogen, spielte an ihrer Kette herum und dachte, dass es keinen Sinn hatte, noch einmal einzuschlafen. Es wäre besser, jetzt aufzustehen. Sie langte nach dem Handy. Ein entgangenes Gespräch von Henrik Levin. So früh morgens? Sie richtete sich auf, wählte, lauschte dem Freiton.

»Henrik Levin«, meldete er sich.

»Sie hatten es bei mir probiert. Was ist passiert?«

»Bitte entschuldigen Sie, dass ich Sie so früh angerufen habe, aber wir haben das Mädchen gefunden, das aus dem Zug verschwunden war. Alles deutet darauf hin.«

»Lebt sie?«

»Ja.«

»Ich komme.«

Der Stuhl knackte, als Henrik Levin sich auf der Intensivstation des Vrinnevi-Krankenhauses neben Mia Bolander setzte. Sie betrachteten die Frau, die mit leicht abwesendem Blick im Krankenbett lag. Ihr Gesicht kannten sie bereits von den Fotos der Überwachungskamera am Hauptbahnhof.

Im Raum saß auch ein Dolmetscher, den man geholt hatte, um Missverständnissen vorzubeugen. Ein Zischen und Ticken war von den Geräten zu vernehmen, die Puls, Atemfrequenz und EKG aufzeichneten.

Vorsichtig klopfte es an der Tür, und Jana Berzelius trat ein. Sie begrüßte Henrik und Mia und nahm ebenfalls Platz.

Zwei Polizisten, eine Staatsanwältin und ein Dolmetscher mochten einschüchternd wirken, aber Henrik sollte das Gespräch leiten. Es war wichtig, das Vertrauen des Mädchens zu gewinnen.

»Sie haben doch nicht etwa schon angefangen?«, flüsterte Jana Berzelius ihm zu.

»Nein, ich warte noch ein bisschen.«

Das Mädchen hustete, und Henrik ließ den Blick vom Verband an den Handgelenken und den mit Pflaster versehenen Armen über die vielen Schürfwunden und blauen Flecken bis zum intravenösen Zugang in der Armbeuge wandern.

Ihr Allgemeinzustand sei schlecht, hatte der Arzt gesagt. Sie hatte hohes Fieber und zitterte, als befände sie sich noch immer draußen in der eiskalten Winternacht. Drei ihrer Zehen hatten sich weißlich verfärbt, und ein Arzt hatte ihnen erklärt, dass dies auf Erfrierungen hindeute. Womöglich müsse man sie amputieren. Aber der Arzt wollte sich dazu noch nicht abschließend äußern. Die Ausbreitung der Nekrosen sei schwer zu beurteilen, und man wolle noch abwarten.

Auf dem Tisch neben dem Bett stand ein Glas heißes Wasser, und die Krankenschwester half dem Mädchen beim Trinken, ehe die Polizisten mit der Befragung anfingen.

»The door is locked?«, vergewisserte sich das Mädchen. »Is it? Have you locked it?«

»You are safe now«, antwortete Henrik ruhig.

Das Mädchen schüttelte den Kopf, als glaubte sie ihm nicht.

»Wir sind hier, um dir zu helfen«, sagte er und nickte dem Dolmetscher zu, der anfing zu übersetzen. »Aber dazu müssen wir erfahren, wo du gewesen bist und was du erlebt hast.«

»Ich weiß nicht«, sagte sie. »Ich habe keine Ahnung, ich habe in einem eiskalten Raum gesessen, es war so schrecklich kalt …«

Sie fing an zu weinen. Henrik wechselte einen Blick mit Jana Berzelius und ließ das Mädchen erst einmal Atem schöpfen.

»Du sprichst von einem Raum«, sagte Henrik. »Weißt du, wo sich der Raum befindet?«

»Ich weiß es nicht«, sagte sie mit verzweifelter Stimme.

Wieder bemühte er sich, sie zu beruhigen, und sagte, dass sie jetzt in Sicherheit sei und dass ihr geholfen werde. Sie sah ihm in die Augen, antwortete aber nicht.

»Wie heißt du?«, fragte Henrik.

Sie senkte den Blick. »Pimnapat Pandith, aber ich werde Pim genannt.«

Henrik lehnte sich zurück und ließ den Arm locker auf der Armlehne ruhen. Er bemerkte, dass Jana Berzelius sich Notizen machte.

»Deine Freundin …«, setzte er an und hielt kurz inne, weil Pim wieder anfing zu weinen. »Ihr seid mit dem Zug aus Kopenhagen hergekommen, oder?«

Pim nickte langsam.

»Was hattet ihr hier in Schweden vor?«

»Wir wollten Urlaub machen …«

Henrik schlug das eine Bein über das andere. »Nun, was deiner Freundin zugestoßen ist, tut uns natürlich sehr leid, ich möchte dich auch nicht unnötig in Aufregung versetzen, aber … Wir wissen, dass sie etwa fünfzig kleine Päckchen mit Heroin im Körper hatte, und wir nehmen an, dass auch du …«

»Ihre Augen …«, unterbrach Pim ihn. »Die Pupillen waren so klein, es hat total unheimlich ausgesehen. Im Zug hat sie gesagt, dass sie schlafen wollte. Sie ließ sich auch gar nicht wecken. Sie ist einfach nicht aufgewacht.«

Pim zitterte so stark, dass der Infusionsschlauch wackelte. Henrik wartete ein paar Minuten.

»Wie hieß deine Freundin?«, fragte er schließlich, als sie wieder ruhig atmete.

Pim zögerte einen Moment, hustete und sah auf. »Siriporn.«

»Siriporn Chaiyen. Hieß sie so?«

»Ja.«

»Dieser Name steht auch in ihrem Pass, aber der Pass war gefälscht, deshalb glaube ich, dass sie eigentlich anders hieß. Ich glaube, sie hieß Noi. Habe ich recht?«

Er sah, dass Pims Blick flackerte. »Noi wurde sie nur genannt.«

»Und was war ihr richtiger Name?«

»Chaniporn«, murmelte sie und bewegte die Hände unter der Decke.

»Und wie weiter?«, hakte Henrik nach.

»Ich weiß nicht.«

»Wer hat euch die Pässe gegeben?«

»Niemand …«

Jana Berzelius sah aus, als wollte sie eine Frage stellen, überlegte es sich dann aber anders.

»Da der Pass deiner Freundin gefälscht war, ist es wohl am besten, wenn wir dich noch einmal fragen, wie du heißt«, sagte Henrik.

»Das habe ich doch schon gesagt«, erwiderte Pim unter Schluchzen. »Ich heiße Pimnapat und werde Pim genannt.«

»Und was für ein Name stand in deinem Pass?«, beharrte Henrik.

»Da stand Pimnapat.«

»Bist du dir ganz sicher?«

»Ja.«

Jana Berzelius notierte wieder etwas in ihrem Block.

Henrik ließ nicht locker. »Wenn wir bei den Fluggesellschaften nachfragen, werden wir auf den Passagierlisten also eine Pimnapat finden, auf dem Flug von …«

Pim schwieg.

»Wir verstehen, dass du deine Ruhe haben willst«, fuhr er fort, »aber wir werden in der nächsten Zeit einige Gespräche mit dir führen müssen, und auch wenn es für dich anstrengend ist, müssen wir dir schon jetzt Fragen stellen. Aber du brauchst keine Angst zu haben, es wird dir nichts passieren.«

Pim schloss die Augen, biss sich auf die Lippe. Die Augäpfel unter den Lidern bewegten sich und brachten die kurzen schwarzen Wimpern zum Vibrieren.

»Er jagt mich noch immer, oder?«, flüsterte sie.

»Wer?«, fragte Henrik.

»Er jagt mich.«

»Wer jagt dich?«, wiederholte Henrik. »Wirst du verfolgt?«

»Nein. Ich will nicht, ich will nicht …« Pim hustete und schloss die Augen. Schüttelte den Kopf.

»Kannst du bitte …«

»Ich will nicht, will nicht, will nicht …«

»Alles ist in Ordnung, es besteht keine Gefahr«, sagte Henrik leise.

Pim seufzte, öffnete die Augen und sah den Dolmetscher an.

»Wir müssen aber …«, sagte Henrik. »Was war der Plan, als ihr nach Norrköping gekommen seid? Sollte euch jemand abholen, oder solltet ihr mit jemandem Kontakt aufnehmen?«

Pim antwortete nicht.

»Aber du wusstest, dass Noi diesen Auftrag hatte?«

»Nein, ich wusste gar nichts. Wir wollten Urlaub machen …«

»In Norrköping?«, fragte Mia skeptisch. »Ihr seid aus … wo auch immer ihr hergekommen seid … Jedenfalls seid ihr extra hierhergereist, um in Norrköping Urlaub zu machen?«

Henrik warf ihr einen wütenden Blick zu.

»Ja«, sagte Pim.

»Und von wem hat Noi den Auftrag bekommen?«, fragte Henrik.

»Keine Ahnung.«

»Also gut.« Henrik beschloss, einen anderen Weg einzuschlagen. »Kannst du etwas von dem Ort erzählen, wo du gewesen bist? Es war ein Raum, hast du gesagt.«

»Es war so kalt in dem Raum …«

»Und weiter? Gab es Möbel?«

»Wasser. Überall war Wasser.«

»Wasser? War es fließendes Wasser? Wellen?«

»Holz … und zwei Stockwerke.«

»Es gab zwei Stockwerke?«, hakte Henrik nach.

»Ja.«

Jana Berzelius machte sich wieder Notizen.

Pims Stimme brach, und sie hielt sich die Hände vors Gesicht. »Massenhaft Schnee«, sagte sie weinend. »Ich bin im Schnee gelaufen. Er hat mich gejagt. Ich habe es geschafft, mich zu befreien. Er hatte mich festgebunden.«

»Warum hatte er dich festgebunden?«

»Damit ich nicht weglaufe.«

»Gab es noch einen Grund?«

»Nein.«

»Vielleicht wollte er dafür sorgen, dass das, was du geschluckt hattest, unter kontrollierten Umständen wieder herauskam?«

»Ich habe nichts geschluckt. Nur Noi hat das getan. Ich war ihre Reisebegleitung.« Pim nahm die Hände vom Gesicht und spielte an der Decke herum. »Wann darf ich nach Hause? Ich habe eine kleine Schwester, die auf mich wartet.«

»Wo wartet sie?«

Pim schwieg.

»Wir müssen wissen, wo du wohnst.«

Sie schwieg noch immer.

»Du wirst noch eine Weile hierbleiben müssen«, erklärte Henrik.

»Nein, ich muss nach Hause«, sagte Pim. »Aber er hat meinen Pass. Ich brauche meinen Pass zurück!«

»Immer mit der Ruhe. Wir werden dir helfen, nach Hause zu fahren, aber vorher musst du uns die ganze Wahrheit erzählen. Wir wollen wissen, was du hier in Schweden vorhattest und wer dich gefangen gehalten hat.«

»Ich will da nicht mehr hin«, sagte Pim. »Ich wollte einfach nur weg. Ich habe versucht, ihr zu helfen, aber es ging nicht. Ich musste abhauen.«

»Du wolltest Noi helfen?«

»Ich wollte sie nicht zurücklassen, aber es ging nicht anders. Ich musste sie zurücklassen.«

»Hör mir gut zu«, sagte Henrik mit ruhiger Stimme. »Wen musstest du zurücklassen? Meinst du Noi im Zug?«

»Nein, das Mädchen in dem Haus.«
»Was für ein Mädchen meinst du?«
»Sie war mit mir zusammen.«
»In dem Haus, wo du gefangen warst?«
»Ja.«
»Es gab dort also noch ein Mädchen?«
»Ja.«

17

Gunnar Öhrn zog an der goldfarbenen Kette der Schreibtischlampe. Der grüne Lampenschirm dämpfte das Licht. Er setzte sich an den Tisch und betrachtete den siebenarmigen roten Kerzenleuchter. Es war der zweite Advent. Der Countdown bis Weihnachten lief auf Hochtouren.

Als Gunnar den Blick zum Computer wandern ließ, begegnete ihm sein eigenes Spiegelbild, und er erkannte sich kaum wieder. Grau und blass. Tränensäcke unter den Augen. Ungepflegtes Haar.

Wann war er zuletzt beim Frisör gewesen?

Er hatte es vergessen, vielleicht lag es an der Müdigkeit. Vielleicht war es das Alter. Er wusste es nicht.

Es klopfte an der Tür. Dann wurde sie geöffnet, und plötzlich stand er da, der Idiot. Aber er kam nicht herein, sondern hatte die Hand lässig auf die Klinke gelegt und grinste ihn an.

»Was riecht denn hier?«

»Wieso?«

»Das riecht irgendwie …« Anders Wester hob den Kopf und schnupperte wie ein Spürhund. »Jetzt hab ich's. Es riecht nach Pfefferkuchen.«

»Ja und?«

»Sitzen Sie hier im Büro und knuspern Pfefferkuchen, Sie Naschkatze?«

»Nein, Anneli hat eine neue Seife gekauft.«

»Und jetzt laufen Sie herum und riechen nach Pfefferkuchen. Das ist ja auch eine Möglichkeit, Weihnachtsstimmung zu verbreiten.«

»Hören Sie mal, das kann Ihnen doch wohl scheißegal sein.«

Anders Wester grinste schon wieder und fuhr sich mit der Hand über den Glatzkopf.

»Wir haben also einen Durchbruch«, bemerkte er.

»Sieht so aus.«

»Aber es war nicht Ihr Team, das sie aufgespürt hat, oder?«

Gunnar biss die Kiefer zusammen und atmete durch die Nase ein. »Sie wurde auf der Landstraße 209 von einem Mann in einem Schneepflug entdeckt.«

»Wo ist sie jetzt?«

»Im Krankenhaus.«

»Und wo war sie vorher?«

»Das ist noch unklar. Sie kennt sich in der Gegend nicht aus. Aber wir hoffen, im Lauf des Tages Klarheit darüber zu bekommen. Wir vernehmen sie gerade.«

»Und der Täter? Was werden Sie tun?«

»Sie klingen wie ein Journalist. Wollen Sie einen Artikel schreiben, oder was?«

Anders Wester ließ die Türklinke los und verschränkte die Arme vor der Brust. »Ich wollte nur Ihre Einschätzung hören.«

»In einer Stunde ist die Besprechung.«

»Gut, dann sorgen Sie dafür, dass sie stattfindet.«

»Ich habe doch gerade gesagt, dass wir gleich eine Besprechung haben.«

»Und ich habe Sie soeben ermahnt, die Besprechung abzuhalten.«

»Ich pfeife auf Ihre Ermahnungen.«

Wester grinste schon wieder und schloss die Tür. Dann öffnete er sie noch einmal.

»Ach ja, Öhrn, nehmen Sie nächstes Mal einen anderen Duft. Pfefferkuchen passt nicht zu Ihnen.«

Pim sah an die Decke, spürte, wie sich vom Schlauch in der Armbeuge die Kälte im ganzen Körper ausbreitete. Warme Tränen liefen ihr über die Wangen in die Ohren. Die Krankenschwester hielt ihr ein Papiertuch hin, aber Pim war zu schwach, um es zu nehmen.

»Kannst du das andere Mädchen beschreiben?«, fragte der Polizist, der sich als Henrik Levin vorgestellt hatte. Der Dolmetscher übersetzte seine Frage.

»Sie hat geschrien, als ich gegangen bin«, antwortete sie. »Ich wollte sie nicht allein zurücklassen, aber ich musste ja weg, bevor er zurückkam. Ich musste sie zurücklassen.«

Pim schloss die Augen und erinnerte sich. Das Mädchen hatte ruhig oben an der Treppe gesessen und sie angesehen. Nur ihre Augen hatten sich bewegt, hatten vom Schock, von der Panik, von der Angst erzählt, die sie empfunden haben musste. Pim hatte ihr direkt ins Gesicht gesehen, ihre Blicke hatten sich gekreuzt.

»Kannst du uns noch mehr über das Mädchen erzählen? Habt ihr miteinander gesprochen?«

Außer dem Rauschen und Ticken der Geräte war nichts zu hören. Pim konnte ihre Augen nicht mehr offen halten. Auch wenn sie blinzelte, sah sie nur Dunkelheit. Sie hörte den schnellen Atem des Polizisten, aber seine Stimme war ruhig, als er seine Frage wiederholte.

»Kannst du uns noch mehr über das Mädchen erzählen?«

Pim öffnete die Augen und schüttelte den Kopf.

»Sie hatte solche Angst«, sagte sie mit zitternder Unterlippe. »Sie hat die ganze Zeit geweint …«

Ihre Stimme brach. Sie dachte daran, wie sie durch den tiefen Schnee gelaufen war. Sie wollte diese Kälte nicht noch einmal erleben. Wollte nur nach Hause in die Wärme, in die Sonne und zu Mai. Eigentlich hatte die Polizei doch keinen Grund, sie länger hierzubehalten. Sie hatte nichts mehr im Magen. Die beiden letzten Kapseln lagen irgendwo im Wald.

»Weißt du noch, wie sie hieß?«, fragte der Polizist.

»Ich weiß es nicht«, flüsterte Pim.

»Hieß sie Ida?«

Pim antwortete nicht.

»Jetzt ist es am besten, wenn wir Pim ein wenig schlafen lassen«, sagte die Krankenschwester und wischte Pim die Tränen ab.

Henrik ignorierte die Schwester, holte sein Handy aus der Tasche und suchte ein Foto von Ida Eklund heraus. Ihre Augen waren groß und blau. Der lange blonde Zopf lag über ihrer Schulter. Sie lächelte in die Kamera.

»Ist das hier das Mädchen, das bei dir war?«

Pim sah mit zusammengekniffenen Augen auf Henriks Handy.

»Ich weiß nicht«, antwortete sie kaum hörbar. Dann legte sie sich auf die Seite und zog sich die Decke über den Kopf.

»Sieh bitte genau hin«, sagte Henrik.

Aber Pim sagte nichts mehr. Sie hatte sich vollkommen verschlossen.

Es war eisig kalt, als Henrik Levin, Mia Bolander und Jana Berzelius aus dem Haupteingang des Vrinnevi-Krankenhauses traten, und Mia Bolander zog sofort die Schultern hoch.

»Sag mal, wie bist du denn auf Ida gekommen?«, fragte sie. »Was soll die denn mit dieser Sache zu tun haben? Hast du eine Denkblockade, Henrik?«

»Moment mal. Könnten Sie mir das bitte von Anfang an erklären?«, sagte Jana. »Wer ist Ida?«

»Gestern haben wir einen jungen Mann ermordet in seiner Wohnung aufgefunden.«

»Robin Stenberg? Per Åström hat mir davon erzählt.«

»Genau der. Wir haben erst gedacht, Robin Stenberg sei Single, aber er hatte offenbar eine Beziehung mit einem Mädchen namens Ida Eklund.«

»Ich erfriere«, sagte Mia Bolander. »Müssen wir unbedingt hier draußen rumstehen?«

»Und Ida ist weg?«, erkundigte sich Jana.

Henrik Levin nickte. »Um es kurz zu machen: Ida hat zu ihren Eltern gesagt, sie wolle bei einem Freund übernachten, was die Eltern nicht gut fanden, weil sie ihn noch nicht kennengelernt hatten. Ida hat auf die Meinung ihrer Eltern gepfiffen, und wir nehmen an, dass sie in der Nacht auf gestern bei Robin übernachtet hat. Das ist zwar noch nicht verifiziert, aber im Moment gehen wir davon aus.«

»Hallo?«, sagte Mia Bolander und rieb sich die Arme, doch die anderen ignorierten sie.

»Also kann sie dabei gewesen sein, als Robin Stenberg ermordet wurde?«, fragte Jana und spürte, wie sich die Härchen auf den Armen sträubten.

»Wie gesagt, wir wissen es noch nicht sicher, aber es ist gut möglich, dass sich Ida zum Zeitpunkt des Mordes in der Wohnung befunden hat.«

Janas Gedanken wirbelten durcheinander. Sie sah weder

Henrik Levin noch Mia Bolander in die Augen, sondern richtete ihren Blick auf die Erde, den Schnee.

»Aber warum sollte sich Ida am selben Ort befinden wie Pim?«, fragte Mia Bolander fröstelnd. »Und wie soll sie überhaupt dort hingekommen sein? Über Robin Stenberg? Ist die Vermutung nicht ein bisschen weit hergeholt, dass ein sechzehnjähriges Schulmädchen und ein zwanzigjähriger Vegetarier in dieser Drogengeschichte mit drinhängen? Jetzt schalt mal dein Gehirn ein, Henrik.«

»Das ist weit hergeholt, ich weiß, aber Robin Stenberg hatte nun mal Drogenprobleme, und es gibt natürlich die Möglichkeit, dass er Kontakt mit dem gesuchten Drogendealer hatte. Als Pim eben von dem anderen Mädchen erzählt hat, musste ich sie einfach fragen, ob es Ida war.«

»Toll, wirklich, aber jetzt gib mir mal den Autoschlüssel.«

»Frierst du so schlimm?«, fragte Henrik Levin.

»Es können sich ja nicht alle so coole Markenklamotten leisten«, sagte Mia Bolander und warf Jana einen wütenden Blick zu.

Henrik Levin gab den Autoschlüssel seiner Kollegin, die sofort in Richtung Parkplatz davonging.

»Ich warte im Auto«, rief sie ihm über die Schulter zu.

Jana folgte ihr mit dem Blick und umfasste ihre Aktentasche so fest, dass die Fingerknöchel weiß wurden.

»Sie glauben also, dass diese Ida Zeugin des Mordes an Stenberg war?«, fragte sie.

»Ja«, antwortete Henrik Levin.

»Aber wo ist sie jetzt?«

Henrik Levin sah Jana direkt in die Augen.

»Genau das werden wir herausfinden«, sagte er.

18

Anders Wester betrat den Raum und setzte sich an den Tisch, an dem schon Gunnar, Mia, Ola, Jana Berzelius und Per Åström Platz genommen hatten.

»Sie werden mir jetzt also einen Verdächtigen präsentieren?«, fragte er.

»Nee, so weit sind wir noch nicht«, antwortete Henrik unsicher und sah Gunnar an.

»Immerhin sind zwei Vertreter der Staatsanwaltschaft anwesend«, bemerkte Wester.

Per Åström streckte sich und wirkte unangenehm berührt, Jana Berzelius hingegen verzog keine Miene.

»Vielleicht arbeiten wir hier anders zusammen, als Sie es kennen«, sagte Gunnar. »Wir sind es ja auch nicht gewohnt, dass alle Tage die Reichskripo in unserem Konferenzraum sitzt. Aber danke für den Hinweis und willkommen zur Besprechung. Wollen wir anfangen?« Er wandte sich an Henrik.

»Also gut. Am vergangenen Donnerstag ist Pimnapat Pandith, die wir der Einfachheit halber Pim nennen, zusammen mit ihrer Freundin Siriporn Chaiyen mit dem Zug in Norrköping angekommen«, berichtete Henrik. »Siriporn, die auch Noi genannt wird, stirbt an einer Überdosis, Pim steht unter Schock und springt aus dem Zug. Am Bahnhof wartet ein Mann in einem Auto auf sie. Laut ihrer eigenen Aussage wird Pim in einen Raum gebracht, den sie als kalt beschreibt. In der Nähe scheint es Wasser zu geben. Es kann ein verlassenes Ferienhäuschen sein, ein Schuppen oder eine Art Bootshaus.«

»Aber ein Bootshaus hat doch wohl keine zwei Stockwerke?«, warf Mia ein. »Ich glaube eher, es war ein verlassenes Sommerhäuschen.«

Henrik nickte und fuhr fort: »Pim gelingt es jedenfalls, aus dem Zimmer oder dem Häuschen zu entkommen. Sie wird von Christian Bergvall gefunden, der die Notrufzentrale alarmiert. Momentan wird sie im Krankenhaus versorgt. Wir werden sie eine Weile dabehalten, und wir lassen sie bewachen, weil sie vermutlich über wichtige Informationen verfügt, die ihr Auftraggeber geheim halten möchte.«

»Wir hoffen, sie weiter vernehmen zu können«, erklärte Jana Berzelius. »Vor allem, um mehr über den Mann zu erfahren, der sie abgeholt hat.«

»Was wissen wir eigentlich über ihren Auftraggeber?«, fragte Anders Wester.

»Derzeit nicht viel«, sagte Henrik.

»Aber wir arbeiten daran«, meinte Gunnar.

»Wie denn, wenn ich fragen darf?«

»Erst einmal wird Pim weiter vernommen«, sagte Jana Berzelius.

»Ja«, fuhr Henrik fort, »und uns liegt eine Beschreibung des Mannes vor, der sie abgeholt hat. Was den Pass der toten Frau betrifft, sind wir auch weitergekommen, nicht wahr, Ola?«

Die Mütze war ein bisschen hochgerutscht und erinnerte an einen spitzen Berggipfel. Ola lehnte sich vor. »Thai Airways hat bestätigt, dass eine Siriporn Chaiyen in einer Maschine aus Bangkok gesessen hat, die am Donnerstag um 6.35 Uhr am Kopenhagener Flughafen Kastrup gelandet ist.«

»Und Pim, ich meine Pimnapat?«, fragte Mia.

»Das wird schwieriger«, erwiderte Ola. »Der Name taucht nicht auf.«

»Also ist sie womöglich mit einem anderen Flugzeug gekommen«, folgerte Henrik.

»Oder sie lügt«, meinte Mia, »und ihr richtiger Name steht sehr wohl auf der Passagierliste.«

»Wie wurden denn die Flugtickets gebucht? Wissen wir das?«, hakte Jana Berzelius nach.

»Das Flugticket«, korrigierte Ola. »Es wurde nur ein Flugticket auf den Namen Siriporn Chaiyen gebucht.«

»Übers Internet?«

»Bei einem Reisebüro in Bangkok.«

»Und die Bezahlung?«

»Dazu haben wir keine Angaben. Vermutlich in bar.«

Ola schob die Mütze ein Stück nach hinten. »Es wäre einfacher, wenn wir ihren Pass hätten«, sagte er. »Aber früher oder später werden wir ihren richtigen Namen erfahren.«

»Da bin ich mir nicht so sicher«, sagte Henrik. Er war keineswegs davon überzeugt, dass Pim von sich aus ihren Namen verraten würde.

»Aber was hat sie bisher zum Thema Drogenschmuggel gesagt?«, wollte Anders Wester wissen.

»In diesem Punkt hält sie sich ziemlich bedeckt«, antwortete Jana Berzelius.

»Da stimme ich Ihnen zu. Sie meint, der Mann, der sie am Bahnhof abgeholt hat, habe sie mit Noi verwechselt. Sie behauptet, sie sei nur die Reisebegleitung gewesen und habe noch nie etwas mit Drogen zu tun gehabt.«

»Und, stimmt das?«, sagte Anders Wester.

»Ich halte das für fragwürdig«, bemerkte Henrik und legte eine kurze Pause ein. »Gut, wenn es im Moment keine weiteren Fragen zu den beiden Thailänderinnen gibt, würde ich zu Fall Nummer zwei übergehen, Robin Stenberg.« Er blätterte in seinen Unterlagen. »Er wurde gestern in seiner Wohnung tot aufgefunden, der oder die Täter sind noch auf freiem Fuß. Die technische Untersuchung ist gerade abgeschlossen, und es ist nichts sonderlich Bemerkenswertes dabei herausgekommen. Eine Packung Schinken im Kühlschrank eines Vegetariers ist momentan unsere heißeste Spur. Wir wissen auch, dass Robin schon mal wegen Heroinbesitz verhaftet wurde, was eine Verbindung zum Fall der beiden Thailänderinnen darstellen könnte.«

»Sind das nicht etwas vorschnelle Schlussfolgerungen?«, gab Anders Wester zu bedenken. »Glauben Sie wirklich an einen Zusammenhang zwischen dem Mord an Robin Stenberg und dem Drogenschmuggel?«

»Uns ist es ein Anliegen, bei unserer Arbeit offen und vorurteilsfrei vorzugehen«, erklärte Gunnar.

»*Das* ist ja immerhin etwas«, sagte Anders Wester und lächelte.

»Bisher haben wir aber keine genauen Informationen darüber, ob Robin Stenberg überhaupt noch Drogen genommen hat, oder?«, fragte Per Åström nach.

»Nein, noch nicht«, entgegnete Henrik. »Aber wie dem auch sei – viel bemerkenswerter finde ich, dass Robin Stenberg eine enge Beziehung zu der sechzehnjährigen Ida Eklund hatte und dass diese seit Freitagabend verschwunden ist. Vieles spricht dafür, dass sie am Freitag bei Robin Stenberg war.«

Henrik legte erneut eine Pause ein.

»Könnte sie etwas mit dem Mord zu tun haben?«, fragte Per Åström und lehnte sich vor.

»Natürlich«, sagte Henrik. »Aber die Art, wie der Mord ausgeführt wurde, spricht nicht gerade dafür, dass der Täter so jung war. Ich glaube, wir haben es hier mit einem professionellen Mörder zu tun. Aber das sind nur meine eigenen Schlussfolgerungen.«

»Du glaubst ja«, mischte sich Mia ein, »dass Ida Eklund das Mädchen sein könnte, das im selben Gebäude wie Pim gefangen gehalten wurde.«

»Was spricht denn für diese These?«, wollte Gunnar wissen.

Henrik warf Mia einen müden Blick zu. »Bisher gar nichts«, erklärte er. »Es war nur eine Art Eingebung, als wir mit der Thailänderin gesprochen haben. Ein Mädchen ist verschwunden, wir wissen, dass woanders ein Mädchen gefangen gehalten wird …«

»Das heißt, Ida Eklund kann auch ganz woanders sein?«, hakte Gunnar ein.

»Natürlich«, sagte Henrik. »Und sie kann natürlich auch von zu Hause weggelaufen sein.«

Jana Berzelius sah von ihrem Block auf. »Also noch immer keine Spur von ihr.«

»Nein«, sagte Henrik und schüttelte den Kopf.

»Okay, aber wenn wir noch mal auf die Thailänderin zurückkommen, diese Pim«, sagte Anders Wester. »Was sagt sie über dieses Haus?«

»Fast nichts«, antwortete Henrik und ging zur großen detaillierten Karte an der Wand. Ein roter Kreis markierte, wo auf der Landstraße 209 Pim gefunden worden war.

»Sie ist die Straße entlanggegangen, als sie gefunden wurde. Vermutlich ist sie nur langsam vorwärtsgekommen.

Sie kann kaum schneller als fünf Kilometer pro Stunde gegangen sein, so durchgefroren, wie sie war.«

Mit einem Lineal hatte Henrik in südlicher Richtung die maximale Strecke ausgemessen, die Pim zurückgelegt haben könnte, und mit einem großen Zirkel einen Kreis gezeichnet.

»Sie hat von Wasser gesprochen«, fuhr Henrik fort. »Deshalb konzentrieren wir uns auf den Küstenstreifen. Wir beginnen auf der nördlichen Seite bei Marviken und Viddviken.« Er zeigte wieder auf die Karte. »Innerhalb dieses Gebiets müsste der Ort liegen, wo sie gefangen gehalten wurde. Wir haben ein paar Streifen hingeschickt, die dort suchen.«

»Wie viele Gebäude gibt es in der Gegend?«, fragte Per Åström.

»Das versuchen wir gerade herauszufinden«, sagte Henrik und setzte sich wieder. »Leider wissen wir auch über den Täter bislang nicht viel, außer dass er ein Auto mit gefälschtem Kennzeichen fährt, dunkle Kleider trägt und dunkles Haar hat.«

»Nicht mehr?«, erwiderte Gunnar.

»Nein.«

»Dann sollten wir eine Pressekonferenz anberaumen«, sagte Gunnar.

»Und die Allgemeinheit um Mithilfe bitten?«, fragte Henrik. »Ich glaube ja nicht …«

»Hast du einen besseren Vorschlag?«

»Haben wir denn genug in der Hand?«, gab Henrik zu bedenken. »Ich meine nur, das kann uns auf eine falsche Spur führen. Wir haben ja schon Leute dorthin geschickt, wo die Thailänderin gefunden wurde.«

»Warum falsche Spur? Irgendjemand muss irgendwas

beobachtet haben, entweder am Bahnhof oder an der Küste. Schließlich jagen wir keine Geister!«, meinte Gunnar und stützte die Ellbogen auf den Tisch. »Momentan weiß nur die Thailänderin, wer er ist.«

»Aber sie redet nicht«, sagte Mia.

»Dann müssen wir dafür sorgen, dass sie es tut«, erklärte Gunnar.

»Jetzt haben wir endlich etwas gemeinsam«, sagte Per Åström zu Jana Berzelius, nachdem die anderen den Konferenzraum verlassen hatten.

»Ich verstehe nicht ganz«, sagte sie.

»Die Ermittlung.«

»Das wissen wir doch noch gar nicht. Es gibt bisher keinen Zusammenhang zwischen den Thailänderinnen und dem Mord an Robin Stenberg.«

»Die Drogen?«

»Diese Verbindung ist derzeit noch viel zu vage.«

»Na, dann hast du offenbar Glück, denn wenn es einen Zusammenhang gäbe, müsstest du mich viel häufiger sehen«, meinte Per.

»Das nenne ich Beamtenbedrohung«, sagte Jana und beobachtete Per, der seine kurze grüne Jacke vom Stuhl nahm. Sie fragte sich, warum er diese viel zu sportliche Jacke mit Schnürung und Kapuze trug. Sie hätte viel besser auf die Skipisten in Åre gepasst.

»Was meinst du?«, sagte er. »Hier im Haus oder in der Stadt?«

»Was?«

»Mittagessen. Du musst was essen, ich muss was essen, dann können wir doch genauso gut zusammen etwas essen?«

Jana warf ihm einen müden Blick zu.

»Was ist?«, fragte er und machte eine ausladende Geste.

»Nichts«, sagte sie und zog sich den Mantel über die Schultern.

»Besser in der Stadt, oder? In der Polizeikantine könnten die Leute uns beide zusammen sehen, und das will ich nicht. Womöglich würden sie auf dumme Gedanken kommen, dass wir zusammen sind oder was anderes Schreckliches.«

Jana stemmte die Hand in die Hüfte, legte den Kopf schräg und sah ihn an. Er lächelte spöttisch.

»Komm schon«, sagte er.

»Wohin gehen wir?«

Im Geiste ging sie schnell die Restaurants durch, die infrage kamen.

»Das entscheiden wir unterwegs«, sagte Per.

Als sie das Polizeirevier verließen, wurden sie von umherwirbelndem glitzerndem Schnee empfangen. Es war kälter geworden, und Jana schlang die Arme um den Körper.

»Sushi?«, schlug Per vor. »Oder McDonald's? Dort esse ich ziemlich oft.«

»Dann wäre doch ein bisschen Abwechslung angebracht, oder?«, sagte Jana. »Es gibt einen guten Thailänder in der Altstadt.«

Auf der Kungsgatan kamen ihnen Männer und Frauen mit Kinderwagen und vereinzelte Jogger entgegen. Ein Bettler hielt ihnen einen Pappbecher hin und klimperte mit den Münzen. Sie bogen nach links in die Sandgatan ab und gingen über die Brücke. Drei Männer in dicken Overalls und mit langen Angelruten lehnten am Geländer. Der

Schnee hatte sich wie eine weiße Decke über ihre Schultern und Mützen gelegt.

Per redete die ganze Zeit. Jana hatte das Gespräch auf ihn und seine Tätigkeit gelenkt, was nicht sonderlich schwer war. Wenn er Fragen stellte, antwortete sie nur knapp, konterte mit einer anderen Frage oder schwieg. Sie hatte vorgehabt, ihre Mittagspause allein zu verbringen, aber während sie mit Per durch die Stadt ging, entdeckte sie zu ihrem Erstaunen, dass sich die Gedanken an Robin Stenberg und Ida Eklund allmählich auflösten und die Gesellschaft ihres Kollegen vollkommen in Ordnung war.

Henrik Levin stieg aus dem Wagen und atmete tief ein. Der Winter hatte eigentlich keinen starken Duft. Wie roch Schnee eigentlich?

Neben ihm ging Mia und tippte eine SMS an Martin Strömberg.

»Du kannst das Handy jetzt einstecken«, sagte Henrik, als sie vor dem Reihenhaus der Familie Eklund standen. Er klingelte. Der melodische Gong war von draußen zu hören.

Nach einer Weile öffnete Petra Eklund mit einem fröhlichen Lächeln.

»Hereinspaziert!«, sagte sie zu Henrik und Mia und stieß versehentlich gegen eine Jacke, die vom Kleiderbügel auf den Boden rutschte. Sie hob sie auf und lachte, während sie das Kleidungsstück wieder aufhängte.

»Das ist Idas Jacke«, sagte sie. »Bitte entschuldigen Sie, ich bin einfach nur so froh und erleichtert, dass sie wieder zu Hause ist.«

Erneut forderte sie die beiden auf, endlich einzutreten, und machte eine einladende Geste. Henrik und Mia folgten ihr durch den Flur und in die Küche, wo sie ihnen zwei Kaffeetassen hinstellte und sie bat, am Esstisch Platz zu nehmen. Im nächsten Moment kam Magnus Eklund herein und begrüßte sie.

»Ida, die Polizei ist da!«, rief Petra Eklund.

Kurz darauf kam Ida in die Küche, zog den Reißverschluss ihrer engen Kapuzenjacke hoch und setzte sich zwischen ihre Eltern. Dabei mied sie deren Blicke. Ihre Augen waren verweint.

»Ich heiße Henrik Levin und bin Kriminalkommissar, und das ist meine Kollegin Mia Bolander«, eröffnete Henrik das Gespräch.

»Ich habe mich nicht versteckt, falls Sie das denken sollten«, sagte Ida ungeduldig, als hätte sie das schon mehrmals erklärt.

»Das glauben wir auch gar nicht«, erwiderte Henrik. »Aber wir fragen uns natürlich, wo du gesteckt hast.«

»Ich habe bei einer Freundin übernachtet.«

»Die wie heißt?«

»Die wie heißt«, brummte Ida und verschränkte die Arme vor der Brust. »Ich habe bei Sofie geschlafen, wo denn sonst?«

»Sofie ist offenbar auch eine neue Freundin, die wir bisher noch nicht kannten«, erklärte ihr Vater.

»Ihr müsst ja auch nicht alles wissen«, sagte Ida und seufzte.

»Und Sofia kann bestätigen, dass du dort gewesen bist?«, fragte Henrik.

»Ja, das kann sie«, antwortete Ida. »Und ihre Mutter auch.«

Petra Eklund nickte. »Das stimmt. Ich habe schon mit

beiden gesprochen. Sofia scheint ordentlich und gut erzogen zu sein.«

»Was hat das denn damit zu tun?«, warf Ida ein.

»Nichts, ich wollte nur …« Petra Eklund verstummte, seufzte und warf Henrik einen vielsagenden Blick zu.

Auf einmal klingelte Mias Handy. Sie zog es aus der Tasche und drückte das Gespräch weg.

»Wie du sicher weißt, sind wir hier, um mit dir über Robin Stenberg zu reden«, sagte Henrik. »Ihr wart zusammen?«

Ida stützte das Kinn in die Hände.

»Vielleicht.«

»Wart ihr zusammen oder nicht?«

»Sowohl als auch.«

»Ida, kannst du bitte vernünftig antworten?«, mischte sich Magnus Eklund ein.

»Ich glaub schon, dass wir zusammen waren.«

»Wie lange hast du ihn gekannt?«

»Vier Monate oder so.«

Ihre Augen hatten sich mit Tränen gefüllt. Ihr Vater legte den Arm um ihre Schulter, aber sie entwand sich ihm.

»Weißt du, ob Robin Drogen genommen hat?«, fragte Henrik.

»Glaub schon.«

»Wie?«, sagte Petra Eklund und drehte sich zu Ida um. »Mein Gott, nicht auch noch das.«

»Warum glaubst du das?«, wollte Henrik wissen.

»Er hat ein paar Stücke geschrieben, die davon gehandelt haben. Dann wird einem einiges klar.«

»Aber hast du schon mal erlebt, dass er high war?«

»Nein, ich war ja nicht die ganze Zeit bei ihm.«

»Weißt du, mit wem er sich sonst so getroffen hat?«

»Nee, aber er hat gern im Kulturhuset rumgehangen und in anderen Proberäumen wie Bryggan und so.«

»Bryggan?«

»Das ist im alten Industriegebiet irgendwo.«

Henrik nickte. »Hast du selbst mal mit Drogen herumexperimentiert?«

Ida schüttelte den Kopf.

Ihre Mutter sah sie lange an.

»Ganz sicher, ich hab das nicht ausprobiert!«, rief Ida.

»Stimmt es, dass du am Freitag bei Robin warst?«, fuhr Henrik fort.

»Ja.«

»Wann warst du da?«

»Also wann ich dort angekommen bin, oder was?«

»Genau.«

Sie wischte sich mit dem Ärmel über die Augen.

»Du bist ja gegen vier aus dem Haus gegangen …«, setzte Petra Eklund an.

»Das kann ich doch wohl selbst erzählen, oder?«

»Ja, natürlich, ich wollte nur …«

Ida verstummte und presste die Lippen aufeinander.

»Du hast das Haus also um vier Uhr verlassen?«, fragte Henrik.

»Ja«, murmelte Ida. »Und dann bin ich zu Robin gefahren.«

»Was habt ihr gemacht?«

»Ach, das Übliche.«

»Und zwar?«

»Na ja, einfach abhängen. Film gucken und so.«

»Ist dir im Lauf des Abends irgendwas Ungewöhnliches aufgefallen?«

»Also, ich wollte gern was unternehmen, aber das wollte er nicht. Sonst war er eigentlich immer derjenige, der unbedingt ausgehen wollte, aber am Freitag nicht. Er hat sich total geweigert.«

»Und was ist dann passiert?«

»Ich bin allein losgegangen. Wer will schon an einem Freitagabend drinnen abhängen? Ich jedenfalls nicht, deshalb bin ich gegen acht los. Oder vielleicht war es schon halb neun, ich weiß es nicht mehr, ich …«

Idas Unterlippe zitterte, als wäre ihr erst jetzt aufgegangen, dass Robin wirklich tot war.

»Ich war wütend. Ich fand, dass Robin ein totaler Langweiler war, weil er die ganze Zeit zu Hause rumhocken wollte.«

»Wie hat er reagiert?«, wollte Henrik wissen. Wieder klingelte Mias Handy.

»Er hat gesagt, ich kann ausgehen, so viel ich will, Hauptsache, er selbst kann zu Hause bleiben. Er war so … weiß nicht … so komisch die letzten Tage. Er wollte kaum einkaufen gehen. Na ja, er hat es schon gemacht, aber er war … keine Ahnung … irgendwie komisch.«

»Inwiefern?«

»Er hatte es eilig, wollte gleich wieder zurück.«

»Gab es denn einen Grund für sein Verhalten?«

Ida senkte den Blick, dachte nach und nickte. »Ja …«, sagte sie zögernd. »Er hatte irgendwie Angst.«

»Wovor?«

Sie schluckte und überlegte. »Er hat es mir nie gesagt«, antwortete sie schließlich.

»Und du hast keine Ahnung, was ihm solche Angst gemacht haben könnte?«

Idas Lippe zitterte wieder, aber sie überspielte es, und ihr Blick nahm wieder einen harten, trotzigen Ausdruck an.

»Ida«, ermahnte ihr Vater sie. »Du musst es der Polizei sagen, wenn du …«

»Ja! Ich weiß es nicht, aber er hat gesagt, dass er was gesehen hat.«

»Wann hat er das gesagt?«

»Als er am Mittwoch nach Hause gekommen ist. Ich hab in seiner Wohnung auf ihn gewartet, und als er aufgetaucht ist, hat er ein bisschen komisch gewirkt. Und ich hab ihn gefragt, was los ist, und er hat gesagt, dass er was erlebt hat …«

»Was denn?«

»Das weiß ich ja nicht! Er hat nicht gesagt, was es war, hat einfach am Rechner gesessen, und dann ist er zum Fenster gegangen, hat die Jalousie schräg gestellt, hat rausgeguckt und sie wieder zugedreht. Das hat er mehrmals gemacht. Dann hab ich die Nase vollgehabt und bin nach Hause gefahren. Am Freitag war er genauso komisch drauf.«

»Und du hast wirklich gar keine Ahnung?«

Ida rutschte verlegen herum. »Na ja, er hat ja manchmal was … von einem älteren Typen gekauft, und ich habe mir gedacht, vielleicht hat es was damit zu tun …«

»Was hat er gekauft?«, fragte Henrik.

»Sag schon, Ida, was hat er gekauft?«, wiederholte Magnus Eklund.

»Ich glaub, nur ein bisschen was zum Kiffen …«

»Warst du mal dabei, wenn er diesen älteren Typen getroffen hat?«

»Nee, nie …«

»Okay«, sagte Henrik ruhig, also wollte er seine Gedanken sortieren. »Um noch mal auf letzten Freitag zurückzukommen – du hast Robins Wohnung also um acht oder halb neun verlassen?«

»Ja, ich bin zum Bus gegangen. Die Haltestelle liegt gleich gegenüber.«

»Ist dir im Treppenhaus oder in der Umgebung irgendjemand begegnet?«

»Mir sind keine Drogendealer begegnet, wenn Sie das meinen«, sagte Ida.

»Und du hast auch sonst nichts Außergewöhnliches beobachtet?«

»Beobachtet?«, wiederholte sie. »Na ja, ich hab gesehen, wie …« Sie verlor den Faden, als Mias Handy schon wieder klingelte.

»Sorry«, sagte Mia. »Ich nehm mal kurz das Gespräch an.« Sie erhob sich, ging in den Flur, und Henrik hörte, wie sie »Hallo, Martin« sagte. Er seufzte und wandte sich wieder Ida zu.

»Erzähl. Was hast du gesehen?«

»Als ich draußen stand, habe ich gesehen, wie eine Frau aus der Richtung gekommen ist, wo Robins Haus liegt, und dann weggegangen ist. Vielleicht ist sie aber auch nur vorbeigegangen, keine Ahnung. Sie ist mir aufgefallen, weil sie so schick angezogen war. Sie hat nicht richtig in diese Gegend gepasst, wenn Sie wissen, was ich meine.«

»Erklär es noch genauer.«

»Also, solche wie sie sieht man nur selten in dieser Gegend.«

»Hör mal Ida, das ist aber gemein gegenüber den Leuten, die dort wohnen«, sagte ihr Vater.

»Wie soll ich das denn sonst erklären? Okay, sie hat ausgesehen wie eine reiche Bitch, ist das besser, oder was? Sie hatte glattes Haar, einen echt coolen Seidenschal und einen riesengroßen BMW, in den sie reingehüpft ist. So einen will ich auch haben, wenn ich von zu Hause wegziehe.«

»Dann solltest du vielleicht damit beginnen, dein Geld zu sparen«, bemerkte Magnus Eklund.

»Warum denn das? Vielleicht gewinne ich ja im Lotto, oder ich treffe einen reichen Typen, das weißt du doch nicht.«

»Nein«, meinte er und seufzte ergeben.

»Und du bist dir ganz sicher, dass es ein BMW war?«, hakte Henrik nach.

»Ganz sicher. Solche Autos sieht man sonst nicht in der Gegend. Aber das darf man vielleicht auch nicht sagen?«

»Hast du das Autokennzeichen gesehen?«

»Nein, der Wagen stand zu weit weg.«

»Und dir ist sonst nichts aufgefallen?«

»Na ja, ich hab die ganze Zeit diese Frau im Blick gehabt, aber nachdem sie losgefahren war, hab ich einen Mann gesehen, der aus der Haustür gekommen ist.«

Aus den Augenwinkeln sah Henrik, dass Mia in die Küche kam.

»Aus der Tür von Robins Haus«, präzisierte Ida. »Und der Mann ist in ein Auto gestiegen, das am Straßenrand stand.«

»Wie sah der Mann aus?«, fragte Henrik.

»Er hatte dunkles Haar und dunkle Augen.«

»Kannst du dich an das Auto erinnern, in das er gestiegen ist?«

»Der Wagen war dunkel.«

»Die Automarke?«

»Ein ganz normales Auto. Ein Volvo oder so.«

Henrik spürte sein Herz immer stärker in der Brust schlagen. Er warf Mia einen verstohlenen Blick zu und merkte, dass sie denselben Gedanken hatte wie er. Ein dunkler Volvo. Ob es dasselbe Auto wie am Bahnhof war?

Ola Söderström tippte auf der Tastatur herum. Erneut durchforstete er Robins Computer. Er hatte sich schon seine privaten Kontakte angesehen. Nun war er bei der Durchsicht der Cookies auf Internetseiten mit gesellschaftskritischen Reportagen gestoßen.

Ola hatte die Beine auf seinen Büroschreibtisch gelegt, aß Chips und bewegte den Kopf im Rhythmus der Musik. Sie strömte aus dem kabellosen Lautsprecher, der per Bluetooth mit seinem iPhone verbunden war.

Robin hatte unter seinem Benutzernamen Eternal_sunshine mehrere Postings und Artikel kommentiert und unter anderem eine Diskussion auf der Website Stand up for human rights in Gang gesetzt. Diese Seite stellte Menschen vor, die Widerstand leisteten und »die verborgenen Pläne von Regierungen, Großunternehmen und deren Bürokratie sichtbar machten«. Eternal_sunshine hatte sich auch zum Artikel eines Journalisten über die Nobelpreisträgerin Aung San Suu Kyi geäußert, die in Rangun, der Hauptstadt der Militärdiktatur Birma, unter Hausarrest gestellt worden war, und er hatte einen Text über die Freiheitskämpfer im indonesisch besetzten Osttimor kommentiert.

Ola wischte sich die fettigen Finger an der Jeans ab, nahm die Beine vom Schreibtisch und zog die Tastatur näher zu sich heran. Er hatte einen erst vor wenigen Tagen eröffneten Thread von Eternal_sunshine entdeckt. Ola überflog die Diskussion im Klatsch- und Tratschforum Flashback. Es ging darin um einen Überfall in Knäppingsborg.

Den größten Teil des Weges schwiegen sie, was Henrik Levin nicht weiter störte. Doch offenbar störte es Mia.

»Bist du sauer, oder was?«, sagte sie, als sie ins Auto stiegen.

»Ich bin nicht sauer, ich finde es nur überflüssig, dass du Anrufe auf deinem Handy annimmst, wenn wir mitten in einem wichtigen Gespräch mit Ida Eklund sitzen«, sagte Henrik und umklammerte das Steuer. »Sehr unprofessionell, wenn du mich fragst.«

»Vielleicht war es ja ein wichtiges Gespräch.«

»*Wir* führten ein wichtiges Gespräch.«

Mia starrte ihn wütend an. »Aber du bist doch in der Küche sitzen geblieben.«

»Du weißt genau, was ich meine.«

»Dann eben sorry, verdammt noch mal.«

Sie verzog den Mund und sah aus dem Fenster. Als das Weihnachtslied im Radio verklungen war, wandte sie sich wieder zu ihm um.

»Erzähl schon.«

»Was soll ich erzählen?«

»Das, was ich bei der Befragung offenbar verpasst habe und was dich so sauer macht.«

»Ich bin nicht sauer.«

Henrik strich sich mit der Hand übers Gesicht, ehe er fortfuhr: »Ida hat erzählt, dass sie einen dunkelhaarigen Mann gesehen hat, der ein Auto gefahren ist …«

»… das vermutlich ein Volvo war. Das habe ich gehört. Ist noch was anderes rausgekommen?«

Henrik dachte an die Frau, die Ida beschrieben hatte. Ein ungutes Gefühl überkam ihn, denn es war schon ein seltsames Zusammentreffen. Er fragte sich, ob er Mia erzählen sollte, dass die Frau mit dem großen, flotten BMW, die Ida beschrieben hatte, eine erschreckende Ähnlichkeit mit Jana Berzelius aufwies.

Er zögerte. Es würde nur zu unnötigen Verdächtigungen führen, wenn es sich bei der fraglichen Frau in der Spelmansgatan in Navestad letztlich doch nicht um die Staatsanwältin handelte.

»Nein, nicht direkt«, antwortete er ausweichend. »Es ist nichts anderes herausgekommen.«

»Na also«, sagte Mia. »Dann habe ich ja nichts verpasst.«

Sie schwiegen wieder. Es schien seine Kollegin nicht mehr zu stören. Dafür störte es jetzt ihn.

Er lag nicht in ihrer Aktentasche, er war nirgends.

Jana beobachtete ihren Kollegen Per, der gerade die Rechnung des Restaurants Sing Thai gezahlt hatte.

An der Decke hingen runde Lampen, und in jedem Fenster standen Yuccapalmen und goldene Statuen und Figürchen.

»Weißt du noch, ob ich meinen Seidenschal anhatte, als wir hergegangen sind?«, fragte sie und schaute unter dem Stuhl nach, schob die weiße Tischdecke beiseite und sah auf den Fußboden.

»Nein, den hattest du nicht an«, sagte er.

»Heute früh, als ich zum Polizeirevier gefahren bin, hatte ich ihn noch.«

»Dann hast du ihn wohl dort vergessen.«

Jana sah auf die Uhr. »Mussten wir wirklich hierherlaufen?«, sagte sie.

»Bist du gestresst?«, erwiderte Per. »Es ist doch Sonntag.«

»Ich hatte nicht mit zwei Stunden Mittagspause gerechnet. Außerdem muss ich morgen zum Landgericht.«

»Du scheinst einiges vorbereiten zu müssen.«

»Ja.«

»Aber kannst du den Schal nicht morgen holen?«, schlug er vor.

»Ich habe mein Auto noch auf dem Parkplatz dort stehen, also muss ich sowieso zurück.«

Sie leerte das Wasserglas und stand auf. Abrupt blieb sie stehen, als sie draußen vor dem Fenster ein Auto entdeckte, das mit durchdrehenden Reifen am Berg anfuhr und sich dann schnell entfernte.

»Ich weiß, was du denkst«, sagte Per.

Jana drehte sich zu ihm um.

»Unmöglich«, sagte sie kurz und zog den Gürtel ihres Mantels fester.

»Nein, ganz ehrlich«, sagte er. »Ich weiß, was du denkst. Und ich bin deiner Meinung, wir nehmen ein Taxi zurück.«

Ehe sie antworten konnte, hatte er sein Handy herausgezogen. Sie nahm ihre Aktentasche und ging hinaus. Am Eingang blieb sie stehen und betrachtete eine Zigarettenkippe, die auf der Erde lag. Der zerknitterte gelbe Filter und das schmutzige Zigarettenpapier lösten sich im nassen Schnee auf.

»Das Taxi ist gleich hier«, sagte Per, als er herauskam.

»Gut«, sagte Jana und fixierte weiterhin den Zigarettenstummel.

»Du meinst also, dass Robin am vergangenen Mittwoch Zeuge eines Überfalls geworden ist?«

Henrik Levin strich sich übers Kinn und spürte die Bartstoppeln an den Fingern. Er blickte Ola an, dessen Blick voller Energie war. Mia knabberte an einem Pfefferkuchen und hielt fünf weitere in der Hand.

»Ja«, sagte Ola. »Ich habe Postings von Eternal_sunshine auf Flashback gefunden.«

»Und du bist dir sicher, dass er dahintersteckt? Es kann sich doch jeder Eternal_sunshine nennen, oder irre ich mich?«

»Du irrst dich. In solchen Foren wird immer nur ein Benutzer mit genau diesem Namen zugelassen. Die IP-Adresse stimmt auch, die Postings kommen von seinem Rechner. Es ist zweifellos Robin.«

»Was schreibt er denn genau?«, wollte Henrik wissen.

»Hier«, sagte Ola und reichte ihm und Mia einen Stapel Ausdrucke. »Lest selbst.«

Henrik setzte sich auf seinen Stuhl und begann zu lesen. Der Thread war um 23.42 Uhr in der Nacht von Mittwoch auf Donnerstag eröffnet worden.

Robin hatte geschrieben:

Hat jemand was vom Überfall heute Abend mitgekriegt?

Zwei Minuten später kam eine Antwort von jemandem, der sich Redflag nannte.

Was für ein Überfall? Waren es Schweden?

Knäppingsborg. Am Torbogen an der Järnbrogatan. Ein Mann und eine Frau.

Vergewaltigung?

Sah nicht so aus. Hat niemand was gesehen oder gehört? Mann mit Kapuze und dkl Kleidung, vielleicht Lederjacke oder irgendwas in der Art. Saß auf 'ner Frau und hat sie geschlagen. Keiner was gesehen oder gehört? Irgendwer muss ja heute Abend gegen zehn da gewesen sein.

Es kam eine Antwort von Nothingtolooose.

Woher weißt du das alles? Bist du das Opfer, oder was? Nein, aber irgendeiner muss was gesehen haben.

Donotdo schrieb:

Bestimmt nur normaler Beziehungsstress. Echt albern, so ein großes Ding draus zu machen.

Robin:

Wie jetzt, großes Ding? Wenn du es normal findest, geschlagen zu werden, kann man sich ja fragen, was für Beziehungen du bisher geführt hast!

Donotdo:

Bin der Meinung, dass keine einzige Frau unschuldig ist. Sie hat sein Verhalten bestimmt irgendwie provoziert und verdient es nicht anders.

Nothingtolooose:

Hast du sie nicht mehr alle? Seit wann verdient es eine Frau, misshandelt zu werden, egal ob sie ihren Mann provoziert hat oder nicht? Wer als Mann so feige ist, seine Frau zu schlagen, sollte hinter Gitter, und zwar für immer!

Donotdo:

Du meinst, man darf seine/eine Frau unter gar keinen Umständen schlagen?

Nothingtolooose:

Nein, solchen Schweinen sollte man die Eier abschneiden, sie einsperren und den Schlüssel wegschmeißen.

Donotdo:

Nehme an, du bist eine Frau?

Nothingtolooose:

Whatever.

Robin:

Er ist jedenfalls abgehauen.

Nothingtolooose:

Feiges Arschloch.

Redflag:

Mögliche Täter kann man in zwei Kategorien aufteilen: 1. Unbekannter Täter. 2. Täter mit Verbindung zum Opfer. Hoffe, die Frau erholt sich und der Idiot, der es getan hat, wird gefasst.

Redflag:

Ich wette einen Hunderter, dass es ein ehemaliger Freund von ihr ist, der sie zusammengeschlagen hat.

Golddigger:

Finde keine Infos. Nichts in den Medien. Da ist was faul.

Nothingtolooose:

Ein Troll?

Robin:

Nein. Das stimmt alles.

Redflag:

So was hat man ja schon öfter gelesen, und die Story klingt nicht gerade wahrscheinlich, aber man soll nie nie sagen. War heute Abend nicht in der Stadt, hab also keinen Überblick.

Robin:

Aber ich war da. Ich habe alles gesehen.

Redflag:

Du hast den ganzen Scheiß mit angesehen?

Robin:

Ja.

Redflag:

Dann erzähl mehr davon.

Henrik sah zu Ola auf, der noch immer im Zimmer stand. Er betrachtete das Gesicht seines Kollegen, die Mütze, die heute grau war, die Haarsträhnen, die an den Ohren herausschauten, und wartete, bis Mia alles gelesen hatte.

»Mehr hat er nicht geschrieben?«, fragte sie.

»Nein«, antwortete Ola. »Aber er hat offenbar etwas gesehen, was ihm Sorgen macht.«

»Haben wir denn eine Anzeige dazu reinbekommen?«, fragte Henrik und wedelte mit den Unterlagen.

»Nein«, sagte Ola. »Das habe ich schon geprüft, es wurde keine Anzeige erstattet.«

»Aha«, sagte Henrik.

»Es wäre besser gewesen, wenn Robin mit seinen Informationen zu uns gekommen wäre, statt in einem solchen Klatsch- und Tratschforum rumzufragen«, meinte Ola.

»Warte mal kurz, vielleicht war er ja doch hier«, sagte Henrik, warf die Ausdrucke auf den Schreibtisch, stand auf und ging in Annelis Büro.

Nachdem sie ihre Tasche auf den üblichen Platz neben den Schreibtisch gestellt hatte, setzte sich Anneli Lindgren auf ihren Bürostuhl und las ein paar E-Mails. Sie schloss die Augen und bewegte den Kopf langsam vor und zurück und zur Seite. Sie fühlte sich ziemlich verspannt.

Plötzlich spürte sie eine warme Hand im Nacken. Finger, die sich auf die schmerzhafte Stelle legten und sie sanft massierten.

»Ist das angenehm«, sagte sie, ohne die Augen zu öffnen.

Sie stöhnte auf, als der Druck an ihrem Nacken sich verstärkte. Schon immer hatte Gunnar die besondere Fähigkeit gehabt, schmerzhafte Stellen aufzuspüren, und er wurde nie müde, sie zu massieren.

Sie hatte ihn gar nicht ins Zimmer kommen hören, aber sie dankte den höheren Mächten, dass er da war. Vielleicht hatte er sie durch den Türspalt gesehen, hatte gemerkt, wie sie sich den Nacken gerieben hatte, und begriffen, dass sie eine helfende Hand brauchte.

Lächelnd öffnete sie die Augen. Im Bildschirm spiegelte sich ein Gesicht, aber es war nicht das von Gunnar.

»Sag mal, was machst du denn da?«, sagte sie und drehte sich um.

»Ich helfe dir beim Entspannen«, antwortete Anders mit einschmeichelnder Stimme.

»Hör auf damit«, sagte sie.

»Es schien dir zu gefallen.«

Sie spürte, wie sie errötete, und drehte ihm wieder den Rücken zu.

»Ich dachte, es wäre jemand anders«, sagte sie. »Ich will, dass du gehst.«

»Sicher?«

»Anders, geh jetzt.«

Sie bekam keine Antwort, stattdessen spürte sie, wie ihr Stuhl schaukelte. Anders hatte sich vorgebeugt, hielt sein Gesicht ganz nah an ihres und flüsterte: »Man sieht sich, Anneli.«

Sie hörte, wie sich seine Schritte entfernten. Die Tür wurde geschlossen. Das Gefühl von seinen Fingern auf ihrer Haut blieb.

Sie ärgerte sich, weil Anders sich herausgenommen hatte, einfach in ihr Büro zu gehen und sie zu berühren. Vor allem aber ärgerte sie sich, weil er recht gehabt hatte.

Es hatte ihr gefallen.

Reiß dich zusammen, sagte sie sich. Reiß dich zusammen, und zwar sofort.

Ein kurzes Nicken. Nicht mehr. Das war die Art, wie Henrik Levin den Reichskripochef begrüßte, als er ihm im Flur vor Annelis Büro begegnete. Er klopfte leise, ehe er die Tür öffnete.

»Herein«, sagte Anneli brüsk und starrte ihn an.

Verlegen schob sie Unterlagen auf ihrem Schreibtisch hin und her.

»Störe ich?«, fragte er.

»Nein, gar nicht.« Sie wandte sich wieder um und lächelte ihn an. »Was willst du?«

»Ich brauche deine Hilfe«, sagte er. »In Robins Wohnung wurde doch ein Nummernzettel gefunden, oder?«

»Das stimmt«, sagte sie und drehte sich zum Bildschirm. »Willst du ihn sehen?«

»Gern.«

Es dauerte nicht lange, bis der Nummernzettel auf dem Bildschirm erschien. »Willkommen bei der Polizei«, stand in Großbuchstaben oben auf dem weißen knittrigen Papier.

»Ich wollte ohnehin mit dir darüber sprechen«, sagte Anneli. »Wie du siehst, wurde der Zettel am Freitag um 10.41 Uhr gezogen.«

»Also war Robin doch auf dem Polizeirevier«, sagte Henrik. »Am selben Tag, an dem er ermordet wurde.«

»Ja.«

»Das ist seltsam. Ola hat nämlich nachgesehen: Es gibt kein Protokoll von seinem Besuch.«

19

Pim lag halb aufgerichtet im Bett und hatte die Arme vor der Brust verschränkt. Die Wunden waren sauber und verbunden, aber die Schmerzen in den Zehen hatten sich verschlimmert und sich nun im ganzen Bein ausgebreitet. An einigen Stellen war die Haut dunkel geworden.

Durch die Unterkühlung hatte sie sich eine Lungenentzündung zugezogen und war daher auf die Infektionsstation des Vrinnevi-Krankenhauses verlegt worden. Es war ein kleines Einzelzimmer, in dem die Geräte auf eine irritierende Weise vor sich hin summten. Ihr Körper fühlte sich schwer an, als würde sie nach unten in die Matratze gepresst.

Sie sah sich im Zimmer um, dachte an ihre kleine Schwester Mai und fühlte die Panik aufsteigen, weil sie sich noch immer in diesem kalten Land befand. Langsam schob sie die Decke beiseite, hievte die Beine aus dem Bett und richtete sich auf. Eine Weile blieb sie sitzen, atmete tief durch und bewegte die Zehen.

Sie schauderte, als ihre nackten Füße den Boden berührten, und versuchte, sich hinzustellen, aber sackte gleich wieder zusammen. Eine Weile lag sie auf dem Rücken und starrte an die Decke. Mit schmerzverzerrtem Gesicht rollte sie auf die Seite und kniete sich hin. Sie stützte sich auf dem Bett ab und zog sich hoch.

Auf zittrigen Beinen stand sie da und schloss die Augen,

um sich zu sammeln. Sie lauschte, ob vor der Tür jemand war, aber hörte nichts, keine Schritte, keine Stimmen.

Dann machte sie einen Schritt vorwärts.

Und noch einen.

Allmählich kehrten ihre Kräfte zurück, und sie ging weiter, bis sie die Tür erreicht hatte. Sie öffnete sie. Der Stuhl, wo sonst der Polizeibeamte saß, war leer, der Flur lag verlassen da. Keine Schwester war in Sicht.

So schnell sie konnte eilte sie auf die Glastüren zu. Schon nach einem kurzen Stück war sie außer Atem, doch sie lief auf ihren zitternden Beinen immer weiter.

Eine Stimme hinter ihr rief: »Hallo!«

Noch zwanzig Schritte bis zum Ende des Flurs.

Aber wo war der Fahrstuhl?

Ihre nackten Beine trommelten auf den Boden, ihr Nachthemd schlug gegen ihren Körper.

Noch zehn Schritte bis zu den Glastüren, die in die Freiheit führten.

Kein Lift!

Nur eine Sackgasse.

Da stolperte sie, versuchte, sich mit den Händen abzufangen, aber fiel zu Boden. Sie wollte gerade wieder aufstehen, als sie den Polizisten sah, der ihr mit einer Tasse Kaffee in der Hand entgegenkam.

»Hallo, wohin willst du?«

Sie protestierte nicht, als sie ins Zimmer zurückgebracht wurde. Doch sie nahm sich vor, in die andere Richtung zu laufen, wenn sie jemals wieder die Chance zur Flucht bekäme.

Henrik Levin beobachtete den Mann, der den Nummernzettel abriss und ihn in seiner Hand zerknüllte. Er trug

Jeans und ein Hemd und darüber eine braune Lederjacke, die mehrere Größen zu groß oder aber sehr schwer war, da sie ihm von den Schultern hing. Der Mann nahm Platz und schaute auf die Anzeigetafel, wo gerade eine neue Nummer aufgerufen wurde.

Momentan wurde Nummer 918 bedient.

Die Lippen des Mannes bewegten sich, und es sah so aus, als würde er ausrechnen, wie viele vor ihm noch in der Schlange standen.

Als Henrik an den Empfangstresen trat, sah die kurzhaarige Kollegin ihn freundlich an.

»Na, Kollege, womit kann ich Ihnen behilflich sein?«, fragte sie.

»Sie haben am Freitag gearbeitet, oder?«, begann Henrik.

»Ja«, sagte sie und nahm ihr Headset ab.

»Wissen Sie, ob ein junger Mann namens Robin Stenberg hier war?«

»Tut mir leid«, sagte sie und bekam einen bekümmerten Gesichtsausdruck. »Ich kann mir wirklich nicht alle Namen der Leute merken, die herkommen.«

»Er war am Vormittag hier. Gegen halb elf.«

»Okay«, sagte sie zögernd.

Henrik schaute zum Wartebereich und begegnete mehreren irritierten Blicken von gestressten Besuchern, die sich vermutlich fragten, warum nicht endlich die nächste Nummer auf der Anzeigetafel erschien.

Eine ältere Frau mit lilafarbenem Haar stand auf und trat näher, als wäre sie bereit, sofort zum Angriff überzugehen, sobald ihre Nummer angezeigt wurde. Vermutlich war sie als Nächstes dran.

»Robin Stenberg hatte schwarzes Haar und acht eintätowierte Sterne an der Schläfe«, sagte Henrik. »Sagt Ihnen das was?«

»Ich glaube, dann weiß ich, wen Sie meinen«, sagte die Empfangsdame und lächelte. »Er ist zu mir gekommen und hat gesagt, er habe etwas zu erzählen. Ich habe ihn gefragt, ob er Anzeige erstatten wolle, aber er meinte, dass er einfach nur mit jemandem reden wolle. Ich habe ihn gefragt, ob es dringend sei, und er hat Nein gesagt. Deshalb habe ich ihm empfohlen, die zentrale Polizeinummer für weniger dringende Anliegen anzurufen, aber da ist er wütend geworden und hat gesagt, dass er jetzt gleich mit jemandem sprechen müsse. Also war es ja offenbar doch dringend.«

»Was haben Sie dann getan?«

»Ich habe ihn ins Anmeldezimmer gelassen.«

»Welcher Kollege war denn da?«

»Axel Lundin.«

»Ist er gerade hier?«

»Er hat heute frei.«

»Sie haben nicht zufällig seine Nummer?«

»Moment mal«, sagte sie und griff nach einer Liste.

Rasch schrieb sie die Nummer auf einen Zettel, den sie Henrik reichte. Dann setzte sie ihr Headset wieder auf und erklärte: »Ich glaube, ich muss jetzt wieder ein paar Kunden hereinlassen.«

»Danke für Ihre Hilfe«, sagte Henrik. Im selben Moment wurde auf dem Display die nächste Nummer angezeigt.

»919!«, rief die Empfangsdame, und Henrik hörte die Absätze der lilahaarigen Dame über den Fußboden klappern.

Fünf Minuten später war Henrik wieder in seinem Büro. Der Stuhl knarrte, als er sich hinsetzte. Er fuhr den Rechner hoch und durchsuchte das System. Wenn Robin Stenberg Anzeige erstattet hätte, dann hätte Axel Lundin seine Zeugenaussage protokolliert. Einmal angenommene Anzeigen konnten nicht zurückgenommen oder gelöscht werden. Sie waren für ewige Zeiten im System archiviert.

Er starrte auf den Bildschirm.

Ola hatte recht gehabt.

Es gab keine protokollierte Zeugenaussage von Robin Stenberg.

Seltsam, dachte er.

Henrik wählte die Nummer von Axel Lundin und hörte es zweimal klingeln.

Dann sagte eine schleppende Stimme: »Ja, hier ist Axel Lundin.«

»Hallo, hier ist Henrik Levin, wir sind Kollegen, ich arbeite als Kriminalkommissar und würde gern mit Ihnen über etwas reden …«

Klick.

Henrik starrte das Telefon an. Lundin hatte das Gespräch einfach beendet. Er probierte es noch einmal, doch niemand ging ran.

Seltsam, dachte er. Sehr seltsam.

Ola hatte dreißig Sekunden gebraucht, um die Adresse von Axel Lundin aufzutreiben. Henrik Levin hatte zwanzig Minuten gebraucht, um einen Parkplatz in der Nähe von Lundins Wohnung zu finden. Er probierte es ein letztes Mal telefonisch, doch noch immer hob niemand ab.

Das Haus hatte keine Gegensprechanlage, sondern man brauchte einen Türcode. Gerade als Henrik die Haustür untersuchte, trat eine ältere Dame mit einem langhaarigen Chihuahua im Arm heraus. Sie ließ den Hund herunter.

»Bitte entschuldigen Sie«, wandte sich Henrik an die Frau.

»Ja?«

»Ich suche nach Axel Lundin. Der wohnt in diesem Haus, oder?«

»Ja, wieso? Wer sind Sie denn?«

»Ich bin ein Kollege von Axel Lundin …«

»Da haben Sie ihn wohl gerade verpasst.« Die Dame sah die Straße hinunter. »Ach, da ist er ja noch, hinten am Auto.«

»Danke«, sagte Henrik. »Vielen Dank für Ihre Hilfe.«

Axel Lundin war schon in sein Auto gestiegen. Henrik machte auf dem Absatz kehrt und lief eilig zurück zu seinem Wagen. Wenig später verfolgte er Axel Lundins silbergrauen Porsche durch die Stadt.

Sie fuhren am Campus vorbei, dann bremste Lundin ab und bog rechts ab zum alten Industriegebiet. Auf der Garvaregatan parkte er, stieg aus und verschwand im Hauseingang Nummer sechs.

Henrik stieg ebenfalls aus, betrachtete die schäbige Fassade und sah durch die dunklen Scheiben. Man konnte nicht viel erkennen.

Was hatte Lundin hier vor?

Auf einmal begann Henrik zu frieren. Es war Nachmittag, und er hatte schon lange nichts mehr getrunken oder gegessen. Er kehrte zum Auto zurück, aber blieb plötzlich stehen, als er ein Schild über dem Hauseingang entdeckte.

Obwohl es kaputt war, waren die Buchstaben gut zu erkennen.

Bryggan.

Rasch holte er das Handy aus der Tasche und rief Mia an, doch es war besetzt.

»Dann sehen wir uns vielleicht morgen im Landgericht«, sagte Per Åström forsch, bevor Jana Berzelius die Taxitür hinter sich zuschlug.

Den ganzen Weg hatte sie Weihnachtsmusik hören müssen. Der Radiosender hatte in einer Werbepause verkündet, er werde bis Heiligabend nonstop Weihnachtsmusik spielen. Etwas Schlimmeres konnte sie sich nicht vorstellen.

Sie schlug ihren Kragen hoch und sah zum Polizeirevier. Es dämmerte schon, und mehrere Fenster waren erleuchtet. In nur einer Stunde, gegen drei Uhr, würde es dunkel sein.

Sie hatte keine Probleme mit der Dunkelheit, ganz im Gegenteil – sie schätzte sie und fühlte sich im Dunkeln wohl und geborgen. Ein älteres Paar kam ihr auf dem Bürgersteig entgegen. Ansonsten war er menschenleer.

Durch die Glastür ging sie ins Polizeirevier, in die Wärme. Langsam stieg sie die Treppen in den dritten Stock hinauf und betrat den Konferenzraum, dessen Tür offen stand. Sie blieb stehen und blickte sich um.

Ihr Seidenschal war nirgends zu sehen.

Sie bückte sich, suchte den Fußboden ab, den Tisch, den ganzen Raum.

Weit und breit kein Seidenschal.

Sie ging den Flur entlang, warf einen Blick in Henrik Levins Büro, aber es war niemand dort. Im Zimmer nebenan saß Mia Bolander mit den Füßen auf dem Schreibtisch und dem Handy am Ohr.

Jana blieb stehen und lehnte sich an den Türrahmen. Mia Bolander klang nicht wie sonst. Sie sprach mit einer weichen, unnatürlichen Stimme, und Jana hörte etwas wie: »Ich vermiss dich so«, ehe Mia Bolander das Handy vom Ohr nahm und sich zu ihr umdrehte.

»Kann man nicht mal in Ruhe telefonieren? Was ist denn los?«

»Ich wollte nur fragen, ob Sie zufällig meinen Seidenschal gesehen haben. Er ist schwarz und von der Marke Louis Vuitton.«

»Und der ist weg?«

»Offenbar ja, sonst würde ich ja nicht fragen.«

»Ich habe ihn nicht gesehen. Da müssen Sie jemand anders fragen.«

Mia Bolander wandte den Blick ab und hielt wieder ihr Handy ans Ohr. »Tut mir leid«, sagte sie zu ihrem Gesprächspartner.

Als Jana weiterging, begegnete sie Ola Söderström, der sichtlich gestresst an ihr vorbeistiefelte. Er blieb vor Mia Bolanders Tür stehen, und Jana hörte, wie er seine Kollegin ermahnte, ihr Gespräch zu beenden.

»Du sollst Henrik anrufen. Er ist unterwegs zu einem Haus in der Innenstadt …«

»Was ist denn passiert?«, hörte Jana sie antworten.

»Ruf ihn einfach an. Er ist in der Garvaregatan 6, das ist im alten Industriegebiet. Er wird dir alles Weitere erklären.«

Jana zuckte zusammen und spürte, wie ihr eine eisige Kälte über den Rücken kroch, über die Arme, den Nacken.

In der Garvaregatan 6!

Sie wartete auf Ola Söderström, der auf dem Weg in sein Büro war.

»Wo steckt Henrik Levin? Ich müsste mit ihm sprechen.«

»Er verfolgt einen Mann, der sich offenbar gerade im alten Industriegebiet aufhält.«

»Danke, dann weiß ich Bescheid«, sagte sie beherrscht.

Das Letzte, was sie gebrauchen konnte, war die Polizei in dem von ihr angemieteten Lagerraum.

Sie riss die Tür zum Treppenhaus auf, eilte die Stufen hinunter, rutschte beinahe aus und lief weiter in die Tiefgarage. Drei Streifenpolizisten kamen ihr entgegen.

Das letzte Stück bis zum Auto rannte sie.

Sie startete ihren BMW X6 und gab Vollgas.

Der Hunger und die Müdigkeit hielten an.

Henrik Levin saß in seinem Auto in der Garvaregatan und wartete auf Mia Bolander. Mit der einen Hand am Steuer fixierte er das Gebäude.

Aus den Augenwinkeln bemerkte er eine Bewegung und sah eine Elster auffliegen. Er folgte ihren flatternden Bewegungen, beugte sich vor und beobachtete, wie sie in Richtung Dach verschwand.

Sein Magen knurrte, und er wühlte in der Türablage, fand aber lediglich eine Serviette. Im Handschuhfach lag nur der dicke Ordner mit der Bedienungsanleitung des Autos. Er suchte in den Taschen seiner Jacke und seiner Jeans, fand aber nicht einmal einen Kaugummi. Am Ende öffnete er das Fach zwischen den beiden Vordersitzen und schob die Stifte und Quittungen herum. Er war so mit der Suche nach etwas Essbarem beschäftigt, dass er überhaupt nicht wahrnahm, wie sich eine Frau in raschem Tempo näherte.

Und diese Frau war nicht Mia Bolander.

Jana Berzelius hatte ein Stück von der Garvaregatan entfernt geparkt und lief nun über die Järnvägsbron. Die ganze Zeit richtete sie den Blick nach unten und versuchte, im Schatten zu bleiben.

Sie hätte wohl besser umkehren sollen, doch stattdessen

schob sie die Haustür der Garvaregatan 6 auf, verzichtete auf den Fahrstuhl und lief nach oben zum Speicher. Bei jedem Schritt wirbelte Staub auf.

Auf einmal wurde ihr bewusst, dass sie völlig überstürzt handelte. Was konnte sie hier schon ausrichten?

Die Kartons woanders hinzubringen war unmöglich, ohne dass sie jemand sah. Sie zu verbrennen war ebenfalls ausgeschlossen. Und sie durchs Fenster in den Fluss zu werfen kam auch nicht infrage. Jana fühlte sich in die Enge getrieben.

Angenommen, sie durchsuchten das ganze Haus?

Im dritten Stock hörte sie Stimmen. Sie hielt inne und lauschte. Es waren zwei Männer. Bestimmt keine Polizisten.

Die beiden verstummten und blickten auf, als Jana näher kam. Sie standen dicht nebeneinander und lehnten sich an eine Wand, in die lauter Namen und Schimpfwörter eingeritzt waren. Offenbar teilten sie sich etwas, das nach Dosenbier aussah. Der eine hatte hellblondes Haar und blaue Augen. Der andere war dunkelhaarig und hatte eine Narbe an der Wange.

Jana schlug die Augen nieder und bemühte sich, ihr Gesicht so gut es ging hinter dem Kragen zu verbergen, in der Hoffnung, dass man sie nicht weiter beachtete.

Doch da hatte sie sich geirrt.

»Sieh mal einer an«, sagte der Blonde höhnisch und stellte sich ihr in den Weg. »Was hat denn so ein Schnittchen hier zu suchen?«

»Lassen Sie mich vorbei«, sagte Jana.

»Mir gehört das Treppenhaus«, sagte der Mann. »Mir gehört alles, nur dass du Bescheid weißt. Wenn du vorbeiwillst, musst du zahlen.«

»Lassen Sie mich vorbei«, wiederholte Jana.

»Nur wenn du zahlst.«

Er kam näher, und der Gestank von altem Schweiß stieg ihr in die Nase.

»Ich werde aber nicht zahlen.«

»Dann sorge ich dafür, dass du es tust«, sagte der Blonde, und Jana bemerkte, dass er etwas aus der Tasche zog. Das klickende Geräusch eines Klappmessers war zu hören.

Sie spürte, wie sie ganz ruhig wurde. Langsam hob sie den Kopf und sah dem blonden Mann in die Augen.

»Lassen Sie mich vorbei«, wiederholte sie. »Ich werde Sie verletzen, wenn Sie mich jetzt nicht vorbeilassen.«

Der Blonde machte einen Schritt rückwärts, hielt das Messer hoch und stieß es in ihre Richtung. Dabei grinste er sie aus schmalen Augen bedrohlich an.

»Passen Sie auf«, sagte Jana.

»Was hast du vor?«, fragte er. »Mich anspucken? Mich mit deinen lackierten Nägeln kratzen?«

»Ich werde das Messer an mich nehmen und Ihnen das Knie zertrümmern.«

Der Blonde begann zu lachen. »Haste gehört, Mogge, die Schnecke will mir das Knie zertrümmern. Jetzt hab ich aber Schiss.«

»Halt die Fresse, du kleine Fotze«, sagte der Dunkelhaarige.

»Wie haben Sie mich eben genannt?«

»Kleine Fotze. Das gefällt dir, was?«

Der Blonde machte einen Schritt vorwärts. Sein Angriff kam überraschend schnell. Jana sah, wie sich das Licht in der Messerklinge spiegelte, und duckte sich.

»Letzte Warnung«, sagte sie. »Legen Sie das Messer aus der Hand.«

»Ich werde schon dafür sorgen, dass du die Fresse hältst«, sagte der Blonde.

Jana wich seinem erneuten Angriff aus und dachte nicht mehr nach. Sie handelte blitzschnell und instinktiv. Die Abfolge der einzelnen Schritte war völlig automatisiert.

Sie packte das Handgelenk des Blonden, lenkte mit der anderen Hand die Bewegung um und bekam mit einem Ruck das Messer zu fassen. Dann verlagerte sie das Gewicht und trat schräg gegen sein Knie. Er sackte in sich zusammen, und sie verlagerte das Gewicht erneut, drehte sich und trat noch einmal zu. Der Mann taumelte nach hinten und lag im nächsten Moment bewusstlos auf dem Boden.

Jana richtete den Blick auf den Dunkelhaarigen, der sich erschrocken an die Wand drückte. Sie ließ das Messer zwischen den Fingern hin und her gleiten und warf es. Die Spitze ging durch die Hand des Mannes und bohrte sich in die Wand hinter ihm. Blut spritzte auf den Boden. Der Dunkelhaarige brüllte laut, als ihm klar war, dass er an der Wand festhing.

Jana baute sich vor ihm auf.

»Sie sollten besser nicht in Ohnmacht fallen«, sagte sie. »Wenn Sie in Ohnmacht fallen, wird das Messer Ihre Hand zerfetzen, und Sie werden mit einer Narbe leben müssen, die viel schlimmer ist als die auf Ihrer Wange. Aber wenn Sie stehen bleiben, wird man die Wunde mit ein paar Stichen nähen können.«

Dann drehte sie sich um und lief hinauf zu ihrem Lagerraum.

Das Gebäude in der Garvaregatan 6 wirkte verlassen. Die Fenster waren so schwarz wie der Himmel über ihnen. Henrik Levin und Mia Bolander standen an der Haustür.

»Wollen wir da wirklich rein?«, fragte Mia und fröstelte.

»Ja, das wollen wir«, sagte Henrik und rüttelte an der Tür.

»Warum denn? Das Gebäude ist doch ein Abrissobjekt, und es scheint keine Sau da zu sein. Wir sollten eine andere Fährte verfolgen, Henrik, komm schon.«

»Ich habe aber Axel Lundin hier reingehen sehen …«

Er hielt inne, als er ein Brüllen hörte. Sie blickten sich an.

»Wir drehen eine Runde ums Haus«, sagte er. »Ich rechtsrum, du linksrum.«

Mia verschwand hinter dem Gebäude. Henrik ging parallel zum Fußweg, und der Kies knirschte unter seinen Füßen, doch als er um die Ecke bog, wurden seine Schritte vom Schnee gedämpft. Er passierte eine Tür, an die jemand eine unleserliche Nachricht gesprüht hatte. Auf einmal sah er schwaches Licht in einem Kellerfenster und dann Schatten, die sich bewegten.

Hastig suchte er nach einem Eingang. Dann machte er kehrt und ging zum Haupteingang zurück, wo er ein kaputtes Fenster entdeckte. Es war schmal, aber er schob sich durch die Fensteröffnung, verfluchte das messerscharfe Glas, das aus dem Rahmen herausragte und Risse in seiner Jacke hinterließ.

Eine halbe Minute später war er im Keller. Alles war schwarz, ehe seine Augen sich angepasst hatten und er allmählich Konturen im Zimmer ausmachen konnte.

Es stank nach Urin. Ein durchnässter Pullover lag auf dem Boden. Daneben Toilettenpapierrollen, durchdrungen von Feuchtigkeit, leere Bierdosen, Zigarettenstummel, alte Zigarettenschachteln und ein gebrauchtes Kondom.

Hier hielten sich Leute nur vorübergehend auf und ruhten sich aus, nahmen Drogen und schliefen, ehe sie wieder verschwanden, auf der Jagd nach einem neuen Aufenthaltsort: einem öffentlichen Platz, einem Park oder einem Container, vielleicht auch nach einem Schlafplatz im Krankenhaus, im Obdachlosenasyl oder in einem Treppenhaus. Es war eine typische Fixerbude.

Er konzentrierte sich auf seinen Atem, während er lauschte.

Ein Geräusch.

Wie ein Klopfen.

Während er weiterging und dem Geräusch folgte, bereute er, dass er und Mia sich getrennt hatten. Er zog sein Handy heraus, gab seine Position durch und bat seine Kollegin zu kommen. Gerade als er sein Handy zurück in die Tasche schob, hörte er berstendes Glas.

Durch eine Tür sah er den übrigen Keller, einen langen Gang, Türen auf beiden Seiten. Alles getaucht in ein düsteres Licht. Jetzt waren auch murmelnde Stimmen zu vernehmen, es schienen mehrere Personen zu sein.

Aus der Türöffnung ganz hinten starrte ihn plötzlich ein bleiches Gesicht mit weit offenen, entsetzten Augen an.

Henrik streckte die Hand aus.

»Hören Sie, Lundin, ich will nur mit Ihnen reden.«

Der Mann machte einen Schritt rückwärts.

»Bleiben Sie stehen!«, rief Henrik. »Ich will doch nur reden.«

Doch der Mann schob die Tür zu. Rasche Schritte waren zu hören, und Henrik begriff, dass sie die Flucht ergriffen hatten. Im Laufen tastete er nach seinem Handy und forderte Verstärkung an.

Es quietschte unheilverkündend, als Jana Berzelius die Tür zu ihrem Lagerraum öffnete. Sie sah sich um. Die Werkbank und die Schränke mit den offenen Vorhängeschlössern. Die hellgelben Betonwände. Die Kartons.

Die Kartons?

Sie brauchte eine einzige Sekunde, um zu begreifen, dass es keine Kartons mehr gab. Sie waren verschwunden.

Schockiert und verwirrt schnappte sie nach Luft. Der Gedanke war schwindelerregend. Ihr trat der Schweiß auf die Stirn.

Sie blinzelte ein Mal fest und hoffte, dass die Kartons doch vor ihr stehen würden, wenn sie die Augen öffnete. Aber sie waren und blieben verschwunden.

Auf dem Boden lag die Skizze eines Gesichts. Die Skizze von Danilo, die sie selbst gezeichnet hatte.

Sie lag nicht zufällig dort. Es war ein Gruß an sie.

Jana schloss die Augen, sank auf den Boden und vergrub ihr Gesicht in den Händen. Danilo hatte sich Zutritt zum Lagerraum verschafft und ihre Tagebücher gestohlen, ihre geheimen Tagebücher, das Wichtigste in ihrem Leben.

Aber wie konnte er wissen, dass sie ihre Sachen hier verwahrte? Hatte er sie überwachen lassen?

Sie stand abrupt auf, untersuchte die Tür, entdeckte aber keinerlei Spuren. Vermutlich hatte er einen Dietrich verwendet, um hier einzudringen.

Sie blieb mitten im Raum stehen. Noch nie hatte sie sich so nackt und ohnmächtig gefühlt wie in diesem Moment. Er hielt alles in seinen Händen – das, was sie ihre Karriere kosten konnte, das, was sie alles kosten konnte, wirklich alles.

Was wollte er mit den Kartons? Waren sie seine Garantie, dass sie nichts tat, was er nicht guthieß?

Sie nahm die Skizze und erinnerte sich, dass sie eigentlich beschlossen hatte, Danilo aus ihrem Leben herauszuhalten und allein weiterzumachen. Jetzt stand sie erneut an einer Weggabelung.

Diesmal war die Entscheidung einfach. Bisher hatte sie sich seinen Tod nur vorgestellt. Jetzt plante sie ihn.

Er sollte das, was er in Gang gesetzt hatte, bitter bereuen.

Henrik Levin fühlte sich in der Dunkelheit nicht besonders wohl, schob diesen Gedanken aber beiseite, während er mit gezogener Waffe durch den Kellergang lief. Als er die Tür am anderen Ende des Gangs öffnete, erblickte er ein Sofa in einer Ecke, eine schmutzige Matratze auf dem Boden und einen Billardtisch in der Mitte des Raums.

Niemand war dort.

Die Schritte waren verstummt.

Er lauschte und ging weiter. Plötzlich bekam er das Gefühl, beobachtet zu werden. Er drehte sich um, fuchtelte mit der Pistole herum und ratschte mit der Mündung an der Wand entlang. Er wirbelte noch einmal herum und hielt die Luft an, sah aber nichts außer dem dunklen Kellergang.

Mit einem Mal drang Blaulicht durch die vergitterten Fenster. Endlich war die angeforderte Verstärkung eingetroffen.

Jana Berzelius öffnete die Speichertür und machte einen Schritt ins Treppenhaus. Durch das Fenster sah sie zwei Streifenwagen und eine Menge Polizisten, die unten auf der Straße standen.

Die müssen irgendwas gefunden haben, dachte sie.

Doch *sie* durften sie auf gar keinen Fall finden, nicht

hier. Der einzige Fluchtweg, den es zu geben schien, war jedoch ein Fenster, das zur Straße hinausging.

Rasch machte sie kehrt und ging wieder zurück in den Lagerraum. Sie musste sich blitzschnell etwas einfallen lassen. Denn es war vermutlich eine Frage von nur wenigen Minuten, bis sämtliche Fluchtwege versperrt waren.

Die Polizisten schwärmten in alle Stockwerke aus. Henrik Levin stand noch immer im Billardzimmer und wollte gerade die Tür öffnen, als er ein metallisches Geräusch hörte. Wie von einer Eisenstange, die über einen Steinboden gezogen wurde. Es kam von nebenan.

Vorsichtig trat er mit der Pistole in der Hand auf den Gang hinaus, stellte sich mit dem Rücken zur Wand und lugte durch den Türspalt des Nachbarraums. Sein Blick fiel auf Axel Lundin, der wenige Meter von Henrik entfernt im Halbdunkel stand. Er schien bereit zum Angriff. In der Hand hielt er keine Eisenstange, sondern ein Brecheisen. Er fixierte Henrik mit einem unheimlichen stieren Blick.

»Lassen Sie das Brecheisen los!«, rief Henrik.

Axel Lundin kam auf ihn zu, und Henrik stolperte zurück auf den Gang. Lundin folgte ihm, das Brecheisen schwingend.

»Lassen Sie das Brecheisen los, verdammt!«

Die Stimme gehörte Mia Bolander. Sie hatte den Kellergang durch eine Tür hinter Lundin betreten. Nun stand sie mit gegrätschten Beinen da und hielt ihm die Dienstwaffe an die Schläfe.

»Loslassen, hab ich gesagt!«

Jana Berzelius faltete die Skizze von Danilo zusammen, schob sie in ihre Tasche, rückte die Werkbank vor und öffnete den einzigen Weg nach draußen, eine Luke in der Decke.

Sie hievte sich nach oben auf den Spitzboden und schloss lautlos die Luke hinter sich. Dann robbte sie vorwärts, suchte nach einer Öffnung und entdeckte einen größeren Lüftungsschacht. Fest trat sie gegen das Ventil, woraufhin es nachgab und auf den Boden fiel. Mit den Füßen berührte sie das rutschige Dach. Sie wollte gerade einen Vorwärtsschritt machen, als sie zurückgerissen wurde und beinahe das Gleichgewicht verloren hätte.

Der Mantel war im Ventil hängen geblieben. Sie zog ihn aus und zerrte daran, bis es ihr schließlich gelang, ihn zu lösen.

Lautlos verschwand sie über das Dach.

Geduckt ging Henrik Levin unter den Rohren an der Decke entlang und zurück in den Raum, in dem sie Axel Lundin angetroffen hatten. Mittlerweile hatte man ihn mit dem Streifenwagen ins Untersuchungsgefängnis gebracht.

Im Treppenhaus waren sie auf zwei betrunkene Männer gestoßen. Der eine hatte gerade versucht, ein Messer aus der Hand des anderen zu ziehen. Die beiden befanden sich jetzt im Krankenhaus, wo sie ihren Rausch ausschliefen.

Mia hustete. Sie ging dicht hinter Henrik und hielt sich wegen des Gestanks mit der einen Hand die Nase zu. In der anderen hatte sie eine Taschenlampe.

Der Betonboden war uneben, und immer wieder knirschten Glasscherben unter ihren Sohlen. Es war unangenehm kalt.

»Hier«, sagte Henrik und schob eine Tür auf. »Hier hat vorhin Licht gebrannt.«

Mia ging hinein, drückte auf den Lichtschalter, doch die

nackte Glühbirne an der Decke leuchtete nicht auf. Irgendjemand hatte sie zerschlagen. Sie ließ den Lichtkegel der Taschenlampe über den Boden wandern. Der Raum war leer, nur Glas, Kies, Zeitungspapier und ein paar leere Milchpackungen.

»Wir schauen uns den anderen Raum an«, schlug Henrik vor und ging zur Tür.

»Warte«, sagte Mia. Sie leuchtete die Wand an und hielt den Lichtkegel der Taschenlampe auf einen Ziegelstein gerichtet.

»Da«, sagte sie und ließ das Licht nach links wandern. Dann kniete sie sich hin.

Ein Ziegelstein stand ein wenig hervor, und auf dem Boden darunter war ein Kieshäufchen. Mia legte die Taschenlampe weg. Sie versuchte, den Stein zu fassen zu bekommen, doch es gelang ihr nicht, ihn zu bewegen. Auch Henrik probierte es – ohne Erfolg.

»Der muss doch rauszukriegen sein«, meinte sie, richtete die Taschenlampe auf den Ziegelstein und schlug verbissen dagegen.

»Vermutlich hatte er deswegen das Brecheisen dabei«, bemerkte Henrik und trat ungeduldig von einem Fuß auf den anderen.

»Los, komm schon«, sagte er, als der Ziegelstein sich endlich bewegte.

Mia packte den Stein und zog ihn heraus. Knirschend fiel der Ziegel zu Boden und gab den Blick auf ein großes Loch frei.

»Total verrückt«, sagte sie, als sie hineinleuchtete.

In dem Loch lagen mehrere Plastiktüten mit kleinen weißen Bällchen.

20

Als Mia Bolander die Autotür öffnete, entdeckte sie einen Hund, den jemand an die Hauswand gebunden hatte. Er hob immer wieder eine Pfote, als wollte er der Kälte ausweichen, wedelte mit dem kupierten Schwanzstummel und sah sie auffordernd an.

Dann begann er zu winseln, als wollte er sie dazu bringen, ihn loszubinden. Ihr ging auf, dass sie sich genauso fühlte, genauso angebunden – und das wegen einer teuren Scheißarmbanduhr. Aber sie wollte sie unbedingt haben, und ihr war schon etwas eingefallen, wie sie sie bereits vor Weihnachten bekommen könnte.

Sie warf einen Blick auf das Päckchen, das neben ihr auf dem Beifahrersitz lag. Ihr fiel ein, dass sie noch Geschenke für ihre Mutter und den Bruder besorgen musste. Nur mit welchem Geld? Sie wusste es nicht. Was konnte sie ausgeben? Zweihundert Kronen? Einen Tausender vielleicht? Eigentlich war ein Tausender kein Problem. Das einzige Problem war, dass sie keinen hatte.

Im Rückspiegel betrachtete sie ihr Gesicht. Sie hasste die aufgedunsenen Züge und den Grund, warum sie so aussah. Und sie hasste die Scham, die ihr auf die Stirn geschrieben stand, die Scham darüber, dass sie sich nie etwas leisten konnte.

Genervt stieg Mia aus dem Wagen, knallte die Tür zu und ging den geräumten Weg entlang zu dem weißen Haus.

Der Wind setzte die Hollywoodschaukel in Bewegung. Sie sog die kalte Luft ein, während sie darauf wartete, dass die Haustür geöffnet wurde.

»Willkommen«, sagte Stig Ottling.

Mia warf einen Blick auf den PVC-Boden und die weißen Wände mit den hellgrünen Borten. »Wohnen Sie allein hier?«, fragte sie.

»Inzwischen ja.«

Ottling machte eine einladende Handbewegung. »Kommen Sie doch herein. Die Schuhe können Sie ruhig anbehalten.«

»Na gut, wenn Sie meinen.«

»Möchten Sie was trinken?«, fragte er und ging in die Küche.

»Ein Glas Wasser wäre prima«, antwortete sie und folgte ihm.

Stig Ottling öffnete den Kühlschrank und nahm eine Karaffe mit Wasser heraus. »Bitte schön«, sagte er und stellte ein Glas auf den Tisch.

Mia setzte sich, trank und merkte, dass das Wasser den Geschmack von irgendetwas angenommen hatte. Vielleicht Zwiebeln.

»Es geht um das Gebäude in der Garvaregatan«, eröffnete sie das Gespräch.

»Das hatten Sie ja schon am Telefon erwähnt. Ich selbst verwende am liebsten den ursprünglichen Namen.«

»Und der wäre?«

»Nyborgs Wollfabrik.«

»Okay. Nun ist es so, dass zwei Fixer … zwei Männer behaupten, sie seien gestern in dieser Wollfabrik von einer Frau überfallen worden, im Treppenhaus. Da frage ich mich natürlich, wofür das Haus eigentlich verwendet wird.«

»Ach, da ist nicht viel los. Wissen Sie, die alten Fabrikräume sind ein kleiner Schandfleck in meinem Immobilienbestand. Ich warte nur noch auf den Bauplan, um das Haus renovieren zu können und Platz für Wohnungen und anderes zu schaffen. Aber Beschlüsse dauern nun mal. Deshalb dient das Gebäude momentan zu rein gar nichts.«

»Sie meinen, es steht leer?«

»Früher haben ein paar Firmen Räume darin angemietet, doch jetzt nicht mehr.«

»Ein paar Mieter gibt es aber noch, oder?«

»Ich weiß, dass die Wollfabrik von Obdachlosen und Bettlern genutzt wird, dagegen kann ich im Moment allerdings nicht viel machen.«

»Im Übrigen steht das Gebäude aber leer? Es gibt keine normalen Mieter?«

»Nein, da sieht es derzeit schlecht aus. Ich habe versucht, die Speicherräume oben zu vermieten, um einen Teil der Kosten zu decken, denn sie sind wirklich ganz gut in Schuss, aber das war gar nicht so einfach. Vor einigen Tagen ist tatsächlich eine Frau gekommen, die einen Lagerraum mieten wollte.«

»Komisch, dass jemand ausgerechnet dort einen Raum mieten will«, sagte Mia. »Wie hieß die Frau denn?«

»Das weiß ich nicht aus dem Kopf. Wirklich ein hübsches Ding. Sie hat sogar schicke Handschuhe getragen. Wenn man nur zwanzig Jahre jünger wäre. Oder vierzig besser gesagt.«

»Das glaube ich Ihnen«, sagte Mia. »Kann ich mal den Mietvertrag sehen?«

»Natürlich, ich hole ihn«, sagte Stig Ottling und verließ die Küche.

Mia blieb sitzen und starrte in das Wasserglas. Sie hasste solche Routinebesuche.

Wenig später kam Stig Ottling mit einem schwarzen Aktenordner zurück, legte ihn vor sich auf den Tisch, blätterte ein bisschen und hielt inne, als er in der Mitte angelangt war.

»Einen Moment, bitte«, sagte er und fing noch einmal von vorn an. Er fuhr mit dem Finger über Namen und Daten. Seite für Seite, eine Immobilie nach der anderen.

»Hier irgendwo muss er doch sein«, sagte er. »Der Vorname beginnt mit J, das weiß ich noch.«

Er blätterte weiter.

»Hier!«, rief er aus. »Hier ist er!« Er drehte den Ordner zu Mia um und zeigte mit dem Finger darauf. »Jenny Bengtsson.«

Die Schuhe klebten am PVC-Boden, als Henrik Levin die Beinposition wechselte. Er musterte Axel Lundin. Als Erstes war ihm der Leberfleck auf der Hand aufgefallen, dann die breite Falte an der Stirn. Er hatte dunkles Haar und dunkle Augen.

Ich habe wirklich zu wenig geschlafen, dachte Henrik, denn während er Lundin betrachtete, hatte er plötzlich die Idee, dass dessen Aussehen nicht nur zur Beschreibung des Mannes passte, der Donnerstagabend am Bahnhof gesichtet worden war. Auch die Schilderung des Mannes, den Ida Eklund am Freitag vor Robin Stenbergs Haus gesehen hatte, schien auf ihn zuzutreffen.

Neben Axel Lundin saß Rechtsanwalt Peter Ramstedt, der an seinem goldfarbenen Manschettenknopf herumspielte.

Axel Lundin hatte gerade berichtet, dass er sich am

Freitagabend in seiner Wohnung aufgehalten habe. Henrik wusste nicht, ob er ihm glauben sollte, da er kein Alibi hatte.

»Und wo waren Sie am Donnerstagabend gegen zehn?«

»Vermutlich auch zu Hause.«

»Vermutlich? Sie waren nicht zufällig am Bahnhof?«

»Ich war zu Hause.«

»Okay«, sagte Henrik und vertiefte sich in seine Unterlagen. »Dann können Sie mir vielleicht verraten, warum Sie sich gestern in der Garvaregatan 6 aufgehalten haben?«

»Warum sollte ich das tun?«, konterte Axel Lundin. »Offenbar haben Sie das meiste ohnehin schon durchschaut.«

Henrik schluckte mehrmals, um seinen Ärger zu unterdrücken. Sein Widerwille gegen den Mann, der vor ihm saß, war so groß, dass er nicht wusste, wie er ihn befragen sollte, ohne seine innere Ablehnung zu offenbaren.

»Trotzdem werde ich Ihnen immer wieder dieselbe Frage stellen, bis Sie mir eine Antwort geben.«

»Was wollen Sie eigentlich, Levin?«, fragte Peter Ramstedt und legte den Kopf schief.

»Axel Lundin ist vorläufig festgenommen worden – wegen Bedrohung von Beamten und Drogenbesitz.«

»Das wissen wir«, entgegnete der Anwalt.

»Ich habe mich gezwungen gesehen, mir einen Verteidiger zu nehmen«, setzte Axel Lundin an. »Ich dachte …«

Er legte die Hände vors Gesicht und seufzte schwer.

»Sie haben was gedacht?«, hakte Henrik nach.

»Ich habe gedacht, es wären andere Leute im Keller gewesen.«

»Wer denn zum Beispiel? Erzählen Sie es uns.«

»Ich habe keine Lust, mit Ihnen zu reden.«

»Es ist nur so«, sagte Henrik, »dass ich unglaublich gern

mit jemandem sprechen würde, der uns bei unserer Ermittlung weiterhelfen kann.«

»Ich habe nichts mit irgendwelchen Morden zu tun.«

»Ich habe Ermittlung gesagt. Wer hat behauptet, es würde um einen Mord gehen?«

Axel Lundin schlug die Augen nieder.

»Gut, dann sollten wir vielleicht woanders beginnen«, sagte Henrik. »Wissen Sie, wer Robin Stenberg ist?«

»Nein.«

»Sie haben nie jemanden getroffen, der Robin Stenberg heißt?«

»Nicht dass ich wüsste.«

»Er soll häufiger das Bryggan besucht haben.«

»Aber ich treffe nur selten meine …«

»Ihre was? Ihre Klienten? Ihre Kunden? Was wollten Sie eben sagen?«

Axel Lundin schüttelte den Kopf. Er hatte noch immer seinen Blick auf die Tischplatte gerichtet.

Henrik lehnte sich zurück, spielte an seinen Händen herum und merkte, dass es ihm schwerfiel, still zu sitzen.

»Wussten Sie«, sagte er, »dass es Leute gibt, die dafür sorgen, dass Beweise vernichtet werden oder verschwinden? Manchmal geschieht es aus reiner Unkenntnis, wenn zum Beispiel ein Streifenpolizist Beweismaterial zerstört, indem er ein Handy einsammelt und dabei berührt oder den Tatort mit seiner DNA kontaminiert. Das ist sehr frustrierend.«

Axel Lundin hob den Kopf und blinzelte zweimal.

»Worauf wollen Sie hinaus?«, fragte Peter Ramstedt.

»Noch frustrierender ist es jedoch«, fuhr Henrik fort, »wenn Beweismaterial oder Informationen unterschlagen werden. Für uns Polizisten ist es nämlich entscheidend, möglichst rasch Beweise zu sichern und Informationen zu bekommen. Es ist schwierig, einen guten Job zu machen, wenn man nicht die entsprechenden Voraussetzungen hat. Oder Kollegen, auf die man sich nicht verlassen kann.«

»Jetzt verstehe ich gar nichts mehr«, sagte Peter Ramstedt.

»Ihr Klient ist Polizist!«

»Ja, aber …«

»Am Freitag ist ein junger Mann namens Robin Stenberg aufs Polizeirevier gekommen, weil er mit jemandem reden wollte. Sie haben mit ihm gesprochen, Lundin.«

Henriks Stimme war hart. Er holte tief Luft, um sich zu beruhigen. Seine Gefühle durften nicht das Gespräch steuern, auch wenn er fand, dass Axel Lundin eine Schande für die gesamte Polizei war.

»Worüber wollte er mit Ihnen reden?«, fragte Henrik.

»Ich weiß es nicht mehr.« Axel Lundin starrte auf den Tisch.

»Sie geben also zu, mit ihm gesprochen zu haben?«

»Nein, ich meine nur …«

»Robin wollte eine Zeugenaussage zu einem Überfall machen, oder?«

»Ja …«, kam es zögernd von Axel Lundin.

»Er wollte also eine Zeugenaussage machen. Er hat Ihnen von seinen Beobachtungen berichtet, ist dann nach Hause gefahren und wurde am folgenden Tag ermordet in seiner Wohnung aufgefunden. Vielleicht hätte der Mord verhindert werden können, wenn Robin Stenbergs Zeugenaussage protokolliert worden wäre. Aber Sie haben kein Protokoll geschrieben, nicht wahr, Lundin?«

»Jetzt gehen Sie aber zu weit«, mischte sich Peter Ramstedt ein.

Aber Henrik ignorierte ihn und beobachtete Axel Lundin, der plötzlich erschrocken aussah. Aber in seinem Gesicht spiegelte sich nicht die Angst, weil er zu einer Vernehmung aufs Polizeirevier geladen worden war. Lundin hatte keine Angst vor der Polizei, er fürchtete um sein Leben.

»Woher wissen Sie das?«, fragte er leise.

»Wir haben in Robin Stenbergs Wohnung einen Nummernzettel mit dem Polizeilogo gefunden. Die Kollegin am Empfang hat bestätigt, dass er da war. Und dass er mit Ihnen gesprochen hat.«

Axel Lundins Blick flackerte.

»Was wollte Robin erzählen? Und warum haben Sie seine Zeugenaussage unterschlagen?«

»Das war sicher falsch von mir, aber ich dachte, es wäre nicht so wichtig. Ich fand den jungen Mann unglaubwürdig.«

»Deswegen haben Sie darauf verzichtet?«

»Das ist doch jetzt egal, oder nicht?«

»Sie wissen ganz genau, dass es nicht egal ist. Alles muss dokumentiert werden. Warum haben Sie seinen Besuch nicht protokolliert?«

»Erstens war es gar kein Überfall. Er hatte einen Mann und eine Frau gesehen, die sich stritten, und ich fand, er hatte wirklich nicht viel zu erzählen …«

Henrik legte ein Foto von Pimnapat Pandith auf den Tisch. »Kennen Sie diese Frau?«

»Nein.« Lundin schüttelte den Kopf und sah noch einmal auf das Foto. »Nein, nein und nochmals nein. Wer ist das?«

»Genau das sollen Sie mir erzählen«, konterte Henrik.

»Aber ich hab doch gar keine Ahnung.«

Es wurde still im Raum. Axel Lundin betrachtete seine Hände.

»Wir durchsuchen gerade Ihre Wohnung«, sagte Henrik. »Vermutlich werden wir dort einige Antworten auf unsere Fragen finden. Aber was meinen Sie? Wäre es nicht besser, wenn Sie mir alles selbst erzählen würden? Los, lassen Sie uns von vorn anfangen. Sie haben also ein Lager in der Garvaregatan 6?«

21

Jana Berzelius stand im Flur ihrer Wohnung. Sie öffnete ihre Handtasche, zog das Messer heraus und wog es in ihrer Hand. Dann ließ sie es vor- und zurückschnellen. Erst langsam, dann immer schneller. Die scharfe Klinge schnitt durch die Luft.

Es quälte sie, dass Danilo ihre Aufzeichnungen und Tagebücher an sich genommen und ihr nur eine Botschaft in Form einer Skizze hinterlassen hatte, die sie selbst von ihm angefertigt hatte.

Es war unerhört erniedrigend.

Was wollte er?

Sie streckte die linke Hand aus, machte einen Ausfallschritt mit rechts und dann noch einen. Sie verlagerte das Gewicht, zählte bis drei und machte wieder einen großen Schritt, auf den sofort ein Tritt folgte. Ein festerer Griff um das Messer, ein neuer Angriff. Nichts hatte sie vergessen, und ihre Bewegungen waren geschmeidig und extrem effektiv. Der Schweiß lief ihr von der Stirn, als plötzlich ihr Handy klingelte. Per Åströms Stimme klang ein bisschen zögerlich, als wüsste er nicht, was er sagen sollte.

»Also«, sagte er. »Ich habe eine Eintrittskarte für das Hockeyspiel heute Abend übrig. Die Mannschaft Vita Hästen spielt gegen …«

»Ich mag kein Hockey«, entgegnete Jana, die noch immer das Messer in der Hand hielt.

»Ich weiß, aber ich habe mir gedacht …«

»Dann weißt du auch, dass ich Nein sagen werde.«

»Ja.«

»Und warum fragst du dann?«

»Man muss auch was riskieren im Leben. Du musst ja gar nicht das Spiel anschauen, sondern kannst einfach nur Popcorn essen.«

»Ich habe ehrlich gesagt schon was anderes vor.«

»Und zwar?«

Jana schwieg, ihr fiel keine gute Ausrede ein.

»Also dann ein andermal?«, fragte er.

»Ich muss in einer Stunde im Gericht sein«, sagte sie, sah auf den Boden und ließ ihre Haare nach vorn fallen.

»Was Interessantes?«

Jana seufzte. Seine Fragen nervten sie.

»Ich habe jetzt keine Zeit für Small Talk, Per. Aber es geht um eine Kneipenschlägerei.«

»Apropos Schlägerei«, sagte er. »Hast du gehört, dass wir eine Art Motiv für den Mord an Robin Stenberg gefunden haben? Der Mord muss nichts mit seiner Drogenabhängigkeit zu tun haben, denn offenbar war er Augenzeuge einer Schlägerei zwischen einem Mann und einer Frau in Knäppingsborg oder besser gesagt eines Überfalls.«

Jana atmete tief ein, spürte ihr Herz schneller pochen. Sie umklammerte das Messer.

»Woher wisst ihr das?«

»Robin hat darüber geschrieben.«

»Geschrieben? Wie geschrieben? Wo?«

Sie wusste, dass sie die Fragen zu schnell gestellt hatte, dass sie viel zu eifrig wirkte. Sie schloss die Augen und biss die Zähne zusammen.

»Im Internet«, antwortete Per. »Auf Flashback. Söderström hat Robins Postings dort entdeckt. Außerdem haben wir Ida Eklund gefunden.«

»Das habe ich schon gehört. Hat sie irgendwas gesagt?«

»Inwiefern?«

»Hat sie was gesagt?«

»Jetzt bist du aber doch ganz schön interessiert. Komm mit zum Hockeyspiel heute Abend, dann erzähle ich dir mehr.«

»Nein, erzähl es mir jetzt.«

Per holte Atem. »Ida war Freitagabend bei Robin Stenberg. Als sie gegangen ist, sind ihr eine Frau und ein Mann vor seinem Haus aufgefallen. Warum fragst du denn danach? Willst du die Ermittlungen übernehmen? Muss ich mir Gedanken machen?«

»Ich finde, du solltest dir mehr Gedanken darüber machen, wer dich heute Abend zum Hockeyspiel begleitet.«

»Du hast es dir also nicht noch mal überlegt? Das Popcorn in der Himmelstalundshalle ist großartig.«

»Tschüss, Per.«

Sie ging ins Arbeitszimmer, legte das Messer auf den Schreibtisch und erweckte ihren Laptop zu neuem Leben. Ihre Finger jagten über die Tastatur, ein bisschen zu schnell. Sie glitt auf den Tasten aus, musste noch einmal von vorn anfangen, und ihr wurde klar, dass sie zu viele Gedanken auf einmal zuließ.

Im Forum Flashback wurde sie von der schwarz-weißen Katze mit der Zigarette im Mundwinkel begrüßt, dem Logo der Website. Sie blätterte die Themen Computer und IT, Verbrechen und Kriminalfälle und Promiklatsch durch. In die Suchmaske gab sie den Namen Robin Stenberg ein, um sein Posting zu finden. Doch das Suchergebnis war null, es gab keine Postings unter diesem Namen.

Sie begann, alles zu suchen, was ihr einfiel und was mit ihr und Danilo in Verbindung gebracht werden könnte. Noch immer kein Ergebnis.

Sie probierte es mit anderen Suchwörtern und stieß dabei auf einen Thread über eine Frau, die in Stockholm von zwei Männern zusammengeschlagen worden war. Das Posting hatte dreiundsechzig Kommentare. Mehrere Mitglieder schienen zu wissen, wer die Täter waren.

Jana kehrte zur Suchmaske zurück, schrieb »Überfall in Norrköping« und landete mehrere Treffer. Schließlich hatte sie gefunden, was sie suchte. Eine ganze Weile saß sie da und las den Thread über den sogenannten Überfall in Knäppingsborg.

Unter dem Nickname Eternal_sunshine hatte Robin alles, was er beobachtet hatte, im Internet publiziert. Die ganze Welt konnte es dort lesen. Über sie, über Danilo.

Schon bald atmete sie auf, denn niemand sonst hatte etwas gesehen, niemand wusste etwas. Der einzige Zeuge war Robin Stenberg. Und der war tot.

Sie stand auf, packte das Messer und legte es zurück in ihre Tasche.

Anneli Lindgren stand in der Küche von Axel Lundins Wohnung. Die Elektrogeräte waren neu, die Arbeitsfläche auf Hochglanz poliert. Alles sah exklusiv aus, wie aus einem Einrichtungsmagazin.

Sie öffnete die Schubladen. Jede Platte, jede Schüssel, jeden Teller sah sie sich an. Sie öffnete den Kühlschrank, nahm die Lebensmittel heraus und schaute in jede Dose, Flasche und Packung. Sie schnitt Tiefkühlbeutel mit Wokgemüse und Bratkartoffeln auf.

Dann ging sie ins große, offene Wohnzimmer, das in

verschiedenen grauen und weißen Farbtönen eingerichtet war. Ein Sofa mit Chaiselongue, ein Flachbildfernseher an der Wand, eine Stehlampe, die sich über einen rechteckigen Tisch mit weißer Platte und silberfarbenen Beinen beugte. Mehrere Kommoden. Sie zog die Schubladen auf und leuchtete mit einer Taschenlampe hinein. Suchte nach verborgenen Luken oder Hohlräumen.

Unvermittelt blieb sie stehen und dachte nach. Sie betrachtete die Wände und die Deckenlampe, bückte sich und sah auf dem Boden nach, doch sie fand nichts Bemerkenswertes. Nur eine leere, abgenutzte Sporttasche in einer Ecke.

Sie drehte sich zum großen Bücherregal um, zog einen Stuhl heran und überprüfte, ob irgendetwas hinter den Büchern versteckt war. Fach um Fach ging sie durch, zog Stapel von Büchern heraus und blätterte sie alle durch. Nach dreißig Minuten stellte sie das letzte Buch ins Regal zurück und konstatierte, dass Lundins gesamte Bibliothek einen gemeinsamen Nenner hatte: Sport.

Sie seufzte und sah sich wieder im Zimmer um.

Als sie vom Stuhl herunterstieg, knickte sie mit dem Fuß um. Sie schrie auf und sank auf den Boden.

Während sie dasaß und sich den schmerzenden Knöchel massierte, blickte sie in ein kleines Nebenzimmer, das an ein Büro erinnerte. Auf dem Boden stand eine auffällig große externe Festplatte. Anneli hätte vielleicht nicht weiter darüber nachgedacht, wenn nicht die Rückwand ein wenig schief gewirkt hätte. Als hätte jemand sie abgeschraubt und nicht hinbekommen, sie hinterher wieder an der richtigen Stelle zu befestigen.

Natürlich gab es unendlich viele Gründe für die Verwendung einer externen Festplatte. Man konnte Sicherheitskopien machen oder wichtige Informationen dort aufbewahren, die durch Onlineaktivitäten in Gefahr waren, man konnte sensible Dokumente speichern, große Musikdateien, umfangreiche Bilder oder Videos. Aber ihre Intuition sagte ihr, dass Axel Lundin seine externe Festplatte für einen ganz anderen Zweck verwendete.

Anneli holte ihr Werkzeug und schraubte die Rückwand ab. Doch dahinter befand sich nicht das, was sie erwartet hatte, nämlich Plastiktüten mit Rauschgift.

Das Gehäuse der Festplatte diente als Versteck für Axel Lundins Geld.

Es dauerte zwanzig Minuten, bis sie vor Jenny Bengtssons Wohnung in der Odalgatan stand. Kaum hatte Mia geklingelt, wurde die Tür aufgerissen.

»Ja, was wollen Sie?«

Stig Ottling hat einen scheußlichen Frauengeschmack, dachte Mia und betrachtete Jenny Bengtsson von oben bis unten. Die goldfarbene Pilotenbrille und die vielen Ketten, die ihr um den Hals baumelten, gefielen ihr ebenso wenig wie die glänzenden dunkelbraunen Haare. Doch gerade die Haare brachten Mia zum Grinsen, denn sie waren das Einzige von Ottlings Beschreibung, was auf diese Frau zutraf. *Ein hübsches Ding.* Von wegen.

»Jenny Bengtsson?«, fragte Mia.

»Ja?«

Sie betrachtete Mia zögerlich und ließ die Hand auf der Klinke liegen, als wäre sie bereit, die Tür gleich wieder zu schließen. Sie schaute über Mias Schulter hinweg, um herauszufinden, ob sie allein gekommen war.

»Ich bin Polizistin«, erklärte Mia rasch und zeigte ihre Dienstmarke vor.

»Aha?«

»Ich habe Sie angerufen, aber Sie sind nicht rangegangen.«

»Ach, Sie waren das. Ich gehe nicht ran, wenn mich jemand mit unterdrückter Nummer anruft oder mit einer Nummer, die ich nicht kenne.«

Mia steckte ihre Dienstmarke in ihre Jacke zurück. »Ich muss mit Ihnen reden. Störe ich?«

»Nein, ich lern' nur auf eine Klausur.«

»Ich muss mit Ihnen über einen Lagerraum sprechen.«

»Aha?«

Jenny Bengtsson hob die Augenbrauen hinter ihrer Brille.

»Kann ich reinkommen?«

»Na ja, ich hab nicht aufgeräumt. Aber klar, kommen Sie rein.« Sie trat einen Schritt zur Seite, und Mia machte die Tür hinter sich zu. Sie beschloss, gleich im Flur mit Jenny Bengtsson zu reden.

»Wie gesagt, es geht um einen Lagerraum, den Sie angemietet haben.«

»Was ist denn damit? Hat jemand eingebrochen? Ich hasse es! Nie hat man seine Ruhe. Vor drei Wochen hat ein Idiot mein Rad geklaut. Es war ganz neu und hatte sogar einen Korb. Das hat mich fünfzehnhundert Kronen Selbstbeteiligung gekostet.«

»Nein, es geht nicht um einen Einbruch.«

»Nicht?«

»Ich frage mich, ob Sie überhaupt schon mal dort gewesen sind.«

»Wie?«

»Waren Sie überhaupt schon mal in Ihrem Lagerraum?«

»Natürlich bin ich schon mal da gewesen. Was ist denn das für eine Frage?«

Mia lächelte säuerlich. »Wann waren Sie zuletzt dort?«

Jenny Bengtsson holte tief Luft und dachte nach.

»Vor zwei Wochen vielleicht?«

»Wie?«

»Doch, vor zwei Wochen. Was ist?«

»Moment ...« Mia kratzte sich am Kopf. Dann holte sie den Mietvertrag hervor, den sie von Stig Ottling bekommen hatte. »Aber Sie haben den Raum doch erst am Samstag angemietet?«

»Nein, den Lagerraum habe ich schon ewig.«

»Ist das hier denn nicht Ihre Unterschrift?«

Jenny Bengtsson betrachtete die Unterschrift auf dem Blatt, das Mia ihr hinhielt, und lachte. »Nein, das ist gar nicht meine Schrift.«

»Aber Sie haben einen Lagerraum in der Garvaregatan 6 angemietet?«

Sie lachte schon wieder. »Nein, das hab ich nicht. Da bin ich mir ganz sicher.«

»Sie nehmen also keine Drogen?«, fragte Henrik und sah Axel Lundin misstrauisch an. Es war stickig im Vernehmungsraum.

»Nein«, sagte Lundin, »noch nie.«

»Wie ist es Ihnen nur gelungen zu widerstehen?«

»Weiß nicht. Ich habe nie was probiert, ich habe ja nicht mal geraucht. So einen Scheiß will ich meinem Körper nicht antun.«

»Aber anderen tun Sie das an«, stellte Henrik fest, »indem Sie sie abhängig machen.«

»Nein, das stimmt nicht.«

»Nicht? Und was wollen Sie mit den ganzen Heroinbällchen?«

»Ich weiß nicht, worauf Sie hinauswollen. Sie können mir jedenfalls nichts beweisen.«

»Ich glaube nicht, dass ich etwas beweisen muss. Sie haben sich schon genug in die Sache reingeritten«, sagte Henrik. »Sie werden im Gefängnis landen.«

»Wer sagt das?«, fragte Axel Lundin.

»Genau, wer behauptet das?«, mischte sich Peter Ramstedt ein und hob die Augenbrauen.

»Das sagen die Männer, die wir zusammen mit Ihnen in der Garvaregatan ausfindig gemacht haben, Lundin.«

»Die haben ganz sicher nichts gesagt«, entgegnete Lundin.

»Die haben ausgepackt«, schwindelte Henrik. »Also werden Sie im Gefängnis landen. Als Polizist wissen Sie ja: Je besser Sie kooperieren, desto milder fällt die Strafe aus.«

Axel Lundin biss sich mehrmals auf die Unterlippe.

»Ich habe schon die unterschiedlichsten Verstecke gesehen«, fuhr Henrik fort. »Ein Mann hatte seine Sachen oben auf einem Fernwärmerohr versteckt, das mit Isolierungsmaterial gedämmt war. An einem Verbindungsstück hatte er ein bisschen von dem Schaumstoffzeug abgekratzt, wodurch ein kleines Fach entstand. Wir hätten es nie gefunden, wenn er nicht vergessen hätte, die Schaumstoffkrümel auf dem Boden zu entfernen. Es gab auch eine Menge Fingerabdrücke. Genau wie in Ihrem Versteck.«

Axel Lundin schlang die Arme um den Körper. Sein Gesicht sah plötzlich weiß aus.

»Wir haben mehrere leere Hohlräume in der Garvaregatan entdeckt, und bei der Leibesvisitation hatten Sie lauter

Tüten mit Heroinbällchen in Ihren Taschen. Wie kommt das? Wo wollten Sie damit hin?«

Lundin antwortete nicht.

»Haben Sie es mit der Angst zu tun bekommen, als ich gestern angerufen habe?«

Peter Ramstedt lachte auf. »Können Sie bitte relevante Fragen stellen?«

»Meine Frage ist durchaus relevant. Ich glaube nämlich, Ihr Klient hat Schiss bekommen, als ich ihn angerufen habe. Deshalb ist er sofort zu seinem Versteck gefahren, um alles in Sicherheit zu bringen.«

Axel Lundin wand sich, schwieg aber weiterhin. Henrik wartete eine Weile, bevor er fortfuhr: »Man kann sich natürlich fragen, wer Sie mit den Drogen versorgt.«

»Warum fragen Sie?«

»Sie haben vielleicht von der Frau gehört, die wir vor ein paar Tagen im Zug gefunden haben?«

Lundin wirkte angespannt. »Ich weiß nicht, was passiert, bevor ich den Stoff kriege, und das will ich auch gar nicht wissen. Das Einzige, was mich interessiert, ist, dass der Stoff rechtzeitig bei mir ankommt.«

»Aber vielleicht interessiert es Sie ja doch, wenn ich Ihnen sage, dass die Frau aufgrund ihres Mageninhalts gestorben ist?«

»Ich weiß, dass sie gestorben ist, aber ich habe nichts damit zu tun. Das ist nicht mein Business.« Axel Lundin hob die Hände.

»Aber wessen Business ist es dann?«

Lundin rutschte unbehaglich auf dem Stuhl herum. »Wenn ich es nicht machen würde, dann würde es jemand anders tun. Ich bin … ich bin ein Niemand, nur ein kleines Rädchen im Getriebe, so klein …« Er machte eine Geste mit Daumen und Zeigefinger. »Eine so unbedeutende Rolle spiele ich in der ganzen Sache. Verstehen Sie?«

»Also, wessen Business ist das? Sagen Sie schon, Lundin. Los jetzt.«

»Er ist da draußen«, sagte Lundin und wies zum Fenster. »Er ist total verrückt und völlig gewissenlos.«

»Von wem reden Sie?«, fragte Henrik, aber Lundin zeigte weiter mit der Hand zum Fenster.

»Sie dürfen mich jetzt nicht rauslassen«, sagte er.

»Da müssen Sie keine Sorge haben, die Wahrscheinlichkeit geht gegen null.«

Peter Ramstedt schien etwas einwenden zu wollen, aber Lundin kam ihm zuvor. »Da draußen ist es lebensgefährlich. Er wird mich nicht in Ruhe lassen, er ist hinter mir her«, sagte er.

Henrik Levin atmete tief ein und fragte mit ruhiger Stimme: »Wer soll das sein?«

Nervös bewegte Lundin die Füße hin und her. Er antwortete nicht.

»Hören Sie gut zu«, sagte Henrik. »Wir werden alles durchsuchen, Ihr Telefon überprüfen, Ihre Freunde. Am Ende werden wir die Person finden, von der Sie sprechen.«

»Ich hoffe um Ihretwillen, dass Sie ihn nicht finden«, sagte Lundin. »Diejenigen, die ihn finden, sterben.«

»Dachten Sie, er wäre im Keller? Haben Sie deshalb mit dem Brecheisen gedroht?«

»Nein, ich habe den Alten nie getroffen.«

»Was haben Sie gesagt?«

Lundin sah Henrik verwirrt an. »Wie?«

»Sie haben vom Alten gesprochen.«

»Nein.«

»Doch, ich habe gehört, dass Sie gesagt haben, Sie hätten den Alten nie getroffen. Sehen Sie das Diktiergerät dort drüben? Damit haben wir den Beweis, dass Sie eben genau diesen Namen verwendet haben.«

Axel Lundin barg das Gesicht in den Händen.

»Wer ist der Alte?«, fragte Henrik.

»Niemand.« Lundin seufzte.

»Wer nennt ihn den Alten? Warum heißt er so? Ist es ein älterer Mann?«

Lundin antwortete nicht.

»Sie werden früher oder später diese Fragen beantworten müssen.«

»Sie haben mich nicht verstanden«, sagte Lundin und schüttelte resigniert den Kopf.

»Was verstehe ich nicht? War es der Alte, der Robin Stenberg ermordet hat?«, fragte Henrik.

Lundin begann nervös zu lachen. »Nein, Sie verstehen mich nicht. Es gibt ihn nicht, niemand weiß, wer er ist. Niemand!« Er schloss die Augen, legte die Hände auf den Mund. »Nicht reden, nicht reden, nicht reden«, murmelte er.

Der Rechtsanwalt legte ihm die Hand auf den Rücken und versuchte, ihn zu beruhigen.

»Ich kann nichts sagen«, fuhr Lundin fort. »Ich weiß nämlich, wie diese Leute sind und was sie tun. Und ich habe sie darüber sprechen hören.«

»Jetzt reden Sie wieder von diesen Leuten. Wenn wir eine Chance haben sollen, sie zu stoppen, müssen Sie uns helfen, sie zu finden. Dann dürfen Sie sie nicht schützen!«

Lundin warf Henrik einen Blick zu und scharrte immer unruhiger mit den Füßen unter dem Tisch.

»Los«, sagte Henrik. »Nennen Sie mir Namen.«

»Was habe ich davon?«

»Beantworten Sie mir nur die folgenden Fragen: Wer hat Robin Stenberg ermordet und warum? Wer hat Ihnen den Auftrag gegeben, seine Zeugenaussage nicht zu protokollieren?«

Lundin schluckte und rieb sich die Hände.

Henrik horchte auf das Knacken des Stuhls, auf dem Lundin unruhig herumrutschte.

»Antworten Sie mir«, sagte Henrik.

Lundin sah ihn an und murmelte: »Okay, ich kann Ihnen einen Namen geben.«

»Ich höre.«

»Sprechen Sie mit ...«

»Ja?«

»Sie sollten mit Danilo Peña reden.«

22

Mia Bolander verstand gar nichts mehr. Zusammen mit Stig Ottling stand sie im Lagerraum in der Garvaregatan 6. Oder der Baumwollfabrik oder wie auch immer er das Gebäude nennen mochte.

Irgendjemand hatte Jenny Bengtssons Identität geklaut und einen Mietvertrag für ein Jahr unterschrieben. Warum? Und weshalb für einen Lagerraum in genau diesem Haus?

Mia ließ den Blick über die Schränke, die Wände, den Boden und die Werkbank schweifen. Mit ihrem Handy fotografierte sie den Raum aus den unterschiedlichsten Perspektiven. Sie untersuchte die Tür, die Decke und die Luke, die dort angebracht war.

»Ist nicht genau das, worauf ich gehofft habe«, sagte sie zu Ottling, während sie zum Auto zurückgingen. »Ein leerer Lagerraum. Sie können nicht zufällig gleich mit aufs Polizeirevier kommen? Dann könnten wir einen ordentlichen Bericht schreiben. Immerhin geht es um Urkundenfälschung.«

»Doch, selbstverständlich.«

Während Mia rückwärts ausparkte, überlegte sie hin und her.

Warum mietete man unter falschem Namen einen Lagerraum an?

Um irgendetwas zu verstecken? Aber es war doch sauber

dort. Kein einziger Umzugskarton, kein Vitrinenschrank, kein Porzellan, kein Plastikweihnachtsbaum oder Fahrrad. Nichts von alledem, was man normalerweise in einem solchen Raum aufbewahrte. Und auch sonst nichts.

Allerdings schien die Frau, die den Raum angemietet hatte, ein wenig ungewöhnlich zu sein. Hatte sie den Lagerraum etwa noch gar nicht benutzt? Vielleicht diente er zur Aufbewahrung von Diebesgut?

Die einzige Spur waren die beiden Idioten, die behaupteten, von einer Frau überfallen worden zu sein. Aber vielleicht sagten sie ja die Wahrheit, obwohl sie beide ziemlich malträtiert worden und betrunken gewesen waren.

Womöglich gab es tatsächlich diese elegante Frau, die mit dem Messer umgehen konnte.

Anneli Lindgren drehte den Kopf, als sie die Wohnungstür zuschlagen hörte. Anders Wester kam herein. Er trug ein braunes Sakko, ein weißes Hemd und Stahlkappenschuhe. Mit verschränkten Armen und nachdenklicher Miene beobachtete er, wie sie einen Banknotenstapel nach dem anderen in weiße Plastiktüten packte.

»Sieh mal, was ich gefunden habe«, sagte sie, ohne ihn anzusehen. »Das ist irre viel Geld.«

»Herzlichen Glückwunsch«, sagte Anders Wester. »Hast du es gezählt?«

Sie fühlte sich unbehaglich, weil er sie nicht aus den Augen ließ.

»Was machst du eigentlich hier?«, fragte sie.

»Irgendjemand muss dich ja beschützen.«

»Dafür habe ich doch die Kollegen von der Streife vor der Tür.«

»Hier drinnen, meine ich. Vielleicht versteckt sich jemand im Kleiderschrank. Oder unter dem Bett. Hier wohnt ein Krimineller, hast du das vergessen?«

Anneli schnaubte verächtlich und erhob sich. Sie ging an Anders Wester vorbei, als gäbe es ihn gar nicht, und legte die Tüten mit dem Geld in ihre Tasche.

Dann ging sie ins Schlafzimmer, durchsuchte Hosen, Pullover und Hemden. Öffnete die Schublade mit der Unterwäsche und legte jedes einzelne Stück auf das Bett.

»Glaubst du, dass du hier auch so ein Finderglück hast?«

Er war ihr gefolgt, stand ein paar Meter von ihr entfernt und musterte sie von oben bis unten.

Sie antwortete nicht.

»Das war doch nur ein Witz, Anneli. Entschuldige. Du weißt doch, dass Drogen mein Gebiet sind, deshalb bin ich hier.«

Er stellte sich dicht hinter sie, legte die Arme um sie und sog den Duft ihres Haares ein. Sie wollte ihn abwehren, aber er schob die Hände hoch und umfasste ihre Brüste.

»Das war früher auch mein Gebiet«, flüsterte er und ließ sie los.

Sie drehte sich um, begegnete seinen funkelnden Augen und brachte kein Wort heraus. Dann widmete sie sich wieder dem Sortieren der Unterwäsche.

»Du solltest nicht hier sein«, sagte sie.

»Ach nein?«

»Nein.«

»Dann sag mir, dass ich gehen soll.«

Sie antwortete nicht und drehte sich auch nicht um, wollte nicht, dass er ihre glühenden Wangen bemerkte.

Wieder spürte sie seine Nähe. Sein Atem hatte sich beschleunigt. Seine Hände berührten abermals ihre Brüste, glitten hinunter zu ihren Hüften und schoben ihre Oberschenkel auseinander. Sie wollte gerade den Mund öffnen, um ihn zu bitten, damit aufzuhören.

»Ganz ruhig«, sagte er und zog ihr den Pullover übers Gesicht.

»Also haben wir einen Namen?«, fragte Gunnar Öhrn und schloss die Tür des Konferenzraums.

Henrik Levin lehnte am Tisch, Mia Bolander saß auf ihrem üblichen Platz.

»Ja«, sagte Henrik. »Genau genommen sind es sogar zwei Namen. Zum einen Danilo Peña, das ist der Name, den Axel Lundin erwähnt hat. Wir versuchen gerade herauszufinden, wer das ist. Ich habe ein paar Leute auf diesen Danilo Peña angesetzt. Hoffentlich haben wir schon bald ein Foto von ihm.«

»Gut«, sagte Gunnar. »Und der andere Name?«

»Wir sind im Lauf der Ermittlungen immer wieder auf den sogenannten Alten gestoßen.«

»Richtig, was wissen wir über ihn?«

Henrik räusperte sich. »Bisher eigentlich nichts. Er ist der große Unbekannte.«

»Und dieser Danilo und der Alte können nicht ein und dieselbe Person sein?«, schlug Gunnar vor.

»Vielleicht«, sagte Henrik, »aber ich habe das Gefühl, dass es zwei verschiedene Personen sind.«

»Es gibt immer jemanden hinter den Kulissen, irgendeinen geheimnisvollen Typen, und hinterher stellt sich heraus, dass es ein ganz gewöhnlicher Schurke ist«, bemerkte Mia.

»Aber in diesem Fall scheint es eine neue Art von Anführer zu sein, dem wir noch nicht begegnet sind. Der

Kopf der Bande«, sagte Henrik. »Niemand sagt was, niemand hat diesen Alten jemals gesehen, kaum einer weiß, wer er ist. Trotzdem scheinen alle Angst vor ihm zu haben.«

»Lundin will auch nichts erzählen?«, fragte Gunnar.

»Auch er scheint Angst zu haben«, antwortete Henrik.

»Natürlich hat er Angst. Alle, die bei der Polizei etwas ausplaudern, haben Angst.«

»Und Robin Stenberg scheint Todesangst gehabt zu haben«, sagte Mia.

»Irgendwas ist mit diesem Überfall. Er hat etwas gesehen, was er nicht hätte sehen dürfen«, meinte Gunnar. »Und weil er eine Bestätigung dafür brauchte, hat er den Thread auf Flashback eröffnet. Vielleicht wurde er ja bedroht und wollte deshalb bei der Polizei Anzeige erstatten.«

»Und er hatte das Pech, bei Axel Lundin zu landen …«, fuhr Mia fort.

»Den er vielleicht von früher kannte, aus dem Bryggan«, spann Henrik den Faden weiter.

»Wir müssen Lundin dazu bringen, uns mehr zu erzählen«, sagte Mia. »Er scheint mehr Angst vor dem Alten zu haben als vor uns.«

»Es ist keineswegs ausgeschlossen, dass Lundin der Mann am Hauptbahnhof und gleichzeitig der Mann vor Stenbergs Wohnung war.«

»Aber er ist kein Mörder.«

»Das kannst du doch nicht einfach so behaupten …«

»Axel Lundin steht am Ende der Nahrungskette, ganz unten. Wir wollen die Leute an der Spitze kriegen, den Alten.«

Es wurde still im Raum.

»Habt ihr eigentlich schon mal erwogen, dass der Alte vielleicht in Wirklichkeit eine Frau ist? *Die* Alte?«, führte Mia ins Feld.

»Worauf gründest du denn diese Behauptung?«, fragte Gunnar.

»Das war nur so ein Gedanke. Im Haus in der Garvaregatan ist doch eine rätselhafte Frau aufgetaucht.«

»Meinst du die Frau, die mit ihrem Messer einen der beiden Penner an die Wand genagelt hat?«, fragte Henrik. »Stimmt das denn überhaupt?«

»Ich weiß nicht, ob sie die Wahrheit sagen. Aber sie hat die beiden jedenfalls zu Tode erschreckt.«

»Interessant«, bemerkte Gunnar. »Könnte es dieselbe Frau sein, die vor Stenbergs Haus gesehen wurde?«

»Auf jeden Fall kann sie mit dem Messer umgehen«, sagte Mia.

23

Der Kaffee im Plastikbecher schwappte fast über, als Henrik über die vereiste Straße fuhr. Er betrachtete die weißen Schneeschleier, die auf den Gamla Övägen geweht worden waren. Auf dem Beifahrersitz lag ein Umschlag mit zwei Farbausdrucken. Der eine zeigte ein Foto von Danilo Peña, der andere eines von Axel Lundin.

Henrik parkte das Auto und ging mit dem Umschlag in der Hand den Korridor im Vrinnevi-Krankenhaus entlang.

Pim saß auf dem Bett. Das schwarze Haar hing ihr ins Gesicht. Sie sah klein aus, ihr Körper war zart und blass.

Henrik begrüßte sie.

»Ich habe gehört, dass du versucht hast wegzulaufen«, sagte er und wartete die Übersetzung des Dolmetschers ab.

»Ich will einfach nur nach Hause«, sagte Pim leise.

»Du darfst nach Hause, aber erst möchte ich dich um deine Hilfe bitten«, sagte er. »Letztes Mal, als ich bei dir war, hast du von einem Mädchen erzählt. Weißt du noch?«

Sie nickte.

»Wie sah sie aus?«

»Wie ich«, flüsterte sie. »Aber sie hatte eine große Narbe auf der Stirn.« Pim zeigte auf ihren Haaransatz.

»Ist sie zusammen mit dir dorthin gekommen?«

»Nein, sie war schon da.«

»Sie war schon da?«

»Ja, im oberen Stockwerk.«

»Wenn du jetzt ganz genau nachdenkst – erinnerst du dich an ihren Namen?«

Pim kratzte sich am Arm und dachte eine Weile nach. »Sie hieß Isra«, sagte sie dann.

»Hast du mit ihr gesprochen?«

»Nicht viel. Sie hat geweint, als er ihr das Klebeband vom Mund gerissen hat, und als er rausging, habe ich sie nach ihrem Namen gefragt, aber ich habe mich nicht getraut, noch mehr mit ihr zu sprechen, denn wenn er uns gehört hätte, hätte er uns bestimmt wehgetan.«

»In meiner Hand halte ich die Fotos von zwei Männern. Könntest du sie dir bitte ansehen und sagen, ob du einen von beiden kennst?« Henrik holte die Ausdrucke aus dem Umschlag und hielt sie Pim hin. »Sieh genau hin. Erkennst du einen davon?«

Zögernd sah Pim sich die Fotos an, als hätte sie Angst vor dem, was sie möglicherweise entdecken würde. Im nächsten Moment hielt sie sich beide Hände vor den Mund.

»Er!«, schrie sie und zeigte auf den einen Ausdruck.

Ihre Augen waren schreckgeweitet.

Henrik musterte den Mann mit dem dunklen Haar, den braunen Augen und dem markanten Gesicht.

»Dieser Mann hat dich gefangen gehalten?«, fragte er.

»Ja«, sagte Pim.

»Und du bist dir ganz sicher?«

»Ja.«

Henrik betrachtete wieder das Foto und schauderte, als er dem Blick des Mannes begegnete. Zuerst rief er Gunnar Öhrn an und dann die ermittelnde Staatsanwältin Jana Berzelius.

Jana Berzelius betrat das Landgericht in Norrköping. Sie war dezent gekleidet: Zu einem engen schwarzen Blazer trug sie eine passende Hose und eine cremefarbene Bluse mit rundem Ausschnitt. Sie hatte sich für spitze hochhackige Schuhe der Marke Saint Laurent entschieden.

Aus den Lautsprechern ertönte eine weibliche Stimme, die die Verfahrensbeteiligten in den Gerichtssaal 2 rief, wo die Hauptverhandlung im Prozess B3980-13 stattfinden sollte, in dem es um eine Kneipenschlägerei ging.

Zum zweiten Mal prüfte sie, ob sie ihr Handy auf lautlos gestellt hatte, und merkte, dass Henrik Levin angerufen hatte.

Vorsichtshalber hörte sie ihre Mailbox ab. Es war eine kurze Nachricht, aber bei seinen Worten fing sich alles um sie herum an zu drehen.

Ich dachte, Sie sollten wissen, dass wir im Fall mit der Thailänderin ein bisschen vorangekommen sind. Erstens haben wir den Namen des Mädchens, das im selben Gebäude wie Pim festgehalten wurde. Sie heißt vermutlich Isra. Zweitens wissen wir jetzt mit hoher Wahrscheinlichkeit, wer der Mann ist, der Pim am Bahnhof abgeholt und sie eingesperrt hat. Pim hat auf einem Foto einen Mann namens Danilo Peña erkannt und …

Mehr hörte sie nicht. Ihr Blick streifte hektisch Wände, Türen und die Leute, die im Gerichtssaal Platz nahmen. Sie eilte hinaus, verschaffte sich per Türcode Zutritt zu einem Gesprächszimmer und presste sich die Hand auf den Mund, um sich am Schreien zu hindern. Die Brust begann zu schmerzen, aber sie hörte sich Henrik Levins Nachricht noch einmal an.

… hat auf einem Foto einen Mann namens Danilo Peña erkannt und …

Sie schleuderte ihr Handy an die Wand, und das Display bekam einen langen Riss. Dann setzte sie sich hin, bemühte sich, ruhig zu atmen und nachzudenken, aber es ging nicht. Sie stand wieder auf, unterdrückte ihre Panik.

War es wirklich Danilo, der Pim festgehalten hatte?

Über Lautsprecher hörte sie wieder den Aufruf. Sie verließ den Gesprächsraum und atmete noch immer heftig, als sie wieder im Gerichtssaal stand. Die Gerichtsverhandlung war für sie nichts als Zeitverschwendung. Sie musste sich selbst schützen, ihr eigenes Leben.

Aus weiter Ferne hörte sie den vorsitzenden Richter, der die Anwesenden begrüßte und die drei Schöffen zu seiner Rechten und den Rechtsreferendar zu seiner Linken vorstellte. Sie hörte nicht zu, sondern fixierte die geschlossenen Türen. Konzentrierte sich auf eine einzige Person – Danilo Peña.

»Die Staatsanwaltschaft wird von Staatsanwältin Jana Berzelius vertreten«, sagte der Richter und präsentierte sie und die Kläger mit ihren jeweiligen Anwälten und dem Rechtsbeistand.

Ihr Herz schlug laut. Ihr Blick ruhte noch immer auf den Türen.

»Auf Wunsch der Staatsanwältin wurde der Zeuge Samir Ranji geladen, der, soweit ich weiß, draußen wartet. Damit dürfte der Hauptverhandlung nichts mehr entgegenstehen.«

»Doch«, sagte Jana und stand auf. »Herr Vorsitzender, ich bitte darum, dass die heutige Verhandlung vertagt wird.«

Langsam strich sich Henrik Levin mit den Fingern über die Augenbraue, vor und zurück. Es war schon seltsam, dass Axel Lundin ihnen den Namen des Mannes genannt hatte, der Pim gefangen gehalten hatte. Alles hing miteinander zusammen. Robin Stenberg hatte sie zu Axel Lundin geführt, der sie nun zu Danilo Peña führte, den geheimnisvollen dunklen Mann … Würde er sie zum Alten führen?

Er sah auf sein Handy und dachte wieder an Jana Berzelius. Ihm war das Ganze höchst unangenehm, und er wusste nicht, wie er mit Ida Eklunds Aussage umgehen sollte, dass sie am Mordabend eine auffällig gut gekleidete Frau mit einem großen BMW vor Robin Stenbergs Haus gesehen haben wollte. Warum sollte sich Jana Berzelius dort aufgehalten haben? Ausgerechnet sie?

Das Lustige – oder auch weniger Lustige – war, dass womöglich dieselbe gut gekleidete Frau am Vorabend im Treppenhaus der Garvaregatan 6 gewesen war. Die Frau hatte bewiesen, dass sie mit dem Messer umgehen konnte – wenn die Penner nicht halluziniert hatten.

Vermutlich halluzinierte er selbst, wenn er glaubte, dass die Frau Jana Berzelius sein könnte. Es musste doch noch mehr edel gekleidete Frauen in der Gegend von Norrköping geben, die einen dunklen BMW fuhren.

Er drehte den Bildschirm ein wenig nach rechts und googelte ihren Namen. In der Trefferliste erschienen mehrere Artikel, in denen sich Jana Berzelius über Gerichtsurteile geäußert hatte.

»Was machst du da?«

Henrik wirbelte herum und sah Mia Bolander in der Türöffnung stehen. In der Hand hielt sie ihre Jacke.

»Ich surfe nur ein bisschen rum«, sagte er und versuchte hektisch, die Seite mit den Suchergebnissen zu schließen.

»Warum hast du Jana Berzelius gegoogelt?«

Als er Mias Blick begegnete, spürte er erneut die Unruhe in seiner Brust und wusste, dass er ihr die Wahrheit nicht mehr vorenthalten konnte. Er seufzte.

»Ich habe eine schwierige Zeugenaussage vorliegen …«

»Was denn?«

»Du weißt, als wir mit Ida Eklund gesprochen haben und du zum Telefonieren rausgegangen bist …«

Er erzählte ihr von seiner Vermutung, dass Jana Berzelius am Mordabend in der Spelmansgatan gewesen sein könnte.

»Warum hast du das nicht schon früher gesagt?«

»Ich …« Wieder war da diese nagende Unruhe. Er schauderte.

»Henrik«, sagte Mia ruhig. »Das klingt total irre, aber warum hast du denn nichts gesagt?«

»Ich weiß nicht, aber du findest die Vorstellung ja auch total verrückt, dass sie da gewesen sein könnte … Ich weiß nicht, ich habe wohl darauf gewartet, sie damit konfrontieren zu können, aber Jana Berzelius scheint sich momentan rarzumachen.«

»Du musst es auch den anderen sagen«, meinte Mia.

»Ich weiß, aber da ist noch etwas …« Henrik betrachtete Mia mit sorgenvollem Blick. »Idas Schilderung ähnelt der Beschreibung der Messerfrau, die die beiden Penner abgegeben haben, oder? Und Robins Mörder konnte chirurgisch präzise mit einem Messer umgehen …«

Mia starrte ihn an. »Jana Berzelius?«, sagte sie und grinste. »Hast du nachgeprüft, ob sie mit einem Messer umgehen kann?«

»Nein, das habe ich nicht.«

»Jetzt mal ehrlich, Henrik, glaubst du wirklich, dass die

piekfeine Frau Staatsanwältin so 'ne Art Lara Croft ist, oder wie? Ich glaube, du solltest allmählich in Elternzeit gehen.« Sie musterte ihn eingehend. »Außerdem ist es verboten, Informationen zu unterschlagen.«

»Das weiß ich doch.«

»Das hätte ich nicht von dir gedacht«, meinte Mia grinsend. »Du kannst dafür eine Anzeige kassieren.«

»Genau. Deshalb wirst du auch nichts sagen.«

Mia sah aus dem Fenster. »Ehrlich gesagt, Henrik, was hast du eigentlich davon, uns nicht zu informieren? Man könnte das auch als Strafvereitelung bezeichnen.«

»Moment mal«, sagte Henrik. »Du grinst ja die ganze Zeit. Du glaubst doch auch nicht daran. Jana Berzelius ist vielleicht nicht mal in der Spelmansgatan gewesen.«

Mia nickte gedankenverloren. »Jetzt, wo du es sagst, fällt mir auf, dass sie immer schon total … gestört gewirkt hat.«

»Das stimmt doch nicht.«

»Nicht?«

»Nein, das finde ich nicht.«

»Aha, jetzt verstehe ich«, sagte Mia.

»Was?«

»Sie gefällt dir.«

»Ja, sie gefällt mir als Staatsanwältin. Nichts anderes.«

»Da muss aber noch was sein, sonst würdest du ja nicht versuchen, sie zu schützen.«

»Hör auf jetzt. Ich versuche nicht, sie zu schützen. Ich habe nur noch keine Möglichkeit gehabt, mit ihr darüber zu sprechen.«

»Tatsächlich?«

»Ich finde es mehr als seltsam, dass du dich so darüber zu freuen scheinst, dass Jana Berzelius womöglich unter Verdacht steht.«

»Viel seltsamer ist doch, dass du uns andere nicht über deine Ermittlungsergebnisse informierst. Das ist sonst nicht deine Art, Henrik.«

»Jetzt hör mal zu. Als Ida Eklund Robins Haus verließ, befand sich laut ihrer Aussage eine Frau in der Nähe, deren Beschreibung auf Jana Berzelius zutreffen könnte. Die Möglichkeit, dass es jemand ganz anderes als die Staatsanwältin war, ist groß. Es wird doch wohl noch mehr schöne Frauen mit einem dunklen BMW geben?«

»Schön? Du findest sie schön? Willst du sie deshalb schützen?«

»Du nervst.«

»Wie jetzt?«

»Mit dir kann man nicht diskutieren. Glaubst du ernsthaft, dass Jana Berzelius die Mörderin von Robin Stenberg ist?«

»Nein, aber …«

»Eben. Und genau deshalb möchte ich meine Überlegungen nicht allen mitteilen. Du suchst doch nur nach der einfachsten Lösung. Das ist gefährlich, Mia. Du weißt, dass vage Vermutungen nichts mit seriösen Ermittlungen zu tun haben.«

»Dasselbe gilt für Gefühle.«

»Kannst du jetzt bitte gehen?«

»Das werde ich. Wir mussten ja schon das ganze Wochenende arbeiten, deshalb werde ich pünktlich gehen.«

Schön, wollte er sagen, aber da war Mia schon weg. Er saß allein in seinem Büro mit dem Gefühl, dass er ihr nichts von seinen Überlegungen zu Jana Berzelius hätte sagen sollen.

24

Per Åström fixierte den Ball und holte aus. Ein knallendes Geräusch ertönte, als der Ball auf den Tennisschläger traf. Eine beidhändige Rückhand longline.

Er rannte in die Mitte und verfolgte den Flug seines Balls über das Netz. Wieder ein Schlaggeräusch, als Johan den Ball parierte. Per ging in die Knie, fand den optimalen Schwerpunkt, holte aus und spielte den Ball mit der Vorhand cross. Sein blondes Haar hing in Strähnen herunter, seine Stirn war schweißnass.

Vor dem Spiel hatte Per schon eine Stunde trainiert. Danach waren nur noch er und Johan in der Halle gewesen. Ihre gebuchten Spielzeiten waren bereits vorbei, sie waren aber zu aufgedreht gewesen, um nach Hause zu fahren. Deshalb hatten sie sich auf ein Match geeinigt.

Nun war es spät geworden und die Halle gähnend leer. Draußen wirbelten große Schneeflocken vom dunklen Himmel herab. Johan hob die Hand, um zu signalisieren, dass er für heute genug hatte. Sie begegneten sich am Netz und dankten einander für ein gutes Spiel.

»Traust du dich, wieder gegen mich anzutreten?«, fragte Per.

»Na klar. Morgen zur selben Zeit?«

»Könnte klappen. Ich melde mich bei dir, Johan …?«

»… Klingsberg. Du findest meine Nummer im Telefonbuch.«

»Alles klar.«

Per packte die Wasserflasche und die Tennisbälle in die Sporttasche und hörte, wie die Tür hinter Johan zuschlug.

Er ging in die Umkleide, wo ihm Wasserdampf entgegenschlug. Die Spiegel waren beschlagen.

Eine Dusche lief noch, vermutlich hatte jemand sie vergessen. Er stellte die Tasche auf die Bank und ging in den Duschraum und drehte den Wasserstrahl ab. Zurück in der Umkleide, zog er das verschwitzte T-Shirt aus und holte sein Handy aus der Sporttasche.

Kein Anruf.

Keine Nachricht.

Er wischte sich mit dem T-Shirt den Schweiß von der Stirn und überlegte. Heute früh hatte er sie angerufen und sie gefragt, ob sie zum Hockeyspiel mitkommen wolle. Und vormittags hatte er noch einmal angerufen und gefragt, ob sie mit ihm zu Abend essen wolle. Aber sie hatte nicht zurückgerufen. Er interpretierte ihr Schweigen als Nein, und jetzt hatte er erfahren, dass sie die Hauptverhandlung hatte vertagen lassen, weil ein neuer Zeuge aufgetaucht war. Sie wollte Zeit haben, den Zeugen zu vernehmen, bevor die Verhandlung wiederaufgenommen wurde. Das war nicht weiter verwunderlich, doch sie hatte sich noch immer nicht bei ihm gemeldet. Vielleicht war er zu forsch gewesen? Aber dann hätte sie ihm das zumindest sagen können.

Er griff nach dem Handy und wählte erneut ihre Nummer.

»Hallo!«

Mia lächelte über Martins erstaunte Miene und dachte,

dass er hässlich aussah, wenn seine Augenbrauen so in die Höhe schossen.

»Was hast du hinter dem Rücken?«

»Eine Überraschung.« Sie zwinkerte ihm zu.

»Aha«, sagte er und lachte. »Komm rein.«

In der Wohnung roch es nach Zigaretten.

Mia zog die Stiefel aus.

»Nicht gucken«, sagte sie.

»Ich gucke nicht«, erwiderte Martin und hielt sich die Hände vor die Augen.

Während sie im Flur ihre Jacke auszog, ließ sie Martin nicht aus den Augen. »Du guckst ja doch!«

»Nee«, sagte er lachend und schüttelte den Kopf. »Aber ich höre es rascheln.«

Sie bemerkte, dass sein enges T-Shirt unter den Armen dunkel vor Schweiß war.

»Bitte sehr«, sagte sie und hielt ihm das Geschenk hin, das sie hinter dem Rücken versteckt hatte. »Oder besser gesagt: Fröhliche Weihnachten.«

»Aber es ist doch noch gar nicht Weihnachten?«

»Ich konnte einfach nicht länger warten.«

Martin drückte auf dem Päckchen herum. »Es ist weich«, sagte er. »Was mag das sein? Eine Mütze? Strümpfe?«

»Pack es aus, dann wirst du es schon sehen.«

»Aber erst, wenn ich dein Geschenk geholt habe.«

Erwartungsvoll ging Mia ins Wohnzimmer und setzte sich aufs Sofa. Als Martin zurückkam, konnte sie sich kaum zusammenreißen. Er hatte ein eckiges Päckchen in der Hand, und sie streckte die Hand danach aus, aber er konnte es sich nicht verkneifen, sie ein wenig zu necken.

»Kriege ich einen Kuss?«

»Gib das Geschenk her«, sagte sie nur und streckte die Hand noch immer aus.

Er hielt das Päckchen in die Luft. »Ein klitzekleiner Kuss?«, sagte er und zwinkerte.

Mia lächelte ihn säuerlich an und hielt seinem Blick stand, bis sie das Geschenk bekam. Sie öffnete es langsam, versuchte, das Gefühl zu genießen, das wertvollste Geschenk zu öffnen, das sie je bekommen hatte und vermutlich auch je bekommen würde.

»Ein Schal! Danke, Mia!«

Martin wickelte sich den schwarzen Seidenschal um die Schultern.

»Gefällt er dir?«, fragte sie.

»Klar, sehr sogar, aber wofür steht LV?«

»Louis Vuitton.«

»Aha, aber ist das nicht eher eine Marke für Frauen?«

»Funktioniert aber auch bei Männern.«

»Aber das ist wirklich zu viel …«

Mia hatte das Geschenkpapier entfernt, betrachtete die Schachtel in ihrer Hand und beeilte sich, den Deckel abzunehmen.

Dann war es an ihr, erstaunt auszusehen.

»Ein Eierbecher?«

»Ich weiß, es ist nichts Großes … Gerade jetzt, wo du mir ein so schönes Weihnachtsgeschenk mitgebracht hast …«

Mia stellte die Schachtel auf den Tisch. Sie weigerte sich, den Eierbecher in die Hand zu nehmen, auf dem »Eggstra Good Morning« stand.

»Du kannst ihn umtauschen«, erklärte Martin. »Es gibt ihn auch in Blau und in Grün.«

»Was ist mit der Uhr?«

»Mit der Uhr? Welche Uhr meinst du?«

»Die Uhr, die du gekauft hast, die unter dem Bett lag! Wem hast du die geschenkt?«

»Jetzt beruhige dich doch.«

»Hast du eine andere, oder was?«

»Jetzt reicht's! Die Uhr ist für meine Mutter. Hast du etwa in die Tüte geschaut?«

Mia stand auf und ging in den Flur.

»Warte! Mia, wo willst du hin?«, sagte Martin und ging ihr nach.

Sie stieg rasch in die Stiefel, packte ihre Jacke und öffnete die Tür.

»Weißt du was?«, sagte sie und blickte ihn müde an. »Du kannst mich mal.«

Das schwarze Shirt knisterte, als Jana Berzelius es sich über den Kopf zog. Sie stand im Flur, schnürte ihre Schuhe und suchte eine dunkle, figurbetonte Jacke heraus. Sie war vollkommen konzentriert. Jetzt hatte sie nur noch eine Wahlmöglichkeit, einen einzigen Weg, den sie einschlagen konnte. Danilo hatte sie an seiner Heimatadresse nicht angetroffen.

Vor einer Stunde noch war sie im Svedjevägen in Ronna gewesen, einem Stadtteil von Södertälje. Sie war an den Hochhäusern mit den grünen, blauen und gelben Balkons vorbeigegangen und hatte schließlich das Haus mit der Nummer 36 betreten. Dort fuhr sie mit dem Fahrstuhl zu Apartment 8 und ging vorsichtig zu seiner Wohnungstür.

Sie hatte in den letzten Monaten einige Male dort gestanden, in der Hoffnung, dass er irgendwann zu Hause sein würde. Aber die Wohnung war immer leer gewesen.

Und nun stand sogar sein Name nicht mehr an der Tür. Danilo wohnte nicht mehr dort.

Jetzt gab es nur noch einen einzigen Menschen, der wusste, wo er sich befinden mochte.

Aus einer Schublade nahm sie eine schwarze, dünne Mütze und setzte sie auf. Die Handschuhe fühlten sich eng an, sie öffnete und schloss die Hand, damit sich das Leder dehnte.

Ungeduldig nickte sie ihrem Spiegelbild zu, bevor sie die Wohnungstür schloss. Sie lief die Treppen hinunter, zog sich die Mütze in die Stirn und schob die Hände tief in die Jackentaschen.

Henrik Levin stellte das Auto vor der Garage ab und ging zu seinem Reihenhaus. Er war deprimiert, weil sie mit Danilo Peña immer noch nicht weitergekommen waren. Kollegen hatten die Adresse in Södertälje aufgesucht, wo er gemeldet war, aber nur eine verlassene Wohnung vorgefunden. Offenbar hatte Danilo Peña dort schon eine ganze Weile nicht mehr gewohnt, denn die Zimmer waren alle leer. Keine Möbel, nur ein Flickenteppich im Flur und eine Matratze im Wohnzimmer.

Die Schlüssel schepperten, als er sie auf den Flurtisch legte. Er zog sich die Schuhe aus, atmete tief ein und spürte den Duft von Zuhause. Nachdenklich ging er in die Küche. Er hantierte an der Spüle herum, hätte beinahe ein Glas heruntergeworfen, doch es gelang ihm, es noch rechtzeitig aufzufangen. Er füllte es mit Wasser, trank es in großen Schlucken, atmete durch und sammelte sich.

Im selben Moment hörte er, wie sich die Toilettentür öffnete. Er drehte sich um und sah sie dort stehen, mit hochgestecktem Haar und fragendem Blick.

»Wie geht es dir?«

Erst antwortete er nicht, kam auf sie zu und umarmte sie. Sog den Duft von ihrem Pullover ein, spürte ihre Finger auf seinem Rücken und drückte sich fester an den großen, runden Bauch.

Sie ließ als Erste los, trat einen Schritt zurück und betrachtete ihn.

Als er ihrem Blick begegnete, spürte er mit einem Mal, wie müde er war.

»Ich …«, setzte er an, ohne zu wissen, was er sagen wollte. Er schaute zu Boden und merkte, dass er schwankte.

»Henrik?«

»Ja?«

»Wie geht es dir?«

»Gut.«

»Du lügst.«

»Ein bisschen.«

Emma lächelte. »Erzähl schon«, sagte sie.

»Lieber nicht«, erwiderte er und sah, dass sie die Unterlippe vorschob.

»Komm«, sagte sie.

»Wohin gehen wir?«

»Aufs Sofa. Ich dachte, wir könnten uns hinsetzen.«

Lächelnd legte Henrik die Hand in ihre und ließ sich ins Wohnzimmer führen.

25

Es war still im Flur. Die Türen zur Pflegestation waren verschlossen, weiße Zettel verwiesen auf die Nummer des Bereitschaftsdienstes. Der Geruch von Desinfektionsmittel war allgegenwärtig und blieb in Jana Berzelius' Kleidern hängen, während sie mit lautlosen Schritten durch die Gänge huschte. Sie hielt die Augen auf den PVC-Boden gerichtet, folgte den Spurrillen von den Rädern der Krankenhausbetten. Die Mütze verdeckte ihr Haar.

Als sich die Fahrstuhltüren öffneten, stellte sie sich hinter einen Pfeiler, tat so, als wartete sie auf jemanden, während ein Bett mit einem alten Mann herausgerollt wurde. Ehe die Türen sich wieder geschlossen hatten, stand sie im Lift. Sie drückte auf den Knopf, um zur Infektionsstation zu gelangen, und wich der Kamera aus, die sich oberhalb des Displays befand. Die elektronische Stimme hieß sie in der richtigen Station willkommen. Bevor sie den Fahrstuhl verließ, vergewisserte sie sich, dass niemand auf dem Flur war.

Sie stellte sich an eine verschlossene Glastür und wartete. Nach fünf Minuten wurde die Tür geöffnet, und zwei weiß gekleidete Schwestern kamen heraus. Der automatische Öffner summte hoch über ihrem Kopf, während sie hineinhuschte. Sie drückte sich an der Wand entlang und blickte sich um. Sie nahm Stimmen wahr und bemerkte, dass aus einem Zimmer weiter hinten Licht fiel.

Entschlossen öffnete sie die Tür zum ersten Patientenzimmer und ging hinein. Sie ließ den Blick über die Betten schweifen, sah aber nicht die Person, nach der sie suchte. Behutsam machte sie die Tür zum Gang auf und schaute hinaus. Gerade öffnete sich eine andere Tür. Eine lächelnde Krankenschwester kam heraus und drehte sich noch einmal um.

»Sag einfach Bescheid, wenn du eine neue Wärmedecke brauchst«, sagte die Schwester auf Englisch und entfernte sich.

Jana wartete eine Weile. Dann öffnete sie blitzschnell die Tür, die die Krankenschwester eben geschlossen hatte, und blieb im Lichtschein vom Krankenbett stehen.

Das Mädchen lag auf der Seite, mit dem Rücken zu ihr.

»Hallo, Pim«, sagte sie.

Anneli Lindgren schloss vorsichtig die Haustür, zog sich die Jacke aus und betrachtete ihr müdes Gesicht im Flurspiegel. Im Bad wusch sie sich sorgfältig die Hände. Sie roch an ihren Armen, aber nahm den Duft von ihm nicht mehr wahr. Als sie ihren zerknitterten Pullover zurechtzupfte, bemerkte sie auf einmal die Ausbuchtung in der Hosentasche.

Sie fluchte, als ihr klar wurde, was sie vergessen hatte, und zog die durchsichtige Plastiktüte mit ihrem Slip heraus. Dabei hatte sie ihn doch auf dem Heimweg entsorgen wollen. Was sollte sie jetzt damit machen? Sie warf einen Blick auf den Papierkorb, versteckte dann aber die Tüte ganz hinten unter den Handtüchern im Badezimmerschrank. Bevor sie in die Küche ging, löste sie ihre Haare und steckte sie zu einem Knoten im Nacken zusammen.

Aus dem Schlafzimmer kam ein flimmerndes Licht, offenbar sah Gunnar gerade fern.

»Hallo«, sagte sie und warf einen Blick auf den Fernseher. »Was siehst du dir an?«

»Einen Film.«

»Das sehe ich, aber wie heißt er?«

»Irgendwas mit Jagd.«

»Du hast ja auf lautlos gestellt?«

»Ja, manchmal ist Ruhe ganz angenehm.«

»Schläft Adam?«

»Keine Ahnung. Er ist jedenfalls in seinem Zimmer.«

Anneli blieb stehen und verfolgte das Geschehen auf der Mattscheibe.

»Willst du dich nicht hinlegen?«, fragte Gunnar.

»Bald. Ich wollte vorher noch was essen.«

»Wie ist es heute gelaufen?«

»Gut.«

»Und mit Anders Wester?«

»Was meinst du?«

»Anders und du, ihr wart zusammen in der Wohnung von Axel Lundin.«

»Woher weißt du das denn?«

»Ich bin der Chef des polizeilichen Ermittlungsteams, falls du das vergessen haben solltest. Habt ihr gut zusammengearbeitet? Euch gegenseitig geholfen und so?«

»Jetzt bist du wirklich albern.«

»Ich stelle doch nur eine Frage.«

»Du machst eine Riesensache daraus, Gunnar«, sagte sie. »Hör auf, dauernd auf ihm rumzuhacken.«

»Fällt mir aber schwer, das zu unterlassen.«

Anneli schluckte und setzte sich auf die Bettkante, denn sie hatte Gunnars neue Frisur bemerkt.

»Du warst beim Frisör«, sagte sie.

»Ja, ich war auf dem Heimweg in einem dieser Drop-in-Läden.«

»Sieht gut aus.«

»Ich hätte es besser lassen sollen.«

»Warum denn das?«

»Es war unnötig teuer. Ich hätte das Geld in was anderes investieren sollen. Aber jetzt ist es zu spät.«

Anneli seufzte und stand auf. »Ich … ich werde noch was essen.«

»Das hast du eben schon angekündigt.«

Gunnar schaltete den Fernseher ab. Es wurde schwarz im Zimmer. Er legte sich auf die Seite und zog die Decke bis über die Schultern.

»Willst du dir den Film nicht zu Ende ansehen?«, fragte sie.

»Nein.«

»Warum nicht?«

»Ich weiß schon, wie er ausgeht.«

Unschlüssig blieb Anneli einen Augenblick stehen. Dann drehte sie sich um und verließ das Schlafzimmer. In der Küche holte sie zwei Scheiben Knäckebrot heraus, verzichtete auf die Butter und legte stattdessen drei Scheiben Käse auf jedes Brot. Als sie sich an den Tisch setzte, um zu essen, stellte sie fest, dass ihr der Appetit vergangen war.

Sie erhob sich und warf die Brote in den Mülleimer. Dann ging sie ins Badezimmer und putzte sich die Zähne.

Sieben Minuten lang.

»Was machen Sie hier?«, fragte Pim mit großen Augen. Auf dem Oberteil stand über ihrer linken Brust in blassen

Buchstaben der Name des Krankenhausträgers. Das Mädchen starrte Jana Berzelius erschrocken an.

»Keine Angst«, sagte Jana auf Englisch. »Ich habe nur eine Frage.«

»Was denn für eine Frage?«

»Ich muss dich fragen … Der Mann, der dich gefangen gehalten hat …«

Rasch drehte Pim sich wieder um und wandte Jana den Rücken zu.

»Hör zu. Es ist wichtig!«

Aber Pim antwortete nicht.

»Ich muss ihn kriegen, und nur du weißt, wo ich ihn finden kann.«

»Ich habe schon alles gesagt.«

»Dann fangen wir noch mal von vorn an.«

»Ich weiß nicht, wo er ist.«

»Aber du weißt, wo ihr wart.«

Plötzlich sagte Pim etwas auf Thailändisch.

»Ich verstehe nicht, was du sagst«, erwiderte Jana.

»Ich habe gesagt, dass ich nicht mit Ihnen reden will.«

Als Pim unvermittelt nach der Schwester klingeln wollte, stürzte Jana zu ihr und umfasste ihr Handgelenk. Sie drehte ihr den Arm um und legte ihr die Hand auf den Mund.

»Mach das nicht noch einmal«, sagte sie und sah Pim in die schreckgeweiteten Augen. »Wenn ich die Hand wegnehme, wirst du mir ganz genau erzählen, wo du mit dem Mann gewesen bist, nach dem ich suche. Okay?«

Pim schluckte und nickte.

Vorsichtig nahm Jana die Hand weg, aber hielt weiter Pims Arm fest.

»Ich weiß nicht so genau … aber ich habe … Wasser gehört.«

»Aha.«

»Es war kalt.«

»Und weiter?«

»Nichts weiter.«

»Und dort war noch ein anderes Mädchen, das Isra hieß?«

»Ja.«

Jana dachte eine Weile nach. »Dieser Mann, der dich gefangen hielt, hat er dich ausgepeitscht?«

Erstaunt sah Pim sie an.

»Nein.«

»Hat er dich gekratzt?«

Pim blickte noch verwunderter. »Nein.«

»Kratzt du dich selbst?«

»Nein!«

»Dann frage ich mich, wie du zu solchen Wunden gekommen bist«, sagte Jana, während sie Pims Arm und die Hände musterte. »Zeig mir deinen Hals.«

Pim neigte den Kopf zur Seite. Die Wunden am Hals verliefen kreuz und quer und waren teils breit, teils tief.

»Ich glaube, du warst in einem Haus, das von lauter Bäumen umgeben ist. Und als du weggelaufen bist, wurdest du von den Ästen verletzt. Habe ich recht?«

Pim bekam rote Wangen.

»Ich kenne aber nicht den Weg dorthin«, sagte sie leise.

»Es reicht, wenn du mir den Ort beschreibst.«

Pim biss sich auf die Unterlippe, atmete tief durch und begann schließlich von einem Bootshaus, einem Bach und einem seltsamen Licht zu erzählen.

Und von einem tiefen Wald.

26

Der eisige Wind schmerzte im Gesicht.

Der Berufsfischer Roger Johnson nickte seinem Vater Sture Johnson zu und sah aufs Meer hinaus. Der Kutter schaukelte auf den Wellen. Anhand des Echolots stellte er fest, dass hier viele Fische waren, dennoch fuhren sie weiter hinaus in die Schären von Arkösund, wo ihr Netz über Nacht gelegen hatte.

Rogers Fischereikarriere hatte unter der Anleitung seines Vaters mit einer ziemlich hoch entwickelten Form von Fischwilderei begonnen. Sture pachtete Gewässer nur für Heringsfischerei, und es war völlig eindeutig, dass die Fischerei auf andere Arten im Pachtvertrag nicht eingeschlossen war. Aber darum scherte sich Sture nicht.

Es gab auch klare Regeln für die Unterscheidung von Privatgewässer und öffentlichem Gewässer. Vereinfacht ausgedrückt besagte das Gesetz, dass das gesamte Küstengebiet Östergötlands Privatgewässer war und den Eigentümern der einzelnen Grundstücke gehörte. Das öffentliche Gewässer begann etwa dreihundert Meter hinter den äußersten Inseln. Aber auch darum scherte Sture sich nicht. Er und sein Sohn verbrachten viele Nächte damit, illegal zu fischen – mit illegalen Netzen und illegalen Methoden. Sie fingen jede Menge Fisch, Lachse, Hechte und Barsche, die sie zu guten Preisen weiterverkauften.

»Fahr langsamer!«

Roger machte eine Geste mit der Hand, beugte sich über die Reling, streckte sich nach dem Schwimmer und hob die Leine an. Er holte das Netz ein und versuchte, einen Großteil der Fische schon im Boot daraus zu befreien. Nur die Exemplare, die sich richtig verheddert hatten, blieben im Netz, bis sie an Land waren.

Geduldig und mit großer Sorgfalt löste Roger Flossen und Kiemen aus den Maschen. Plötzlich zuckte er zusammen, als er etwas Seltsames im Wasser sah.

Etwas leistete Widerstand, und er musste mit aller Kraft ziehen.

Er schreckte zurück und spürte einen starken Brechreiz, als ihm klar wurde, was er da vor sich sah.

Im Netz hing eine tote Frau.

Die Wand vibrierte bei jedem Schlag.

Jana Berzelius schlug erneut zu. Zwei, drei, vier Mal.

Sie war unruhig, ungeduldig, wollte ihre Gefühle kontrollieren, indem sie trainierte, aber konnte sich dennoch nicht entspannen. Irgendetwas verfolgte sie, nahm einen viel zu großen Raum in ihr ein.

Sie musste Danilo finden, ehe die Polizei ihr zuvorkam.

Mit beiden Fäusten schlug sie in die Luft, zielte mit den Beinen und trat zu. Sie sah ihn in Gedanken vor sich stehen, mit gebeugtem Kopf und dunklem Blick, und schlug härter zu, traf zwar nur die Luft, stellte sich aber vor, dass sie ihn traf. Das linke Knie hoch, das rechte Bein hoch, sie zielte gegen die Wand, trat erneut zu.

Peng.

Peng.

Peng.

Außer Atem setzte sie sich im Schlafzimmer auf den Fußboden und umfasste die Knie.

Sie musste ihn finden. Musste den Ort finden, wo er seine Bodypacker gefangen hielt.

In Gedanken ging sie abermals das Gespräch mit Pim durch. Vor allem grübelte sie über das seltsame Licht nach, von dem die junge Frau erzählt hatte. Wie ein Scheinwerfer, dessen Licht weit zwischen die Bäume reichte. Sie würde an der Küste suchen. Als Ausgangspunkt würde sie eine Stelle in der Nähe der Landstraße 209 Richtung Arkösund wählen.

Im Badezimmer suchte sie das Nötigste zusammen, holte etwas Kleidung, frische Unterwäsche und Strümpfe aus dem Schrank und stopfte alles in einen Rucksack. Sie nahm ihr Messer und steckte es sich hinten in den Hosenbund.

Als Letztes drehte sie eine Runde durch die Wohnung. Sie hatte das Gefühl, dass sie nicht so bald zurückkehren würde.

Dann setzte sie den Rucksack auf, schloss die Wohnungstür, eilte die Treppen hinunter und verließ Knäppingsborg, ohne sich umzudrehen.

27

Per Åström schaltete seinen Rasierapparat aus und lauschte. Doch, es hatte an der Tür geklingelt. Er stellte den Rasierer zurück in die Ladestation und eilte in den Flur. Es klingelte schon wieder.

Draußen stand Henrik Levin. Seine Jacke hatte einen großen Riss.

»Ich weiß, dass es früh ist«, sagte er. »Aber zu dieser Tageszeit ist die Chance am größten, Sie zu Hause anzutreffen.«

»Worum geht es denn?«, fragte Per Åström.

»Sie kennen Jana Berzelius, oder?«

»Ja, natürlich kenne ich Jana Berzelius«, sagte Per Åström und wand sich ein bisschen.

»Wie gut kennen Sie sie denn?«

»Warum fragen Sie?«

»Kennen Sie sie als Kollegin oder als Freundin?«

»Nur als Kollegin.«

»Sie werden ganz rot am Hals.«

»Was soll das eigentlich werden? Eine Art Verhör?«, fragte Per Åström.

»Nein. Aber man kriegt normalerweise rote Flecken am Hals, wenn einem etwas unangenehm ist. Oder der Blick flackert. Und bei Ihnen trifft beides zu. Deshalb frage ich Sie noch einmal: Wie gut kennen Sie sie – als Kollegin oder als Freundin?«

Per Åström sah sich im Treppenhaus um. »Kommen Sie herein«, sagte er und führte Henrik Levin ins Wohnzimmer. Er zeigte aufs Sofa. »Nehmen Sie doch Platz.«

Aber Henrik Levin ging am Sofa vorbei und stellte sich an die bodentiefen Fenster. »Was für eine Aussicht«, bemerkte er.

»Stimmt, ich habe den totalen Überblick, wer im Nachtklub da unten am lautesten herumgrölt.« Per Åström machte eine Kopfbewegung in Richtung Sankt Persgatan und lächelte.

Henrik Levin blieb ernst. »Ich bin gekommen, um Sie zu fragen, ob Sie wissen, wo Jana Berzelius steckt. Eben gerade war ich bei ihr zu Hause und habe angeklopft, aber sie hat nicht geöffnet. Ich habe sie schon eine ganze Weile nicht gesehen. Sie hat auch nicht auf meine Anrufe reagiert, was mir ein bisschen seltsam vorkommt. Als ermittelnde Staatsanwältin ist sie normalerweise viel präsenter. Deshalb frage ich mich, ob sie vielleicht mit Ihnen gesprochen hat.«

Per Åström schüttelte den Kopf.

»Ich weiß nicht, wie ich es formulieren soll«, fuhr Henrik Levin fort. »Aber im Zusammenhang mit dem Mord an Robin Stenberg gibt es Aussagen, die es erforderlich machen, mit Jana Berzelius zu sprechen. Da Sie diese Ermittlung leiten …« Er verstummte und sah wieder aus dem Fenster.

»Ich habe das Gefühl, dass es um etwas geht, wovon nicht so viele erfahren sollen«, sagte Per Åström und versuchte, Henrik Levins Blick aufzufangen.

»Warum glauben Sie das?«

»Sonst wären Sie doch wohl nicht um diese Tageszeit zu mir nach Hause gekommen.«

»Also gut. Ida Eklund hat ausgesagt, dass sie am vergangenen Freitag Jana Berzelius vor Robin Stenbergs Haus gesehen hat, und zwar ziemlich genau zum Zeitpunkt des Mordes«, sagte Henrik Levin zögernd und beobachtete den Staatsanwalt. Doch der reagierte ganz anders, als Henrik Levin es erwartet hätte. Er begann zu lachen.

»Was ist daran denn so witzig?«

»Wir sprechen doch von einer Kollegin und nicht von einer Tatverdächtigen.«

»Ich weiß«, sagte Henrik Levin müde. Er setzte sich aufs Sofa, lehnte sich zurück und musterte den blonden Staatsanwalt, der ihm gegenüber Platz nahm und ihn aus seinen verschiedenfarbigen Augen eindringlich und freundlich zugleich anblickte.

»Im Übrigen«, fuhr Per Åström fort, »hat sie ein Alibi.«

»Woher wissen Sie das?«

»Sie hat den Freitagabend mit mir verbracht.«

»Sind Sie … Ich meine, haben Sie eine Beziehung?«

Per Åström lachte erneut. »Jana Berzelius ist nicht der Typ Frau, der auf Beziehungen steht. Ich habe sie noch nie mit einem Mann gesehen, mir gegenüber hat sie nicht mal einen erwähnt.«

»Und was ist mit Frauen?«

»Auch mit einer Frau habe ich sie noch nie gesehen. Sie bevorzugt Männer, soviel weiß ich.«

»Und Sie sind einfach nur Freunde?«

»Freunde ist zu viel gesagt. Wir treffen uns dann und wann zum Abendessen und so. Wir sind Kollegen, wie gesagt.«

Henrik Levin seufzte. »Ich muss trotzdem mit ihr reden.«

»Glauben Sie mir nicht?«

»Doch, natürlich. Sie haben am Freitag zusammen zu Abend gegessen? In welchem Restaurant?«

»Im Ardor. Sie können dort anrufen und nachfragen, ich hatte einen Tisch reserviert.«

»Sie wissen, dass ich das überprüfen muss.«

Per Åström schwieg. »Darf ich noch was fragen?«, sagte er dann. »Ist sich Ida Eklund denn ganz sicher, dass es sich bei dieser Frau um Jana Berzelius handelt?«

»Nun, ihre Beschreibung trifft ziemlich genau auf Jana Berzelius zu …«

»Haben Sie dem Mädchen schon Fotos von Jana Berzelius gezeigt?«

»Nein.«

Per Åström wirkte unangenehm berührt. »Ist bei den Ermittlungen denn noch irgendwas herausgekommen, was darauf hindeutet, dass Jana Berzelius etwas mit Robin Stenberg zu tun haben könnte?«

»Nein.«

»Und warum spionieren Sie ihr dann hinterher?«

»Ich spioniere ihr nicht hinterher.«

»Nicht? Sie sind hier und stellen eine Menge Fragen.«

»Ich will doch nur eine Bestätigung.«

»Dass sie unter Tatverdacht steht?«

»Nein, ganz im Gegenteil.«

»Jetzt verstehe ich gar nichts mehr«, sagte Per Åström.

»Unter uns gesagt …«

»Ja?«

»… gehe ich davon aus, dass Jana Berzelius unschuldig ist. Sie ist eine ausgezeichnete Staatsanwältin.«

»Gut«, sagte Per Åström. »Dann teilen Sie ja meine Meinung. Aber die Tatsache, dass Sie hier sind, ist mir irgendwie …«

»Unangenehm?«

»Wenn rauskommt, dass wir dieses Gespräch geführt haben, dann …«

»Niemand weiß, dass ich hier bin«, versicherte Henrik Levin.

»Aber Sie sind sich schon darüber im Klaren, dass es nicht sonderlich gut aussieht?«

»Vollkommen.«

Sie erwachte davon, dass die Wohnungstür zufiel. Trotzdem blieb sie in Embryonalstellung im Bett liegen.

Die ganze Nacht hatten sie sich nicht berührt. Jeder hatte auf seiner Seite des Bettes gelegen, Rücken an Rücken. Beide waren wach gewesen, ohne dass einer von ihnen das Schweigen gebrochen hätte.

Anneli verließ das Bett und stellte sich ans Fenster. Sie betrachtete den Schnee, der gemächlich vom grauen Himmel fiel. Eine dicke weiße Schicht bedeckte die Straße, die Spuren einer Katze führten auf die andere Seite, und die Briefkästen hatten weiße Mützen auf.

Sie schauderte und bekam am ganzen Körper Gänsehaut. Die Wohnung fühlte sich kalt an, als würden die Fenster zum Lüften offen stehen. Sie schaute in das Zimmer von Adam, der mit weit offenem Mund schlief. Bald musste sie ihn wecken.

Der Fußboden knarrte laut unter ihren nackten Füßen.

Gerade als sie ins Bad gehen wollte, hörte sie Adams Handywecker klingeln. Der Junge drehte sich im Bett um und schaltete das Gerät aus. Dann wurde es wieder ruhig.

Sie duschte kurz und heiß. Das Wasser spülte ihren Körper sauber. Sie dachte an gestern, an Anders. Nach dem Duschen wickelte sie sich in ein Handtuch und öffnete den Schrank. Sie suchte hinter den Handtüchern, konnte aber nicht die Tüte mit dem Slip finden.

Wieder steckte sie die Hand hinein, wühlte im Schrank herum, warf alle Handtücher auf den Boden und schüttelte sie.

Da war kein Slip.

Eine eisige Kälte kroch ihren Rücken hinauf, und sie ertappte sich dabei, wie sie ein seltsames Wimmern von sich gab.

Sie verstummte, als es leise an der Tür klopfte.

»Mama?«

Bedrohliche stahlgraue Wolken hatten sich über Norrköping aufgetürmt. Henrik Levin sah zum Himmel, bevor er das Polizeirevier betrat. Er begrüßte Gunnar Öhrn, der mit besorgtem Blick an seinem Schreibtisch saß.

»Dieses andere Mädchen, von dem Pim gesprochen hat – was unternehmen wir eigentlich, um sie zu finden? Nichts! Wir treten auf der Stelle!«

»Gunnar«, sagte Henrik beschwichtigend. »Wir tun, was wir können. Immerhin haben wir eine heiße Spur – Danilo Peña.«

Gunnar hörte gar nicht zu, sondern schnaubte nur verächtlich.

»Vielleicht gibt es dieses andere Mädchen gar nicht. Das Beste wäre, wenn Pim gelogen hätte …«

»Ich bin davon überzeugt, dass es sie gibt«, erwiderte Henrik. »Wenn wir Danilo finden, dann finden wir auch das Mädchen.«

»Und warum finden wir diesen Danilo nicht?«, fragte Gunnar.

»Er steht nicht im Vorstrafenregister.«

»Aber er muss doch irgendwas auf dem Kerbholz haben oder zumindest als Opfer eines Verbrechens registriert sein. Man wird doch nicht einfach so Gewalttäter und Drogenhändler, zumindest nicht in dem Umfang.«

»Wir sollten vielleicht von vorn anfangen, ganz neu denken …«

»Von vorn anfangen? Wir können doch nicht von vorn anfangen. Wie du eben gesagt hast, haben wir den Namen eines Mannes, der erstens der Entführer von Pim und zweitens der Mörder von Robin Stenberg und drittens die Spinne im Netz sein könnte, was den ganzen Drogensumpf hier in Norrköping betrifft. Jetzt ist wirklich nicht der richtige Zeitpunkt für einen Rückzieher!«

Gunnar fuhr sich mit den Händen übers Gesicht. »Wo steckt eigentlich Jana Berzelius?«

»Keine Ahnung.«

»Verdammt.« Gunnar seufzte und ließ die Schultern sinken. »Entschuldige, Henrik, aber warum geht es gerade so zäh voran?«

»Irgendjemand muss Danilo Peña gewarnt haben, dass wir im Anmarsch waren. Denn wenn er nicht dort wohnt, wo er gemeldet ist, wo wohnt er dann?«

»Gute Frage.« Gunnar seufzte erneut und schaukelte leicht auf dem Stuhl vor und zurück. »Du bist ein guter Polizist«, sagte er und fügte hinzu: »Im Gegensatz zu gewissen anderen.«

»Denkst du an jemand Bestimmten?«

»An Mia natürlich. Tut mir leid, dass ich das sagen muss, aber sie ist eine Gefahr für unser Team.«

Gunnar lehnte sich über den Schreibtisch und blickte Henrik mit traurigen Augen an.

»Anders Wester hat uns genau im Visier, Henrik. Ich will nicht, dass er sich einmischt. Ihr seid *mein* Team. Und das soll auch so bleiben.«

»Aber er ist doch nur vorübergehend hier.«

»In der Zeit hat er aber schon genug kaputt gemacht.«

»Das verstehe ich nicht.«

»Das brauchst du auch nicht zu verstehen.«

Gunnar machte eine Pause und fuhr dann fort: »Es kommt mir so vor, als ginge es drunter und drüber. Und es wird bestimmt noch viel schlimmer, wenn die Neuorganisation ansteht.«

»Machst du dir Sorgen?«, fragte Henrik.

»Um die Zukunft, ja. Gewisse Leitungspositionen sind in der neuen Behörde ja gar nicht mehr vorgesehen.«

»Du weißt also noch gar nicht, welchen Posten du kriegst?«

»Oder ob ich überhaupt eine Stelle bekomme. Der entsprechende Ausschuss hat sich eindeutig dazu geäußert, dass alle Angestellten, die in der Hierarchie weiter unten stehen, ihre Position und ihr Gehalt behalten werden. Niemand wird arbeitslos, und das ist immerhin eine Form von Sicherheit.«

»Stimmt, ja.«

»Aber es wäre gut, wenn ihr wüsstet, wer nächstes Jahr euer Chef sein wird.«

»Was sagt Carin Radler dazu?«

»Nichts. Was soll sie schon sagen?«

Henrik zuckte mit den Schultern.

Gunnar ließ die Hände in den Schoß fallen. »Wir werden sehen, was wird«, murmelte er. »Aber noch bin ich euer Chef, und ich werde verdammt noch mal dafür sorgen, dass dieser Fall gelöst wird.«

»Gut«, sagte Henrik. »Und was willst du als Nächstes tun?«

Gunnar blickte aus dem Fenster. »Wir haben bisher nur intern nach Danilo Peña gefahndet. Jetzt müssen wir die Öffentlichkeit um Unterstützung bitten.«

Auf einmal meldete sich sein Handy. Er ließ es dreimal klingeln, bevor er das Gespräch annahm.

»Ja, was gibt's?« Dann erhob er sich mit angespanntem Gesichtsausdruck. »Was sagst du da? Tot?«

Er hing ganz ruhig da, mit schlaffen Armen. Das Gesicht war bleich, die Augen weit aufgerissen.

Mia Bolander und Henrik Levin starrten Axel Lundins Leiche an. Sie durften die Zelle noch nicht betreten, erst mussten die Spuren gesichert werden. Mia bemühte sich, alle Details zu erfassen, doch sie konnte ihren Blick kaum von dem Mann abwenden, der sich erhängt hatte.

Der kleine geflieste Raum hatte Fenster mit Rollläden aus Metall, die sich nicht von innen bedienen ließen. In der Zimmerecke lagen eine Decke und ein Kissen, wie sie allen Häftlingen zugeteilt wurden. An der Decke der Zelle und auf der Innenseite der Tür waren Kritzeleien.

Axel Lundin trug einen Pullover und eine Unterhose. Der Slip wies einen großen dunklen Fleck auf, und auf dem Boden unter ihm hatte sich eine Pfütze aus Urin gebildet.

»Verdammt feige, wenn du mich fragst«, sagte Mia und stemmte die Hand in die Seite. »Sich einfach das Leben zu nehmen. Ich hab noch nie kapiert, warum jemand das tut. Damit entzieht man sich doch irgendwie der Verantwortung, oder?«

Henrik antwortete nicht, er atmete nur durch die Nase.

»Und höchstwahrscheinlich hat dieser Typ sich aus dem

Leben geschlichen, weil er gepetzt und dann ein schlechtes Gewissen gekriegt hat«, fuhr sie fort.

»Ich glaube nicht, dass in seinem Kopf überhaupt Platz für ein schlechtes Gewissen war«, meinte Henrik und sah an die Decke, von der die Hose herabhing, die als Schlinge um Axel Lundins Hals lag. »Ihn beschäftigte nur eins, nämlich seine Angst. Er hat ja gesagt, dass er nicht entlassen werden will.«

»Total nachvollziehbar, dass man gern länger an diesem heimeligen Ort bleiben will. Insbesondere bei dem wunderbaren Geruch aus der Ausnüchterungszelle nebenan. Leckerschmecker, wirklich.«

»Jetzt hör schon auf«, sagte Henrik. »Ruf lieber Anneli an und sorge dafür, dass sie herkommt.«

»Ich glaube, es ist besser, du machst das.«

Entschlossen ging Mia zum Ausgang. Als Henriks Handy klingelte, blieb sie abrupt stehen und lauschte.

Nachdem er das Gespräch beendet hatte, blickte sie ihn erwartungsvoll an.

»Mehr Arbeit«, sagte er mit blassem Gesicht.

»Was ist denn los?«

»Noch mehr Tote. Ich fürchte, das dritte Mädchen ist aufgetaucht.«

28

Der Schnee um das Haus herum war vollkommen unberührt und reichte bis zu den Fensterbrettern. Jana Berzelius tastete unter den Blumentopf, fischte den länglichen Schlüssel hervor und steckte ihn ins Schloss. Die Holztür öffnete sich mit einem schwachen Knarren.

Es war ein großes Haus mit gelber Fassade und weißen Fensterrahmen, das an einen Gutshof erinnerte. Eine breite Steintreppe führte zur weißen Flügeltür hinauf. Das Haus lag einsam und majestätisch direkt am Meer, in der Nähe des Grunsöflusses. In der Umgebung gab es viele Wochenendhäuschen und vereinzelte Anwesen, die das ganze Jahr über bewohnt waren. Es waren gut hundertfünfzig Meter zum nächsten Nachbarn, und dort schien keiner zu Hause zu sein. Zum übernächsten Haus waren es dreihundert Meter. Von hier aus konnte sie sich ungestört auf die Suche nach Danilo machen.

Sie betrat das Haus und ließ die Tür hinter sich zufallen. Vorsichtig lauschte sie in die Dunkelheit. Als sie in den Salon ging, erblickte sie den Ledersessel, der mit dem Rücken zum Wintergarten stand. Sie musste daran denken, dass er immer dort saß, jeden Sommer, mit der Zeitung in der Hand. Zumindest hatte er das getan, als sie klein war.

Eine Erinnerung zog vorbei, kehrte zurück und forderte ihre Aufmerksamkeit. Es war der erste Sommer im Haus gewesen, sie war neun Jahre alt und hatte hinter dem braunen Ledersessel gesessen. Sie hatte mit ihrem Vater Rücken an Rücken gesessen und heimlich den Erwachsenen bei ihrem Gespräch gelauscht. Vater hatte einen unbekannten Freund zu Besuch. Mutter war in die Stadt gefahren, um Besorgungen zu machen.

Sie musste dringend aufs Klo, so dringend, dass sie es kaum noch aushielt. Gerade wollte sie aufstehen, als sie hörte, wie ihr Vater verärgert sagte: »Sie muss weg.«

»Das geht nicht. Das weißt du.«

»Hätte ich nur gewusst …«

»Magst du keine Überraschungen?«

»Nicht solche Überraschungen.«

»Du hast doch den Vorschlag angenommen.«

»Hatte ich denn eine andere Wahl?«

»Du bist dir doch darüber im Klaren, dass es die einzige Lösung war.«

Ihr Vater schwieg. »Wie lange muss sie bleiben?«, fragte er schließlich.

»Frag deine Frau. Sie wäre sicherlich sehr enttäuscht, wenn sie ihre geliebte Tochter nicht behalten dürfte.«

»Nenn sie nicht so.«

»Tochter? Doch, das werde ich. Und das solltest du auch tun. Du solltest dich daran gewöhnen.«

»Niemals.«

Eine Weile herrschte Stille. Als der Vater im Sessel herumrutschte, knarzte das Leder.

»Antworte mir jetzt, wie lange muss sie bei uns bleiben?«, fragte er.

»Für immer.«

»Das ist nicht dein Ernst!«

»Du willst doch nicht, dass ich deiner Frau verrate, warum ihr das Mädchen bei euch habt?«

»Dein Ton gefällt mir nicht.«

»Ich will dir nur bewusst machen, dass es keine Alternative gibt.«

Sie kniff die Beine zusammen. Hörte nicht mehr zu, denn das Einzige, was sie beherrschte, war die Panik, sich einzunässen.

»Hör zu, Karl. Wir haben eine Vereinbarung.«

»Was passiert, wenn ich sie breche?«

Als sie das höhnische Gelächter hörte, presste sie die Lippen zusammen, schloss die Augen und wünschte, sie hätte sich nicht hinter dem Sessel versteckt. Jetzt empfand sie nichts anderes als die Schmerzen im Bauch, hörte nichts anderes als ihr eigenes lautloses Wimmern, dachte an nichts anderes als an den Drang, aufzustehen und zur Toilette zu rennen.

»Hör zu, du wirst dich jetzt um sie kümmern. Das ist das Beste, was du tun kannst. Für alle Beteiligten«, sagte der Mann.

»Du verstehst mich nicht. Sie ist so wild«, sagte Vater.

»Dann zügle sie.«

»Sie ist gewaltbereit.«

»Kein Wunder in Anbetracht dessen, was sie erlebt hat. Aber sie weiß nicht, warum sie so ist. Sie hat keine Ahnung, Karl, und ihre Gewaltbereitschaft wird sich mit der Zeit legen. Du musst lernen, sie zu mögen. Sie ist jetzt dein Kind. Deine Tochter.«

Der Vater umklammerte die Armlehnen des Sessels. »Und der Junge?«

»Den haben wir unter Kontrolle.«

»Was passiert mit ihm?«

»Das haben wir noch nicht entschieden.«

»Und sie erinnert sich an nichts? Nicht einmal an ihn?«

»Wie ich schon sagte, Karl, sie erinnert sich an nichts.«

»Aber wenn sie sich begegnen?«

»Sie werden sich nie begegnen. Glaub mir, ihre Wege werden sich nie kreuzen.«

Sie machte einen letzten Versuch einzuhalten, aber es ging nicht mehr. Sie wollte weglaufen, weg aus dem Salon, zur Toilette.

»Ich nehme an, wir brauchen jetzt was Hochprozentiges«, sagte Vater. Er stand auf und ging zum Barschrank.

Im selben Moment schlich sie aus dem Zimmer, rasch, denn sie wollte nicht gesehen werden. Sie hatte die Augen auf den Boden gerichtet und sich nicht umgedreht. Sie wusste nicht einmal, mit wem ihr Vater sich unterhalten hatte.

Seitdem hatte sie nie wieder darüber nachgedacht.

Bis jetzt.

Anneli Lindgren nahm auf der Rückbank von Henriks Auto Platz und sah aus dem Fenster. Vor ihr saßen Henrik und Mia. Zwei Stunden hatte sie sich mit Axel Lundins Leiche beschäftigt und rieb sich nun erschöpft die Augen. Sie waren auf dem Weg nach Arkösund, wo neue Arbeit auf sie wartete. Diesmal war es ein Mädchen, das tot in einem Fischernetz gefunden worden war.

Sie lehnte sich mit dem Ellbogen an die Scheibe und betrachtete den Ring an ihrem Finger, den billigen Ring, den Gunnar ihr damals gekauft hatte, als alles noch ganz frisch war, als sie erst einen Monat zusammen gewesen waren. Ein schlichter Goldring, ohne Steine, ohne Gravur.

Aber sie hatte ihn immer getragen, in all den Jahren.

Sie hatte ihn geliebt, hatte den idiotischen Ring geliebt, der an ihrem Finger steckte.

Was habe ich nur getan?, dachte sie und seufzte.

Sie fühlte sich beobachtet und fing Henriks Blick im Rückspiegel auf.

»Müde?«, fragte er.

»Ja«, sagte sie mit sanfter Stimme.

»Hast du etwas gefunden?«

»Nichts von Interesse, mal abgesehen von dem Geld. Ich habe ein paar Proben genommen, aber ich weiß noch nicht … Außer Axels Fingerabdrücken habe ich keine gefunden, leider.«

»Ich habe eher die Zelle gemeint. Du bist doch eben dort gewesen, oder?«

»Ja«, sagte sie, senkte den Blick und fingerte an der Kameratasche herum, die sie neben sich auf die Rückbank gestellt hatte. »Ich … ich habe eine Probe von Axel Lundins … oder besser gesagt, ich habe mehrere Proben genommen. Ich glaube, er hat sich ganz einfach das Leben genommen. Es hat eine Lücke in den Sicherheitsvorkehrungen gegeben …«

»Du glaubst?«, sagte Mia skeptisch. »Bist du dir denn nicht sicher?«

Es wurde still im Auto, nur noch die Lüftung war zu hören.

»Doch …«, fuhr Anneli fort. »Wie ihr wisst, müssen wir Ermittler und alle anderen Kollegen, die sich an einem Tatort aufgehalten haben könnten, ihre Fingerabdrücke und ihre DNA registrieren lassen.«

»Ja und?«

»Mir ist da etwas aufgefallen, weshalb ich einen kurzen Abgleich gestartet habe. Aber ich habe bisher nur unvollständige Ergebnisse.«

»Inwiefern unvollständig?«, fragte Henrik. »Du meinst

das Material, das du unter Axel Lundins Nägeln gefunden hast, oder?«

»Ja, ich habe unter seinen Fingernägeln Haut- und Faserpartikel sichergestellt.«

»Von wem stammen die?«

Anneli schluckte erneut. »Es ist zu früh, darüber zu reden«, antwortete sie.

»Ach, sag schon«, drängte Henrik.

»Uns kannst du es doch sagen«, fiel Mia ein.

Anneli sah auf ihren Schoß. »Nein«, sagte sie und spielte wieder an der Kameratasche herum. »Die Wahrscheinlichkeit, dass das Ergebnis nicht stimmt, ist zu groß. Ich will auf gar keinen Fall, dass ihr voreilige Schlüsse zieht. Ich habe die Proben ins Labor geschickt.«

»Sag mal, vertraust du uns nicht, oder was?«, entgegnete Mia enttäuscht.

»Doch, aber es darf nichts nach außen dringen, was dann womöglich falsch ist.«

»Dann bitte die Kollegen vom Labor, dass sie sich beeilen.«

»Ja«, sagte Anneli und sah wieder aus dem Fenster.

Sie mied Henriks Blick, weil sie wusste, dass sie schon immer eine schlechte Lügnerin gewesen war.

Eine Karte. Sie brauchte eine Landkarte.

Jana Berzelius öffnete die entsprechende App in ihrem Handy und suchte eine digitale Karte über Bråviken und die Schären vor Arkösund heraus. Der Sprung im Display erschwerte die Sicht. Und der Empfang an der Küste war nicht der beste. Deshalb brauchte sie eine Landkarte aus Papier. Irgendwo im Haus musste doch eine sein.

Zwanzig Minuten lang durchsuchte sie Schränke,

Schreibtischschubladen und Regale. Sie schaute in den Sekretär im Salon, aber nirgends war eine Karte zu finden.

Sie ging in die Küche und trank ein großes Glas Wasser, das sie abwusch und ins Regal zurückstellte. Dann nahm sie die Suche wieder auf, jetzt in der oberen Etage.

Die Bibliothek war knapp vierzig Quadratmeter groß. Die eine Längswand wurde von einem Bücherregal dominiert, Belletristik, Biografien, Sachbücher und etwa fünfzig Aktenordner aus dem Berufsleben ihres Vaters. Die Aktenordner hatte er aus der Stadt hierherbringen lassen. Nun standen sie im Bücherregal des Sommerhauses, als Erinnerung an seine großartige Karriere.

An der entgegengesetzten Wand standen ein Tisch und eine Sitzgruppe, die so aufgestellt waren, dass man ins Zimmer blickte.

Der Fußboden knarrte, als sie zum Tisch ging, auf dem neben einem kleinen Papierstapel nur einige Stifte in einem Federmäppchen lagen. Sie blätterte zerstreut in den Papieren, sah sich um und schüttelte resigniert den Kopf.

Ihr Blick blieb an den Aktenordnern hängen, die nach Jahreszahlen sortiert waren. Der erste stammte von 1989. Die Landkarte geriet für einen Moment in Vergessenheit, und sie zog einen Ordner heraus, legte ihn auf den Schreibtisch und blätterte in den Unterlagen zu den verschiedenen Gerichtsprozessen. Sie wollte den Ordner gerade zurückstellen, als ihr auffiel, dass ihr Vater sich am Seitenrand private handschriftliche Notizen gemacht hatte. Die Buchstaben waren winzig und schwer zu entziffern.

Mia Bolander richtete sich auf dem Beifahrersitz auf, drehte sich zu Henrik und hoffte, dass er ihren fragenden

Blick bemerken würde. Warum akzeptierten sie, dass Anneli ihnen Informationen vorenthielt? Jetzt, da sogar Henrik damit angefangen hatte, über bestimmte Dinge Stillschweigen zu bewahren, brachte sie das in eine schwierige Lage.

»Aber so können wir doch nicht arbeiten, verdammt!«, sagte sie plötzlich.

»Was meinst du?«, erwiderte Henrik.

»Ich dachte, wir sollen zusammenarbeiten? Wenn nicht alle erzählen, zu welchen Ergebnissen sie gelangt sind, wie sollen wir dann alle an einem Strang ziehen?«

»Hör bitte damit auf«, sagte Henrik.

Es wurde still im Auto.

»Wir haben es also mit einem ertrunkenen Mädchen zu tun?«, fragte Mia stattdessen, nur um irgendetwas zu sagen und die unangenehme Stille zu durchbrechen. Sie wusste nicht, wie sie Henrik einschätzen sollte.

»Ja«, sagte er. »Vermutlich ist es das Mädchen, das zusammen mit Pim gefangen gehalten wurde. Sie wurde von zwei Fischern gefunden.«

»Sie hieß Isra, oder?«

Henrik nickte.

»Wann wurde sie gefunden?«

»Heute früh um sieben Uhr.«

»Aber die haben doch erst um halb neun einen Notruf abgesetzt?«

»Draußen auf See war wohl kein Empfang.«

»Hatten die denn nicht so ein VHF-Seefunkgerät an Bord?«

»Offenbar nicht.«

Es herrschte wieder Stille im Auto.

Sie fuhren an Östra Husby vorbei und weiter auf die

Halbinsel Vikbolandet, wo die Felder mit einer hohen weißen Schneeschicht bedeckt waren. Die schmale Straße verengte sich, und eine gute halbe Stunde später bogen sie auf einen großen Parkplatz. Sie stiegen aus und gingen zum Bootssteg. Der Geruch von Fisch und Meer hing in der Luft.

Der Kutter lag ganz hinten. Die Fischer hatten eine Plane über die Tote gelegt, um sie zu schützen – oder vielleicht, um sie nicht sehen zu müssen.

Anneli reichte Mia die Kamera, zog sich dünne Handschuhe an und ging in die Hocke. Sie nahm die Kamera und fotografierte den Kutter. Mia und Henrik standen hinter ihr. Dies war Annelis Gebiet, sie waren nur Zuschauer. Vorsichtig rollte Anneli die Plane beiseite. Die Frau lag mit ausgestreckten Beinen da. Die durchnässte Kleidung war zerrissen, die Haut weiß wie Schnee, an den Händen hatte sie kleine Verletzungen und am Handgelenk eine große Wunde. Die dunklen Haare hingen in Strähnen über ihr Gesicht.

Anneli lichtete den Leichnam aus allen nur erdenklichen Perspektiven ab.

»Ich muss das Gesicht fotografieren«, sagte sie schließlich und warf Henrik einen Blick zu, woraufhin dieser sich die Handschuhe überstreifte, ins Boot stieg und behutsam das Haar des Mädchens beiseiteschob.

»Sieh mal«, sagte er und zeigte auf die Stirn der Toten.

Mia beugte sich vor und musterte die Tote.

»Das ist nicht Isra«, sagte sie.

Henrik hielt sein Handy ans Ohr. Er stand auf dem Bootssteg, den Blick aufs Meer gerichtet. Der Wind zerrte an seiner Jacke. Am anderen Ende hörte er die irritierte Stimme seines Chefs. Normalerweise war Gunnar bekannt für seine Gelassenheit, doch während dieser Ermittlung war er alles andere als gelassen gewesen.

»Wie kannst du dir so sicher sein, dass es nicht Isra ist?«, fragte er.

»Pim hat sie uns beschrieben. Sie hat unter anderem eine Narbe an der Stirn erwähnt. Das Mädchen, das wir gefunden haben, weist nicht die geringste Spur einer Narbe an der Stirn auf. Es muss ein anderes Mädchen sein.«

»Aber Pim könnte sich geirrt haben«, meinte Gunnar.

»Das glaube ich nicht.«

Gunnar seufzte laut. »Warum nur werde ich das Gefühl nicht los, dass es dieses ertrunkene Mädchen gar nicht gibt?«

»Wie meinst du das?«

»Wir werden sie nicht identifizieren können.«

Erneutes Schweigen. Drei asiatische Mädchen in einer Woche. Ein nicht identifiziertes Mädchen mit asiatischem Aussehen und gefälschtem Pass, tot in einem Zug aufgefunden. Ein nicht identifiziertes Mädchen mit asiatischem Aussehen, tot im Wasser gefunden. Und Pim, ein asiatisches Mädchen mit gefälschtem Pass, dem es gelungen war, aus seiner Gefangenschaft zu fliehen.

Und darüber hinaus ein viertes, nicht identifiziertes Mädchen mit einer Narbe auf der Stirn, das angeblich Isra hieß.

»Es scheint so, als wollten sie die Mädchen loswerden«, sagte Henrik.

»Und genau deshalb müssen wir diesen Machenschaften ein Ende setzen«, erwiderte Gunnar.

»Ich werde dafür sorgen, dass dieses Mädchen von Björn Ahlmann untersucht wird.«

»Tu das, Henrik, aber wissen wir schon, wie lange sie im Wasser gelegen hat?«

»Anneli tippt auf nur einen Tag.«

»Dann gibt es keinen Zweifel mehr«, sagte Gunnar.

»Inwiefern?«

»Dass wir eine Pressekonferenz abhalten müssen. Wir müssen die Öffentlichkeit informieren, bevor zu viel geschrieben und spekuliert wird.«

Schon fast eine Stunde schaute Jana Berzelius die Unterlagen zu den Verfahren und Gerichtsverhandlungen ihres Vaters durch. Sie saß auf dem Fußboden und hatte einen Teil der Ordner um sich herum ausgebreitet. Ihr Vater hatte die Informationen sorgfältig und systematisch gesammelt und abgelegt. In den Ordnern waren vermutlich über hundert Rechtsfälle aus den Jahren seit 1989 dokumentiert. In den meisten hatte Karl Berzelius als Staatsanwalt beziehungsweise als Reichsstaatsanwalt die Anklage vertreten. Von einigen hatte sie bereits im Internet gelesen und dabei einen gewissen Stolz empfunden. Ja, die Erfolge ihres Vaters im Gerichtssaal hatten ziemlichen Eindruck auf sie gemacht.

Aber es waren die Notizen am Rand, die sie aufmerken ließen. Vielleicht war es ja nur gedankenverlorenes Gekritzel, während er über irgendetwas nachgedacht hatte. Ohne Kenntnis der Fälle war es schwer, auf die Schnelle die Bedeutung der Notizen zu verstehen.

Außerdem tickte die Uhr.

Sie hatte nicht unendlich viel Zeit und schloss den Aktenordner, den sie gerade auf den Knien hatte. Nun musste sie sich darauf konzentrieren, Danilo zu finden.

Durch das Fenster sah sie den Schnee umherwirbeln

und lauschte dem Heulen des Windes. Sie motivierte sich mit dem Versprechen, dass sie sich wiedersehen würden, sie und er. Dann würde sie ihre Tagebücher zurückverlangen und alles andere. Und sie würde ihn zum Schweigen bringen – für immer. Denn er war der Einzige, der wusste, wer sie eigentlich war.

Jana stand auf, ließ die Ordner auf dem Fußboden liegen und suchte weiter nach einer Landkarte.

29

Gunnar Öhrn räusperte sich, schloss die Augen und schickte ein Stoßgebet gen Himmel, dass die Presse ihn mit allzu eingehenden Fragen verschonen möge, doch er wusste, dass er ebenso gut um einen Sommer ohne Regen hätte bitten können.

Die Polizeipressesprecherin Sara Arvidsson beugte sich zu den Mikrofonen, die vor ihr auf dem Podium standen. Das Gemurmel im Raum erstarb.

»Diese Pressekonferenz, die auch im Fernsehen übertragen wird, haben wir einberufen, weil wir nach einem Mann namens Danilo Nahuel Peña fahnden, der unter dringendem Verdacht steht, in den Mord an dem zwanzigjährigen Robin Stenberg in Norrköping am vergangenen Freitag involviert zu sein.«

Sara Arvidsson blätterte in ihren Unterlagen und fuhr fort: »Danilo Peña sehen Sie auf diesem Foto. Er hat dunkles Haar, ist etwa dreißig Jahre alt und hat eine Körpergröße von einem Meter fünfundachtzig. Wir glauben, dass er mit dem Auto unterwegs ist, möglicherweise in einem Volvo mit dem Autokennzeichen GUV 174.«

»Steht er unter Mordverdacht?«, erkundigte sich ein Mann in der ersten Reihe.

»Es ist zu früh, darüber eine Aussage zu treffen, aber gewisse Umstände machen es dringend erforderlich, mit dem Mann in Kontakt zu treten.«

»Was für eine Verbindung gibt es zwischen ihm und dem Mordopfer?«

»In der jetzigen Situation können wir nicht auf die einzelnen Beweismittel eingehen«, erklärte Sara.

»Und was ist mit dem Motiv? Wissen Sie, warum Stenberg ermordet wurde?«

»Im Moment wollen wir uns auch nicht zu einem möglichen Motiv äußern. Das wird die Zukunft zeigen.«

»Heute gab es einen Todesfall im Untersuchungsgefängnis«, sagte ein Mann mit Schnurrbart. »Wie gehen Sie damit um?«

»Natürlich ist das unerhört tragisch – für die Angehörigen des Opfers ebenso wie für die Gefängnisangestellten. Im Moment werden Spuren und Proben analysiert, und wir haben außerdem eine interne Untersuchung gestartet.«

»Wie konnte es dazu kommen?«

»Dazu will ich mich nicht äußern, das wird Gegenstand der Ermittlungen sein.«

»Wie ist er gestorben?«

»Ich möchte nichts weiter über die Umstände dieses Todesfalls verlauten lassen. Die Pressekonferenz, die wir heute einberufen haben, betrifft den gesuchten Danilo Nahuel Peña.«

Das Gemurmel wurde lauter, und Sara machte eine beschwichtigende Handbewegung.

»Und dieser Danilo«, fuhr der Mann mit Schnurrbart fort, »war der mit Robin Stenberg irgendwie verwandt?«

»Die Antwort lautet: Nein.«

»Taucht sein Name in der Polizeidatenbank auf?«

»Nein, aber wir haben uns entschieden, seinen Namen und sein Foto zu veröffentlichen, weil Danilo Peña eine

Gefahr für die Allgemeinheit bedeutet. Eine große Gefahr.«

Per Åström musterte die Mittagskarte im Restaurant Enoteket und stellte sich an, um zu bestellen.

Drei Gäste im Anzug saßen eng beieinander und diskutierten eifrig ein Computersystem, das in einer Woche an einen Kunden ausgeliefert werden sollte. Per konnte nicht anders, als das Gespräch mit anzuhören, und bemerkte gar nicht, dass er an der Reihe war.

»Was darf es denn sein?«, rief der Mann hinter der Theke. Er bestellte sich ein Fischgericht zum Mitnehmen und zahlte mit Karte. Dann setzte er sich an einen Tisch in der Nähe der Theke und wartete auf sein Essen.

Während er durch die hohen Glasfenster auf den Innenhof blickte, dachte er über Jana Berzelius nach. Er griff nach seinem Handy und rief sie an, doch sie meldete sich nicht. Es war schon das vierte Mal. Mit gerunzelter Stirn blickte er auf sein Handy. Auch bei Henrik Levin hatte sie sich nicht gemeldet.

Wo zum Teufel steckte sie?

Er nahm sein in eine weiße Pappschachtel verpacktes Essen in Empfang. Es war nicht weit bis zu ihrer Wohnung, und er beschloss, kurz vorbeizufahren.

Ein vages Gefühl der Unruhe breitete sich in seinem Magen aus, als er die Treppen hochlief. Er klopfte dreimal an ihre Tür, klingelte mehrmals und rief sogar ihren Namen. Aber niemand öffnete.

Unten schloss er sein Fahrrad auf und schob es über eine Schneewehe auf dem Bordstein. Er schüttelte den Schnee ab, der am Vorderrad hängen geblieben war, und trat energisch in die Pedale.

Vor dem Eingang der Staatsanwaltschaft stellte er sein Fahrrad ab und drückte die Ziffernkombination des Türcodes. Mit der Pappschachtel in der Hand erklomm er die sieben Stockwerke, in der Hoffnung, dass Jana in ihrem Büro sein würde.

Jana Berzelius suchte gründlich das Haus ab, bis sie schließlich in einem der Gästezimmer eine eingerahmte Seekarte entdeckte. Vorsichtig bog sie die Häkchen an der Rückseite des Rahmens auf, nahm die vergilbte Karte heraus und legte sie auf den Fußboden.

Laut der Karte auf ihrem Handy gab es an der ganzen Küste bei Arkösund dichten Wald und vereinzelt auch ein paar Häuser. Der Ort selbst lag am äußersten Rand der Halbinsel Vikbolandet in den Schären von Norrköping. Irgendwo dort musste sich das Bootshaus befinden, wo Pim gefangen gehalten worden war. Wenn sie dort hinfand, würde sie mit großer Sicherheit auf Danilo stoßen.

Ein Schauer lief ihr den Rücken hinunter, und sie betrachtete wieder die Karte auf dem Handy. Pim hatte einen Bach erwähnt, und Jana markierte die Wasserläufe auf der Seekarte. Aber schon bald stellte sie fest, dass es viel zu viele Linien waren und es unmöglich sein würde, den Bach zu finden, den Pim gemeint hatte.

Sie fing von vorn an und kennzeichnete nur die größeren Wasserläufe direkt an der Küste. Es waren zehn.

Dann zoomte sie die Karte auf dem Handy näher heran und versuchte herauszufinden, ob an diesen Stellen irgendwelche Bootshäuser zu sehen waren. Doch schon bald gab sie auf, denn es konnten ebenso gut Wohnhäuser oder Schuppen sein.

Sie trat einen Schritt zurück und betrachtete die Markierungen. Die meisten befanden sich auf der nördlichen Seite, aber dort hatte die Polizei ja schon vergeblich gesucht.

Plötzlich bemerkte sie einige kegelförmige Felder auf der Seekarte. Im selben Moment ging ihr auf, dass das seltsame rhythmisch rotierende Licht, das Pim gesehen hatte, vom Leuchtturm Viskär stammen musste.

Jana betrachtete die Markierungen auf der südlichen Seite. Das Leuchtfeuer hatte eine große Reichweite, aber war wohl im Gebiet Kälebo am stärksten. Dort lagen mehrere Gebäude, doch nur zwei in der Nähe eines Wasserlaufs und direkt am Meer.

Sie rollte die Karte zusammen und suchte eine Taschenlampe. Als sie die Treppe hinuntereilte, spürte sie das Messer hinten am Hosenbund.

Womöglich hielt sich Danilo in einem der Häuser auf. Diese Möglichkeit war zwar verschwindend gering, aber sie sollte sie auf keinen Fall ausschließen.

Henrik Levin fand in einer Schreibtischschublade eine Serviette und schnäuzte sich laut vernehmlich. Er setzte sich auf seinen Bürostuhl und starrte vor sich hin. Sein Blick fiel auf die Pinnwand, wo noch immer ein alter Artikel über den Fall Gavril Bolanaki hing.

Bevor Bolanaki verschwand, war es auf dem Drogenmarkt zumindest oberflächlich betrachtet ruhig gewesen. Jetzt herrschte Chaos. Menschen wurden missbraucht und brutal entsorgt. Die Resultate der rücksichtslosen Machenschaften wurden nicht mehr geheim gehalten. Die Frage war nur, um wie viele Mädchen es ging.

Henrik dachte wieder an die toten jungen Frauen, an Pim und an das Mädchen, das sich vermutlich noch in Gefangenschaft befand. An den mit klinischer Präzision ermordeten Robin Stenberg, der trotz seiner Angst bei Axel Lundin ausgesagt hatte, der sich wiederum – vermutlich auch aus Angst – das Leben genommen hatte.

Ein Mann, von dem keiner weiß, wer er ist, und dem noch niemand begegnet ist. Wie ein Schatten.

Viele Opfer, und alles deutete in eine Richtung – Danilo Peña.

Henrik legte den Kopf in den Nacken und atmete ein paarmal tief durch. Wie so oft ließ er noch einmal alle Fakten Revue passieren. Isra war irgendwo dort draußen, und sie mussten sie finden, ehe auch sie im Meer landete.

Nachdenklich fuhr er sich durchs Haar. Auf einmal holte er sein Handy heraus und wählte die Nummer von Björn Ahlmann, der sich beim zweiten Klingeln meldete.

»Ja?«, sagte er.

»Hier ist Henrik Levin. Ich brauche Ihre Hilfe. Rufen Sie mich bitte an, wenn Sie das Mädchen aus dem Meer vor sich haben.«

»Sie ist gerade erst hergebracht worden, ich habe noch gar nicht …«

»Bitte!«

»Das klingt so, als wäre Eile geboten.«

»So ist es. Ich muss Sie etwas dazu fragen.«

Per Åström schob die Tür zu Janas Büro auf. Hier herrschte penible Ordnung: exakte Papierstapel, gerade ausgerichtete Aktenordner, alles war sauber und staubfrei.

Sie war nicht da.

Sein Blick fiel auf das Foto an der Wand. Er hatte es schon einmal gesehen, aber nicht weiter darüber nachgedacht.

Nun betrachtete er es eingehend. Irgendetwas an dem Bild störte ihn, aber er wusste nicht, was. Vielleicht hatte es etwas mit den Leuten auf dem Foto zu tun.

Er studierte die starren Gesichter. Ein Mann, eine Frau und ein Kind. Karl, Margaretha und Jana Berzelius. Er musste an die Fotos aus seiner Kindheit denken, von seiner Familie, seinen beiden Geschwistern. Fast alle strahlten Freude und Glück aus. Unzählige Bilder von einem Geburtstag, von Ballons, Torten und Geschenken. Der Schulstart im Herbst und die Abschlussfeier vor den großen Ferien. Im Park, im Urlaub, an einem See, im Swimmingpool, am Strand. Auf dem Fahrrad, auf Rollschuhen und Schlittschuhen. Auf Skiern und mit Schlitten. Sein Leben war dokumentiert, verewigt.

Dem Foto, das er vor sich sah, mangelte es jedoch an Leben. Warum hatte sie es aufgehängt?

Per schätzte, dass Jana auf dem Foto neun oder zehn Jahre alt war. Ihre Haare waren rabenschwarz und glatt gekämmt. Die Arme hingen seitlich am Körper herunter. Sie trug ein weißes Kleid und schwarze, glänzende Schuhe. Die Lippen waren geschlossen, aber Per konnte dennoch ein Lächeln erahnen. Die Augen waren tief und dunkel. Sie stand in der Mitte, vor ihren Eltern. Im Hintergrund war eine weiße, verzierte Flügeltür zu sehen. Er trat näher und musterte die Tür, die vermutlich der Eingang zum Sommerhaus der Familie Berzelius war.

Als Per Janas Büro verließ, lief ihm der leitende Staatsanwalt Torsten Granath über den Weg, und er hielt ihn auf.

»Etwas bereitet mir Kopfzerbrechen«, murmelte Granath.

»Etwas Berufliches?«, erkundigte sich Per.

»Nein, etwas Privates. Meine Frau will einen neuen Hund haben. Ich finde, wir können ruhig eine Weile warten. Wir haben uns ja gerade erst von Ludde verabschiedet. Aber vielleicht ist es besser, auf ihren Wunsch einzugehen. Aber was haben Sie auf dem Herzen, junger Mann?«

Per atmete tief durch. Dann erzählte er, dass er seit der Vertagung am Landgericht nichts von Jana Berzelius gehört habe.

»Ich habe sogar vor ihrer Wohnungstür gestanden, und sie geht auch nicht ans Telefon.«

»Vielleicht ist sie krank.«

»Dann müsste sie sich doch krankgemeldet haben.«

»Sie machen sich Sorgen, merke ich.«

»Ich fand es etwas seltsam von ihr, die Hauptverhandlung zu vertagen. Das ist nicht ihre Art.«

»Aber wenn ihr etwas zugestoßen wäre, dann hätte ihr Vater mir davon erzählt«, sagte Torsten Granath.

»Sie kennen sich näher?«

»Karl Berzelius und ich stehen in regelmäßigem Kontakt, ja. Karl ist noch von der alten Schule. Er ist immer ehrlich und schätzt gewisse Absprachen.«

»Absprachen?«

»Das klingt wichtiger, als es in Wirklichkeit ist. Er will nur über die Arbeit seiner Tochter auf dem Laufenden sein.«

»Sie meinen, was sie leistet?«

»Ja, das ist vielleicht der richtige Ausdruck.«

Per strich sich übers Kinn. »Hat er denn Grund, sie im Auge zu behalten?«, fragte er.

»Was meinen Sie?«

»Hat sie sich etwas zuschulden kommen lassen?«

»Nein, Sie kennen doch Jana. Sie ist ein bisschen zurückhaltend, aber eine großartige Staatsanwältin. Beinahe kompetenter als ihr Vater. Aber verraten Sie niemandem, dass ich das gesagt habe.«

»Und warum macht er sich Sorgen?«

»Karl schätzt es, die Kontrolle zu haben«, erklärte Torsten Granath. »Und deshalb glaube ich, er wüsste es als Erster, wenn Jana etwas zugestoßen wäre. Wenn ich an Ihrer Stelle wäre, würde ich mit Karl Berzelius sprechen.«

Durch Türen und Wände waren Stimmen von Kollegen, summende Computer und dröhnende Lüftungsanlagen zu hören. Weit entfernt vernahm Henrik Levin das Signalhorn einer Eisenbahn. Er hatte schon wieder sein Handy am Ohr.

»Und was wollten Sie mich jetzt zu dem Mädchen fragen?«, wollte Björn Ahlmann wissen.

»Haben Sie die Tote vor sich?«

»Was für eine Frage!«

»Sie hat Verletzungen an den Armen.«

»Das kommt öfter vor«, erklärte Björn Ahlmann. »Leichen nehmen im Wasser eine charakteristische Haltung ein. Sie schwimmen in Bauchlage, während Kopf, Arme und Beine nach unten hängen. Das führt zum einen dazu, dass die Fäulnis aufgrund der Blutansammlung in den entsprechenden Gefäßen im Kopf beginnt, zum anderen weist der Kopf häufig Schädigungen auf, weil der Körper wegen der Wasserbewegung über den Boden schleift. Ähnliche Verletzungen finden sich an Armen und Beinen.«

Henrik betrachtete die blassen, dünnen Arme auf dem Foto vor sich.

»Aber am linken Handgelenk hat sie eine größere oder besser gesagt breitere Verletzung.«

»Korrekt.«

»Könnte das eine Schürfwunde sein, die von woanders herrührt?«

»Was meinen Sie?«

»Als wir Pim gefunden haben, hatte sie Verletzungen am Körper, große und kleine Risse. An den Handgelenken hatte sie breite Wunden, die von den Riemen stammten, mit denen sie gefesselt gewesen war. Könnte es sein, dass das Opfer auf dem Foto auch an den Handgelenken gefesselt war?«

»Das ist durchaus möglich.«

»Danke, das war alles, was ich wissen wollte«, sagte Henrik und erhob sich. Er lief an einem erstaunten Ola vorbei in den Konferenzraum und stellte sich vor die detaillierte Landkarte an der Wand. Er legte den Finger auf den Kreis, der die Stelle markierte, wo Pim aufgegriffen worden war.

»Was suchst du denn?«, fragte Ola von der Tür aus.

»Wo genau haben die Fischer das Mädchen gefunden?«, fragte Henrik.

»Du meinst das Mädchen, das …«

»Zeig mir einfach die Stelle, wo sie gefunden wurde!«

Ola verschwand und kam wenig später mit seinem Notebook zurück, das er auf den Tisch stellte. Er warf einen Blick auf den Computer und zeigte dann auf einen Punkt in den Schären von Arkösund.

»Nach Aussage der Fischer war der Fundort des Mädchens hier. Warum fragst du?«

»Das Mädchen hat etwa vierundzwanzig Stunden im Wasser gelegen. Es steht nicht zu vermuten, dass sie in dieser Zeit vom Land bis nach draußen getrieben worden ist.« Henrik zeigte auf den großen Abstand zwischen Meer und Festland.

»Nein, dafür wären schon Orkanböen nötig gewesen.«

»Also muss sie ins Meer geworfen worden sein.« Henrik deutete wieder auf die Karte. »Sieh mal, Pim wurde in der Nähe von Brytsbo aufgegriffen, an der Landstraße 209. Von dort aus ist es weder in nördlicher noch in südlicher Richtung weit bis zur Küste.«

»Wir haben aber schon die gesamte Küste in nördlicher Richtung abgesucht. Marviken, Viddviken, Jonsberg – alles.«

»Aber das ertrunkene Mädchen wurde hier unten gefunden.« Henrik platzierte den Finger auf den südlichen Teil der Karte.

Ola trat näher. »Kälebo«, sagte er. »Direkt am Meer.«

»Genau«, erwiderte Henrik. »Pim hat ausgesagt, dass das Gebäude, in dem sie sich befand, am Wasser gelegen hat. Das Mädchen, das später ertrunken ist, muss von einem Boot aus ins Meer geworfen worden sein. Wir treffen uns in einer Stunde zur Besprechung. Bitte liste bis dahin alle Gebäude an der Küste bei Kälebo auf, Ferienhäuser, Schuppen, Bootshäuser. Denn ich glaube, dass wir genau dort suchen müssen.«

Die Autotür schloss sich beinahe lautlos. Jana Berzelius blieb stehen und lauschte in die Stille. Es schneite zwar stark, aber der dichte Nadelwald schützte sie. Sie spürte den weichen Boden unter den Füßen.

Die Auffahrt zum Haus war lang und verlief in zwei Kurven.

Die Karte stimmte nicht ganz. Das Häuschen lag zwar am Meer, aber nicht direkt am Wasser. Es hatte zwei Fenster, einen breiten Schornstein und eine schmale Tür. Davor stand eine Esche, die von einer umlaufenden Holzbank umgeben war. Im Verhältnis zum schmalen Stamm war die Bank viel zu breit.

Drei Meter vor der Haustür blieb sie stehen, sah sich um und lauschte wieder. Die große alte Eichentür war schwarz wie die Nacht und die Eisenbeschläge und -scharniere vom Rost zerfressen. Vor der Haustür hatte niemand geräumt, sie entdeckte weder Schuhabdrücke noch Autospuren im Schnee.

Sie umrundete das Haus und lugte in die Fenster. Es war verlassen. Dann wandte sie den Blick zu den Klippen und ging zum Meer hinunter. Sie suchte nach einem Bootshaus, aber fand nur ein kleines Plumpsklo, in das sie nicht einmal hineinschaute.

Enttäuscht kehrte sie zum Auto zurück, entrollte die Seekarte und studierte sie. Ihre Augen wanderten von einem Kreuzchen zum nächsten, in der Hoffnung, dass sie gleich ein Bootshaus finden würde.

Per Åström sah seinen eigenen Schatten an der Haustür, während er vor der großen Villa in Lindö wartete. Als die Tür geöffnet wurde, richtete er sich auf.

»Guten Tag, ich heiße Per Åström und …«

»Ich weiß, wer Sie sind«, sagte Karl Berzelius.

»Wir sind uns noch nie begegnet.«

»Ich weiß es trotzdem.«

Per wurde verlegen. »Es tut mir leid, dass ich Sie störe, aber …«

»Worum geht es?«

»Es geht um Ihre Tochter. Darf ich reinkommen?«

Per bemerkte, dass Karl Berzelius' Atmung schneller ging.

»Darf ich reinkommen?«, wiederholte er.

Die Worte blieben in der kalten Luft hängen. Karl Berzelius antwortete nicht, und Per hatte den Eindruck, dass er ihn draußen in der Kälte stehen lassen wollte.

»Haben Sie etwas von Ihrer Tochter gehört?«

»Warum?«

»Ich habe allmählich das Gefühl, dass ihr etwas zugestoßen sein könnte.«

»Was veranlasst Sie zu dieser Annahme?«

»Ich habe in ihrer Wohnung, im Büro und im Landgericht nach ihr gesucht.«

»Vielleicht will sie Sie einfach nicht sehen?«

»Ich möchte nur verstehen, wo sie abgeblieben sein könnte. Sie hat von einem Sommerhaus gesprochen … Wissen Sie, ob sie vielleicht dort sein könnte?«

»Es heißt aus ganz bestimmten Gründen Sommerhaus.«

»Ich verstehe. Aber ich habe nur gedacht …«

»Auf Wiedersehen«, sagte Berzelius und wollte die Tür schließen.

»Sie haben also keine Ahnung, wo sie stecken könnte?«, fragte Per und schob den Fuß in den Türspalt.

»Jana lebt ihr eigenes Leben, in das ich mich nicht einmische.«

»Seltsam«, sagte Per. »Ich habe eben mit Torsten Granath gesprochen, und wenn man ihm Glauben schenken darf, legen Sie Wert darauf, eine gewisse Kontrolle über Ihre Tochter zu haben.«

Die Augen von Karl Berzelius wurden schmal. »Das hat er gesagt?«

Per zog den Fuß weg, stellte sich etwas breitbeiniger hin und sortierte seine Gedanken. »Als Jana gestern hier war …«, setzte er an.

»Ich habe keine Ahnung, was Sie mit Ihren Fragen bezwecken«, unterbrach Berzelius ihn. »Das letzte Mal habe ich Jana am Dienstag, den 1. Mai, um neunzehn Uhr gesehen.«

»Jetzt ist aber Dezember«, bemerkte Per.

»Danke für diese Information.«

»Sie haben sie also seitdem nicht gesehen?«

»Wir sehen uns nicht öfter als nötig. Meine Frau hingegen mag häufigere Zusammenkünfte. Und da Sie nun schon so neugierig sind, kann ich Ihnen verraten, dass Jana gestern hier war. Aber das wussten Sie ja bereits. Wollten Sie noch was von mir?«

»Sollten Sie etwas von Jana hören, würden Sie es mich wissen lassen?«

»Erhoffen Sie sich nichts«, sagte Berzelius und schloss die Tür.

Ola Söderström druckte die Auflistung aller Gebäude an der Küste bei Kälebo aus, die er gefunden hatte. Zu diesem Zweck hatte er sich ältere und neuere Landkarten im Detail angesehen. Am Ende waren es zwölf Einzellisten auf je einer DIN-A4-Seite mit Adressen, Gebäudebezeichnungen und allen übrigen Angaben. Gerade ratterte der Drucker im Nachbarzimmer los.

Er trommelte auf seinen Schreibtisch und stand auf, um die Ausdrucke zu holen. Als er den Nebenraum betrat, erblickte er Anders Wester, der am Drucker stand und in den Papieren blätterte.

Ola hatte das Gefühl, als würde ihn ein Stromstoß durchfahren. Eine Unterhaltung mit dem obersten Chef gehörte nicht unbedingt zu seinem normalen Alltag. Verdammt, jetzt musste er blitzschnell denken, einen cleveren

Eindruck erwecken, nicht peinlich wirken, nichts Dummes sagen.

»Tja«, sagte er möglichst unaufgeregt.

Anders Wester drehte sich um und warf ihm einen neutralen Blick zu, den er nicht zu deuten wusste. »Was ist das?«, fragte er und zupfte am Kragen seines weißen Hemdes.

»Was meinen Sie?«

»Diese Adressen!«

»Ich habe für die Besprechung alle Adressen in der Nähe von Kälebo aufgelistet. Henrik Levin glaubt, dass wir im falschen Gebiet gesucht haben. Nach dem Meeting werde ich die zwölf Einzellisten an die Streifenpolizisten weitergeben, die vor Ort sämtliche Gebäude überprüfen werden. Wir glauben, dass dort irgendwo der Raum ist, also das Gebäude, wo die Thailänderin gefangen gehalten wurde«, erklärte er und ärgerte sich, dass er so herumdruckste.

»Warum bin ich nicht informiert worden?«

»Ich hab gedacht …«, setzte Ola an.

Schweigen breitete sich aus. Eine plötzliche Stille, die entsteht, wenn man in einem Gespräch völlig den Faden verloren hat.

»Ich dachte, Sie wüssten davon«, fuhr Ola fort und kratzte sich an seiner hellblauen Mütze. »Ich dachte, Sie hätten schon mit Gunnar Öhrn gesprochen. Oder mit Henrik Levin.«

»Das habe ich nicht getan.«

»Sicher?«

Das darf doch nicht wahr sein, dachte Ola im nächsten Moment. Er hatte die dümmste Frage der Welt gestellt. Natürlich war sich Wester sicher. Wie konnte er es wagen, den Chef der Reichskripo infrage zu stellen? Eigentlich müsste er jetzt die Mütze abnehmen und um Verzeihung bitten.

»Na, jetzt weiß ich es ja«, sagte Wester und reichte Ola den Papierstapel. »Danke für die Information.«

Ola nahm die Blätter. Was sollte er sagen? Danke gleichfalls? Oder bitte sehr?

»Ich werde dafür sorgen, dass die Besprechung jetzt beginnt«, sagte Wester.

»Jetzt?«

»Jetzt in diesem Moment. Rufen Sie alle zusammen.«

»Aber ...«

»Haben Sie etwa irgendwelche Einwände?«

»Nein, ich ...«

Ola bekam kein Wort heraus. Als Wester hinter der nächsten Ecke im Gang verschwand, war ihm noch immer nichts Vernünftiges eingefallen, was er hätte sagen können. Er stand mit den Ausdrucken in der Hand da, völlig gelähmt von dem Gefühl, sich so unglaublich danebenbenommen zu haben.

Obwohl er nur ein kurzärmliges Polohemd trug, trat ihm der Schweiß auf die Stirn, lief ihm den Rücken hinunter und sammelte sich in den Achselhöhlen. Der Druck auf der Brust war so stark, dass er schwankte und sich am Geländer abstützte.

Gunnar Öhrn schloss für einen Moment die Augen, wartete und spürte, wie der Schmerz sich wieder legte. Dann öffnete er wieder die Augen und ging langsam die Treppe zum Polizeirevier hinauf. Er hatte nach der Pressekonferenz eine Extrarunde gedreht, um auf andere Gedanken zu kommen.

Jetzt musste er in die Realität zurückkehren. Sie hatten eine weitere tote Frau am Hals, einen weiteren Todesfall, der bisher noch nicht an die Presse durchgesickert war. Der bloße Gedanke stresste ihn. Er sah auf die Uhr und stellte fest, dass es eine Minute nach halb fünf war. Das stresste ihn noch mehr, und er ging schneller. Er hoffte, dass ihm Anders Wester mit seinem anklagenden Blick, seinem widerlichen Grinsen und seinen bissigen Kommentaren über »die Mängel der Ermittlung« erspart bleiben würde.

Atemlos kam er in seiner Abteilung an und hielt inne, um Luft zu holen. Er ging an seinem Büro vorbei und blieb abrupt an der Glastür zum Konferenzraum stehen.

Nicht weil das Team schon da saß, sondern weil Anders Wester bereits mit der Besprechung begonnen hatte.

Er zögerte, hätte am liebsten alles hingeschmissen und diesen Idioten übernehmen lassen.

Voller Wut griff er zu seinem Handy, blätterte in den Kontakten, kehrte in sein Büro zurück und knallte die Tür zu.

Beim zweiten Klingeln nahm Bezirkspolizeichefin Carin Radler ab.

»Sind wir hier in Norrköping Ihrer Meinung nach so lahm, dass Sie einem Hauptstädter die Ermittlung übergeben?«

Sie seufzte. »Nett, dass Sie sich melden … Jetzt hören Sie zu, Öhrn …«

»Ich will nur wissen, was Sie denken.«

»Sie wissen doch, was ich denke.«

»Dass wir anderen alle inkompetent sind?«

»Ich habe es Ihnen bereits gesagt, aber ich wiederhole es gern: Anders Wester versucht Sie nur zu unterstützen.

Seine Erfahrungen und Kenntnisse in Sachen Drogenhandel …«

»Halten Sie den Mund!«

»Öhrn, ich bitte Sie!«

»Wir sind doch nur ein Haufen Idioten, oder?«

»Allmählich verliere ich wirklich das Vertrauen in Sie.«

»Wiederhören.«

Gunnar seufzte. Ihm war klar, dass er gerade die letzten Nägel in seinen eigenen Sarg hämmerte. Aber er hielt es einfach nicht mehr aus.

Er zog sich die Jacke über, verließ sein Büro und trat auf die Straße. Dann ging er wieder durch die Innenstadt. Er kannte jede Straße, jeden Bürgersteig und jedes Treppenhaus. Dennoch fühlte er sich wie ein Fremder in seiner eigenen Stadt.

Er dachte nicht mehr an den Idioten.

Sondern an Anneli.

Er war wütend und erschüttert zugleich.

Und er hatte Angst.

Eine Angst wie noch nie in seinem Leben.

Durch die Glaswände des Konferenzraums hatte Mia Bolander ihren Chef gesehen, der wieder im Flur verschwunden war. Erst hatte sie geglaubt, er habe noch etwas holen wollen, irgendwelche Berichte oder andere Unterlagen für die Besprechung, doch nach fünfzehn Minuten war ihr klar, dass er vermutlich nicht zurückkommen würde. Also würde Anders Wester das Meeting allein leiten. Sie schaute zu dem obersten Chef hinüber, der mit seiner schlechten Haltung neben Ola stand. Er sieht aus wie ein Haufen Scheiße, dachte sie genervt.

Als ihr Blick weiter um den Tisch wanderte, merkte Mia, dass Jana Berzelius fehlte. Dabei war das doch ihr Fall, verdammt! Jana Berzelius war schon länger nicht mehr im Polizeirevier gewesen, dabei hatte sie doch irgendwas von Hingabe an die Arbeit gefaselt.

Einer Staatsanwältin, die bei den Ermittlungen nicht anwesend war, sollte man den Fall besser entziehen. Vielleicht sollte sie sogar verwarnt werden.

Das wäre natürlich bedauerlich, *extrem* bedauerlich, dachte Mia, während Anders Wester weiterquatschte.

»Ich werde Sie nicht mehr lange aufhalten«, sagte er, »aber wir haben noch einen wichtigen Punkt zu besprechen. Ola Söderström hat sozusagen das Terrain sondiert.«

»Ja, genau.« Ola ergriff das Wort. »Ich habe sämtliche Adressen an der Küste bei Kälebo aufgelistet. Es wird vermutlich den ganzen Abend und die ganze Nacht dauern, bis wir alle Gebäude abgeklappert haben.«

»So lange?«, meinte Henrik.

»Es sind zwölf Einzellisten, die abgearbeitet werden müssen«, erklärte Ola.

»Deshalb ist es am besten, wenn wir gleich loslegen«, sagte Wester.

»Yes. Ich sorge dafür, dass …«, setzte Ola an.

»Nein«, fiel ihm Wester ins Wort. »Ich weiß zwar nicht, wo Ihr Chef gerade steckt, aber ich übernehme jetzt die Verantwortung und sorge dafür, dass die Streifen die entsprechenden Anweisungen bekommen. Geben Sie mir die Listen.«

»Ich kann das schon machen, kein Thema …«, sagte Ola.

»Danke für Ihre Umsicht«, entgegnete Wester. »Aber ich

glaube, wir sind effektiver, wenn alle das tun, worin sie am besten sind. Sie haben doch sicher wichtigere Dinge zu tun, nicht wahr, Söderström? Oder gibt es irgendwelche Probleme?«

»Nein«, sagte Ola und reichte ihm den Papierstapel.

30

Es schneite. Große, schwere Flocken fielen vom Himmel, als Henrik Levin durch die Innenstadt fuhr. Er war auf dem Heimweg, lächelte beim Gedanken daran, dass er jetzt schon den zweiten Abend in Folge mit der Familie verbringen konnte. Mit der einen Hand hielt er die Pizzaschachteln auf dem Beifahrersitz fest, damit sie nicht zur Seite wegglitten, wenn er in den Kreisverkehr fuhr.

Auf den Straßen war es ruhig. Die Schulgebäude lagen im Dunkeln. Die Spielplätze der Kindergärten waren leer. In einem Buswartehäuschen saß ein eng umschlungenes Paar und beobachtete die vom Himmel fallenden Schneeflocken.

Bevor er gegangen war, hatte er im Restaurant Ardor angerufen und die Bestätigung erhalten, dass Per Åström um halb neun am vergangenen Freitagabend in Begleitung einer Frau dort eingetroffen war. Das hatte ihn zwar beruhigt, aber noch immer kreisten seine Gedanken um die Frage, wo Jana Berzelius war. Er würde einen Polizeiassistenten bitten, Ida Eklund ein Foto von Jana Berzelius zu zeigen, um in Erfahrung zu bringen, ob sie tatsächlich die Staatsanwältin gesehen hatte.

Henrik bog in die Auffahrt ein, ging ins Haus und trug die Pizzaschachteln in die Küche.

»Bin da!«, rief er.

»Aber wir haben schon gegessen.«

Emma stand an der offenen Küchentür und hatte ihre Hände in ihrer großen Strickjacke vergraben.

»Ich habe doch gesagt, dass ich was zu essen mitbringe.«

»Vor zwei Stunden, ja.«

»Was soll ich dann mit den Pizzen machen?«

»Mach, was du willst.«

»Soll ich sie einfrieren?«

»Mach, was du willst.«

»Ich habe keinen Nerv, mich zu streiten. Sag mir, was ich damit tun soll.«

»Und ich habe gesagt ...«

Emma verstummte. Ihr eben noch so müdes Gesicht verzog sich zu einer schmerzhaften Grimasse. Sie beugte sich vor, bekam eine Stuhllehne zu fassen und schrie: »Aaaah ... Auaaa!«

Mit einem Satz war Henrik bei ihr und hielt sie in den Armen, aber sie ließ den Stuhl nicht los.

»Was ist denn? Sag doch, was los ist!«

»Der Bauch«, sagte sie durch die zusammengebissenen Zähne. »Es tut so weh, so schrecklich weh ...«

»Ist es denn schon so weit? Müssen wir in die Entbindungsklinik?«

»Nein, es fühlt sich anders an. Es ... aaaah! Ich weiß nicht, was es sein kann. Es tut so weh! Bitte, Henrik, hilf mir!«

Es war ein langer Arbeitstag gewesen. Anneli Lindgren stieg der Bratgeruch in die Nase, als sie die Haustür öffnete. Anscheinend war Gunnar schon zu Hause, bereitete das Abendessen vor, vielleicht briet er Kartoffelpuffer oder Saibling.

Unwillkürlich dachte sie an die Zeit zurück, als sie noch zu zweit gewesen waren, ohne Kinder, ohne Adam, und angefangen hatten, einander zu entdecken, als die ersten nervösen Sätze aus seinem Mund gekommen waren, dass er sich in sie verliebt habe. Und dann das erste gemeinsame Abendessen, mit Fischstäbchen und Nudeln. Danach umarmte er sie, berührte sie, und sie aßen Chips im Bett und berührten sich wieder. Sie hatten sich in den Laken und in den Krümeln gewälzt, die auf der nackten Haut piksten. Es war gerade erst passiert und doch so unendlich lange her.

Sie schaltete das Licht im Bad aus und stellte die Schuhe im Flur ordentlich hin, bevor sie in die Küche ging.

Gunnar saß am Tisch. Vor ihm standen ein Glas Whisky und eine geöffnete Dose Mais. Er hatte weder Besteck hingelegt noch Teller hingestellt. Der Fisch lag gebraten in der Pfanne, die Herdplatte war ausgedreht, und die Tomaten lagen noch ganz auf dem Schneidebrett.

»Warum bist du nicht zur Besprechung gekommen?«, fragte sie. »Ist irgendwas passiert?«

»Ich weiß nicht. Ist was passiert?«, sagte er leise und betrachtete den Inhalt der Maisdose. Dann nahm er ein Maiskorn nach dem anderen heraus und ließ es in den Whisky fallen.

»Was machst du da?«, fragte Anneli.

»Ich zähle.«

»Und was zählst du?«

»Jahre.«

Anneli lächelte verblüfft. »Jahre?«

»Ja.«

»Was für Jahre denn?«

»Rate mal!«

Anneli versuchte, wieder zu lächeln, doch dabei befiel sie leises Unbehagen.

»Zehn«, zählte Gunnar und ließ weitere Maiskörner ins Glas fallen. »Elf, zwölf …«

Der Whisky spritzte auf den Tisch.

»Achtzehn, neunzehn …«

Sie sah, dass seine Hand lange über dem Whiskyglas verharrte, ehe er das letzte Maiskorn hineinfallen ließ.

»Und zwanzig«, sagte er und atmete dabei tief aus.

Anneli war kalt, ihre Angst verwandelte sich in Panik.

»Zwanzig Jahre«, sagte er und sah sie an.

»Ich verstehe nicht, was du meinst«, erwiderte sie.

»Zwanzig Jahre haben wir zusammengelebt, du und ich. Wir haben bessere und schlechtere Zeiten erlebt, wir haben mal zusammengewohnt und mal nicht … Trotzdem hätte ich nie geglaubt, dass du mir so etwas antun würdest. Ich habe gedacht, dass ich dir mehr bedeute, dass du unsere Beziehung für etwas Kostbares hältst, etwas, wofür es sich zu kämpfen lohnt. Doch jetzt weiß ich, dass es nicht so ist. Jetzt weiß ich, dass du und ich, dass das, was wir haben – oder besser gesagt: gehabt haben –, dir nichts bedeutet.«

»Ich verstehe gar nichts«, sagte sie.

»Ich auch nicht«, entgegnete er, zog etwas aus der Tasche und warf es auf den Tisch. Sie starrte die Tüte an.

»Meine Unterhose«, sagte sie. »Hast du im Schrank gewühlt?«

»Ich habe mir ein Handtuch herausgeholt, ja. Das ist kein gutes Versteck, das solltest du wissen. Und du hast sie auch noch in eine Plastiktüte gesteckt, wie ein verdammtes Andenken.«

»Aber Anders und ich … wir …« Sie verstummte.

»Ihr was?«

»Nichts.«

»Doch, erklär es mir. Ich will unbedingt alle Details hören. Los, erzähl schon! Hat er dich auf dem Bett genommen? Vielleicht im Badezimmer? Oder auf einem verdammten Tisch?«

»Still, bitte, denk an Adam.«

Doch Gunnar wurde noch lauter. »Bist du jetzt zufrieden? Dass du gestern ein bisschen Sex mit ihm hattest?« Seine Stimme bebte. »Und warum gerade er? Was? Warum musstest du es ausgerechnet mit ihm treiben? Kannst du dir überhaupt vorstellen, wie sich das anfühlt?«

Er schmiss das Glas um, und der Whisky mit den Maiskörnern lief über die Tischplatte auf den Fußboden.

Anneli begegnete seinem zornigen Blick. Sie brachte kein Wort hervor, fühlte sich vollkommen erschöpft.

»Ich will, dass du gehst«, sagte er.

»Hör mir doch zu, Gunnar. Bitte. Lass mich erklären …«

»Geh einfach«, sagte er laut. »Und nimm das hier mit.«

Er warf ihr die Tüte mit dem Slip zu. Sie fing sie auf und schämte sich in Grund und Boden. Dann wandte sie sich ab, verließ die Küche und ging in den kalten Abend hinaus.

Emma lag auf dem Beifahrersitz und schrie. Sie umklammerte den Sitz so fest, dass das Leder Falten schlug.

Auch Vilma schrie. Sie schloss die Augen und drückte die Hände auf die Ohren.

Felix saß schweigend neben ihr, aber seine weit aufgerissenen Augen sprachen Bände.

»Ich fahre so schnell ich kann«, sagte Henrik und spürte,

wie das Auto auf dem rutschigen Untergrund schlingerte. Er warf Emma einen Blick zu. Ihr Kopf ruhte an der Fensterscheibe, und sie atmete heftig, dann schrie sie erneut.

Er musste bei Rot stehen bleiben, lehnte sich über das Lenkrad und starrte die Ampel an, um ja nicht den Moment zu verpassen, wenn sie auf Grün umsprang. Den Fuß hatte er die ganze Zeit auf dem Pedal. Er gab Gas.

»Wir sind bald da«, sagte er und bemühte sich, ruhig und beherrscht zu klingen. Er wollte ihr zeigen, dass er die Situation im Griff hatte. Dass er sich keine Sorgen machte.

Doch als seine Stimme versagte, wusste er, dass es ihm vollkommen misslungen war.

Der Weg gabelte sich.

Jana Berzelius entschied sich für links, musste aber wenig später an einer Schranke wenden. Dann fuhr sie drei Kilometer auf dem rechten Weg und parkte an einer Ausweichstelle für den Gegenverkehr hinter ein paar aufgestapelten Holzstämmen.

Sie vergewisserte sich, dass das Messer noch immer an seinem Platz war, bevor sie zum Meer ging. Bei jedem Schritt spürte sie, wie das Adrenalin durch die Adern gepumpt wurde. Sie freute sich darauf, ihn wiederzusehen.

Du und ich, Danilo!

Wieder wurde sie von dem starken Lichtschein geblendet und legte instinktiv die Hand auf das Messer. Sie beobachtete, wie das rotierende Licht zwischen den Bäumen verschwand. Jetzt war sie davon überzeugt, dass sie auf dem richtigen Weg war.

Sie ging schneller. Nach ein paar Metern blieb sie unvermittelt stehen und ermahnte sich, Ruhe zu bewahren, vorsichtig zu sein und nichts zu riskieren.

Der Wald lichtete sich, und das Meer war immer deutlicher zu hören, als sie sich den Klippen näherte. Sie blickte sich nach allen Seiten um, doch sie sah nichts außer Bäumen und Schnee. Das letzte Stück rannte sie, blieb dann am Rand des Felsens stehen und spürte erneut die Enttäuschung in sich aufsteigen.

Nichts, so weit das Auge reichte.

Nur Felsen und Meer.

Der Wind zerrte an ihren Haaren und ihrer Kleidung.

Sie wollte gerade kehrtmachen, als sie in der Nähe einen Holzpfahl im Meer entdeckte, der zwischen den Eisschollen hervorragte. Sie kletterte den Felsen hinunter und rutschte mehrmals aus. Weitere Pfähle ragten aus dem Wasser, und schließlich sah sie den ganzen Bootssteg.

Sie suchte einen besseren Weg zum Meer hinunter. Dafür musste sie jedoch ein Stück zurückgehen. Sie kam an ein paar Kiefern vorbei, die durch den stetigen und starken Wind bizarr geformt waren, und schob die Zweige beiseite, die ihr hart ins Gesicht schlugen. Ihre Wangen brannten, aber sie kümmerte sich nicht darum, sie musste zum Wasser gelangen.

Als sie schließlich unten war, blieb sie abrupt stehen.

Sie blinzelte.

Erst glaubte sie, dass sie sich es nur einbildete, aber nein, dort stand tatsächlich ein Bootshaus.

Die Türen zum Kreißsaal wurden mit voller Wucht aufgeschoben. Henrik Levin versuchte mit den Schwestern Schritt zu halten, die Emmas Krankenbett durch die Gänge schoben, aber durch das Gewicht von Vilma auf seinem Arm und Felix' kurze Schritte fiel er bald zurück.

Eine Hebamme sprach mit ihm. Er wollte, dass sie aufhörte zu reden, aber er wusste nicht, wie. Er wollte nicht zuhören, sondern einfach nur Emma folgen.

Er war wütend und ängstlich.

Dann verschwand die Hebamme.

Jetzt kümmern wir uns um sie, klang ihm ihre Stimme im Ohr.

Als er Vilma absetzen wollte, klammerte sie sich an ihn. Erst in diesem Moment hörte er ihr Schluchzen. Er blieb stehen und sah, wie die Türen zum Untersuchungsraum zuschlugen.

Jana Berzelius nahm das Messer aus dem Hosenbund, duckte sich und lief lautlos auf das Bootshaus zu. Ihr Haar flatterte in alle Richtungen.

Das kleine Haus lag direkt am Meer, im Schutz der rutschigen Felsen und lichten Kiefern. Keine Fenster, nur eine Doppeltür, die zum Wald hinausging.

Auch vor dem Bootshaus waren keine Spuren im Schnee. Entweder war hier niemand entlanggegangen, oder die Spuren waren vom dichten Schneefall längst wieder verdeckt worden.

Um nicht auszurutschen, setzte sie bedächtig einen Fuß vor den anderen. Rechts, links, rechts, links.

Sie stellte sich mit dem Rücken an die Hauswand und lauschte, aber sie hörte nur das Heulen des Windes und das Schlagen der Wellen.

Als sie vorsichtig die Tür befühlte, das weiche, feuchte Holz, merkte sie, dass sie nicht abgeschlossen war. Sie atmete tief durch, zählte bis drei, gab sich einen Ruck und betrat das Bootshaus.

Mit der einen Hand umfasste sie das Messer, in der anderen hielt sie die Taschenlampe. Sie blieb stehen und horchte wieder. Ließ den Lichtkegel über Boden und Decke gleiten. Es war ein großes Bootshaus, eine morsche Treppe führte ins obere Stockwerk.

Sie ging weiter. Die Abstände zwischen den Holzdielen waren groß, die Luft kalt und feucht. Der Wind klang nun gedämpfter.

Sie steckte das Messer wieder hinten in den Hosenbund. Ihr wurde klar, dass sie allein im Haus war.

Er war nicht da!

Die Wut stieg in ihr auf, und sie schlug gegen die Wand, immer und immer wieder. Sie hatte gehofft, geglaubt, dass er hier sein würde. Bei jedem Schlag verwünschte sie sich für diesen idiotischen Gedanken. Warum sollte er hierbleiben, wenn er wusste, dass Pim ihn womöglich verriet?

Sie projizierte ihre ganze Wut auf sich selbst. Dachte nicht mehr an ihn. Schlug und schlug, bis sie schließlich aufgab und sich mit dem Rücken an der Wand nach unten gleiten ließ. Dabei blieb sie mit ihrem Pullover an einer Ausbuchtung hängen und hörte, wie der Stoff riss. Sie drehte sich um und entdeckte ein scharfkantiges Holzbrett. An der Wand war Blut zu sehen, das hinuntergelaufen und dann getrocknet war.

Sie trat einen Schritt zurück und betrachtete den Fußboden, der von Blutflecken übersät war. An einigen Stellen hatten sich kleine dunkelrote Pfützen gebildet.

Ihr Blick wanderte wieder durch das Bootshaus. Eines der Dielenbretter schien locker zu sein. Sie leuchtete mit der Taschenlampe und zog daran. Für einen Moment dachte sie, dass vielleicht der Inhalt ihrer Kartons dort liegen könnte. Aber da lag nur eine Plastiktüte.

Der Inhalt erstaunte sie. Ein Pullover, mehrere Geldscheine und ein Dutzend Pässe, auf den Fotos Frauen aus Asien. Sie blätterte sie rasch durch, doch die Namen sagten ihr nichts.

Gerade als sie sie wieder in die Tüte zurücklegen wollte, entdeckte sie ein Gesicht, das ihr bekannt vorkam. Von einem der Fotos starrte Pim sie an.

Allerdings war der Pass nicht auf den Namen Pimnapat Pandith ausgestellt. Da stand Hataya Tingnapan.

Mit einem Mal hörte sie ein Geräusch aus dem oberen Stockwerk. Sie nahm den Pass und einige der Geldscheine an sich, schaltete die Taschenlampe aus und kauerte sich zusammen. Hielt die Luft an, lauschte.

Sie hörte jemanden schluchzen.

Langsam tastete sie sich zur Treppe vor und setzte den Fuß auf die unterste Stufe, die unheilverkündend knarrte. Sie zwang sich hochzugehen.

Wieder ein Schluchzen.

Sie schlich so lautlos wie möglich weiter. Blieb stehen, horchte, aber hörte keine Bewegung, kein Geräusch von einer Waffe, die entsichert wurde, nur ein Schluchzen.

Sie schaltete die Taschenlampe wieder an. Das Licht flackerte über die Wände, glitt über den Boden, wurde von einer Kette reflektiert und blieb auf einem Gesicht hängen.

Ein Mädchen.

Es saß vollkommen still da. Die Augen waren geschlossen und das Gesicht bleich wie gefrostetes Glas.

»Isra?«, fragte Jana leise.

Dichter Schnee wehte auf die Fahrbahn. Anneli Lindgren spürte, wie das Auto an den Straßenrand glitt. Sie bremste, trat die Kupplung und umklammerte das Lenkrad, um die vier Räder unter Kontrolle zu bekommen, die auf dem eisigen Untergrund ins Rutschen kamen.

Sie bog in eine Parkbucht ein, barg das Gesicht in den Händen und ließ die Tränen laufen.

Sie war völlig erschöpft. Alles war kaputt. Alles.

Sie stieg aus dem Auto, schlang die Arme um den Oberkörper und atmete tief durch.

Einige Meter weiter weg im Licht der Autoscheinwerfer sah sie einen Spielplatz. Eine einsame Schaukel schwang im Wind über die großen Schneewehen hinweg, wobei das Gerüst ein Jaulen von sich gab, traurig und irritierend zugleich.

Sie holte die Tüte mit der Unterhose aus der Tasche und warf sie in einen Abfalleimer. Dann fuhr sie zum Polizeirevier.

Sie konnte keinen klaren Gedanken fassen. Alles war so unfassbar einfach. Und gleichzeitig so kompliziert.

Ihr Körper zitterte, als sie in der Tiefgarage aus dem Auto stieg. Im Wagen war es auf dem Weg hierher noch gar nicht richtig warm geworden, und ihre Kleidung war zu dünn. Sie rieb die roten, steif gefrorenen Hände aneinander.

Mit dem Fahrstuhl fuhr Anneli in ihr Büro und setzte sich an den Schreibtisch. Sie würde sich mit Arbeit ablenken. Bevor sie die Handschuhe überstreifte, betrachtete sie den billigen Ring an ihrem Finger.

Sie hatte ihn geliebt.

Nun nahm sie ihn ab und hielt ihn zwischen Zeigefinger und Daumen.

Den Ring liebte sie noch immer.

Dann streifte sie die Handschuhe über und machte sich an die Arbeit.

Das Mädchen blinzelte ins Licht, und Jana Berzelius senkte die Taschenlampe.

»Isra?«, fragte sie erneut.

Das Mädchen wimmerte und sah sie aus großen, erschrockenen Augen an. Sie saß auf einer Matratze, ihr Mund war mit einem Klebestreifen verschlossen, und sie war an die Wand gekettet. Die Hände waren hinter dem Rücken mit Riemen gefesselt, und neben ihr stand ein Eimer ohne Griff. Das Mädchen trug eine schmutzige Jacke, und das dunkle Haar fiel ihr ins Gesicht.

»Ich will dir nichts Böses«, sagte Jana auf Englisch. »Ich werde dafür sorgen, dass du von hier wegkommst. Aber ich muss Hilfe holen.«

Als sie sich zur Treppe umwandte, wimmerte das Mädchen wieder und zerrte stöhnend an den Riemen. Trotz des Klebestreifens begann sie zu schreien. Panisch sah sie Jana an.

»Hör mir zu«, sagte Jana und hielt ihr den Mund zu. »Wenn der Typ, der dich hier festhält, herkommt und sieht, dass du weg bist, wird er für immer verschwinden. Dann werden wir ihn niemals schnappen. Dann wird es noch mehr Mädchen schlecht ergehen. Du musst hierbleiben, verstehst du?«

Das Mädchen nickte.

»Es wird dir nichts passieren, jetzt, wo wir dich gefunden haben«, sprach Jana weiter. »Aber wenn ich meine Hand wegnehme, musst du still sein. Wir wollen nicht, dass er uns hört.«

Langsam nahm sie die Hand weg, erhob sich und betrachtete Isra, die von Schluchzern geschüttelt wurde.

»Alles wird gut«, versicherte Jana, ehe sie die Treppe hinunterging. Sie blieb auf der letzten Stufe stehen und vergewisserte sich, dass sie freie Sicht auf die Tür hatte. Dann ging sie weiter, spähte vorsichtig hinaus und lauschte.

Der Bootssteg quietschte laut. Sie kletterte die Felsen hinauf und drehte sich um. Hoffentlich würde der Schnee ihre Spuren verdecken. Sie schaute zum Steg und dem Bootshaus. Als sie ihren Blick bis zum Horizont schweifen ließ, spürte sie diesen Sog, diese eisige Vorahnung, dass alles sich dem Ende näherte.

»Papa?«, sagte Felix ängstlich.

Henrik Levin sah auf seinen Sohn hinunter, drückte ihn an sich und hielt ihn lange fest, ohne ein Wort zu sagen.

»Papa, ich krieg keine Luft.«

»Tut mir leid, mein Schatz.« Henrik ließ ihn los und sah zu Vilma hinüber, die an einem Tischchen saß und mit bunten Bauklötzen spielte.

»Papa?«, sagte Felix wieder, diesmal etwas fordernder.

»Ja?«

»Was ist mit Mama?«

Henrik hob Felix' Kinn und sah ihm in die Augen. »Mama hat nur ein bisschen Bauchschmerzen. Aber das geht wieder vorbei.«

»Ich habe auch Bauchschmerzen«, sagte Vilma und rieb sich am Auge.

»Dann weiß ich, was wir machen.«

»Was denn?«

»Wir kaufen Eis.«

»Mmm.«

»Dürfen wir uns das Eis selbst aussuchen?«, fragte Felix erstaunt.

»Henrik?«

Die Stimme gehörte Ingrid Carlsson, die zu ihnen ins Wartezimmer eilte.

»Oma!«, rief Felix und empfing sie mit einer Umarmung.

»Was ist passiert? Geht es Emma gut?«, fragte Ingrid.

»Es tut mir leid, dass ich dich angerufen und beunruhigt habe.«

»Natürlich sollst du anrufen! Ich habe nur erst nicht richtig verstanden, was eigentlich los war. Wie geht es ihr?«

»Ganz gut, sie hat nur ein bisschen Bauchschmerzen«, sagte Henrik.

»Und das Baby? Ist mit dem Baby alles in Ordnung?«

»Das weiß ich nicht. Sie ist gerade ins Untersuchungszimmer gefahren worden. Aber es ist bestimmt nichts Schlimmes.«

Seine Stimme versagte schon wieder. Er sah seine Schwiegermutter an und nickte nur. So wirkte es bestimmt überzeugender.

»Kommt ihr mit mir nach Hause?«, fragte Ingrid und nahm Felix an die Hand und hielt Vilma die andere hin. Aber das Mädchen weigerte sich, sie zu ergreifen, und umklammerte Henriks Bein.

»Ich will bei Papa bleiben.«

»Aber das geht nicht. Ich muss mich um Mama kümmern«, sagte er. »Fahr jetzt mit Oma nach Hause.«

»Und was ist mit dem Eis?«

»Ich hatte den Kindern ein Eis versprochen«, sagte Henrik entschuldigend zu Ingrid.

»Und wir dürfen uns aussuchen, welches wir wollen«, sagte Felix.

»Dann machen wir das«, erwiderte Ingrid. »Eis und einen heißen Kakao, und dann lese ich euch eine Gutenachtgeschichte vor.«

»Können wir auch eins für Mama kaufen? Papa hat nämlich gesagt, man muss Eis essen, wenn man Bauchschmerzen hat.«

»Dann kaufen wir Mama auch eines und legen es in den Gefrierschrank, bis sie wieder nach Hause kommt«, sagte Ingrid. Ihre Hand berührte Vilmas. »So, und jetzt winkt ihr Papa zum Abschied.«

»Tschüss«, sagten Felix und Vilma im Chor.

»Tschüss«, antwortete Henrik und blickte ihnen nach, als sie die Station verließen.

Erschöpft ließ er sich auf den Stuhl sinken und schloss die Augen.

Per Åström schaltete hoch und radelte durch Himmelstalund in Richtung Zentrum. Er fuhr, so schnell er konnte, um nach dem Tennismatch gegen Johan Klingsberg im Racketstadion nicht auszukühlen. Er hatte die Begegnung mit einem Ass für sich entschieden und das Spiel gewonnen.

Duschen würde er zu Hause.

Er folgte der Södra Promenaden und fuhr am De-Geer-Gymnasium vorbei. In der Skomakaregatan angekommen, hängte er sich das Mountainbike über die Schulter, öffnete die Haustür und ging die Treppen hinauf in seine Dachgeschosswohnung. Das Fahrrad stellte er hinter der Tür ab, bevor er seine dünne Windjacke und die Fleecejacke darunter auszog.

In der Küche trank er ein großes Glas Mineralwasser und schälte eine Banane, die er mit fünf Bissen aufaß.

Noch immer kein Lebenszeichen von Jana.

Das gefiel ihm nicht.

Er wünschte, er könnte Henrik Levin anrufen und fragen, ob er etwas von ihr gehört hatte, aber es war besser abzuwarten. So wie er es bei Jana immer getan hatte. Sie war gern allein, und er respektierte das, auch wenn es ihm nicht immer leichtfiel.

Er überlegte, ob er sie ein letztes Mal anrufen sollte. Aber nein, er hatte sie schon viel zu oft angerufen.

Konnte man sie nicht orten?

Er müsste mit jemandem sprechen, der sich mit Mobilfunktechnik auskannte. Aber mit wem? Erstens gab es nur im Rahmen der Verbrechensbekämpfung die Möglichkeit, jemanden auf legalem Weg per Handy zu orten, ohne dass derjenige davon wusste. Und zweitens bestand das Risiko, dass man ihn auslachen oder missverstehen oder sogar als Stalker bezeichnen würde. Mit anderen Worten: Er musste mit jemandem reden, den er gut kannte und der ihn ernst nahm. Am besten mit einem Polizisten. Doch obwohl er so viele Jahre eng mit der Polizei zusammengearbeitet hatte, kannte er kaum jemanden von den Kollegen im Polizeirevier näher.

Der Erste, der ihm einfiel, war Henrik Levin, aber der war, soweit er wusste, nicht sonderlich technisch begabt. Oder Ola Söderström. Er war immer freundlich und machte einen fähigen Eindruck. Es war wohl am besten, sich direkt an einen Profi zu wenden.

Er würde ihn fragen.

Ola Söderström würde wissen, was zu tun war.

Er hörte ein Räuspern und blickte auf.

Eine Ärztin mit Ponyfransen und braunen Augen stand vor ihm. Henrik Levin hatte sie gar nicht gehört.

»Der Patientin geht es gut«, sagte sie.

»Der Patientin?«

»Ja?«

»Meinen Sie Emma?«

»Ja. Es geht ihr gut, aber sie muss zur Beobachtung über Nacht hierbleiben.«

»Was hat sie denn?«

»Das wissen wir nicht. Die Werte sind jedenfalls alle im Normbereich. Sie hat sich einmal übergeben und anschließend behauptet, die Schmerzen im Bauch seien weg. Weil sie hochschwanger ist, wollen wir sie noch nicht nach Hause entlassen. Aber Sie sollten nach Hause fahren und ein paar Stunden schlafen.«

»Darf ich reingehen und mit ihr sprechen?«

»Sie schläft.«

»Nur gute Nacht sagen?«

Die Ärztin lächelte. »Tun Sie das«, sagte sie.

Henrik unterdrückte ein Gähnen und ging zu Emma ins Zimmer. Sie lag mit geschlossenen Augen da. Ihr Gesicht war blass, und die offenen Haare lagen ausgebreitet auf dem Kissen.

Er nahm ihre Hand, lauschte ihren Atemzügen und ertappte sich dabei, genauso ruhig zu atmen wie sie. Er folgte ihrem Atemrhythmus.

Eine Weile saß er einfach nur schweigend da und atmete. Das war beruhigend.

Dann küsste er ihre warme Wange und verließ das Zimmer.

Als er zum Parkplatz ging, schlug ihm die Kälte entgegen. Er brauchte frische Luft, brauchte einen kurzen Spaziergang.

Der kleine Parkplatz der Entbindungsstation war voll.

Er fuhr um das Klinikgebäude herum und musste erst zwei Lkw passieren lassen, ehe er auf die Straße abbiegen konnte.

Gerade als er hochschalten wollte, nahm er etwas aus dem Augenwinkel wahr. Er sah sich um und glaubte ein Auto zu erkennen, das hinter einem Klinikgebäude parkte.

Ein schwarzes Auto, ein BMW X6.

Ihm war nur eine Person bekannt, die ein solches Auto fuhr: Jana Berzelius.

Ein merkwürdiges Gefühl überkam ihn. Er konnte jetzt nicht einfach davonfahren.

Er warf einen Blick in den Rückspiegel, legte den Rückwärtsgang ein, machte eine Kehrtwendung und fuhr auf das Gebäude zu, um einen besseren Blick auf das Auto zu erhaschen. Doch der Weg war eine Einbahnstraße, und er konnte nicht gegen die Verkehrsregeln verstoßen. Deshalb fuhr er um das Gebäude herum. Als er zu der fraglichen Stelle kam, bremste er scharf und sah sich um. Der BMW war weg. Er rieb sich die Augen und blickte auf die Straße.

Sie war leer.

Jetzt reiß dich zusammen, sagte er sich. Er war überzeugt, dass ihm die Müdigkeit einen Streich gespielt hatte.

Am besten sollte er jetzt auf direktem Weg nach Hause fahren und sich ins Bett legen. Das wäre das einzig Vernünftige.

Er drehte um und fuhr zur Ausfahrt.

Pim schlug die Augen auf und blickte in das dunkle Zimmer. Im Gang waren schleppende Schritte zu hören, aber davon konnte sie nicht aufgewacht sein.

Sie lauschte.

Hörte ein Klicken, als eine Tür zugeschoben wurde.

Ein Patient betätigte die Taste für den Schwesternruf. Dann wurde es wieder still.

Es war ihr schwergefallen zu schlafen, weil sie sich Sorgen um ihre kleine Schwester Mai machte. Sie hatte über die schlimmen Tage und Nächte im feuchten Haus nachgedacht und gelobt, sich nie wieder in eine solche Situation zu begeben. Nie, nie wieder.

Sie streckte sich und gähnte. Das Laken raschelte, als sie sich auf die Seite legte. Eine Weile lag sie so da, schloss die Augen und wollte wieder einschlafen, doch das Kissen war irgendwie unbequem. Sie steckte die Hand darunter und stieß gegen etwas Hartes. Abrupt setzte sie sich auf und zog das Kissen zur Seite.

Lange starrte sie auf das, was dort lag.

Ein Pass und mehrere schwedische Banknoten.

Rasch schlug sie ihn auf und drückte ihn an die Brust, so fest sie konnte.

Sie öffnete ihn erneut, als wollte sie sich vergewissern, dass es wirklich ihr Pass war.

Da fiel ein kleiner Zettel heraus.

In Handschrift stand darauf:

Thank you.

31

Es war früh am Morgen, und Henrik Levin saß in seinem Büro. Er dachte an Emma und fühlte sich irgendwie machtlos. Er konnte nichts ausrichten, was ihren Zustand betraf. Das Einzige, was er beeinflussen konnte, war der Ausgang der Ermittlungen, mit denen er betraut war. Aber er fühlte sich ziemlich verloren.

Henrik wurde in seinen Gedanken unterbrochen, als Ola mit ein paar zusammengerollten Papieren in der Türöffnung stand.

»Es tut mir wirklich leid«, setzte Ola an.

Henrik verstand gar nichts mehr. Wusste Ola etwa, dass Emma im Krankenhaus war? Das konnte natürlich sein. Wie an jedem anderen Arbeitsplatz machten auch bei der Polizei Neuigkeiten blitzschnell die Runde. Aber das Tempo in diesem Fall war wirklich rekordverdächtig.

»Ach ja, danke. Im Moment kann ich nicht viel machen, außer die Daumen zu drücken, dass es ihr bald wieder besser geht.«

»Ich komme gerade nicht ganz mit …«, erwiderte Ola und sah beunruhigt aus.

»Emma«, antwortete Henrik in einem Tonfall, der hoffentlich signalisierte, dass ihr Zustand ihn nicht so belastete, dass sie das Thema weiter vertiefen mussten.

»Was ist denn mit ihr?«

»Sie ist ja …«, fing Henrik an, hielt dann aber inne. Ola

hatte offenbar etwas anderes gemeint. »Nichts, alles in Ordnung, vergiss es. War ein Missverständnis. Was hast du denn eben gemeint?«

»Kälebo«, entgegnete Ola. Er rollte die Blätter auseinander und legte sie vor Henrik auf den Schreibtisch. »Die Kollegen haben im Lauf der Nacht jedes einzelne Gebäude überprüft, aber sie haben keine Thailänderin gefunden.«

Henrik seufzte hörbar und blätterte in dem Papierbündel.

»Elf Seiten mit Adressen, und wir haben trotzdem nichts gefunden«, fasste er zusammen.

»Das ist bedauerlich«, sagte Ola. »Im Übrigen sind es zwölf Seiten.«

Henrik blätterte die Unterlagen erneut durch und zählte diesmal genauer. »Ich komme nur auf elf Seiten.«

»Aber ich habe zwölf Seiten ausgedruckt, ganz sicher. Die Kollegen von der Streife haben sie für die Suche bekommen, ich …« Ola packte den Papierstapel und zählte nach.

»Tatsächlich, es fehlt eine Liste«, sagte er und sah Henrik erstaunt an.

Sie hätte sich wärmer anziehen müssen, um in der Kälte am Bootshaus auf ihn zu warten. Jana Berzelius war ins Sommerhaus ihrer Eltern zurückgekehrt. Sie ging ins obere Stockwerk, wo sie Kleidungsstücke aus ihrem Rucksack nahm und rasch überzog.

Sie hastete durch den Flur, an der Bibliothek vorbei und sah die Aktenordner, die noch immer auf dem Fußboden lagen.

Sie stellte sie exakt an dieselbe Stelle im Regal, wo sie vorher gestanden hatten.

Vater würde nichts merken.

Gerade als sie den letzten Ordner schließen wollte, hielt sie inne. Ihr Vater hatte den Ausgang dieses Prozesses mit einem »GB« kommentiert.

Diese Abkürzung war ihr schon zuvor aufgefallen. Sie blätterte weiter und las sich die Kommentare ihres Vaters genauer durch. Manchmal waren sie nur drei Zeilen lang, manchmal hatte er beinahe eine Seite mit seinen Überlegungen gefüllt.

HD war der Meinung, dass die Delikte als Fälle einfacher Drogenkriminalität gewertet werden sollten. Für die beiden Angeklagten wird eine Haftstrafe von sieben Monaten festgesetzt (zugunsten von GB).

Sie staunte, als sie sich den Kommentar genauer ansah.

Hauptzeuge Anton Ekstam zum Schweigen gebracht (GB).

Zum Schweigen gebracht?

Sie atmete tief durch, griff nach ihrem Handy und googelte Anton Ekstam.

Gleich auf der ersten Website in der Trefferliste ging es um Menschen in Östergötland, die seit dem Jahr 2000 vermisst wurden.

Im Oktober 2002 verschwand der einunddreißigjährige Anton Ekstam aus Motala spurlos. Zwei Wochen lang suchten Polizei und Angehörige intensiv nach ihm, doch Anton Ekstam ist nie wieder aufgetaucht.

Jana nahm sich noch einmal die Aktenordner vor und bemühte sich, zu verstehen, was sie da gerade entdeckt hatte.

Als sie die Notizen im fünften Ordner las, musste sie sehr unangenehme Schlussfolgerungen ziehen. Da stand nämlich:

Bolanaki kontaktierte die Zeugin Lina Bergvall, »wegen *Unklarheiten bei der Vernehmung«.*

Bolanaki?

Jana kannte nur einen einzigen Bolanaki.

Gavril Bolanaki. GB.

Sie legte die aufgeschlagenen Ordner kreisförmig auf den Fußboden und betrachtete sie. Dann blätterte sie, verglich und prüfte. Die Buchstaben GB tauchten auf verschiedenen Seiten im Zusammenhang mit mehreren Verfahren auf.

Rasch las sie weiter.

Zeugin behauptete, ein »schlechtes Gedächtnis zu haben«.

Vorgeblicher Mangel an Beweisen.

Gefälschtes Beschlagnahmeprotokoll erstellt.

Was früher wie eine gelungene und erfolgreiche Karriere innerhalb der Staatsanwaltschaft ausgesehen hatte, stellte sich nun ganz anders dar.

Plötzlich schreckte sie auf, als das Licht von Autoscheinwerfern durch die Gardinen drang und Schatten an die Wände des Flurs warf. Beunruhigt sah sie aus dem Fenster und hoffte, dass es ein Schneepflug war. Doch sie erblickte den schwarzen Mercedes ihres Vaters, der vor dem Haus direkt neben ihrem BMW parkte.

Eilig stellte sie die Ordner ins Regal zurück. Dann nahm sie ihren Rucksack, lief in die Küche, stellte sich hinter die Gardine und spähte hinaus.

Alles war ihr ein einziges Rätsel. Verwirrt beobachtete sie, wie ihr Vater aus dem Auto stieg. Ihre Gedanken überschlugen sich, nicht zuletzt wegen der Dinge, die sie anhand der Aktenordner durchschaut zu haben glaubte.

Er ging um das Haus herum zum Eingang.

Sie verrenkte sich den Hals, aber sah ihn nicht mehr.

Was hatte er hier zu suchen?

Rasch verließ sie die Küche, zog sich die Schuhe an und setzte ihren Rucksack auf. Als sie Schritte vor der Tür hörte, fiel ihr nichts anderes ein, als sich zu ducken und in den Salon zu flüchten.

Die Neonröhren im Konferenzraum blinkten auf, als Gunnar Öhrn den Lichtschalter betätigte.

Das Team war zusammengerufen worden. Gunnar, Henrik, Mia, Ola und Per Åström hatten schon Platz genommen. Es fehlten nur noch Anneli und Jana Berzelius.

Gunnar sah, dass in Annelis Büro Licht brannte. Sie war sicher schon auf dem Weg hierher.

»Und wo ist Jana Berzelius? Weiß das jemand?«, fragte er und sah erst Henrik, dann Per Åström an. Doch beide schüttelten den Kopf.

Er spürte, wie sich eine gewisse Müdigkeit einstellte, und war dankbar, dass er zwei Paracetamol genommen hatte. Es half normalerweise gegen Kater, aber jetzt half es gegen die Kopfschmerzen, die er gestern Abend nach dem Streit mit

Anneli bekommen hatte. Und auch gegen den Stress, weil die Streifen bei ihrer nächtlichen Suche einen Teil des Gebietes in Kälebo ausgelassen hatten. Andererseits war er ein wenig schadenfroh, weil Anders Wester den Einsatz in Kälebo zu verantworten hatte. Der aufgeblasene Idiot konnte sich das Wort Zusammenarbeit sonst wohin stecken.

»Hier seht ihr das Gebiet von der verschwundenen Liste«, sagte Ola. Er stand auf und zeigte auf das etwas unscharfe vergrößerte Foto, das er per Beamer aufs Whiteboard projiziert hatte. »Genau genommen ist uns gar nicht so viel entgangen. In diesem Gebiet gibt es nur zwei Adressen, und damit euch klar ist, wo sie liegen …«

Er ging zur Landkarte, die an der Wand hing.

»Das Foto ist hier aufgenommen worden«, sagte er und zeigte auf eine Stelle, die etwa fünf Zentimeter von dem Kreuzchen entfernt lag, das die Stelle markierte, wo man Pim gefunden hatte.

»Sie wurde hier aufgegriffen, und das Mädchen wurde dort aus dem Wasser gefischt«, erklärte er und deutete auf die Karte mit den Schären von Arkösund.

»Und was für Gebäude sind das auf der vermissten Adressenliste?«, wollte Gunnar wissen.

Ola setzte sich wieder und warf einen Blick auf das Blatt Papier, das vor ihm lag.

»Die erste Adresse ist ein altes Wochenendhäuschen, das 1940 gebaut wurde. Es steht hier.«

Alle beugten sich vor, um besser zu sehen, als Ola das Bild auf seinem Notebook heranzoomte.

»Aber das Häuschen liegt doch gar nicht direkt am Meer«, stellte Henrik fest.

Aus allen Anwesenden schien die Luft zu entweichen, eine kollektive Enttäuschung.

»Und was gibt die andere Adresse her?«, fragte Gunnar.

Ola blätterte in seinen Unterlagen, obwohl er schon wusste, was dort stand. »Dazu wollte ich gerade etwas sagen. Dort stand früher ein Wochenendhäuschen, das im Oktober 2005 abgebrannt ist. Bis 1970 war es in Privatbesitz, dann wurde es der Armee vermacht. Ab 1971 konnte man es mieten, wenn man bei der Armee angestellt war.«

»Und jetzt?«

Ola zeigte auf das vergrößerte Foto, und Henrik beugte sich über den Bildschirm. Wasser, Felsen und Wald.

»Ich sehe gar nichts«, stellte er fest.

»Schau noch mal hin«, sagte Ola und zoomte das Bild heran. Er zeigte auf einen Punkt, der nur einen Kilometer von dem anderen Häuschen entfernt lag.

Henrik lehnte sich noch weiter vor.

»Ein Bootshaus«, sagte er.

»Ganz genau.«

»Ruft einen Polizeihubschrauber«, sagte Gunnar, ohne den Blick vom Bildschirm zu nehmen. Er starrte das kleine Bootshaus an, das direkt am Meer lag. Jetzt mussten sie von der Hoffnung leben – dass sie einen Treffer gelandet hatten.

32

Karl Berzelius öffnete die Haustür und betrat den Flur. Es war kalt, und er fror an den Füßen. Er schaltete nicht das Licht an, sondern ging in die Dunkelheit hinein, achtete auf eventuelle Geräusche. Aber alles war still.

»Jana?«, murmelte er, während er in die Zimmer spähte. »Bist du hier? Ich will mit dir reden.«

Er ging mit schweren Schritten zum Sessel und ließ sich nieder. Das Leder knarzte, als er das eine Bein über das andere schlug.

»Jetzt komm schon, ich muss mit dir reden. Ich weiß …«

Seine Stimme brach, er atmete tief durch und wiederholte: »Ich weiß, dass du hinter mir sitzt. Hinter dem Sessel. Komm her.«

Als nichts geschah, erhob er sich langsam und sah hinter dem Sessel nach, doch dort war tatsächlich niemand. Er hielt inne und ging zur Tür.

»Jana …«, sagte er mit weicher Stimme. »Es gibt vieles zu besprechen.«

Er sah in den Flur hinaus. Die Küchentür stand einen Spaltbreit offen. Er blickte zur Treppe.

Doch im Flur und auf der Treppe war niemand.

Rasch ging er von Raum zu Raum und betrat schließlich eines der Gästezimmer, in dem ein Einzelbett, ein Schreibtisch und ein Bücherregal standen. Es hatte drei große Fenster, und ein Flickenteppich lag auf dem Boden.

Er war verrutscht.

»Jana!«, rief er in einem härteren Tonfall.

Er schaltete das Licht an und fröstelte. Es war kälter im Zimmer als sonst.

Er ließ den Blick über das Bett, den Tisch und das Regal schweifen. Als er einen Schritt auf die Fenster zu machte, hörte er das Schlagen der Wellen. Eigentlich dürfte das Rauschen nicht so laut sein, dachte er. Im selben Moment spürte er einen eisigen Windstoß und begriff, dass ein Fenster offen war.

Er ging in den Hof hinaus und stapfte durch den Schnee zur Rückseite des Hauses. Einen Meter vom offenen Fenster blieb er stehen. Ihm fielen Spuren im Schnee auf, die vom Haus wegführten, er sah den großen Abstand zwischen den Schuhabdrücken. Sie musste weggelaufen sein. Er folgte ihr.

Kurz hinter einer Kiefer unten an den Felsen endete der Schnee und damit auch die Spuren. Er blickte sich um.

Im Winter lagen normalerweise rechts unter einer Überdachung, geschützt durch eine grüne Plane, seine beiden Motorboote.

Doch jetzt fehlte eines.

Hastig ging Anneli Lindgren durch den Flur. Bei jedem Schritt beschleunigte sich ihre Atmung. Als sie sich Gunnars Büro näherte, merkte sie, wie sich ihr Haargummi löste und ihr die Haare auf den Rücken fielen.

Sein Zimmer war leer, und sie ging weiter zum Konferenzraum, wo das Team gerade die Besprechung beendet hatte. Die Stimmung war aufgewühlt.

Henrik, Mia und Per Åström kamen ihr entgegen. Sie nickte Ola zu, der mit gestresstem Blick sein Handy ans Ohr hielt. Gunnar stand noch im Raum und blickte auf die Karte. Er schaute sie nicht an, doch sie war überzeugt, dass er sie hatte kommen sehen. Sie stellte sich neben ihn und versuchte, seinen Blick aufzufangen.

»Ich muss dir etwas erzählen«, sagte sie und holte Luft, denn sie war noch immer außer Atem. Sie waren jetzt allein im Konferenzraum.

»Geh«, sagte er.

»Ich muss aber mit dir sprechen«, sagte sie. Ihre Stimme war jetzt klar und ernst. Sie erwartete eine Gegenfrage, aber es kam keine. Gunnar stand schweigend da und starrte auf die Karte.

»Mir ist klar, dass ich Mist gebaut habe«, sagte sie. »Und ich weiß nicht, ob du mir je verzeihen kannst, aber ich …«

»Ich will keine verdammte Entschuldigung hören«, entgegnete er und drehte sich zu ihr um. »Wo warst du eigentlich heute Nacht?«

Sie starrte ihn an. »Ich war hier im Büro. Gunnar …«

»Ich will nichts mehr hören.«

»Nein, das verstehe ich, aber das, was ich zu sagen habe, hat mit den Ermittlungen zu tun.«

Erneutes Luftholen. Langes Ausatmen. Aber auch diesmal nur Schweigen.

»Jetzt bist du wirklich albern«, sagte sie. »Ich …«

»Ich bin also albern?«

»Jetzt hör mir doch mal zu! Ich muss dir was erzählen.«

»Dann schieß los«, erwiderte er und sah sie an.

»Du erinnerst dich an die DNA-Probe, die ich anhand

der Gewebefasern unter Axel Lundins Nägeln genommen habe?«

»Wo die Analyseergebnisse noch unvollständig sind? Doch, doch, Henrik und Mia liegen mir ständig in den Ohren, weil du mir nichts Genaueres dazu sagen willst.«

»Die Ergebnisse *waren* unvollständig«, erwiderte sie.

Ein paar Sekunden lang war nur die Lüftung im Raum zu vernehmen.

»Was versuchst du mir zu sagen?«

»Dass ich einen Treffer habe.«

33

Sie hockte hinter einem schneebedeckten Gebüsch und behielt das Bootshaus im Auge, das knapp fünfzig Meter unter ihr lag. Von hier aus war ihr Boot nicht zu sehen. Sie hatte in einer nahegelegenen Bucht geankert und es so gut wie möglich versteckt. Das letzte Stück war sie zu Fuß gegangen.

Jana Berzelius ließ ihren wachsamen Blick über die Umgebung schweifen.

Doch ihn sah sie nicht.

Er war nicht da. Noch nicht.

Sie würde Isra später freilassen. Isra war ihre Trumpfkarte. Solange sie hier war, konnte Danilo nicht verschwinden.

Um sich ein bisschen aufzuwärmen, kletterte sie an den Felsen entlang und versuchte, einen Platz zu finden, von wo aus sie das Bootshaus noch besser im Blick hatte. Nur zwanzig Meter vom Gebäude entfernt blieb sie hinter einer Kiefer stehen.

Plötzlich öffnete sich die Tür.

Offenbar war da jemand, der das Haus verlassen wollte.

Sie entdeckte eine Gestalt in der Türöffnung und duckte sich rasch. Langsam blickte sie wieder hoch, doch die Gestalt war verschwunden.

War es Danilo gewesen, der eben dort gestanden hatte?

Und wo war er jetzt? War er wieder zurück ins Bootshaus gegangen?

Sie konnte nicht länger warten, jetzt, da sie wusste, dass jemand im Bootshaus war. Doch es beunruhigte sie, dass es allmählich hell wurde, weil sie dann nicht so ohne Weiteres unbemerkt zum Haus gelangen konnte.

Sie legte sich auf die Erde und robbte sich vorsichtig heran, denn sie wusste, dass das Gehirn Bewegungen und plötzliche Unterbrechungen der Stille sehr wohl registrierte. Niemand reagierte auf eine langsame Schildkröte, aber alle reagierten auf einen Leoparden, der sich in raschem Tempo fortbewegte. Deshalb schob sie sich ruhig und systematisch auf Unterarmen und Beinen voran, wobei sie die ganze Zeit den Kopf gesenkt hielt.

Als sie am Bootshaus ankam, erhob sie sich und achtete auf mögliche Geräusche.

Nichts.

Sie stellte sich mit dem Rücken an die Tür.

Im Inneren angespannt und bereit.

Nach außen ruhig und entspannt.

Sie nahm das Messer aus dem Hosenbund und zählte bis drei.

Eins. Zwei. Drei.

Dann trat sie ein.

Mit dem Messer in der ausgestreckten Hand lauschte sie in die Dunkelheit hinein, aber sie konnte nichts hören, was auf die Anwesenheit von Isra hindeutete.

Jana stellte sich mitten in den kalten Raum. Es roch nach Schmutz und Feuchtigkeit, und irgendwo tropfte Wasser auf Metall.

Leise stieg sie die Treppe hinauf, machte einen Schritt nach dem anderen, und spürte, wie sich ihre Adern erneut mit Adrenalin füllten. In gebückter Haltung schlich sie auf die Zimmerecke zu.

»Isra?«, flüsterte sie.

Doch sie bekam keine Antwort.

Es knackte um sie herum, und sie merkte, dass der Wind draußen aufgefrischt hatte. Sie versuchte, ruhig zu atmen, und als sie in die Ecke schaute, entdeckte sie nur noch die Riemen auf dem Fußboden.

Isra war weg.

Es waren kleine subtile Details, die Gunnar Öhrn hätten entgehen können, wenn er nicht so aufmerksam gewesen wäre. Ein Schweißtropfen an ihrer Schläfe, die Hände unter dem Tisch. Er hatte den Eindruck, dass die Vollzugsbedienstete Anne Lindbom nervös war.

Eine Weile hatte er ruhig vor ihr gesessen und an sich selbst gezweifelt. Doch als er plötzlich ein Zucken an ihrem Augenlid gesehen hatte, war er überzeugt gewesen, dass sie etwas zu verbergen hatte.

Er warf einen Blick zur Bürotür, um sich zu vergewissern, dass sie wirklich geschlossen war, ehe er das Gespräch eröffnete.

»Sie haben Axel Lundin in der Zelle aufgefunden, oder?«, sagte er und blätterte in einem Protokoll, das nach Lundins Selbstmord erstellt worden war.

»Stimmt, ich hatte da gerade Dienst.«

»Können Sie mit eigenen Worten beschreiben, was passiert ist, als Sie Lundin gefunden haben?«

»Das habe ich doch schon getan, das steht doch da.«

»Ja, hier im Protokoll steht, dass Sie einmal stündlich durch die Luke in der Zellentür geschaut haben. Das haben Sie ja auch auf dem entsprechenden Formular dokumentiert. Im Bericht steht auch, dass Sie allein waren und nach einer Essenspause Axel Lundin tot aufgefunden hätten.«

»Ja.«

»Sie haben also das Untersuchungsgefängnis verlassen und sind in die Kantine gegangen?«

»Ja.«

»Aber warum gibt es dann davon keine Aufzeichnung der Überwachungskameras im Flur?«

Anne Lindboms Blick flackerte.

»Und wie erklären Sie sich, dass Ihre Schlüsselkarte nur auf dem Weg nach draußen benutzt wurde, aber nicht auf dem Rückweg?«

»Ich habe das Gefängnis ja verlassen.«

»Aber das kann nicht sein. Wie sind Sie dann ohne Schlüsselkarte wieder reingekommen? Man braucht sie doch, um hereinzukommen, oder?«

»Ja.«

»Und Sie waren ja allein, haben Sie gesagt. Hat Ihnen etwa einer der Häftlinge geöffnet?«

»Nein.«

»So, und nun erzählen Sie mir, was wirklich passiert ist.«

Der Schweiß lief Anne Lindbom jetzt über beide Schläfen, und ihre Hände unter dem Tisch zitterten.

»Wir haben uns die Aufzeichnungen der Überwachungskameras angesehen. Wir wissen, dass Sie nicht allein im Untersuchungsgefängnis waren.«

Er sah, wie sie schluckte.

»Wir wissen, wer mit Ihnen zusammen dort war, als Axel Lundin starb.«

Sie errötete schlagartig, biss sich fest auf die Unterlippe und wich seinem Blick aus.

»Ich durfte nichts sagen«, murmelte sie kaum hörbar und schob die Hände zwischen die Oberschenkel, als wollte sie verhindern, dass sie zitterten.

»Das ist mir klar«, sagte Gunnar.

»Ich musste ihn hereinlassen, er hat gesagt, er werde meinen Kindern wehtun, wenn ich ihm nicht gehorche.«

Sie hob den Blick und hatte plötzlich Tränen in den Augen.

»Haben Sie ihn auch in Axel Lundins Zelle gelassen?«

»Ja, er hat mich dazu gezwungen.«

Der Stress jagte ihn wie der Fuchs den Hasen. Als Henrik Levin seine Dienstwaffe, eine Sig Sauer, prüfte, merkte er, dass sie vom Körperkontakt warm geworden war.

Die Jagd hatte begonnen.

Mia kam ins Zimmer, auch sie mit ihrer Dienstwaffe im Holster.

»Bist du fertig?«, fragte sie. »Der Hubschrauber landet um fünf Uhr.«

»Ich komme«, sagte Henrik und zog sich die Jacke an, ohne sie zuzuknöpfen.

»Hast du schon gehört, dass Pim aus dem Krankenhaus abgehauen ist?«

»Was?« Henrik wirbelte herum.

»Ich habe es eben erfahren. Ihr Zimmer war leer, als die Schwester hineinging. Sie haben überall nach ihr gesucht, aber sie ist verschwunden.«

»Wir haben sie doch bewachen lassen.«

»Stimmt, aber sie hatte ja schon einmal versucht zu fliehen, oder nicht?«

»Doch.«

»Und diesmal ist es ihr wohl einfach gelungen.«

Plötzlich fühlte Henrik sich unglaublich erschöpft.

»Du solltest Jana Berzelius vielleicht mitteilen, dass ihre Klientin verschwunden ist«, sagte Mia.

»Wie soll das gehen? Ich erreiche sie ja nicht.«

»Das sagst du nur so. Vielleicht schützt du sie noch immer?«

»Hör auf damit«, sagte er. »Ich schütze sie nicht!«

»Hast du ein bisschen nachgeforscht?«

»Sie hat ein Alibi für den Abend, als Robin Stenberg ermordet wurde, und außerdem habe ich einen Polizeiassistenten gebeten, Ida ein Foto von Jana Berzelius zu zeigen.«

»Und?«

»Ida war sich nicht sicher, dass es sich bei der Frau, die sie gesehen hat, um Jana Berzelius handelt. Wir hätten beinahe aus einer Mücke einen Elefanten gemacht. Momentan können wir in diese Sache nicht noch mehr Zeit und Energie stecken.«

»Du verfolgst die Spur also nicht mehr weiter?«

»Ganz genau. Wir haben nämlich in fünf oder besser gesagt in drei Minuten einen extrem wichtigen Auftrag.«

»Und warum stehst du dann noch hier herum?«

Henrik seufzte. »Um deine dummen Fragen zu beantworten.«

Mia lachte auf und ging in den Flur. Henrik wollte ihr gerade folgen, als Gunnar sie aufhielt.

»Warte!«, rief er.

»Wir müssen los, der Hubschrauber ist da.«

»Der Hubschrauber muss warten. Anneli hat was Wichtiges zu berichten.«

»Was denn?«

»Es geht um Anders Wester.«

Erst hörte sie nur ein Geräusch, das im Wind verklang. Doch als es wiederkehrte, registrierte sie, dass es ein Ausdruck von Panik war. Jemand schrie.

Eilig ging Jana Berzelius um das Bootshaus herum. Der Wind schlug ihr entgegen, als sie auf den Steg hinauslief. Sie hörte das Wasser plätschern, in dem die Eisschollen schwammen, drehte sich um, doch konnte nichts entdecken. Weiter gegen den scharfen Wind kämpfend, eilte sie über den rutschigen Holzsteg, sah unter sich das bedrohliche Wasser, glitt aus und gewann das Gleichgewicht zurück.

Rostige Eisenketten, an denen sich Eiszapfen gebildet hatten, hingen an den Pfählen.

Sie strich sich mit dem Jackenärmel den Schnee aus den Augen, lehnte sich vorsichtig vor und blickte in das schwarze Wasser.

Plötzlich sah sie ein Gesicht, das durch die Wasseroberfläche brach. Es gehörte Isra. Sie schlug mit den Armen um sich und kämpfte, um Luft zu bekommen.

Jana sank auf die Knie und streckte den Arm aus.

»Nimm meine Hand«, rief sie ihr zu.

Im nächsten Moment spürte sie Isras eiskalte Finger durch die Lederhandschuhe und versuchte sie zu packen, doch die Hand des Mädchens war schlaff, und Jana spürte, wie sie ihr entglitt.

Isra fuchtelte mit den Armen. Das Wasser spritzte.

Da hörte Jana Schritte auf dem Bootssteg und drehte sich um.

Mit gesenktem Kopf und geballten Fäusten stand er da. Die Kapuze hatte er sich über den Kopf gezogen.

»Hallo, Jana«, sagte er. »Ich habe geahnt, dass du doch noch auftauchen würdest.«

Anneli Lindgren verstummte und blickte in die erstaunten Gesichter von Henrik, Mia, Ola und Per Åström. Gunnar stand neben ihr und nickte.

»Du meinst also«, fasste Henrik zusammen, »dass DNA von Anders Wester auf der Leiche von Axel Lundin gefunden wurde?«

»Ja«, sagte sie und nickte. »Unter den Fingernägeln von Lundin hat man Hautpartikel von Wester sicherstellen können.«

»Also …«, setzte Mia an, hielt aber inne, als müsste sie den Gedanken noch einmal durchdenken. »Wäre er nicht der Chef der Reichskripo, würde ich dir sofort glauben, aber jetzt … also wirklich. Ich weiß ja nicht. Was meinst du eigentlich?«

»Ich *meine* nichts. Ich beschreibe nur Tatsachen. Axel Lundin hat kurz vor seinem Tod Besuch von Anders Wester gehabt.«

»Wester hat was mit Lundins Tod zu tun?«, fragte Mia. »Versteh ich nicht.«

»Aber *ich* glaube, dass ich allmählich verstehe«, sagte Henrik. »Vor allem, warum Anders Wester in Norrköping geblieben ist und unbedingt an der Ermittlung beteiligt sein wollte. Das mit der Zusammenarbeit diente nur der Verschleierung.«

»Dieser Idiot ist also selbst involviert«, bemerkte Gunnar, als würde er selbst nicht richtig die Bedeutung seiner Aussage begreifen.

»Verbirgt er sich etwa hinter diesem Alten?«, fragte Mia. »Man fragt sich wirklich, wo das noch enden soll mit der Polizei. Erst Lundin und jetzt Wester.«

Eine kurze Stille entstand. Anneli lauschte ihren eigenen Atemzügen, spürte ihren Puls.

»Ich habe mich die ganze Zeit gefragt, warum wir immer einen Schritt hinterherhinken«, sagte Gunnar und strich sich übers Kinn. »Aber vielleicht haben wir jetzt die Erklärung, warum wir Danilo Peña nicht in seiner Wohnung angetroffen haben. Anders muss ihn vorgewarnt haben.«

»Das Schlimmste ist, dass wir auch jetzt hinterherhinken«, erwiderte Henrik. »Vermutlich hat er längst Danilo gewarnt, dass wir unterwegs zum Bootshaus sind.«

»Verdammt«, sagte Gunnar. »Wir müssen sofort hin!«

»Aber wir müssen auch Wester erwischen«, meinte Henrik. »Weiß jemand, in welchem Hotel er wohnt?«

»Keine Ahnung«, sagte Gunnar.

»Und was machen wir? Rufen wir ihn an?«, schlug Henrik vor.

»Ja«, antwortete Gunnar.

»Wie lautet seine Handynummer?«

»Wie soll ich das wissen, verdammt?«

»Ich dachte, du hättest sie.«

»Ich habe sie gelöscht.«

»Ola«, sagte Henrik. »Kannst du bitte schnell die Nummer raussuchen?«

Ola nickte und wollte sich gerade erheben, als Anneli die Hand ausstreckte und ihn aufhielt.

»Warte«, sagte sie. »Ich habe die Nummer. Und ich glaube, es ist am besten, wenn ich ihn anrufe.«

»Du?« Gunnars Stimme enthüllte mit unmissverständlicher Deutlichkeit, dass er hoffte, sich verhört zu haben.

Es wurde wieder still im Raum.

»Lass mich einen Versuch unternehmen«, sagte sie, stand auf und zog ihr Handy aus der Tasche.

»Aber wir sollten uns überlegen, was du ihm sagst«, meinte Henrik.

»Ich werde ein Treffen vorschlagen«, sagte Anneli leise.

»Versuch einfach nur rauszufinden, wo er steckt«, sagte Gunnar, »dann schnappen wir ihn uns.«

Sie atmete tief durch, ging zum Fenster, wandte den anderen den Rücken zu und wählte die Nummer. Sie lauschte dem Freiton am anderen Ende. Unruhig trat sie von einem Fuß auf den anderen. Sie wusste, dass sie Henrik und Mia später das eine oder andere würde erklären müssen, schob diesen unangenehmen Gedanken aber beiseite. Sie war wegen des Anrufs bei Anders schon angespannt genug. Fünf Freitöne, dann meldete sich seine Mobilbox.

»Er geht nicht ran«, sagte sie, ohne sich umzudrehen. Sie nahm das Handy vom Ohr. Es lag schwer in ihrer Hand, viel schwerer als sonst.

»Ruf den Idioten noch mal an. Er soll rangehen, verdammt!«, hörte sie Gunnar sagen, und es klang, als würde er die Worte ausspucken. Der Stuhl scharrte über den Boden, als er aufstand.

Anneli wusste, wie frustriert er war, und wäre am liebsten zu ihm gegangen und hätte ihm vorsichtig die Hand auf die Schulter gelegt.

Da klingelte ihr Handy und unterbrach ihre Gedanken.

Die Nummer erkannte sie nicht, aber die Stimme: »Anneli?«

»Ja.«

»Hier ist Anders. Ich habe gesehen, dass du bei mir angerufen hast.«

Seine Stimme klang so überlegen, dass sie sich unwillkürlich umsah, ob er nicht irgendwo stand und sie beobachtete.

»Ich will dich sehen«, sagte sie und spürte ihr Herz schneller schlagen.

»Hast du Sehnsucht nach mir?«

Sie spürte, wie sie errötete, und obwohl sie noch immer mit dem Rücken zum übrigen Team stand, sah sie zu Boden.

»Können wir uns sehen? Jetzt?«, fragte sie.

»Warum denn?«

»Ich will mit dir reden, und ich glaube, du willst auch mit mir reden.«

Die Antwort ließ etwas auf sich warten. »Na gut«, sagte er. »Dann musst du zu mir kommen.«

»Okay. Sag mir, wo du bist.«

Isra verschwand unter der Wasseroberfläche. Jana Berzelius sah nur die Wellen, die über den Eisschollen zusammenschlugen. Sie blickte wieder zu Danilo.

»Wie hast du hergefunden?«, fragte er.

»Das war nicht so schwer.«

»Aber du erinnerst dich an das, was ich gesagt habe, oder? Wenn du mir noch einmal folgst …«

»… werde ich es für immer bereuen. Ja, ich erinnere mich.«

»Und trotzdem bist du hergekommen?«

»Aus mehreren Gründen. Vor allem aus persönlichen.«

Sie musterte ihn, versuchte zu erkennen, ob er eine Waffe in der Hand hielt. Normalerweise zog er die Waffe sofort. Jetzt sah sie nur seine geballten Fäuste.

Dann hörte sie wieder Isra, ein schwaches Rufen, und begriff, dass das Mädchen es nicht mehr lange schaffen würde. Bald würde das Wasser sie für immer verschlucken.

»So machst du es also? Du ertränkst die Mädchen?«

»Nicht alle.«

»Aber du bringst sie hierher?«

»Ja. Hier können sie jammern und schreien, so viel sie wollen. Niemand hört sie. Wer schert sich schon mitten im Winter um ein verfallenes Bootshaus?«

»Und trotzdem klebst du ihnen den Mund zu?«

»Ach, in erster Linie aus Spaß. Es besteht ja immer das Risiko, dass sie zusammenbrechen oder verrückt werden oder auf die Idee kommen abzuhauen.«

»Einer von ihnen ist die Flucht gelungen. Ihr ist es zu verdanken, dass ich hier bin.«

Danilos Blick verdunkelte sich. »Ich hätte die Kapseln selbst aus ihr rauspulen und sie ertränken sollen, anstatt zu warten.«

Wieder war Isras Jammern zu hören. Jana drehte sich um und streckte die Hand aus. Schließlich erreichte sie die dünnen, steifen Finger des Mädchens und zog daran.

»Lass sie los«, sagte Danilo.

Aber Jana lockerte nicht den Griff um Isras kalte Hand.

»Lass sie los, hab ich gesagt!«

Der Tritt kam so plötzlich und heftig, dass Jana auf der Seite landete. Ihre Rippen schmerzten.

»Ich lass nicht los«, sagte sie.

Doch nach dem zweiten Tritt hatte sie keine andere Wahl. Es brannte in ihrer Brust, und sie konnte Isra nicht mehr festhalten. Vorsichtig tastete sie mit der Hand über ihre Brust, zwang sich auf alle viere und stand auf.

Er lachte dröhnend, und die Ruhe, die sich in ihr ausbreitete, verstärkte sich. Nach diesem Augenblick hatte sie sich gesehnt. Danach, ihm Auge in Auge gegenüberzustehen. Es gab keine Regeln zwischen ihnen. Jetzt ging es nur um sie und ihn.

Sie löste ihr Messer.

»Keine Waffen«, sagte er.

Als sie sah, wie sich seine leeren Hände wieder zu Fäusten ballten, ließ sie das Messer fallen. Es bohrte sich in den Bootssteg.

Seine Augen waren schmal geworden, und er machte einen Schritt vorwärts, hielt die Fäuste hoch. Sie gab nicht der Versuchung nach, die Fäuste mit dem Blick zu verfolgen, sondern fokussierte seine Füße. Sie blendete alles andere aus und ging geradewegs auf ihn los.

Er traf sie mit voller Kraft in die Nieren, woraufhin sie ihm in die Rippen trat. Sie wirbelte herum, wechselte das Standbein und traf ihn im Gesicht.

Verblüfft blickte er sie an und schlug zurück. In Zeitlupe sah sie den Schlag auf sich zukommen, wich rechtzeitig aus und parierte mit der linken Schulter. Es gelang ihr jedoch nicht, den dritten und vierten Schlag abzuwehren, die wie aus dem Nichts kamen. Sie sackte zusammen, fiel auf den Steg und spürte das Blut übers Gesicht strömen. Sie musste die Augen schließen, musste begreifen, was passiert war. Der Geruch von gefrorenem Holz stieg ihr in die Nase. Sie hörte die Eiskristalle, die prasselnd aufs Wasser fielen, und spürte das kalte Holz an ihrer Wange. Als sie sah, wie er auf sie zukam, wälzte sie sich zur Seite, riss die Arme hoch und wich seinen Fäusten aus. Er machte drei, vier Rückwärtsschritte.

»Hoch mit dir!«, schrie er.

Sie erhob sich und ging in Verteidigungsstellung. Noch ehe Danilo einen erneuten Schlag landen konnte, trat sie ihm gegen das Knie. Sie traf von oben, aber nicht so fest, dass die Kniescheibe herausgesprungen wäre. Als sie noch einmal zutrat, war er gewappnet. Er packte ihren Fuß und drehte ihn um. Sie drehte sich mit, befreite ihren Fuß und schlug mit der Faust zu. Jetzt konnte sie ihre Wut nicht mehr zurückhalten. Das Adrenalin wurde durch die Adern gepumpt und ließ sie noch härter zuschlagen. Rechts, links, rechts, noch mal rechts, ducken, Rotation, Tritt, Rotation, Tritt. Sie landete einen Treffer gegen sein Kinn, machte einen Schritt rückwärts und stellte fest, dass ihre Handschuhe blutig waren.

Plötzlich war er über ihr. Sie duckte sich und zielte mit dem Ellbogen auf sein Nasenbein, zielte erneut und traf ihn im Magen. Er konnte nicht anders, als vornüberzukippen.

Sie umfasste seinen Hinterkopf und drückte sein Gesicht mit voller Kraft gegen ihr angezogenes Knie, um ihn dann von sich zu stoßen.

Danilo hielt sich die Hand vor die Nase. Als er das viele Blut sah, lachte er laut.

Sie blickte sich nach Isra um, sah das Mädchen jedoch nicht mehr.

»Jetzt geht es erst richtig los«, sagte er, machte drei Schritte vorwärts und zog das Messer aus dem Bootssteg.

»Ich dachte, wir hätten vereinbart, keine Waffen einzusetzen«, erwiderte Jana.

»Die Spielregeln wurden gerade geändert«, erklärte er.

»Ich dachte, du magst keine Messer.«

»Es gibt so viel Gemeines, was man mit einem Messer anstellen kann«, sagte er und kam auf sie zu. »Und *das* mag ich durchaus.«

34

Per Åström beobachtete, wie Henrik Levin und Mia Bolander durch den Gang liefen und im Fahrstuhl verschwanden. Gunnar Öhrn und Anneli Lindgren waren in ihre Büros zurückgekehrt.

Als er sich umdrehte, fiel sein Blick auf Ola Söderström, der gerade die Unterlagen auf dem Tisch zusammensammelte. Die Ermittlungen haben eine seltsame Wendung genommen, dachte er. Falls Anders Wester tatsächlich einer der Hauptdrahtzieher in dieser Drogenaffäre war, dann stellte das einen Skandal von unerhörtem Ausmaß dar. Er sah schon die Schlagzeilen vor sich, hörte die Ankündigung der Sondersendung im Fernsehen ... Unglaublich.

Auf einmal ertappte er sich dabei, dass er Jana Berzelius vermisste. Er hätte gern die Ermittlungen mit ihr diskutiert, denn er hatte ja schließlich doch recht behalten – ihre beiden Fälle waren letztlich zu einem Fall geworden. Aber sie war noch immer verschwunden.

Ola schlug mit den Unterlagen dreimal auf den Tisch, und Per fiel auf, dass sie allein im Konferenzraum waren. Verstohlen blickte er in den Flur hinaus, der gähnend leer war. Dann sah er Ola Söderström an. Eigentlich kannten sie sich gar nicht, ihre Wege kreuzten sich nur ab und zu bei der Arbeit.

»Tja ...«, setzte er an und zupfte sein dunkelblaues Sakko zurecht. »Ich mache mir ein bisschen Sorgen wegen Jana Berzelius …« Er zögerte erneut.

Ola Söderström schaute erstaunt von seinen Papieren auf. »Ja?«

»Wissen Sie zufällig, wie man ein Handy ortet?«

Henrik Levin hielt seine Jacke fest, damit sie nicht flatterte, als er an der Absperrung vorbei über den Hubschrauberlandeplatz lief. Kies und Steine knirschten unter den Schuhen.

Am Hubschrauber ließ er Mia den Vortritt und bemerkte ihren konzentrierten Blick, als sie sich hinsetzte und sich anschnallte. Zwei Männer saßen im Cockpit des Hubschraubers, der Pilot betätigte einen Hebel und drehte einen Schüssel am Armaturenbrett.

Gerade als Henrik den Fuß in den Helikopter setzte, klingelte sein Handy.

»Gunnar?«, fragte er laut.

»Nein, hier ist die Entbindungsstation.«

Henrik hielt inne.

Entbindungsstation?

Nein, nicht jetzt!

»Ich wollte Sie nur informieren, dass die Wehen eingesetzt haben und dass Ihre Frau Sie jetzt hier brauchen würde.«

Nicht jetzt.

»Haben Sie die Möglichkeit herzukommen?«

Er fuhr sich mit der Hand über den Mund und blickte zu Mia und dann zu den Polizisten, die im Auto an der Absperrung saßen, mit angeschalteten Scheinwerfern.

Am liebsten hätte er gesagt, dass er nicht kommen konnte, dass er in einem Hubschrauber festsaß, aber in seinem tiefsten Inneren kannte er die Antwort. Er würde es sich niemals verzeihen können, wenn er Emma jetzt im Stich ließ.

»Ich komme«, sagte er, drückte das Gespräch weg und drehte sich zu Mia um.

»Was ist los?«, fragte sie.

»Ich muss zur Entbindungsstation. Es ist so weit.«

»Kommt das Kind?«

»Ja.«

»Genau jetzt?«

»Ja!«

»Dann verschwinde, beeil dich!«

Henrik stieg aus dem Hubschrauber, sah den Piloten noch einen Hebel betätigen und ein Pedal drücken. Der Kopilot packte eine Karte aus und legte sie sich auf die Knie. Der Motor begann zu dröhnen. Bald darauf bewegten sich auch die Rotorblätter, drehten sich immer schneller. Das knatternde Geräusch war ohrenbetäubend. Der Hubschrauber hob ab, stieg langsam senkrecht auf, bevor er ein wenig vorkippte und Fahrt aufnahm. Schon bald flog er hoch über der Stadt.

Henrik blieb allein zurück und versuchte zu begreifen, was gerade passierte. Er machte sich Sorgen und ermahnte sich, ruhig zu bleiben. Aber der Körper hörte nicht auf ihn.

Konzentrier dich, dachte er. Konzentrier dich auf Emma, auf das Kind.

Sein Herz schlug laut, als hätte es Schwierigkeiten, das Blut durch den Körper zu pumpen.

Er knöpfte seine Jacke zu.

Und begann zu laufen.

Danilo war schon da.

Jana wich rückwärts aus, Abstand war die beste Verteidigung gegen ein Messer. Es wäre gut gewesen, wenn sie etwas gehabt hätte, um die Attacke abzuwehren. Aber es gab nichts auf dem Steg, womit sie ihn hätte aufhalten können.

Er startete einen neuen Angriff. Dabei hielt er das Messer niedrig und fuhr in kleinen gefährlichen Halbkreisen damit durch die Luft.

Jana wich weiter nach hinten aus und war schon fast am Rand des Stegs angekommen – noch ein paar Schritte, und sie würde ins Wasser fallen.

Bedrohlich tänzelte Danilo in einem Halbkreis vor ihr auf und ab.

Eine Erinnerung stieg in ihr auf. Sie und er, als sie Kinder waren, vielleicht sieben oder acht, und im Halbkreis aufeinander zugingen, trainierten, kämpften, um zu überleben. Genau wie jetzt. Die Erinnerung traf sie so heftig, dass sie wie gelähmt war. Die Gedanken wirbelten durch ihren Kopf, während sie sich bemühte, Kraft zu sammeln und die Situation einzuschätzen. Statt rückwärts zu gehen, ließ sie ihn immer näher kommen.

Er täuschte mit der linken Hand an und ließ die Rechte vorschwingen. Die Messerklinge schnitt durch die Luft. Jana folgte seinen Bewegungen. Um sie herum wirbelte der Schnee.

Derselbe Angriff wie eben, diesmal war die Klinge gefährlich nah. Er holte mit der Hand aus, und sie wich zur Seite aus. Dabei blieb seine Hand in ihrer Kette hängen. Als sie abriss, brannte die Haut in ihrem Nacken.

»Sieh an, eine Trophäe«, sagte er höhnisch grinsend, während er die Kette zwischen seinen Fingern baumeln ließ.

Als er sein Körpergewicht verlagerte, registrierte sie, dass er einen Moment unkonzentriert war, und stürzte sich auf ihn. Es gelang ihr, das Messer wieder an sich zu bringen, sie drehte sich und stieß es mit voller Wucht in Danilos Seite.

Das Messer glitt in seinen Körper, und Danilo hörte auf zu grinsen.

Er erstarrte.

Sie gab alles, trat zu, so fest sie konnte, traf ihn am Oberschenkel. Mobilisierte ihre Kräfte und trat noch einmal zu und schrie.

Er taumelte rückwärts.

Einen Moment lang stand er ruhig da.

Alles war vollkommen still.

Dann fiel er auf die Knie, hielt sich mit beiden Händen den Bauch, das Messer. Er wollte sich aufrichten, sackte jedoch zusammen, krümmte sich und hustete. Aus seinem Mund sickerte Blut.

Jana zitterte vor Anstrengung und zwang sich, die Selbstkontrolle wiederzuerlangen. Sie stellte sich über ihn. Als sie das blutige Messer aus der Wunde zog, hustete er noch mehr Blut.

»Ich hasse dich«, sagte sie. »Und ich habe diesen Augenblick herbeigesehnt – um es dir endlich sagen zu können.«

Er bemühte sich, etwas zu erwidern, während er zum Himmel blickte, doch sein Husten war übermächtig. Da sah sie es: einen Scheinwerfer hoch über den Bäumen.

»Verdammt, sie sind schon da«, sagte er keuchend.

Ihr Gesichtsausdruck wechselte zwischen Raserei und kontrollierter Ruhe, während sie den Bewegungen des Lichts mit dem Blick folgte. Sie ließ Danilo zurück, ging zum Rand des Stegs und spähte aufs Meer hinaus, doch sie sah Isra nicht mehr.

Jetzt hörte sie auch das Dröhnen, das die eisige Luft durchschnitt. Ihr war klar, dass sie sich beeilen musste, dass sie den Bootssteg verlassen und sich verstecken musste. Sie durfte nicht entdeckt werden. Nicht hier. Nicht mit Danilo.

Aber auch er durfte nicht hierbleiben.

Höchstwahrscheinlich waren mehrere Polizeistreifen im Anmarsch. Vielleicht umstellten sie gerade das Gebiet rund um das Bootshaus.

Sie drehte sich um und blinzelte.

Doch der Steg war leer.

Danilo war nirgends zu sehen.

Blitzschnell lief sie durch den tiefen Schnee zurück zum Bootshaus. Sie entdeckte eine Blutspur. Danilo musste sich in den Wald geflüchtet haben.

Zum ersten Mal fiel ihr die klirrende Kälte auf, und sie zog unwillkürlich die Schultern hoch. Sie blieb stehen, hielt die Luft an und hörte rasselnde, schwere Atemzüge, dann ein Husten.

Nur einige Meter von ihr entfernt glitt er einen Felsen hinunter. Dabei hielt er sich den Bauch.

In der Nähe, direkt unterhalb, lag ein Holzboot.

Sie rannte zum Felsen, stolperte und fiel auf den Rücken, stand auf und rannte weiter. Er konnte ihr nicht entkommen, sie packte ihn am Nacken und riss ihn mit sich.

Sie fielen.

Jana landete hart auf dem Boden, schlug mit dem Kopf gegen den Felsen und spürte einen furchtbaren Schmerz. Er lag neben ihr. Sie zwang sich auf die Knie und richtete das Messer auf ihn, aber er hatte mehr Kraft, als sie erwartet hatte. Es gelang ihm, die Hand zu heben und dagegenzuhalten, und sie spürte, wie die Kraft aus ihren Armen schwand. Sie wusste, dass sie nicht mehr lange Widerstand leisten konnte. Der große Blutfleck auf seinem Pullover schien weiter zu wachsen. Sein Brustkorb bewegte sich auf und ab.

Die Messerspitze drehte sich um hundertachtzig Grad – von seinem Hals zu ihrem. Er bemühte sich, die Hand still zu halten, doch sie zitterte so sehr, dass die scharfe Schneide in ihre Haut ritzte.

»Tu es«, sagte sie.

Ihr Herz pochte so laut, dass sie die Schläge hören konnte. Sie klangen wie die Schläge eines wahnsinnigen Grobschmieds, der seinen Hammer zweimal pro Sekunde auf den Amboss schlug.

»Tu doch, was du tun willst. Stoß das Messer rein«, sagte sie.

Dann schloss sie die Augen. Wartete.

Er betrachtete sie und schüttelte unmerklich den Kopf. Dann nahm er das Messer weg, warf es zur Seite, ließ den Kopf an den Felsen sinken, legte die Hand auf den Bauch und keuchte.

Erstaunt sah sie ihn an.

»Ich weiß, dass du es nicht verstehst«, sagte er. »Aber ich kann dich nicht töten.«

Rasch waren sie über die kahlen Baumwipfel und die weißen Felder geflogen, die an Zuckerguss erinnerten. Über vereinzelte Straßen und große Gehöfte.

Jetzt flogen sie auf niedriger Höhe an der felsigen Küste entlang. Es dröhnte, und die Rotorblätter blinkten. Mia Bolander drückte die Hände auf ihre Kopfhörer und dachte an die Ermittlung, an alles, was sie getan hatte, um zu beweisen, dass sie einen Platz in der neuen Polizeiorganisation verdiente. Sie dachte an alles, was Gunnar nicht mitbekommen hatte. Oder nicht hatte mitbekommen wollen. Oder er hatte es bemerkt, sich aber schon gegen sie entschieden.

Er hatte es ihr nicht direkt gesagt, aber sie wusste auch so Bescheid. Am schlimmsten war das, was nicht ausgesprochen wurde, sondern sich nur erahnen ließ.

Gunnars Körpersprache hatte ihr alles mitgeteilt, was sie wissen musste – seine Blicke, seine Seufzer, sein angespannter Kiefer. Sie hatte all das vernommen, was er eigentlich sagen wollte, bisher aber nicht auszusprechen gewagt hatte. Dass sie nicht mehr eine von ihnen war. Kein Mitglied des Teams.

Sie seufzte und lehnte sich vor, blickte auf das Meer und den Küstenstreifen. Der Pilot hatte Funkkontakt mit jemandem. Es ging darum, dass sie ein Stück zurückfliegen mussten. Sie spürte, wie der Hubschrauber plötzlich nach links drehte. Dann sanken sie abwärts.

»Wir sind da«, hörte sie.

Der Scheinwerfer des Helikopters traf auf ein Bootshaus. Mia drehte sich hin und her, sah aus dem Fenster, aber konnte nichts Auffälliges ausmachen.

Sie stiegen wieder.

Auf einmal sah sie etwas am Bootssteg, eine Bewegung im Wasser.

»Da!«, schrie Mia. »Ich sehe jemanden! Wir müssen runter!«

»Aber wir können hier nicht runter, wir brauchen einen besseren Landeplatz.«

Der Motor dröhnte. Als sie wieder stiegen, fühlte Mia

sich plötzlich allein. Bei allen anderen Einsätzen war sie mit Henrik unterwegs gewesen. Sonst war er es, der die Kommandos gab. Nun lastete die ganze Verantwortung auf ihr.

Doch vielleicht sollte sie diese Gelegenheit nutzen, um zu zeigen, was in ihr steckte. Insbesondere, wenn sie damit den Fall abschließen konnte, und zwar in Eigenregie.

Sie machte sich bereit, als der Hubschrauber sich dröhnend einem weißen Feld näherte. Der Schnee wurde zur Seite gepeitscht, schon befand sich der Helikopter im Schwebeflug, sank langsam und landete sanft schaukelnd. Eilig löste sie den Sicherheitsgurt, wurde jedoch gebeten, im Hubschrauber zu bleiben und zu warten, bis der Motor abgeschaltet war.

Wenig später lief sie geduckt hinunter zum Meer.

35

Das Knattern des Hubschraubers war verstummt, und Stille breitete sich aus.

Eine Sekunde lang hatte Jana das Gefühl, mit Danilo allein zu sein – in der eisigen Leere. Keuchend und zitternd, umgeben von wirbelndem Schnee.

»Warum? Warum kannst du mich nicht töten?«, sagte sie und spürte einen pochenden Kopfschmerz.

»Hast du das noch immer nicht herausgefunden?«, fragte er und hustete. Ein Rinnsal schleimigen Bluts lief aus seinem Mund.

»Was meinst du?«

Er hustete wieder, und Blut rann dampfend aus seiner Wunde. Er atmete viel zu schnell, und Jana begriff, dass er kurz davorstand, das Bewusstsein zu verlieren.

»Töten ist das Einzige, was du kannst«, sagte sie.

»Töten ist nicht besonders schwierig. Das Schwierige ist, es nicht zu tun.«

Das blutige Rinnsal lief ihm den Hals hinunter, direkt neben den Adern, die vor Anspannung hervortraten. Sie sah, dass er litt.

»Ich verstehe es immer noch nicht«, sagte sie und musste wegen der Kopfschmerzen einen Moment die Augen schließen.

»Alles, was ich getan habe … ich habe es nur getan, um dich zu schützen.«

Sie schüttelte den Kopf und sah ihn an. »Nein. Hör auf damit, du lügst.«

»Denk mal nach, Jana!«

»Nein«, sagte sie. »Ich will das nicht hören.«

Doch er redete weiter. »Ich hätte dich in Knäppingsborg töten können, weißt du noch? Aber ich habe es nicht getan, oder?«

»Nein, du konntest mich nicht töten. Wir hatten doch einen Zeugen, den du offenbar beseitigen musstest …«

»Ich hätte dich lange vorher töten können … bevor er aufgetaucht ist …«

Sie blickte aufs raue Meer und dachte an die Begegnung in Knäppingsborg. Sagte er etwa die Wahrheit?

Sein Körper bebte, und Tränen liefen ihm über das Gesicht. Sie wusste, dass er nicht weinte, dass die Tränen von den Schmerzen kamen.

»Wo sind meine Kartons?«, fragte sie leise.

»Deine Kartons?«

»Du hast meine Kartons mitgenommen und eine Skizze hinterlassen, um deutlich zu machen, dass du da gewesen bist.«

Er blinzelte die ganze Zeit, als versuchte er, einen klaren Blick zu bekommen, und sie ergriff eine fürchterliche Kälte, als ihr plötzlich die Wahrheit aufging.

»Du hast sie also gar nicht genommen?«

»Wer interessiert sich schon für irgendwelche blöden Kartons?«

»Ich zum Beispiel.«

»Die müssen ja wertvoll sein.«

»Nein, aber der Inhalt.«

Sie atmete schnell. Die Frage lag ihr auf der Zunge, aber sie zögerte, wusste nicht, ob sie die Antwort hören wollte.

Danilo bewegte sich nicht mehr. Aus seinem Mund kamen kurze flache Atemstöße.

»Und warum schützt du mich?«

»Ich bin es ja gar nicht, der dich schützt.«

Er bewegte den Arm, biss die Kiefer zusammen, nahm etwas aus der Tasche und hielt ihr seine geballte Faust hin. Sie nahm ihre glitzernde, funkelnde Kette, las die Initialen und begann allmählich zu verstehen. Alles, was ihr widerfahren war, fiel auseinander, Stück für Stück, in kleine, einzelne Ereignisse, die von einem eiskalten, bläulichen Licht erleuchtet wurden.

Mühsam erhob sie sich, spürte wieder die Kopfschmerzen.

»Jana«, sagte er. »Lass mich nicht zurück …«

Er sprach langsam und leise. Schweißtropfen standen ihm auf der Stirn, die Lippen waren bläulich.

Sie hob den Blick und sah zwischen den Baumstämmen kleine Scheinwerfer, die sich näherten. Sie hob das Messer auf und steckte es an den gewohnten Platz.

»Jana! Du musst mir helfen zu fliehen!«

»Du wusstest, dass die Polizei kommen würde. Irgendjemand hat dir einen Tipp gegeben, oder? Deshalb hast du Isra ins Wasser geschmissen. Du wolltest deine Spuren beseitigen und abhauen.«

Danilo spannte den Kiefer an. »Hilf mir ins Boot«, sagte er.

»Nein, ich kann nicht schon wieder zulassen, dass du abhaust«, sagte sie.

»Ich schaffe es nicht allein, hilf mir.«

Sie sah ihn eine ganze Weile an, dachte, dass ihm nicht mehr viel Zeit blieb, dass es vielleicht besser wäre, wenn sie alles beendete – hier und jetzt.

Aber der Ort war abgelegen. Sollte die Polizei ihn finden, wäre es ohnehin zu spät.

Sie ging los.

»Jana, warte!«

»Nein«, sagte sie.

»Ich habe dich doch beschützt!«

»Ich weiß«, sagte sie und drehte sich um. »Aber ich bin Staatsanwältin und schütze die Opfer, nicht die Täter.«

Sie ging schneller, hörte ihn noch etwas rufen, dann erstarb seine Stimme im Wind.

Die wackelnden Scheinwerfer kamen immer näher. Sie hielt sich den Kopf und versuchte, die unerträglichen Schmerzen zu verdrängen, die hinter der Schläfe pulsierten. Als sie losrennen wollte, sah sie Blitze vor den Augen. Sie wurde schneller, ignorierte den Schmerz und das gelbliche Licht, das vor ihren Augen flimmerte. Als ein umgestürzter Baum den Weg blockierte, nahm sie Anlauf und sprang. Sie landete hart, rollte sich im Schnee ab und kam wieder auf die Beine. Sie orientierte sich an ihren eigenen weißen Spuren und denen von Danilo, blickte nicht zurück, sondern konzentrierte sich darauf, die Schritte zu zählen, um eine ungefähre Vorstellung zu haben, wie viele Meter zwischen ihr und der Polizei lagen.

Als sie bei hundertzwanzig angelangt war, konnte sie nicht mehr laufen. Sie war am Wasser angekommen und betrat lautlos den Bootssteg. Am Ende des Stegs entdeckte sie Isra. Es war ihr gelungen, sich aus dem Wasser hochzuziehen. Jetzt saß sie zusammengekauert da, zitternd und weinend.

Jana machte kehrt, wollte zurück zum Bootshaus laufen, doch dann hörte sie Schritte. Die Polizei war schon da, die Stimmen kamen immer näher.

Wie sollte sie zum Festland gelangen und sich verstecken? Sie rieb sich die steif gefrorenen Hände und begriff, dass sie nur noch eine Möglichkeit hatte, ungesehen zu verschwinden.

Sie atmete tief ein und tauchte ins Wasser, das sie mit einem scharfen, lähmenden Schmerz umschloss.

Mit gezogener Waffe hastete Mia Bolander am Bootshaus vorbei auf den Steg. Der eiskalte Schnee stach an der Wange. Sie sah aufs Wasser, drehte sich um und spähte in den Wald hinter sich.

Als sie mit zusammengekniffenen Augen wieder aufs Wasser blickte, entdeckte sie jemanden, der sich weit draußen auf dem Steg zusammengekauert hatte. Sie hob ihre Waffe und ging darauf zu, hörte, wie das Holz unter ihren Füßen knarrte.

Sie atmete rasch und bemühte sich, die Waffe still zu halten. Zehn Meter entfernt erkannte sie auf dem gefrorenen Steg das Mädchen, von dem sie annahm, dass es Isra war. Ihre Kleider waren nass, und das dunkle Haar gefroren. Die Narbe an der Stirn leuchtete weiß.

Mia steckte die Pistole zurück in das Holster und schrie ihren Kollegen am Bootshaus zu: »Ich hab sie gefunden! Holt einen Krankenwagen! Schnell!«

Die Kälte drang in ihre Stiefel und durch ihre Handschuhe. Isra lag auf dem Rücken, die Augen waren geöffnet, aber sie reagierte kaum.

Mia sank neben sie, zog ihre Jacke aus und legte sie über das Mädchen. Vergeblich versuchte sie festzustellen, ob sie noch atmete und Puls hatte, und begann mit der Herz-Lungen-Wiederbelebung.

Mühsam hielt Jana Berzelius die Augen in dem eiskalten Wasser offen, sah aber nichts als Finsternis. Sie bewegte die Hände, in der Hoffnung, schwimmen zu können, spürte aber bloß die eisige Kälte. Das Wasser war nur einige Meter tief, dennoch fühlte es sich ewig lang an, als sie den Körper auf den Grund sinken ließ. Sie träumte von weißen Margeriten, die im Wind tanzten, erlangte aber das Bewusstsein wieder, als ein brennender Schlag durch ihren Körper ging. Sie hatte sich an irgendetwas gestoßen. Sie tastete mit der Hand, hatte jedoch kein Gefühl in ihren Gliedmaßen.

Es brannte in der Lunge. Ihr Geist wollte sie dazu verführen, den letzten Atemzug zu tun, aber sie sank noch tiefer in das lähmende kalte Wasser. Wieder sah sie die weißen Margeriten vor ihren Augen tanzen. Immer schneller drehten sie sich. Lockten sie. Rundherum. Rundherum.

Ihr schwindelte. Sie war jetzt bereit, gleich würde sie loslassen und mittanzen, rundherum. Rundherum.

Noch ein Stoß. Sie hatte wieder etwas berührt.

Es war eine rostige Eisenleiter, die an einem Felsen verankert war, für die Badegäste im Sommer.

Mit schweren Kleidern zog sie sich langsam hoch.

Am Ende brach sie durch die Wasseroberfläche und sog die Luft in die Lunge. Mit tauben Armen klammerte sie sich an der Leiter fest. Kleine Eisschollen schwammen um sie herum. Sie hustete, versuchte, ihre Atmung zu kontrollieren, aber der Körper schrie nach mehr Sauerstoff. Sie atmete die Kälte ein und hatte das Gefühl, als schnitte ihr ein Messer in den Hals. Sie schluckte, atmete erneut.

Brennender Schnee blies ihr ins Gesicht. Stöhnend rollte sie sich auf den Felsen, erhob sich auf ihre zitternden Beine und quälte sich vorwärts.

Gunnar Öhrn klopfte an die Tür der Hotelsuite, die sofort geöffnet wurde. Er konnte sich kaum das Lächeln verkneifen, als der Mann vor ihm bei seinem Anblick erstarrte.

»Hallo, Wester«, sagte Gunnar.

»Öhrn? Sie hier?«

»Sie wirken erstaunt.«

»Ich bin auch erstaunt, Sie hier zu sehen.«

»Störe ich?«

»Nein, nein, kommen Sie nur herein.«

Anders Wester schloss die Tür, zog sein Hemd ein bisschen weiter über den Bauch und führte Gunnar in ein Zimmer mit zwei Sofas. Auf dem Tisch standen zwei Weingläser und eine Obstschale. Die Lampen an der Decke waren gedimmt und verbreiteten ein sanftes Licht. Die Bettdecke im Schlafzimmer war aufgeschlagen, das weiße Seidenlaken glatt, die Kissen lagen an ihrem Platz.

»Erwarten Sie Besuch?«, fragte Gunnar und zeigte auf den Tisch mit den beiden Weingläsern.

»Was wollen Sie?«, fragte Wester und setzte sich.

Gunnar nahm gegenüber Platz, lehnte sich zurück und betrachtete durchs Fenster die schneebedeckten Dächer.

»Wir nähern uns im Fall der Thailänderinnen einer Lösung«, sagte er. »Und auch was den Drogendealerring betrifft, sind wir weitergekommen.«

»Sieh an«, bemerkte Wester.

»Das Ganze hat mich allerdings in eine schwierige Lage gebracht. Wissen Sie, Anneli hat die Hautpartikel untersuchen lassen, die sie unter Axel Lundins Nägeln gefunden hat, und mit der Datenbank abgeglichen. Es hat sich herausgestellt, dass die DNA einem von uns gehört. Jemandem, der im Haus arbeitet, mit diesem Fall zu tun hat und sich Zugang zum Untersuchungsgefängnis verschaffen kann.«

Anders Wester sah ihn an. »Das klingt in meinen Ohren nicht so merkwürdig«, sagte er.

»Nicht?«

»Nein.«

Gunnar lächelte und beugte sich vor. »Was haben Sie denn gestern gemacht, als Axel Lundin sich das Leben genommen hat?«

»Warum fragen Sie? Wollen Sie etwa behaupten, ich hätte ihn umgebracht?«

»Ich behaupte gar nichts. Das war nur eine einfache Frage.«

»Axel Lundin hat sich das Leben genommen. Warum sollte ich ihn umbringen?«

»Genau das frage ich mich ja. Verraten Sie es mir.«

»Jetzt sind Sie aber völlig auf dem falschen Dampfer, Öhrn.«

»Ich versuche nur einen Grund zu finden, warum Sie Axel Lundin in seiner Zelle besucht haben.«

»Sonst noch was?«

»Ja. Im Lauf der Ermittlung sind wir auf zwei Namen gestoßen: Danilo Peña und der Alte. Was wissen Sie eigentlich über diesen sogenannten Alten?«

»Genauso wenig wie alle anderen.«

»Seltsam«, sagte Gunnar. »Schließlich haben Sie fast alle anderen Drogenhändler aus dem Verkehr gezogen – außer dem Alten.«

»Ich verstehe nicht, worauf Sie hinauswollen.«

»Sie haben doch beim Drogenmarkt den Überblick. Carin Radler betont immer, Sie seien ein Experte auf diesem Gebiet. Wie kommt es dann, dass Sie nichts über den Alten wissen?« Gunnar räusperte sich. »Außerdem finde ich es gelinde gesagt seltsam, dass Danilo Peña sich in Luft auflöst, sobald wir seinen Namen haben. Das kann doch kein Zufall sein.«

»Ich dachte, Sie arbeiten mit der Hypothese, dass Danilo Peña und der Alte dieselbe Person sind?«

»Jetzt nicht mehr.«

Gunnar beobachtete Wester, der noch immer völlig ungerührt aussah.

»Ich würde mich an Ihrer Stelle ein bisschen zurückhalten«, sagte Wester.

»Warum?«

»Es ist gut möglich, dass ich der nächste Reichspolizeichef werde.«

Gunnar lehnte sich zurück und atmete tief durch.

»Es gibt verschiedene Arten, an die Macht zu kommen. Die eine ist, lange Zeit hart zu arbeiten, um allmählich und zielstrebig in der Hierarchie aufzusteigen. Eine andere Möglichkeit ist, dass man andere dafür bezahlt, damit man die gewünschte Position erlangt. Das nennt man Bestechung.«

»Behaupten Sie etwa, dass ich korrupt bin?«

»Sind Sie das?«

Anders Wester grinste höhnisch. Dann begann er zu lachen, laut und hohl. »Sie sind eine bemitleidenswerte Gestalt, Öhrn«, sagte er.

»Aber ich bin ehrlich. Ich habe schon die Abteilung für interne Ermittlungen eingeschaltet. Und es tut mir leid, Ihnen das sagen zu müssen, aber ich fürchte, Ihr Traum vom Reichspolizeichef hat sich gerade zerschlagen.«

Wester fuhr mit der Hand über seinen Glatzkopf, stand auf und machte sich an seinem Hosenbein zu schaffen.

»Tun Sie das nicht«, sagte Gunnar und zog rasch seine Pistole.

Wester lachte erneut, und Gunnar sah, wie er seine Waffe hob.

»Legen Sie die Waffe hin!«, rief Gunnar.

»Herzlichen Glückwunsch.«

»Wozu?«

»Zu der Ehre, die Ihnen zuteilwerden wird, weil Sie aufgeräumt haben.«

»Legen Sie die Waffe weg, ich habe Kollegen, die …«

Aber Wester legte den Finger auf den Abzug, machte einen Schritt vorwärts und schoss.

Gunnar taumelte nach hinten, stützte sich an der Armlehne des Sofas ab, fiel aber schließlich mit dem Rücken auf den Boden. Obwohl die Schutzweste die Kugel abhielt, schmerzte es in der Brust. Es war eine oberflächliche Wunde, dennoch presste er die Hand auf den Brustkorb.

Er registrierte, dass die Tür geöffnet wurde und zwei uniformierte Polizisten mit gezogenen Waffen hereinstürmten. Anders Wester war blitzschnell. Er drehte sich um, richtete die Pistole auf die beiden Kollegen und feuerte drei Schüsse so rasch hintereinander ab, dass sie nicht mehr reagieren konnten. Die erste Kugel drang in die Schulter des einen Polizisten. Die zweite traf den Bauch, die dritte ging daneben.

Während Wester auf den anderen Polizisten zielte, entsicherte Gunnar seine Waffe und schoss. Es knallte, und er spürte den harten Rückstoß in seiner Hand. Die Kugel durchschlug Westers Bein, ging durch Knorpel, Knochengewebe und Muskeln und trat auf der anderen Seite wieder aus. Wester sackte zusammen, sah Gunnar voller Erstaunen an und hob torkelnd seine Pistole, konnte aber nicht mehr richtig zielen.

Sofort war Gunnar bei ihm, schlug die Mündung zur

Seite und versetzte Wester mit der Pistole einen Schlag ins Gesicht. Blut spritzte auf Westers rechte Wange und seinen kahlen Kopf.

»Das war für Anneli«, sagte Gunnar.

Dann stolperte er rückwärts und sank aufs Sofa. Ein weiterer bewaffneter Polizist kam ins Zimmer und ging zu Wester.

Gunnar schloss die Augen und presste die Hand auf die Brust, während er dem rasselnden Geräusch der Handschellen lauschte.

36

Die Rotorblätter knatterten laut, während der Rettungshubschrauber über ihr in der Luft schwebte. Der Schnee wurde kreisförmig weggefegt, und Mia Bolander hob den Arm, um ihr Gesicht zu schützen, als der Helikopter landete. Die Sanitäter halfen Isra an Bord. Das Mädchen war stark unterkühlt.

Mehrere Streifenwagen waren eingetroffen, und zwischen den Bäumen flackerte das Blaulicht. Hundert Meter vom Bootshaus entfernt war ein dunkler Volvo mit dem Kennzeichen GUV 174 gefunden worden, und eine erste Durchsuchung des Wagens hatte bereits begonnen.

Mit lautem Getöse hob der Hubschrauber ab und nahm Kurs nach Süden. Er senkte die Nase, beschleunigte und verschwand über dem Meer.

»Mia!«, rief einer der Kollegen und winkte. »Wir haben einen Mann gefunden.«

»Wo?«

»Er liegt nicht weit vom Bootshaus entfernt auf einem Felsen. Es könnte der Mann sein, nach dem wir suchen, Danilo Peña.«

»Lebt er?«

»Sieht nicht so aus.«

Der fallende Schnee schimmerte bläulich und landete wie Puder vor ihr. Weiß und unberührt. Im Schnee hinter ihr hatte das Blut aus den Wunden an ihrem Hals ein rotes Perlenband hinterlassen.

Jana Berzelius überquerte den Felsen und ging in Richtung Wald. Sie wusste, dass man sie vom Bootshaus aus sehen konnte.

Aber sie hatte keine andere Wahl. Noch fünf Meter, dann würde sie hinter den Bäumen Schutz finden.

Das Wasser, das vom Haar auf den Hals hinunterlief, war schon gefroren. Sie versuchte zu überlegen, wie sie ihre nassen Kleider so schnell wie möglich loswerden konnte, doch dann wurden die Gedanken durch die schreckliche Kälte immer verworrener.

Sie registrierte nicht einmal, dass der Rettungshubschrauber mit blinkenden Lichtern über ihren Kopf hinwegflog.

Ihr Boot lag noch da, wo sie es zurückgelassen hatte. Es schaukelte sanft auf den dunklen Wellen. Sie musste alle ihre Kräfte mobilisieren, um an Bord zu klettern.

Sie wollte die Sitzbox öffnen, zerrte am Vorhängeschloss, das nicht nachgeben wollte. Zwei, drei Mal trat sie zu und bekam schließlich die Box auf.

Es lagen Fleecedecken darin. Jana zog sich aus, hüllte sich in die warmen Decken und sah auf die Bucht hinaus.

Alles war ruhig.

Sie startete den Motor, betätigte den Gashebel und spürte, wie ihr Körper nach hinten gepresst wurde.

Auf seinem Gesicht, auf seinem Bauch und am Hals war Blut.

Die Waffe im Anschlag ging Mia Bolander vorsichtig näher und betrachtete den Mann auf dem Felsen.

Er lag auf dem Rücken, seine Augen waren geöffnet,

aber er reagierte nicht, als sie sich neben ihn kniete. Er schien nicht bei Bewusstsein zu sein.

»Hören Sie mich?«, fragte sie ein letztes Mal.

Doch seine dunklen Augen bewegten sich nicht. Sie sind schwarz wie Kohle, dachte sie. Als sie nach seiner Halsschlagader tastete, wurde ihr plötzlich klar, dass die Jagd vorbei war. Sie hatten Danilo Peña gefasst. Sie lächelte bei diesem Gedanken.

Doch ihr Lächeln verschwand, als ihr aufging, dass sie ihn unbedingt am Leben erhalten mussten, weil er das Bindeglied zwischen den armen Bodypackerinnen und den korrupten hohen Tieren darstellte.

Sie drückte die Finger gegen seine kalte Haut und erahnte einen schwachen Puls.

Er musste ins Krankenhaus.

So schnell wie möglich.

37

Er sah die Buchstaben, verstand aber nicht deren Inhalt. Alles verschwamm vor seinen Augen.

Karl Berzelius saß in Lindö mit der Zeitung vor sich und dachte an den gestrigen Besuch im Sommerhaus. Er hatte Jana befohlen zu bleiben, aber sie hatte ihm nicht gehorcht, sie war einfach aus dem Fenster gesprungen und davongerannt. Dann war sie mit einem seiner Boote verschwunden.

Je öfter er darüber nachdachte, umso mehr verfluchte er sie.

Da hörte er ein Geräusch. Er legte die Zeitung aus der Hand und lauschte. Das orangefarbene Licht der Straßenlaternen drang durch die Fenster und warf gestreifte Schatten an die Wand. Draußen dämmerte es schon. Die Tage waren kurz geworden.

»Margaretha?«, rief er, obwohl er wusste, dass sie Besorgungen machte und frühestens in einer halben Stunde zu Hause sein würde.

Schon wieder. Es klang wie Schritte. Jemand war im Haus.

Er erhob sich aus dem Sessel und ging in den Flur, während er auf seine eigenen Schritte lauschte. Als er zum Fenster schaute, hätte er beinahe aufgeschrien. Dort stand jemand.

Er drückte die Hand aufs Herz und atmete rasch, als

ihm klar wurde, dass er nur sein eigenes Spiegelbild gesehen hatte.

Er blickte in den Garten hinaus, auf die schneebedeckten Äste der Apfelbäume. Er nahm sich vor, die Ruhe zu bewahren und weiterzusuchen. An der Treppe entdeckte er einen hellen Streifen, der aus dem Obergeschoss kam. Dort oben war Licht. Er legte die Hand aufs Geländer, nahm eine Stufe nach der anderen und behielt die ganze Zeit den Lichtstreifen im Auge. Sein Herzschlag beschleunigte sich.

Die Tür zum Arbeitszimmer stand sperrangelweit offen. Die Schreibtischlampe war angeschaltet. Jetzt war er davon überzeugt, dass irgendetwas nicht stimmte. Er vergaß nie, das Licht auszuschalten.

Er trat ins Zimmer und sah sich hektisch um.

Es dauerte nur wenige Sekunden, bis er die rote Schachtel auf dem Schreibtisch entdeckte.

Sie stand unter der Lampe, der Deckel war offen.

Doch die Schachtel war nicht mehr leer.

Die Kette lag darin.

Per Åström war heiß, obwohl er sein Sakko ausgezogen hatte.

Ola Söderström telefonierte. Er hatte den Mobilfunkbetreiber kontaktiert und eine dreiziffrige Zahl durchgegeben und ein Passwort, das bewies, dass er von der Polizei aus anrief. Nach drei Minuten bekam er die benötigte IMEI-Nummer.

»Vielen Dank«, sagte Ola Söderström und verabschiedete sich. Er tippte die fünfzehn Ziffern in sein Notebook ein.

»Es gibt mehrere Arten, ein Handy zu orten«, erklärte er,

»aber diese ist die zuverlässigste. Vorausgesetzt, dass Jana Berzelius ihr Handy angeschaltet hat.«

Ola Söderström bearbeitete weiter die Tastatur.

»Yes!«, rief er und klatschte in die Hände.

Per beugte sich über Ola Söderströms Schulter und betrachtete den blauen Punkt auf dem Bildschirm.

»Kann man sehen, wo sie sich befindet?«, fragte er.

»Zumindest kann man sehen, wo ihr Handy ist.«

»Und wo ist es?«

Ola Söderström drehte den Bildschirm zu Per. Es baute sich eine Karte auf, Stück für Stück.

»Das Handy befindet sich noch in Norrköping«, sagte er.

»Aber wo?«, fragte Per ungeduldig.

Ola Söderström zeigte auf sein Notebook und beschrieb mit dem Finger einen Kreis um den blauen Punkt.

»In Lindö«, sagte er.

Sie sah ihn zum Schreibtisch gehen. Seine faltigen Hände zitterten, als er die Kette hochhob und zwischen seinen Fingern hin und her pendeln ließ.

Jana trat hinter der Tür hervor.

Ihr Vater schaute zum Fenster, das ihr Spiegelbild reflektierte. Offenbar war er sich bewusst, dass sie im Zimmer war.

»Du hast die ganze Zeit gewusst, wer ich bin, oder?«, sagte sie.

»Ja«, erwiderte er, ohne sich umzudrehen.

Er umrundete den Schreibtisch und ließ sich in den Stuhl sinken. Die Kette legte er vor sich auf den Tisch und lehnte sich zurück. Er schloss die Augen und atmete ruhig. Als wollte er seine Kräfte schonen. Trotzdem war er auf der Hut.

»Warum hast du mir nie etwas erzählt?«, fragte sie.

»Hättest du mir denn geglaubt? Du wusstest doch gar nicht, wer du warst oder was du erlebt hast. Du kannst dich nicht einmal an Gavril Bolanaki erinnern.«

Sie betrachtete ihren Vater. Sein altes zerfurchtes Gesicht.

»Aber *du* hast ihn offenbar gut gekannt.«

Er öffnete die Augen, aber antwortete nicht.

»Ich habe ein paar Aktenordner im Sommerhaus gefunden«, fuhr sie fort und wartete auf eine Reaktion. Aber er saß noch immer reglos da.

»Ich weiß, dass du maßgeblich den Ausgang von über hundert Verfahren beeinflusst hast.«

»Das musste so sein, ich hatte keine andere Wahl.«

»Du hast zugelassen, dass Menschen zu Unrecht zu langen Haftstrafen verurteilt wurden. Du hast Schuldige freigesprochen, aus Mangel an Beweisen. Du hast Anzeigen und Beschlagnahmeprotokolle gefälscht und sogar Zeugen zum Schweigen gebracht …«

»Ich hatte keine andere Wahl, habe ich gesagt!«

Er hatte die Augenbrauen zusammengezogen und schlug mit der Faust so fest auf den Tisch, dass die Kette einen Satz machte.

»Alle haben die Wahl. Was hat Bolanaki dir als Dankeschön angeboten? Hat er dir Geld gegeben? Macht?«

»Ich war ein guter Reichsstaatsanwalt, Jana.«

Sie schüttelte zweifelnd den Kopf. »Ich verstehe es nicht. Hat in all den Jahren niemand gemerkt, was ihr getan habt?«

»Ich sollte es vielleicht auf die nachlässige Führung schieben. Aber genau genommen war sie nicht nachlässig.«

»Was willst du damit andeuten? Du meinst, dass noch mehr Leute von diesen illegalen Machenschaften wussten und trotzdem nichts dagegen unternommen haben? Ich fass es nicht.«

»Glaub, was du willst. Nicht alles auf der Welt ist so einfach, wie du zu glauben scheinst. Es ist nicht alles schwarz oder weiß.«

»Dann erklär es mir!«

Ihr Vater fuhr sich durchs Haar. »Die Erklärung heißt Anders Wester.«

Jana biss sich auf die Unterlippe. »Ich hätte es wissen müssen ... Anders Wester war am Samstag bei dir zu Besuch.«

Karl Berzelius hatte die Hände immer noch am Kopf und ließ sie jetzt sinken. Jana machte einen Schritt auf ihn zu, ohne ihn aus den Augen zu lassen.

»Als ich hier war, um Mutter zu besuchen, habe ich die Schuhe von Anders Wester gesehen.«

Sie ließ ihm keine Zeit für eine Antwort, sondern fuhr fort: »Woher kennt ihr euch eigentlich, Anders Wester, Gavril Bolanaki und du?«

»Na, wo lernen sich Menschen kennen, die Machtpositionen anstreben?«

»Das frage ich dich.«

»Anders und Gavril sind sich beim Militärdienst in Södertälje begegnet. Ich bin erst viel später dazugestoßen, Anfang der Achtziger.«

»Das ist mir beim Lesen der Aktenordner klar geworden. Du hast dafür gesorgt, dass er seit dem Ende der Achtzigerjahre das Drogengeschäft dominieren konnte und um jegliche strafrechtliche Verfolgung herumgekommen ist.«

»Gavril wollte mich auf seiner Seite haben. Also hat er

entsprechende Vorkehrungen getroffen. Aber jetzt ist er ja tot.«

»Und als er vom Markt verschwunden war, wurdest du zum geheimnisvollen Alten, den niemand je gesehen hat und von dem niemand weiß, wer er ist.«

Ihr Vater zuckte die Schultern. »Du kannst niemals beeinflussen, was die Leute hinter deinem Rücken über dich reden. Aber du kannst ein Gerücht in die Welt setzen.«

»Warum du und nicht Anders Wester?«

»Die Gesellschaft braucht einen Helden. Anders liebt die Öffentlichkeit.«

»Und du nicht?«

»Ich sehe allmählich dem Ende meiner Karriere entgegen, im Gegensatz zu ihm.«

Jana fing seinen Blick auf.

»Wenn du die ganze Zeit gewusst hast, wer ich bin«, sagte sie, »warum hast du dich dann entschieden, mich zu adoptieren?«

»Es gab keine echte Alternative. Die einzige Alternative wäre gewesen, dich aus dem Weg zu räumen. Wir konnten doch ein neunjähriges Mädchen nicht einfach laufen lassen. Du warst ein anstrengendes kleines Kind, du bist abgehauen, wenn du dich erinnerst?«

»Und ich wurde vom Jugendamt betreut, ich weiß. Aber hast du mich nur adoptiert, um das Drogengeschäft zu schützen?«

»Nimm es nicht so schwer.«

»Wie soll ich es denn sonst nehmen?«

Er wich ihrem Blick aus.

»Und die Container?«, fuhr sie fort und spürte, dass sie zu zittern begann – vor Wut, aus Frustration.

»Na ja …«, sagte er und schien plötzlich vollkommen

in seine Gedanken versunken zu sein. »Ja, die Container, das war ein trauriges Kapitel … Das ist ohne mein Wissen passiert, es war Gavrils Idee … Aber das ist jetzt egal, er ist ja tot …«

»Weißt du, wie er gestorben ist?«, sagte sie, aber wartete seine Antwort nicht ab. »Danilo hat ihn erschossen, er hat ihn kaltblütig hingerichtet, um seinen Platz einzunehmen …«

»Davon weißt du nichts.«

»Doch, das weiß ich sehr wohl«, sagte sie und lächelte schwach, wurde dann aber sofort wieder ernst. »Und Anders Wester, weiß er auch, wer ich bin?«

Ihr Vater sah müde aus. »Anders?«, wiederholte er und blickte auf. »Doch … aber er weiß nicht, dass du angefangen hast, dich zu erinnern …«

»Und Mutter? Weiß sie es auch?«

»Mutter ahnt nichts.«

»Sie weiß, dass die Adoption der Geheimhaltung unterliegt.«

»Ja, aber nicht, warum. Niemand weiß das.«

»Danilo schon.«

»Danilo …«, sagte er seufzend. »Er hat den Fehler begangen, dich in Knäppingsborg anzugreifen. Er hätte sich zurückhalten müssen.«

»Er hat noch mehr Fehler begangen, oder?«

»Worauf spielst du an?«

»Auf Robin Stenberg, unter anderem.«

»Ja«, sagte ihr Vater nachdenklich. »Danilo ist zu eifrig geworden, er hat instinktiv gehandelt. Das rächt sich.«

»Das gibst du also zu?«

»Ich gebe zu, dass Danilo ein Risiko war, und Geschäftsleute wie ich eliminieren Risiken.«

»Ihr hattet noch mehr Gründe, ihn aus dem Weg zu räumen, und du wusstest, dass ich mich an ihm rächen wollte …«

»Nein«, unterbrach er sie. »Ich habe *angenommen*, dass du dich an ihm rächen wolltest. Aber es brauchte eine Skizze, um deinen Fokus auf ihn zu lenken.«

Erneut spürte Jana eine wachsende Irritation, und es fiel ihr schwer, still zu stehen. »Du hast mich dazu gebracht, ihn zu töten.«

»Das ist doch gut. Dann musst du nicht mehr befürchten, dass er deine wahre Identität aufdeckt … Dann sind wir beide zufrieden.«

»Wo sind die Kartons? Wo sind meine Tagebücher? Kriege ich sie jetzt zurück?«

»Woher weißt du, dass ich sie habe?«

»Wo sind sie? Sag mir, wo sie sind!«

Karl Berzelius lächelte wieder. »Man soll sich nicht an die Vergangenheit klammern«, sagte er. »Alles verändert sich.«

»Die Menschen nicht.«

»Vielleicht nicht die Menschen, aber die Zeit verändert sich.«

Janas Augen wurden schmal. »Sag mir, wo die Kartons sind«, sagte sie.

»An einem sicheren Ort.«

»Wo?«

»Glaubst du, dass ich dir das verrate?«

»Was willst du damit?«

»Ich habe das Gefühl, dass ich sie bald brauchen werde.«

Sie machte einen Schritt auf ihren Vater zu und ballte die Fäuste. »Woher wusstest du, wo ich sie versteckt hatte?«

»Du wohnst seit über zwanzig Jahren bei uns, Jana. Du solltest wissen, wer ich bin und dass ich meine Augen und meine Kontakte überall habe.«

»Hat der Hausbesitzer es dir erzählt?«

Ihr Vater schüttelte den Kopf. »Es war viel einfacher. Axel Lundin war ja auch dort in der Garvaregatan. Er hat dich gesehen.«

Janas Muskeln spannten sich an, und ihre Atmung wurde schneller. »Das ist seltsam«, sagte sie. »Wenn Axel Lundin für euch gearbeitet hat, warum hat er Danilo an die Polizei ausgeliefert?«

»Das soll nicht dein Problem sein.«

»Aber für dich wurde das zum Problem.«

»Eher für Anders.«

Jana versuchte, sich zu entspannen, aber die Aggressionen hielten sie weiter im eisernen Griff. Sie senkte den Kopf.

»Du weißt, dass es jetzt vorbei ist, Vater.«

»Was wirst du tun?«, fragte er leise.

»Du weißt, was ich zu tun habe.«

Sein Blick verdunkelte sich. »Wenn du mich anzeigst, wirst du nie erfahren, wo deine Kartons sind. Du wirst nie wieder deine Tagebücher in Händen halten. Niemals. Und du wirst auch nicht erfahren, in wessen Händen sie landen werden.«

Seine Stimme war klar und deutlich. Er ballte die Hände zu Fäusten, und sie spürte, wie das Zimmer von seinem eben noch gezügelten Zorn erfüllt wurde.

»Hörst du mich!«, sagte er laut und erhob sich. Er packte ihren Arm und stieß sie an die Wand. So nah stand er nun vor ihr, dass sie seinen Atem spürte.

Jana nickte und flüsterte: »Ja.«

»Du sollst mir so antworten, dass man dich hört!«

»Ja.«

Er schlug zu und traf ihre Wange.

»Antworte mir!«

Als er die Hand hochhielt, um ein weiteres Mal zuzuschlagen, hob sie ihren Arm und wehrte ihn ab. Zunächst reagierte er mit Erstaunen. Dann mit Wut.

Er hob die Hand erneut, doch diesmal packte sie sein Handgelenk und drehte seinen Arm um, ohne mit der Wimper zu zucken.

»Ja«, zischte sie. »Ich habe verstanden.«

Er wollte etwas sagen. Sie sah es in seinen Augen.

Lass los!

Doch sie drückte noch fester zu.

Lass mich! Lass los!

Dann sagte er es, bat und bettelte, doch sie ließ ihn nicht los. Er krümmte sich, kauerte sich zusammen.

Und hockte da, elend, grau und alt.

Erst als es an der Tür klingelte, ließ sie ihn los.

Und sah kurz weg.

Nur eine Sekunde.

Aber es war genau eine Sekunde zu viel.

Per Åström hörte von drinnen den Gong und drückte den Klingelknopf erneut. Dann trat er zurück und sah zu den Fenstern des Obergeschosses hinauf. Sie musste dort drinnen sein, davon war er überzeugt.

Er hatte ihr Auto vor dem Haus gesehen und war aus dem Taxi gestiegen, hatte den Fahrer aber gebeten, auf ihn zu warten, und war langsam durch den Schnee gegangen. Er bemühte sich, ruhig zu atmen. Er wollte nicht wie ein verrückter Stalker wirken, der hinter ihr her spionierte.

Denn eigentlich wirkte nichts verdächtig oder ungewöhnlich. Dass Janas Auto vor dem Haus ihrer Eltern stand, war vollkommen normal.

Dennoch erfüllte ihn eine große Unruhe. Erneut betätigte er die Türklingel. Schneeflocken landeten auf seinem Gesicht, auf der Jacke, und seine Hände wurden kalt.

Niemand öffnete ihm.

Er ging ums Haus herum, ließ den Blick über den Garten und die Terrasse schweifen und sah durch die Fenster.

Als er wieder an der Haustür stand, rüttelte er an der Klinke, doch es war abgeschlossen. Er hatte es auch nicht anders erwartet.

»Jana?«, rief er und dachte, dass er wie ein kompletter Idiot wirken musste. Aber das war ihm egal, denn er war ernsthaft besorgt.

Er blieb ruhig stehen und lauschte.

Keine Bewegung und keinerlei Geräusch aus dem Haus.

Es war ein Fehler herzukommen, dachte er und ging zurück zum Gartentor.

Mit einem Mal fiel im Haus ein Schuss.

Der Knall hallte zwischen den Häusern wider.

Erst begriff er nicht.

Dann war noch ein Schuss zu hören, gefolgt von zwei weiteren. Das Geräusch war laut und kam so plötzlich, dass Per sich duckte und die Arme über den Kopf nahm, um sich zu schützen.

Er war vollkommen durcheinander.

Im Haus der Familie Berzelius waren Schüsse gefallen.

»Jana!«, rief er.

Doch alles war wieder still.

Kein Puls.

Die Ärztin Amanda Svedlund arbeitete schnell. Sie hatte die Kleidung des Patienten aufgeschnitten, der vor ihr auf der Trage lag, und hatte ihm die Sauerstoffmaske auf den Mund gelegt. Die Temperatur in der Versorgungskabine war erhöht worden.

Doch noch immer war kein Puls zu spüren.

Die Krankenschwester Sofia Enberg nahm den Defibrillator zur Hand, trocknete den Brustkorb ab und klebte die Elektroden auf. Vielleicht konnte der Stromstoß das Herz wieder zum Schlagen bringen. Dabei war die Zeitspanne zwischen Herzstillstand und Defibrillation entscheidend für die Überlebenschance. Jede ungenutzte Minute verringerte sie um bis zu zehn Prozent.

Amanda hörte der Computerstimme des Defibrillators zu.

»Herzrhythmus wird analysiert. Den Patienten nicht berühren.«

Eine Weile Stille.

»Defibrillation wird empfohlen. Aufladung erfolgt.«

Das ansteigende Piepsgeräusch tönte durch die Kabine. Amanda hielt den roten blinkenden Knopf des Defibrillators, wartete und drückte.

»Defibrillation ausgeführt.«

Doch der erste Versuch zeigte kein Ergebnis. Amanda startete das Gerät erneut und sah auf die EKG-Kurve. Noch immer kein Ausschlag.

»Los jetzt!«, sagte sie laut und drückte mit beiden Händen auf die nackte Brust. Zählte bis fünfzehn. Ein dritter Versuch.

Das Herz des Patienten stand seit dreizehn Minuten still. Inzwischen waren die Überlebenschancen minimal.

Amanda empfand eine große Hoffnungslosigkeit, doch sie zeigte es nicht.

Sie arbeitete weiter.

Unter ihnen zog die Erde vorbei. Sie flogen über Straßen, die von oben wie schmale Streifen aussahen, hoch über Bäume und Starkstromleitungen. Der Hubschrauber hielt Kurs auf Linköping, die Straßenlaternen glichen kleinen Glühwürmchen. Mit dröhnenden Motoren landeten sie am Universitätskrankenhaus. Ein Team von der Notfallambulanz erwartete sie. Ihre Kleidung flatterte im Wind.

Gerade als der Hubschrauber den Boden berührte, geschah etwas.

Der Patient bewegte sich.

Es war nur eine winzige Bewegung, aber Amanda bemerkte sie.

Sie warf einen Blick auf das Gerät.

Starrte auf die EKG-Kurve.

Danilo Peñas Herz hatte angefangen zu schlagen.

Per Åström stand unter Hochspannung. Reglos verharrte er mehrere Minuten, bevor er sich zurück zum Haus wagte. Statt anzuklopfen, ging er zur Rückseite. Er blieb an einem Apfelbaum zwanzig Meter von der Veranda entfernt stehen und griff nach einem Tontopf. Er war schwerer, als er gedacht hatte, aber so konnte er das Fensterglas der Verandatür problemlos zerschlagen.

Gerade streckte er die Hand aus, um die Tür von innen zu öffnen, als er ein Geräusch hörte. Es kam aus dem oberen Stockwerk und klang, als würde jemand stöhnen.

Er betrat das Haus und lief schnell die Treppe hinauf. Ihm war sehr wohl bewusst, dass er sich in Gefahr begab, doch dieses Risiko musste er eingehen.

Als er die oberste Treppenstufe erreichte, sah er in einem Zimmer Licht brennen.

Er horchte. Irgendjemand war dort drinnen.

Kaum hatte er die Tür aufgeschoben, sah er sie auf dem Boden liegen. Einen kurzen Moment stand er wie versteinert da und betrachtete ihr blutiges Gesicht. Erst glaubte er, sie sei tot, doch dann bemerkte er, wie sich ihr Brustkorb kaum merklich bewegte, worauf ein rasselnder Atemzug folgte. Er trat näher, und erst jetzt fiel ihm auf, dass sie eine Pistole in der Hand hielt.

Dann sah er ihren Vater Karl Berzelius.

»Verdammte Scheiße«, murmelte Per.

Berzelius saß mit dem Rücken zur Wand. Er hatte die Augen geschlossen und ließ den Kopf hängen. Über seinem linken Ohr war das graue Haar rot verfärbt, das Blut tropfte auf den Boden.

Zögernd ging Per zu Jana und kniete sich neben sie. Er wollte vorsichtig die Pistole aus ihrer Hand lösen, aber ihr Griff wurde noch fester. Plötzlich öffnete sie die Augen, sah ihn mit unfokussiertem Blick an und murmelte: »Ich hab versucht … Ich hab versucht … ihn zu stoppen.«

Dann schloss sie die Augen und ließ die Pistole fallen.

Mit zitternden Händen nahm Per sein Handy und verständigte die Notrufzentrale.

38

Die Luft war kühl, und es war neblig, als Henrik Levin die Münzen in den Parkautomaten am Vrinnevi-Krankenhaus steckte. Mit den Händen in den Taschen ging er zum Haupteingang.

»Henrik?«, sagte Emma, als er die Tür zu ihrem Zimmer in der Frühchenstation öffnete. »Ich habe den Fernseher an. Sie reden die ganze Zeit nur von den Ereignissen am Bootshaus.«

Henrik setzte sich neben sie und hielt ihre Hand. Er betrachtete seinen neugeborenen Sohn, der an Emmas Brust lag.

»Ihr habt ihn also geschnappt«, stellte sie mit einem kleinen Lächeln fest.

»Was heißt schon wir? Mia hat ihn gefangen. Ihr besonderer Einsatz wird bestimmt gewürdigt werden.«

Henrik musste wieder an die jungen Thailänderinnen denken, die missbraucht worden waren.

»Du siehst müde aus«, sagte sie.

»Es ist einfach nicht zu fassen. Sie mussten so viele Kapseln schlucken und …« Seine Stimme erstarb.

Der Nachrichtensender zeigte ein Foto von Danilo Peña. Henrik und Emma richteten den Blick auf den Journalisten, der die dunkle Geschichte von Peña und der überlebenden Thailänderin erzählte, der es den Umständen entsprechend gut ging. Die Ärzte waren optimistisch.

»Gott sei Dank«, sagte Emma und strich mit der Hand über den Rücken ihres Sohnes. Er lag auf ihrer nackten Haut, eingehüllt in eine dicke Decke.

Gunnar Öhrn war im Bild zu sehen. Er sah erschöpft aus, aber lächelte, als er erzählte, dass sie die ganze Sache wohl bald auf den Stapel mit den gelösten Fällen legen konnten. Dann wurde ein Foto von Anders Wester eingeblendet, und Henrik hörte Wörter wie »Schmiergelder« und »Skandal«.

»Was ist eigentlich passiert?«, fragte Emma.

»Was soll ich sagen …«, erwiderte Henrik und seufzte. »Die Ermittlung hat ziemlich weite Kreise gezogen.«

»Das wäre nicht das erste Mal, dass du so was sagst.«

Henrik nickte und blickte aus dem Fenster. Er erahnte die Sonne durch den dichten Nebel und sah Anders Wester vor seinem inneren Auge. Sowohl sein Büro bei der Reichskripo als auch sein Wohnhaus waren abgesperrt worden. Die Kriminaltechniker hatten stundenlang Dokumente, Wertpapiere, Bescheinigungen und Quittungen zusammengesucht, die später beim Prozess gegen ihn verwendet werden würden. Die Polizei würde Zeit brauchen, um alles genau zu analysieren. Alle Mittäter mussten aufgespürt werden.

»Du musst mir ein andermal mehr davon erzählen«, sagte Emma mit einem Lächeln.

Er atmete tief durch.

»Willst du ihn mal halten?«, fragte sie.

»Darf ich?«

»Natürlich darfst du.«

Henrik stand auf. Emma schlug die Decke beiseite und hob den kleinen Zwerg vorsichtig hoch. Henrik nahm ihn in Empfang, stand lange da und hielt ihn im Arm. Er atmete seinen Duft ein und spürte die dünnen Ärmchen und Beinchen an seiner Brust. Er war so glücklich, seinen jüngsten Sohn endlich im Arm zu halten.

»Ich habe mir solche Sorgen gemacht«, sagte er. »Eigentlich die ganze Zeit. Deshalb habe ich mich zurückgezogen und mich in die Arbeit gestürzt.«

Er schluckte, sah Emma an.

»Aber ich liebe dich«, sagte er.

»Ich liebe dich auch«, sagte sie.

»Und ich liebe diesen kleinen Jungen. Ich habe nur solche Angst, dass ihm irgendwas passieren könnte.«

»Was sollte ihm passieren?«, sagte sie und lächelte.

»Er ist noch so klein.«

»Aber es geht ihm gut.«

»Das hoffe ich«, sagte Henrik leise.

Jana Berzelius zog die Mütze in die Stirn, als sie in Begleitung von Per Åström die Staatsanwaltschaft verließ. Sie trug den Kopf hocherhoben, und ihr Blick war fest.

»Findest du es nicht schade, dass du es wohl nie erfahren wirst?«

»Was erfahren?«

»Ob sie es geschafft hat oder nicht?«

»Du meinst Pim?«

»Ja, sie war doch immerhin deine Klientin.«

»Ich weiß, dass sie es geschafft hat.«

»Woher weißt du das?«

»Ich habe so ein Gefühl.«

Per sah sie mit ernstem Blick an. »Wie geht es dir eigentlich?«

»Die Wunde ist ja nur oberflächlich.«

»Nein, ich meine, wie geht es dir *wirklich?*«

Sie antwortete nicht, sondern sah ihn nur an. Ihr war klar, dass er nach Antworten suchte, und sie wusste, dass sie ihm eine Menge Erklärungen schuldig war. Doch es gab auch Dinge, die er nicht zu wissen brauchte. Sachen, die sie und ihren Vater betrafen. Und von den Kartons, die sie noch immer nicht gefunden hatte, würde er auch nichts erfahren.

Sie hatte das ganze Haus in Lindö durchsucht und überall im Sommerhaus nachgesehen, aber ihre Tagebücher und alles andere, was ihr so viel bedeutete, waren noch nicht aufgetaucht. Nur ihr Vater wusste, wo die Sachen waren. Ihr Geheimnis, ihr ganzes Leben, lag nun in seinen Händen. Und sein Geheimnis lag in ihren Händen.

»Du hast gar nicht erzählt, was eigentlich passiert ist«, sagte Per Åström, als könnte er ihre Gedanken lesen.

»Vater ist krank geworden, verwirrt. Er hat versucht, Selbstmord zu begehen.«

»Einfach so, aus heiterem Himmel?«, fragte er.

»Man nennt das Konfusion«, erklärte sie. »Im Großen und Ganzen kann sie durch jede Krankheit ausgelöst werden, ob banal oder ernsthaft.«

Sie hielt seinem Blick stand. Das wirkt bestimmt überzeugender, dachte sie. Immer wieder beruhigte sie sich, dass es richtig gewesen war zu lügen, was den mentalen Zustand ihres Vaters betraf. Sie hatte behauptet, ihm sei es psychisch so schlecht gegangen, dass ihre Mutter ihn nicht mehr habe versorgen können. Deshalb habe sie in ihrem Elternhaus bleiben und ihre Mutter unterstützen müssen. Dabei habe sie ihre Arbeit und ihre privaten Kontakte vernachlässigt und weder auf Anrufe noch auf E-Mails reagieren können.

»Er hat sich auch ziemlich seltsam verhalten, als ich nach dir gesucht habe.«

»Siehst du.«

»Er hat behauptet, ihr hättet euch über ein halbes Jahr nicht mehr gesehen.«

»Da hat er ganz offenbar gelogen.«

»Das ist gar nicht der Karl Berzelius, den ich kenne.«

»Vielleicht kennst du ihn nicht gut genug.«

Sie wickelte sich ihren neuen schwarzen Seidenschal noch ein weiteres Mal um den Hals.

»Wird er wieder gesund?«

»Keine Ahnung«, sagte sie und wandte den Kopf ab. Sie dachte daran, dass die eine Kugel die linke Gehirnhälfte ihres Vaters geschädigt hatte. Das konnte zum Ausfall des Sprachzentrums führen. Doch noch wusste man nicht, wie ernst die Schäden waren und ob er überhaupt noch ein normales Leben würde führen können.

»Wusstest du, dass er Selbstmordtendenzen hatte?«, fragte Per.

»Ich wusste, dass er schweren Kummer trug.«

»Schweren Kummer?«

»Du lässt nicht locker, oder?«, sagte sie und sah ihn wieder an.

»Ich liebe Familiengeheimnisse.«

»Deshalb vermute ich, dass du mich jetzt mit Fragen bombardieren wirst.«

»Man könnte meinen, du kennst mich ganz gut«, sagte er und lachte.

»Das tue ich auch. In zwei Minuten wirst du mich fragen, ob wir zusammen Mittag essen wollen.«

»Nicht *ob*, sondern *wo* wir Mittag essen wollen.«

»Na gut, dann eben, wo wir Mittag essen wollen.«

»Und was wirst du antworten?«

»Dass ich ein gutes Lokal kenne, das Durkslaget heißt«, sagte Jana und ging los.

Sie kam an einer verschneiten Parkbank vorbei. Schneeflocken fielen ihr aufs Gesicht. Ein Mann zog ein kleines Mädchen auf dem Schlitten hinter sich her, der ein scharrendes Geräusch von sich gab.

Sie ging weiter und brauchte sich nicht umzudrehen, denn sie wusste, dass Per ihr folgte.

Danksagung

Ich will allen danken, die mir beim Schreiben dieses Buchs geholfen haben. Allen, die den Text gelesen und ihre Meinung dazu geäußert haben. Die meine Fragen beantwortet und mir mit Fachwissen geholfen haben. Die mir ihr Engagement und ihre Zeit geschenkt haben. Ein großes Dankeschön geht an meinen Lektor Jacob Swedberg für seine kritische Durchsicht und die wertvolle Zusammenarbeit. Danke an Sofie Mikaelsson und Joel Gerdin für ihre Informationen über die Polizeiarbeit im Allgemeinen und an Johan Ahlner und Lotta Fornander für weitere Fachkenntnisse. Ich danke auch meiner Schwester, meinen Eltern und Schwiegereltern, die sich über meine Erfolge freuen und sie gern mit mir feiern.

Einen besonders lieben Dank will ich an meinen Vater und meine Mutter richten: Danke für die vielen Stunden, die ihr investiert habt, um meinen Text zu lesen, mich zu unterstützen und zu ermutigen. Ihr seid immer für mich da. Nur wenigen ist es vergönnt, so hingebungsvolle und loyale Eltern zu haben.

Mein Dank geht auch an Jonas Carlsson Malm, Jonas Winter und den mittlerweile verstorbenen Tommy Johansson. Ihr wart die Ersten, die an *Nebelkind* und die Heldin Jana Berzelius glaubten.

Danke, liebe Leserinnen und Leser – für fröhliche Begegnungen, tolle Gespräche und viel Gelächter in Buchhandlungen, auf Messen, in Bibliotheken und in sozialen Netzwerken. Ihr gebt mir die Freude und die Inspiration, die zum Schreiben erforderlich sind.

Ich möchte an dieser Stelle erwähnen, dass diese Geschichte frei erfunden ist. Alle Ähnlichkeiten mit lebenden Personen sind rein zufällig. Die vorkommenden Orte werden im Großen und Ganzen so beschrieben, wie sie in Wirklichkeit sind. Manchmal habe ich sie allerdings verändert oder Details hinzugefügt, damit sie besser in die Handlung passen. Sollten sich Fehler eingeschlichen haben, gehen sie auf mein Konto.

Es gibt einen Menschen, dem ich zu guter Letzt mehr als allen anderen danken will. Doch was sagt man zu einem Mann, der genau weiß, wie ich denke? Der mir Fragen stellt, die mir den richtigen Weg weisen? Der immer an meiner Seite ist? Der mein bester Freund, Kollege und Lebenspartner ist? Was soll ich dir nur sagen, Henrik Schepp?

Jetzt weiß ich es.

Etwas, das ich oft sage und dennoch viel zu selten.

Drei kleine Worte.